Hochzeitstorte mit Todesfall

Florentinische Morde 1

von Beate Boeker
www.happybooks.de

ISBN-13: 978-1547009268
ISBN-10: 1547009268

Alle Handlungen in diesem Buch sind frei erfunden und jegliche Ähnlichkeit mit lebenden oder toten Personen sowie realen Handlungen ist rein zufällig.

Rezensionen für
Hochzeitstorte mit Todesfall

»Ich liebe diese Familie!
Ich habe mich noch selten bei einem Krimi so gut unterhalten! Wunderbare Charaktere in einem spannenden Fall. Von mir eine unbedingte Leseempfehlung!«
Sethos

»Krimi mit Herz und Humor
Hochzeitstorte mit Todesfall ist ein total witzig geschriebener Krimi mit unerwarteten Wendungen an jeder Ecke. Gewürzt wird das Ganze mit einer sehr romantischen, wenn auch absolut unwillkommenen Anziehungskraft zwischen Carlina Mantoni, die des Mordes verdächtigt wird und Stefano Garini, dem attraktiven, ermittelnden Beamten. (…)

Beide Protagonisten sind liebenswerte Charaktere und als Leser kann man nicht anders, als mit Carlina zu leiden, die hin- und hergerissen wird zwischen Loyalität gegenüber ihrer völlig verrückten italienischen Großfamilie und ihren wachsenden Gefühlen gegenüber Stefano.

»Hochzeitstorte mit Todesfall» liest sich kurzweilig und steckt voller lustiger Ideen, die einen lächeln oder auch laut auflachen lassen. Ich konnte kaum abwarten, wie es mit Carlina und Stefano weitergeht. (...)«
Bookworm

Kapitel 1

I

»Ich habe noch nie eine Braut gesehen, die so sexy aussieht.« Carlina trat einen Schritt zurück und lächelte ihre Cousine Emma an. »Die Gäste werden in Ohnmacht fallen.«

Emma drehte sich auf ihren schimmernden Stiletto-Pumps und prüfte ihre Rückenansicht im Spiegel, der von der Decke bis zum Fußboden reichte. Siebzehn Deckenstrahler erleuchteten Emmas schneeweißes Schlafzimmer und zeigten sie in voller Pracht. »Das will ich hoffen.« Sie schwenkte ihren formvollendeten Po in dem hautengen Kleid. »Die Braut mit dem größten Sexappeal in Florenz.« Ihr Lächeln war der personifizierte Triumph.

Carlina nahm den Schleier und hob ihn hoch. Er war weich wie eine Spinnwebe und duftete nach einem Hauch von Emmas Parfüm. Wahrscheinlich hatte Emma ihn schon mehrmals anprobiert und sich im Spiegel bewundert. »Deine neue Schwiegermutter wird allerdings wahrscheinlich einen Schlaganfall bekommen.« Sie zwinkerte ihrer Cousine zu.

»Warum?« Emma schlüpfte unter den Schleier und zog ihn mit den Fingerspitzen in die richtige Position. »Nur, weil das Kleid sexy ist?«

Carlina warf einen Blick auf Emmas Beine und schluckte ihre Antwort herunter. Die späte Septembersonne schien zusätzlich zu den Strahlern, die für die perfekte Ausleuchtung des Raumes sorgten, in Emmas Schlafzimmer und schimmerte auf ihren exquisiten Seidenstrümpfen. Ihre Beine sahen heute noch länger aus als sonst, weil das Hochzeitskleid so kurz war, dass man sich fragte, warum es mehr als ein Monatsgehalt gekostet hatte.

Emma bemerkte das Zögern ihrer Cousine nicht. »Kann ich

so gehen?«

Carlina nickte. »Du siehst toll aus.« Die Familie war mit vielen gut aussehenden Frauen gesegnet, und Emma hatte nicht nur die Pfirsichhaut ihrer Mutter geerbt, sondern versprühte eine Energie, die sie noch viel attraktiver machte. Ein leises Gefühl der Melancholie beschlich Carlina. *Emma heiratet heute. Jetzt wird alles anders werden.*

Die Stimme in ihr machte sich über den Gedanken lustig. *Emma wird nach wie vor zwei Stockwerke unter dir wohnen und Lucio wohnt auch schon seit Monaten hier bei ihr. Und sie wird immer deine kleine Cousine bleiben. Jetzt werde bloß nicht rührselig, nur weil es eine Hochzeit ist.*

Emma holte tief Luft. »Ich bin froh, dass ich Mama und den Rest der Familie weggeschickt habe. Sie hätten mich in den Wahnsinn getrieben.«

Carlina nickte. »Ganz deiner Meinung.« Sie schaute ihre attraktive Cousine von der Seite an. »Aber sie waren ein wenig beleidigt. Ich war überrascht, dass sie überhaupt gegangen sind, vor allem Benedetta. Ich hatte erwartet, dass sie darauf besteht, bei dir zu bleiben. Immerhin bist du ihre älteste Tochter und die erste, die heiratet und –«

»Das liegt eben daran, dass ich heute die Braut bin.« Emma öffnete ihre Arme weit und warf den Kopf zurück. »Heute bin ich der Star.«

Carlina unterdrückte ein Lächeln. »Du bist immer der Star, und ich hoffe, dass dein großer Tag perfekt sein wird.«

»Natürlich wird er das!« Emma lachte. »Denk an die ganzen Stunden der Vorbereitung! Ich habe auf jedes Detail geachtet. Es kann gar nichts schiefgehen.«

Ein Schauder überlief Carlina. *Ich hoffe, die Götter hören das nicht.* »Denkst du nicht, dass das Haus sich ganz seltsam anfühlt, jetzt, wo alle weg sind? Es war noch nie so leise.«

Bevor Emma antworten konnte, kam ein Klingelton aus Carlinas schwarzer Abendhandtasche, die auf der weißen Kommode lag.

»Oh nein, nicht schon wieder!« Mit einer geschmeidigen Bewegung beugte sich Emma vor und schnappte Carlinas Arm. »Geh da jetzt nicht ran. Ich finde wirklich, dass deine Assistentin es ausnahmsweise auch mal ohne dich schaffen sollte, den Laden zu schmeißen. Sie hat schon zweimal angerufen. Warum will ganz Florenz an meinem Hochzeitstag Unterwäsche kaufen?«

»Es ist das erste Mal, dass ich Elena ganz alleine im Geschäft gelassen habe und ich habe ihr gesagt, dass sie jederzeit anrufen kann, wenn sie eine Frage hat.« Carlina schüttelte die Hand ihrer Cousine ab und öffnete den winzigen Verschluss an ihrer Handtasche. »Wir haben außerdem noch jede Menge Zeit, also keine Panik.«

Mit geübtem Griff zog sie das Telefon hervor und schaute auf das Display. »Oh nein.« Sie schloss die Augen, als ob das etwas ändern würde. »Es ist Mama.«

»Geh nicht ran!« Emmas Stimme wurde höher. »Ich weiß, dass sie meinen Hochzeitstag verderben wird!«

»Quatsch.« Carlina schüttelte den Kopf und legte zur Beruhigung eine Hand auf Emmas Arm. *Emma ist viel nervöser, als sie zugeben möchte.* »Ich wette, sie hat nur etwas vergessen.« Sie drückte auf den grünen Knopf. »*Ciao*, Mama.«

Sie hörte der quakenden Stimme am anderen Ende zu, und unwillkürlich verzog sich ihr Gesicht.

Emma runzelte die Stirn. »Was ist los? Warum schaust du so komisch?«

Carlina machte eine beruhigende Handbewegung und sagte ins Telefon: »Also gut. Keine Sorge. *Ciao*.« Sie legte auf, warf den Kopf zurück und brach in Gelächter aus.

Emma tanzte um sie herum, zu ungeduldig, um stillzustehen. Ihre Pfennigabsätze hinterließen kleine Vertiefungen in dem cremefarbenen Teppich. »Ich habe kein Wort verstanden. Was will sie? Warum lachst du so?«

Carlina schnappte nach Luft. »Ich hatte recht. Sie hat etwas vergessen.«

»Was?« Emma stemmte die Hände in die Hüften. Ihr roter Mund zog sich an den Mundwinkeln nach unten.

Carlina holte tief Luft und sagte mit Genuss. »Sie hat Opa vergessen.«

Emmas Mund blieb offen stehen. »Sie hat Opa vergessen? Wie hat sie denn das fertiggebracht?«

Carlina schüttelte den Kopf. »Keine Ahnung. Er wollte wohl heute Morgen nicht mitgehen, als sie zum Frisör und zur Maniküre aufgebrochen sind, war noch nicht mal fertig angezogen, also hat Mama entschieden, dass sie ohne ihn losfährt, hat aber vergessen, es mir zu sagen, damit ich ihn dann mitnehme.« Sie fing wieder an zu lachen. »Das ist echt typisch.«

Emma glättete eine nicht vorhandene Falte an ihrem Kleid. »Sie ist nicht ganz normal.«

»Niemand in unserer Familie ist normal.«

»Ich weiß wirklich nicht, warum du so glücklich aussiehst, wenn du das sagst.« Emma schob ihren Schleier zur Seite und funkelte sie an.

»Nein?« Carlinas Lächeln wurde breiter. Sie öffnete den Mund, aber bevor sie ein Wort herausbekam, unterbrach Emma sie.

»Nein, sag es mir nicht. Ich will's gar nicht wissen.« Sie schaute wieder in den Spiegel. »Wann kommt Onkel Ugo noch mal?«

Carlina sah auf ihre Armbanduhr. »In zwanzig Minuten.«

Emma seufzte. »Ich wünschte, er könnte vor die Tür vorfahren.«

»Wenn du nicht darauf bestanden hättest, die größte Limousine zu mieten, die man in ganz Italien auftreiben kann, dann hätte er das sicherlich tun können. So wirst du die wenigen Schritte zur Via Ghibellina laufen müssen. Er hat gesagt, dass er im Auto warten wird.«

»Er hätte es ruhig versuchen können.«

»Das finde ich auch.« Die Ironie in Carlinas Stimme war nicht zu überhören. »Das muss richtig lustig sein, eine Limo durch eine historische Straße zu quetschen, die lange vor der Erfindung von Automobilen gebaut wurde. Und wer hätte für die Lackkratzer auf beiden Seiten der Limo gezahlt? Du?«

Emma zog eine Schnute. »Du darfst an meinem Hochzeitstag nicht böse zu mir sein. Jetzt lass uns endlich gehen.« Sie drehte sich auf ihren hohen Absätzen um und stolzierte zur Tür. »Ich hoffe nur, dass Opa sich zwischenzeitlich angezogen hat.«

»Du hast vergessen, dein Make-up in die Handtasche zu packen.« Carlina hielt das schmale Täschchen in glänzendem Gold hoch. »Mach das schnell und ich gehe derweil schon mal runter und sehe zu, dass Opa fertig wird.«

Emma zog ihre sorgfältig gezupften Augenbrauen zusammen. »Ich hoffe, Opa beeilt sich. Was ist, wenn er auf einmal wieder eine seiner Schnapsideen bekommt und –«

»Keine Sorge. Alles wird gut. Ich verspreche es.« Carlina schob Emma in Richtung Badezimmer, ein modernes Wunder in Schwarz mit versteckten Strahlern im Boden. »Pack jetzt deine Sachen ein. Ich kümmere mich um Opa.« Sie hing sich ihre Abendhandtasche über die Schulter und verließ Emmas Apartment, um die Treppe hinabzusteigen. Wie immer legte sie eine Hand auf das polierte Holzgeländer, denn sie liebte die glatte Oberfläche und die weichen Kurven, in denen das Geländer vom obersten Stockwerk an allen Familienwohnungen vorbei nach unten führte. Heute nutzte sie ihre andere Hand, um ihr langes Abendkleid hochzuhalten. Die Treppe roch nach Bienenwachs. *Benedetta muss es gestern poliert haben.* Carlina holte tief Luft.

Die Glocken von Santa Croce schlugen zur vollen Stunde. Carlina blieb einen Augenblick lang auf dem Absatz stehen und lauschte. Wie oft hatte sie schon die Glocken gehört, wie sehr war das Läuten Teil ihres Lebens. Sie liebte dieses Haus, ihr Heim. So lange sie zurückdenken konnte, war es ihr immer wichtig gewesen, schon als Kind, als sie in den langen Sommerferien mit ihrer Familie zu Besuch kam und später, als sie nach dem Tod ihres Vaters ganz hierherzogen. Ein plötzlicher Schmerz durchfuhr sie. *Ich wünschte, er könnte heute mit uns feiern.* Nach all den Jahren hatte die Trauer nachgelassen aber ab und zu überkam sie ein plötzliches Verlustgefühl ohne Vorwarnung.

Sie schob den Gedanken beiseite und zwang sich, die ausgetretene Holztreppe ein wenig langsamer als sonst herunterzugehen, um in ihren hohen Schuhen nicht zu stolpern. Das Rascheln ihres dunkelroten Kleides klang festlich. *Ich habe Emma noch nie so nervös gesehen, aber das ist wahrscheinlich normal, wenn man heiratet. Ich hoffe, sie wird mit Lucio glücklich. Er ist so … so emotional manchmal.* Carlina runzelte die Stirn. *Aber Emma ist ja nun auch kein sanftes Täubchen. Es wird schon gut gehen.*

Sie kam ins Erdgeschoss, wendete sich nach links und klopfte an die grüne Holztür. Als sie nichts hörte, klopfte sie noch einmal, diesmal lauter. Ohne auf eine Antwort zu warten, holte sie ihren Schlüssel aus der Tasche, schloss auf und öffnete die Wohnungstür. Die Wohnung war völlig überheizt und roch nach den Pfefferminzbonbons, die ihr Großvater so gern aß. Sie ging hinein und rief: »Opa, ich bin's, Carlina! Bist du fertig für Emmas Hochzeit?«

Er war nicht im Wohnzimmer.

Carlina runzelte die Stirn. *Was soll das? Ich bin wirklich nicht in der Stimmung, mit einer nervösen Cousine und einem bockigen Großvater Verstecken zu spielen.*

Sie öffnete die Tür zur Küche und – erstarrte.

Emmas hochhackige Schuhe klapperten hinter ihr auf den schiefen Steinfliesen des alten Hauses. »Carlina, ist er fertig? Wir müssen jetzt los.«

Carlina starrte auf ihren Großvater, der zusammengesunken

auf seinem Stuhl saß, das Kinn auf der bewegungslosen Brust. Seine Augen waren weit geöffnet. »Er … er ist nicht fertig.« Die Worte kamen wie automatisch aus ihr. Ihre Stimme klang fremd und emotionslos.

Emma kam näher. »Dann muss er sich jetzt mal beeilen. Ich bin nicht bereit, zu meiner eigenen Hochzeit zu spät zu kommen, nur, weil –« Sie brach mitten im Satz ab, krallte sich an den Türrahmen und schrie.

Carlina fuhr herum und packte sie bei den Armen. »Schhh. Es wird alles gut. Bitte schrei nicht.« Sie zitterte selbst am ganzen Körper.

Emma zeigte mit einem perlmuttglänzenden Fingernagel auf ihren Großvater. Ihre Hand bebte. »Er ist tot!« Ihr Schrei hallte in der alten Küche wieder.

Carlina schluckte. »Ja. Er ist tot.« Ihre Augen füllten sich mit Tränen. »Es tut mir so leid.« Ein Gefühl von Trauer und Hilflosigkeit überschwemmte sie.

»Es tut dir leid?« Emmas Augen verengten sich. »Er hat meine Hochzeit zerstört!«

»Aber Emma«, Carlina legte ihre plötzlich eiskalte Hand auf Emmas Arm. »Man stirbt schließlich nicht absichtlich.«

»Nicht absichtlich!« Emma stemmte die Hände in die Hüften und blickte mit zusammengebissenen Zähnen auf ihren Großvater. »Da bin ich mir nicht so sicher. Er hat mir immer Schwierigkeiten gemacht, immer.«

Carlina starrte sie an. »Das ist jetzt nicht fair. Natürlich war er manchmal ein wenig eigenwillig, aber –«

»Eigenwillig?« Emma zischte Carlina so böse an, dass diese unwillkürlich einen Schritt zurücktrat. »Erinnerst du dich an das Mal, wo unser lieber Opa mich vom Krankenhaus abholen sollte und einfach nicht erschien? Er sagte, dass er leider an diesem Tag die Sonne anbeten musste, weil sie das erste Mal nach Wochen geschienen hatte. Das war die Sonnen-Anbetungs-Phase. Ich stand zwei Stunden alleine vor dem Krankenhaus und habe gedacht, dass meine Familie mich vergessen hat. Erinnerst du dich?«

Carlina biss sich auf die Unterlippe. »Doch, ich erinnere mich. Aber bitte beruhige dich doch. Wir müssen –«

Emma unterbrach sie. »Und der Tag, an dem wir alle in den Urlaub fahren wollten, alle zusammen, und er brachte uns dazu, in letzter Sekunde aus dem Zug zu springen, weil er eine böse Vorahnung hatte? Das war die Böse-Vorahnungs-Phase. Weißt du das noch?«

Carlina blickte ihre Cousine entsetzt an. Sie hatte nicht mit so einem heftigen Ausbruch gerechnet.

»Erinnerst du dich an die Böse-Vorahnungs-Phase?« Emmas Stimme wurde mit jedem Wort lauter.

Ein Lächeln huschte über Carlinas Gesicht. »Ja. Das war meine Lieblings-Phase.« Eine Träne rollte über ihre Wange. »Ich werde ihn schrecklich vermissen.«

Emma warf ihr einen Blick voller Verachtung zu. »Und jetzt stirbt er einfach, ein paar Minuten, bevor ich heirate. Das ist echt unglaublich! Heute Morgen war er doch noch völlig fit, jedenfalls munter genug, um mir mitzuteilen, dass mein Hochzeitskleid völlig unpassend und viel zu kurz ist.«

Carlina stockte der Atem. »Meinst du …«, sie musste schlucken, bevor sie weitersprechen konnte, »… meinst du, dass er irgendwie nicht auf natürlichem Wege gestorben sein könnte?«

Emma machte eine ungeduldige Bewegung mit der Hand. »Nein, das meine ich natürlich nicht. Er ist immerhin neunundsiebzig. Leute in seinem Alter sterben nun mal. Ich wünschte nur, er hätte sich nicht genau diesen Augenblick ausgesucht!« Sie stampfte mit dem Fuß auf.

»Aber er kann doch nichts dafür.« Carlina wischte sich eine Träne weg. Sie öffnete ihre Handtasche und holte ihr Handy hervor. »Ich muss Mama anrufen.«

»Nein!« Emma sprang auf sie zu und riss ihr das Telefon aus der Hand.

»Aber Emma!« Carlina starrte sie an.

Ihre Cousine presste die Lippen zusammen, sodass sie zu einer einzigen, wild entschlossenen Linie wurden. »Er wird meine Hochzeit nicht zerstören.« Sie betonte jedes Wort. »Das akzeptiere ich einfach nicht.«

»Aber … aber was willst du denn tun?« Carlina hob die Hände. »Wir haben doch keine Wahl. Ich meine, er –«

»Wir lassen ihn einfach hier.«»Was?«

»Es ist doch nun wirklich egal, ob er heute oder morgen stirbt.« Emma hob ihr Kinn unter dem Schleier.

Carlina blinzelte. »Wenn du das so sagst, klingt es fast, als ob man es sich aussuchen könnte.«

»Aber so ist es!« Emma beugte sich nach vorne und nahm Carlina am Arm. Ihre dunklen Augen glitzerten. »Heute ist sein Tod unpassend. Sehr unpassend. Morgen kann er von mir aus jederzeit sterben. Ab dann bin ich auf Hochzeitsreise in Afrika, weit weg, wo er mir nicht in die Quere kommen kann. Wir schieben seinen Tod einfach ein wenig auf.«

Carlina schwankte zwischen Entsetzen und einem wilden Bedürfnis, zu lachen.

»Aber –«

»Bitte, Carlina.« Emmas Augen wurden groß. »Für ihn macht es doch überhaupt keinen Unterschied. Für mich jedoch bedeutet es alles.«

Carlina fühlte, wie sie schwach wurde. Irgendwo hatte Emma ja recht.

Emma nutzte die Gelegenheit. »Du musst auch an Onkel Teo denken. Der Arzt hat ihm erst letzte Woche gesagt, dass er jeglichen Stress vermeiden soll, weil er ein schwaches Herz hat. Er hat ihm doch sogar fast verboten, an der Hochzeit teilzunehmen, und das ist ja wohl gar nichts, verglichen mit dem plötzlichen Tod seines Zwillingsbruders!«

Carlina zögerte. »Aber –«

»Wenn wir ihm jetzt sagen, dass Opa gestorben ist, könnte Onkel Teo auch sofort tot umfallen.«

»Oh mein Gott. Meinst du wirklich?«

»Ja.« Emma nickte. »Sie sind immerhin eineiige Zwillinge. Also lass Onkel Teo erst mal die Party genießen und die ganze Aufregung um die Hochzeit hinter sich bringen, und morgen, wenn er sich gut ausgeschlafen hat, können wir es ihm schonend beibringen.«

Carlina kaute unentschlossen auf ihrer Unterlippe. »Das klingt schon vernünftig. Aber es erwarten doch alle, dass Opa zur Hochzeit kommt.« Sie schüttelte den Kopf. »Sie werden uns alle fragen, wo er ist. Sie werden sich Sorgen machen!«

»Niemand wird sich Sorgen machen.« Emma legte Carlinas Telefon auf den Küchentisch und sah ihren Großvater aus zusammengekniffenen Augen an. »Wir behaupten einfach, dass die Böse-Vorahnungs-Phase wieder zurückgekommen ist und dass Nico entschieden hat, seine Teilnahme an der Hochzeit würde Unglück bringen. Das wird niemanden wundern.«

Carlina fühlte sich, als ob sie in einer seltsamen Zwischenwelt gelandet sei, völlig losgelöst von der Wirklichkeit. Sie schüttelte ihren Kopf, aber das Gefühl blieb. »Das wird nicht funktionieren. Es wissen doch alle, dass die Böse-Vorahnungs-Phase vor einem Jahr zu Ende ging. Im Moment hat er die Schlechte-Vergangenheits-Phase. Hatte, meine ich.« Sie fror und schlag sich die Arme um den Körper.

Emma zuckte ihre perfekten Schultern unter dem hauchdünnen Material des Hochzeitskleids. Es schimmerte in dem leichten Sonnenlicht, das durchs Fenster fiel. »Na, dann hat er eben seine Meinung geändert.«

»Er hat noch nie seine Meinung geändert. Er ging nie zu irgendeiner alten Phase zurück. Ich kenne ihn doch.« Ein Kloß saß in Carlinas Hals.

»Jetzt hat er eben mal seine Meinung geändert. Man ist nie zu alt für plötzliche Überraschungen, stimmt's, Opa?« Mit einem ungeduldigen Gesichtsausdruck stieß Emma ihren Großvater leicht in die Seite und wich entsetzt zurück, als er zu kippen begann.

Carlina sprang nach vorne und fing ihn auf. Sie hatte noch nie eine Leiche berührt. Sie war schwer und warm. Warm?

Sie schluckte. »Emma?« Ihre Stimme klang wackelig. »Ich … ich glaube, er ist erst vor einer Minute oder so gestorben.«

Emma starrte sie an. »Warum?«

»Weil er noch ganz warm ist.«

Emma wich zurück. »*Madonna*.«

Irgendetwas roch seltsam. Ein würgendes Gefühl griff nach Carlinas Kehle. »Ich schaffe es nicht, ihn wieder hinzusetzen.«

»Dann leg seinen Kopf auf den Tisch.« Emma machte einen Schritt zurück. »Mein Kleid –«

Irgendetwas in Carlina zerbrach. »Dein Kleid interessiert mich einen feuchten Kehricht.« Sie funkelte ihre Cousine an. »Wenn du willst, dass deine Hochzeit heute stattfindet, dann hilf mir, ihn in eine anständige Position zu bringen. Jetzt.«

Emma kam mit offensichtlichem Widerwillen näher. Genau in dem Augenblick, als sie vor dem Küchenfenster stand, ging ein Mann auf der Straße vorbei. Er pfiff, als er sie sah. Emma drehte ihm abrupt den Rücken zu und blickte ihre Cousine mit vor Angst weit geöffneten Augen an. »Ich kann mich nicht umdrehen«, flüsterte sie. »Ist er noch da?«

»Wer?«

»Der Typ auf der Straße!«

Carlina erstarrte. So gut sie konnte, schob sie das Gewicht ihres Großvaters zur Seite und streckte den Kopf, um an Emmas schlanker Gestalt vorbeisehen zu können. »Nein. Er ist weg.«

Emma schluckte. »Wir können Opa nicht hier sitzen lassen, wo ihn jeder sehen kann, der durchs Fenster schaut.«

Carlina schloss die Augen. Das Gewicht ihres Großvaters

zerrte an ihren Armen und von dem ekelerregenden Geruch wurde ihr übel. »Meinetwegen, aber jetzt komm endlich her und hilf mir!«

Emma drehte sich herum und zog die weißen Vorhänge zu. »Vielleicht sollten wir Opa ins Bett legen«, überlegte sie laut. »Dann findet ihn niemand zu früh.«

»Okay.« Carlina biss die Zähne zusammen. »Jetzt nimm seine Füße.«

»Aber ich –«

»Emma.« Carlina wusste, dass Emma den drohenden Unterton in ihrer Stimme erkennen und ihrer älteren Cousine gehorchen würde, so, wie sie es vor vielen Jahren schon getan hatte, als sie noch Teenager waren. Sie gebrauchte diesen Ton nicht mehr oft, aber er funktionierte immer noch.

Emma seufzte und griff nach Nicos Füßen. »Nicht dass mein Kleid durch diese Aktion noch reißt. Es ist nicht dafür gedacht, dass man damit Sport treibt.«

Carlina antwortete nicht. Nico war ein kleiner Mann und jetzt, ohne seine Persönlichkeit, die den Raum um ihn herum stets gefüllt hatte, sah er noch kleiner aus als je zuvor, aber er war so schwer, dass sie zu keuchen anfingen.

»Er wiegt eine Tonne.« Emma schnappte nach Luft.

»Lass ihn nicht fallen.« Carlina wackelte auf ihren hochhackigen Schuhen vorwärts und stieß die alte Tür zum Schlafzimmer mit ihrem Fuß auf.

Sie seufzten beide vor Erleichterung, als sie ihn auf dem Bett abgelegt hatten. Mit einem leichten Ächzen gab die Matratze nach.

»Wir müssen ihm das Hemd und die Hose ausziehen.« Carlina wurde schlecht.

»Was? Warum?«

Carlina hielt sich am Bettpfosten fest, um sich zu stützen. »Wie wahrscheinlich ist es wohl, dass er in voller Hochzeitsmontur zu Bett geht?«

Emma warf ihr einen Blick zu und zog ihre schmalen Augenbrauen zusammen. »Dein Gesicht ist ganz grün.«

Carlina presste ihre Hand vor den Mund. »Oh.« Sie rannte zum Badezimmer.

Als sie einige Minuten später wiederkam, musste sie eine Hand an die Wand stützen, um sicher zu sein, dass es noch irgendetwas auf der Welt gab, an dem sie sich festhalten konnte.

»Ich hab's schon erledigt.« Emma stopfte einen Bettzipfel

hinter Nicos Schulter und richtete sich auf. »Wir können jetzt gehen.« Sie sah kühl und gelassen aus, als ob sie jeden Tag Tote ausziehen würde.

»Wo hast du seine Hose hingetan?«

Emma machte eine vage Handbewegung. »Sie ist da hinten.«

Carlina zwang sich, die stützende Mauer zu verlassen und ging quer durch den Raum. »Wir müssen sie aufhängen. Opa war ein Pedant. Er hätte niemals seine beste Hose so auf den Stuhl geworfen.«

Emma seufzte. »Vielleicht fühlte er sich schon schlecht.«

»Niemals.«

»Na, meinetwegen.« Emma nahm die Hose und faltete sie entlang der Bügelfalte, dann strich sie mit der flachen Hand darüber und hängte sie über die Holzlehne des Stuhls in der Ecke.

»Ich habe meinen Schal vergessen.« Emma verließ den Raum, ohne die Tür hinter sich zu schließen. »Ich laufe nur rasch hoch, um ihn zu holen. Und ich öffne die Vorhänge in der Küche wieder, damit sich niemand wundert. Vergiss dein Telefon nicht. Es ist noch auf dem Tisch. Und beeile dich.« Ihre letzten Worte wurden fast vom Klappern ihrer hochhackigen Schuhe übertönt.

Carlina faltete Nicos weißes Hemd und legte es neben seine Hose. Sie schaute sich noch einmal in dem Zimmer um, sorgfältig darauf achtend, nicht auf die eingesunkene Gestalt im Bett zu sehen, dann schloss sie die Tür hinter sich.

Für einen Augenblick lehnte sie sich an die Tür und ließ ihre heiße Stirn auf das glatte Holz sinken. *Das ist der größte Fehler deines Lebens.*

»Carlina? Kommst du?«

Carlina richtete sich auf. »Sì, sì. »

II

»Wo ist denn Vater?« Carlinas Mutter schob sich entlang der Kirchenbank näher an ihre Tochter heran. Ihr langer, blauer Rock wickelte sich um ihre Beine, und sie zog ungeduldig daran, um sich zu befreien.

»Schhhh.« Carlina legte einen Finger auf die Lippen und zeigte auf den Altar, wo Emma und Lucio vor dem Priester standen.

Fabbiola stellte sich auf die Zehenspitzen und brachte ihren

Mund ganz nah an das Ohr ihrer Tochter. »Warum wart ihr so spät?« Ihr Parfüm roch nach Maiglöckchen.

»Erzähl ich dir später.« Carlina stand stocksteif und starrte nach vorne. *Lass mich in Ruhe. Bitte.*

»Wo ist dein Opa?« Fabbiola bohrte ihr den Ellenbogen in die Seite.

Schweißperlen bildeten sich auf Carlinas Stirn. Sie senkte ihre Stimme, sodass nur Fabbiola sie verstehen konnte. »Er wollte nicht kommen.«

»Warum nicht?« Fabbiolas Stimme wurde lauter.

Tante Maria, die auf der Bank vor ihnen saß, drehte sich herum und sah die beiden Frauen vorwurfsvoll an. Die drei riesigen Federn, die ihren Hut verzierten, hatten einmal quer durch Carlinas Gesicht gewischt und sie an der Nase gekitzelt.

Carlina nieste.

»Sei leise«, flüsterte Fabbiola. »Du störst den Gottesdienst.«

Der Priester wandte sich an die Gemeinde. »Liebe Schwestern und Brüder vor dem Herrn, lasst uns jetzt Hymne 232 singen, das goldene Tor zum Paradies.«

Während alle mit den Liederbüchern raschelten, stieß Fabbiola ihre Tochter erneut in die Seite. »Du versteckst etwas, Carlina. Raus damit.«

Carlina nahm das gefaltete Programmheftchen und fächelte sich damit Luft zu. »Es ist heiß hier.« Wie gut, dass ihr Kleid vorne und hinten weit ausgeschnitten war.

»Caroline.« *Oh Gott.* Jetzt war sie schon Caroline anstelle von Carlina. In zwei Minuten würde sie zu Caroline Arabella werden. Verzweifelt beugte sie sich zum Ohr ihrer Mutter. »Er hat gesagt, dass er eine böse Vorahnung hatte.«

Die Orgel spielte die ersten Noten.

»Eine böse Vorahnung?« Fabbiolas blauer Hut wackelte. »Aber er war über die bösen Vorahnungen doch schon hinweggekommen!«

»Schhhh.« Carlina legte den Finger auf den Mund. »Du störst den Gottesdienst.« Sie holte tief Luft und trällerte zusammen mit der Gemeinde »Ja, das goldene Tor zum Paradies, zum Paradies, zum –«

»Caroline Arabella!«

Carlina brach mitten im Paradies ab. »Sie kam zurück.«

»Was kam zurück?« Fabbiola hatte zur Feier des Tages ihre Fingernägel knallrot lackiert. Sie sahen wie fette Bluttropfen aus.

Carlina wendete ihren Blick ab. *Mir wird nicht schlecht.*

Nicht noch einmal. »Die Böse-Vorahnungs-Phase ist zurückgekommen.«

»Oh *Madonna*.«

»Ja, die goldenen Tore zum Paradies, zum Paradies, zum Paradies ...« Carlina sang so laut sie konnte. Vielleicht würde ihre Mutter den Hinweis verstehen und aufhören zu reden.

»Hat er das mit der bösen Vorahnung vor Emma gesagt?« Fabbiolas Flüstern übertönte die Musik.

Carlina schloss für einen Moment die Augen. »Ja.«

Fabbiolas braune Augen wurden rund. »Ich wette, sie hat einen Anfall bekommen.«

Das zumindest stimmt. Carlina nickte und trällerte eine letzte Note. Ein Jammer, dass das Lied so kurz war.

Sie setzten sich wieder und eine Minute lang hörte man nur das Rascheln der Kleider und das Husten von Onkel Teo.

Der Priester öffnete seine Bibel.

»Hat Vater sich gut gefühlt?« Fabbiola warf dem Priester, der es wagte, sie mit dem Beginn seiner Predigt zu unterbrechen, einen verärgerten Blick zu.

»Besser als je zuvor.« Die Worte kamen aus ihrem Mund, bevor sie sie zurückhalten konnte. Carlina wurde rot. *Das ist jetzt nicht der richtige Augenblick für schwarzen Humor, Carlina.*

»Aber –«

Tante Maria drehte sich wieder herum. Der Blick ihrer schwarzen Augen war erfüllt von einer Mischung aus Vorwurf und Neugierde, als er über sie hinwegschweifte. Eine Wolke aus Knoblauchgeruch waberte in Carlinas Richtung.

Carlina funkelte ihre Mutter an. »Jetzt nicht, Mama. Ich erzähle es dir später.«

Fabbiola seufzte, dann zuckte sie mit den Schultern und blickte zum Priester.

Carlina beobachtete sie misstrauisch aus den Augenwinkeln. Sie wusste, was jetzt passieren würde. Ihre Mutter brauchte in der Kirche immer nur eine Minute, um festzustellen, dass der Priester nicht interessant genug war, um sie wachzuhalten. Heute dauerte es noch nicht einmal so lange.

Fabbiola schnappte sich ihr geliebtes Kissen, das schon auf der Bank bereitlag, rutschte tiefer und schob es hinter ihren Kopf.

Carlina unterdrückte einen Seufzer. *Wenn sie nicht so klein wäre, könnte sie nicht in der Kirche schlafen. Andererseits, wenn sie größer wäre, könnte sie sich kurzerhand der Länge nach auf der Bank ausstrecken. Das wäre mal ein Anblick.* Der Gedanke brachte sie zum Lächeln. *Wenigstens schnarcht sie nicht.*

Sie blickte wieder zum Priester. Der riesige Altar, das lebensgroße goldene Kreuz und die flackernden Kerzen in fünf massiven Kerzenleuchtern ließen den Mann Gottes da vorne trotz seines weißen Talars klein und bedeutend erscheinen.

Aber er hat eine beruhigende Stimme. Ein wenig wie Opa. Carlina schluckte. *Ich werde ihn vermissen. Es war nie langweilig, wenn er in der Nähe war.* Sie biss sich auf die Lippe. *Ich werde nicht weinen.* Wenn sie das tat, würden diverse Familienmitglieder glauben, dass sie weinte, weil sie noch nicht verheiratet war. Sie sollte sich besser einige schlaue Antworten auf die unvermeidlichen Fragen überlegen, die später kommen würden.

Der Priester leierte seinen Text weiter herunter. Er schien seine Predigt nie zu ändern. Carlina fühlte sich, als ob sie die Zeremonie bald selbst abhalten könnte. Wie viele Mantonis hatte er dieses Jahr schon getraut? Fünf? Sechs? Die letzte Hochzeit war die von Angela und Marco gewesen, vor drei Monaten. Sie hatte noch nie ein so schönes Brautpaar gesehen. Die Braut war nicht so sexy gekleidet gewesen wie Emma, aber voller Klasse und Eleganz. *Marco hat genug Sexappeal für zwei, egal ob im Anzug oder in Jeans.* Carlina konnte seinen dunklen Kopf zwei Reihen vor sich sehen. *Er wird ein erfolgreicher Arzt werden, obwohl er neu in Florenz ist. Die Frauen werden in Scharen zu ihm stürmen.*

Als der Gottesdienst vorbei war, versteckte Carlina sich hinter einer Säule an der Seite der Kirche. Sie wollte mit niemandem sprechen.

Schließlich leerte sich die Kirche und nur der Priester blieb zurück. Als er an ihr vorbeiging, hallten seine Schritte auf den Steinplatten wider. Carlina zwang sich, ihm zu folgen. Ihr Herz war schwer. Die doppelflügelige Tür zu der katholischen Kirche stand weit offen und die Septembersonne tanzte in staubigen Strahlen auf den alten Holzbänken. Lautes Lachen grüßte Carlina, als sie auf die Stufen trat. Sie schloss die Augen, geblendet von dem hellen Licht, und atmete tief ein. Die Luft roch klar, ein willkommener Wechsel zu dem schweren Dunst des Weihrauchs in der Kirche.

»Bitte stellt euch alle auf die Stufen.« Onkel Ugo wedelte mit seiner großen Kamera und breitete die Arme aus, während er einzelne Familienmitglieder wie abtrünnige Schafe in die richtige Position brachte. »Jetzt lächeln!«

Carlina blieb, wo sie war, fast komplett verborgen hinter ihrer dicken Tante Maria. Gehorsam lächelte sie an den wehenden Federn von Tante Marias Hut vorbei, aber ihr Blick ging weit über die Gruppe hinweg.

Zu ihrer Linken erstreckten sich die fliederfarbenen Hügel der Toskana in weichen Wellen. Von ihrer Position aus hatte sie einen fantastischen Blick über Florenz und das historische Stadtzentrum unten im Tal. Die beeindruckende Kuppel des Doms glänzte im Sonnenlicht, ein sattes Gold, mit dem Campanile direkt daneben, der mit schlanker Eleganz in den Himmel ragte. Die rötliche Farbe der Terrakottadächer um sie herum wirkte warm und einladend. Carlinas Herz weitete sich vor Glück. Sie liebte Florenz, seine Schönheit, seine Geschäftigkeit. Sie hatte sich schon während der Sommerurlaube als Kind in die Stadt verliebt, aber auch als sie endgültig nach Florenz gezogen war – eine verängstigte und trauernde Dreizehnjährige –, hatte der Zauber nie nachgelassen. *Vielleicht ist das anders, wenn du hier geboren bist, dann siehst du es nicht als Geschenk.* Sie blickte in die Gesichter neben sich. Hatte irgendjemand einen Blick für die Stadt übrig, die wie Dornröschen zu ihren Füßen schlief? Sie fing den Blick ihres Bruders auf. Enzo war sechs Jahre alt gewesen, als sie nach Seattle zogen. Vielleicht war er mehr Italiener als sie es war.

Ihr Bruder winkte ihr zu. »Carlina!«

Sie winkte zurück, aber blieb, wo sie war, denn ihre Mutter stand neben ihm. Sie musste ein Auge auf ihre Mutter haben, den ganzen Tag lang, um sicherzustellen, dass immer genug Abstand zwischen ihnen lag. Fabbiola wusste, wie man ihr ein Geheimnis entlocken konnte.

Zu Carlinas Rechten, hinter der Kirche, standen fünf Zypressen in einer Reihe wie schlanke Wachen. Ein weicher Schleier lag in der Luft und milderte ihr dunkles Grün ab. Der Sommer war vorbei, aber es war noch warm genug, um kurzärmelig herumzulaufen. Hinter den Zypressen befand sich ein Friedhof, der sich über den sanft abfallenden Hügel bis nach unten ausdehnte. Der Anblick brachte sie unsanft auf die Erde zurück. Opa war tot. Sie würden das nächste Mal zur Beerdigung wieder hier sein. Carlina unterdrückte einen Seufzer.

Die Federn von Tante Maria wischten wieder über Carlinas Gesicht, als sie sich umdrehte. »Du wirst auch bald an der Reihe sein, Carlina.« Die kleinen Augen blinzelten ihr zu.

Carlina nickte, biss die Zähne zusammen und zwang sich zu einem Lächeln. Sie ging einen Schritt zurück, um zu vermeiden, dass die Federn sie ein drittes Mal streiften.

In diesem Augenblick erschien Alberta, die älteste Schwester ihrer Mutter, aus dem Nichts und warf Carlina unter ihrem entsetzlichen grünen Hut einen prüfenden Blick zu.

Verdammt. Bestimmt hat sie Tante Maria gehört.

Tante Maria drehte sich mit einer so schnellen Bewegung weg, dass Carlina ein Lächeln unterdrücken musste. Dann wappnete sie sich innerlich. Tante Alberta war bekannt für ihre stechenden Bemerkungen.

»Du solltest aufhören, sie alle zu verjagen, Carlina.« Alberta schob ihren Hut höher, sodass sie besser sehen konnte. »Du machst den Männern Angst. Niemand will eine unabhängige Frau haben. Ich kann schon verstehen, dass Giulio die Verlobung gelöst hat.«

Ich habe die Verlobung gelöst. Nicht er. Carlina wollte den blöden Hut von Tante Albertas Kopf schlagen. *Außerdem ist das fünf Jahre her, also könnten wir uns wirklich über einen aktuelleren Skandal unterhalten.*

Alberta entschied sich, Carlinas wütenden Blick zu ignorieren und fuhr ungehemmt fort. »Du solltest ein wenig verständnisvoller sein. Du wirst auch nicht jünger, weißt du. Mit fünfunddreißig bist du fast schon eine alte Jungfer.« Ihr falsches Lächeln spannte die runzelige Haut über ihren Lippen.

»Zweiunddreißig«, sagte Carlina durch ihre zusammengebissenen Zähne.

Alberta winkte nonchalant ab. »Wie auch immer. Meine Angela hat einen wunderbaren Mann gefunden.« Sie seufzte theatralisch. »Aber sie ist natürlich auch eine Schönheit.«

Und das weiß sie auch genau. Carlina schaute an ihrer Tante vorbei. *Ich möchte mich jetzt gern auf meine Vespa schwingen und einfach losfahren. Das Weinlaub ist schon rot und um diese Jahreszeit riecht die Erde so intensiv.*

Ihre Tante schaute sie prüfend an. »Du siehst nicht wie die anderen Mädchen der Familie aus.« Sie blies die Luft aus der Nase. »Du kommst wohl eher nach deinem Vater.«

Jetzt reichte es aber. »Ich habe auch keine Zunge, die so scharf ist wie ein Küchenmesser, was ein anderer typischer Familienzug zu sein scheint.« Carlina tat so, als ob sie lächeln würde und hoffte, dass es gelassen wirkte.

An dem Zucken von Tante Marias Schultern sah Carlina, dass

sie vor sich hin lachte.

Alberta wurde rot. »Ich werde mit deiner Mutter über deine Manieren sprechen müssen.« Sie verschob ihren Hut erneut. Jetzt saß er wie ein schiefes Ei auf ihrem Kopf. »Wo ist eigentlich Vater?« Ihre Stimme klang laut, deutlich vernehmbar über alle Köpfe hinweg. »Ich habe ihn noch gar nicht gesehen. Deine Mutter sagte, dass ich dich fragen solle.«

Mehrere Leute schauten sich um.

Carlina nahm die Schultern zurück. »Er hat sich entschieden, zu Hause zu bleiben.«

»Was?« Alberta runzelte die Stirn so sehr, dass ihr Gesicht wie eine alte Walnuss aussah. »Er wird so langsam wirklich komisch.«

Er war immer komisch. Aber auf eine liebenswerte Art.

»Warum um alles in der Welt wollte er denn nicht kommen?«

»Die Böse-Vorahnungs-Phase ist zurück. Er meinte, es sei sicherer, wenn er zu Hause bleiben würde.« Je häufiger sie es sagte, umso mehr klang es wie die Wahrheit.

»Aber diese Phase hatte er doch hinter sich gelassen!« Alberta presste die Lippen zu einem Strich zusammen. »In den letzten Monaten hat er doch immer nur darüber gesprochen, dass unsere dunkle Vergangenheit uns einholen würde.«

»Wirklich?« Carlina tat so, als ob sie noch nie von Nicos letztem Tick gehört hätte. »Welchen Teil deiner Vergangenheit hat er erwähnt?«

Alberta richtete sich zu ihrer vollen Größe auf. »Nichts, was dich etwas angeht.«

Bravo, Opa. Ich hoffe, du hast sie kräftig irritiert, auch wenn du alles erfunden hast. Carlina nickte ihrer Tante kühl zu und tat so, als ob sie jemanden auf der anderen Seite der Menge entdeckt hätte. »Ich muss los. Wir sehen uns später, Tante Alberta.«

Den Rest des Tages wich sie ihrer Mutter aus und wechselte das Thema, sobald jemand Nico erwähnte. Jedes Mal, wenn sie einen Blick mit Emma wechselte, fragte sie sich, wieso ihre Cousine so wirken konnte, als ob kein Wölkchen am Horizont die Stimmung trüben könne. Emma sah ausgeglichen und glücklich aus, souverän und kontrolliert. *Aber Emma ist eine sehr zielstrebige Frau. Sie hat ihre Gefühle immer im Griff.* Carlina traute sich nicht zu seufzen, obwohl ihr danach war. Sie hatte heute schon genug mitleidige Blicke geerntet.

Um Viertel vor neun fiel sie erleichtert in ihren Stuhl an der festlichen Tafel. Das Schlimmste war vorbei. Essen, dann ein wenig tanzen und dann konnte sie nach Hause gehen. Morgen … nein, sie wollte lieber nicht an Morgen denken. Sie würde –

»Oh, hallo«, sagte eine dunkle Stimme über ihr.

Carlina schaute überrascht hoch. »Hallo.«

Angela erschien und nahm ihren Mann beim Arm. »Das ist Caroline, Marco. Sie ist meine Cousine.«

»Wir haben uns schon kennengelernt.« Carlina lächelte Marco an und stand auf, um ihm die obligatorischen Familienküsschen auf die Wangen zu geben. Er roch gut, nach Zedernholz und einem anderen Duft, den sie gerade nicht zuordnen konnte.

»Es tut mir leid.« Ein Lächeln erschien in seinen Mundwinkeln. »Es ist ein wenig schwierig, sich alle Namen zu merken, obwohl ich mich an dein Gesicht erinnere.« Er hielt ihr den Stuhl hin und wartete, bis sie saß, dann half er seiner Frau und setzte sich selbst. »Es scheint sehr viele Cousinen und Cousins zu geben.«

»Absolut.« Carlina mochte ihn. »Meine Mutter hat sechs Brüder und Schwestern, die alle mehrere Kinder haben. Es ist schwer, sich durch Florenz zu bewegen, ohne über ein Mitglied des Mantoni-Clans zu stolpern.«

Er lächelte. »Das habe ich schon bemerkt.«

»Wir nennen sie ›die Gang‹.« Carlina schob das kunstvolle Arrangement aus Orchideen mit beiden Händen zur Seite, um mehr Platz zu haben.

Marco hob die Augenbrauen. »Das klingt gefährlich.«

»Ist es auch.« *Und wenn du wüsstest, dass ich gerade meinen toten Großvater verstaut habe, würdest du mir auch glauben.*

Angela beugte sich nach vorne, sodass ihr dunkles Haar über ihre Schulter fiel. »Jetzt erschrecke ihn nicht, Caroline. Wir sind eine ganz normale Familie.«

»Das hängt davon ab, wie du normal definierst.« *Sie ist die Einzige, die mich nie Carlina nennt.*

»Quatsch.« Angela fingerte nervös an ihrer leinenen Serviette herum. »Es ist überhaupt nichts falsch an –«

»Carlina!« Die dröhnende Stimme hinter Carlina brachte die Kristallgläser zum Klirren.

Marco schrak zusammen.

»Onkel Teo!« Carlina sprang auf und küsste ihren Großonkel. »Wie geht es dir?« Sie blickte prüfend in sein Gesicht, um nach Zeichen von Erschöpfung Ausschau zu halten.

»Ging mir nie besser, mein Mädchen, nie besser!« Die

wenigen Haare auf Onkel Teos Kopf standen wild in die Höhe, im krassen Gegensatz zu seinem perfekt sitzenden dunklen Anzug und dem weißen Hemd. Seine Augen glänzten und seine Wangen waren rosig, sodass man sah, wie gut er sich amüsierte.

Die Ähnlichkeit zu Nico traf Carlina wie eine Faust in den Magen.

»Was höre ich von Fabbiola?« Onkel Teo grinste sie an. »Nico ist krank?«

Marco schnappte nach Luft. »Für einen Augenblick habe ich geglaubt, es sei Nico selbst«, sagte er leise zu Angela.

Carlina hörte es. *Ha, ha. Unsere normale Familie verwirrt ihn jetzt schon.* Sie umarmte ihren Großonkel. Er fühlte sich zerbrechlich und klein an. Traurigkeit übermannte sie.

Angela beugte sich näher zu ihrem Mann. »Nein, das ist Teo. Er zieht sich besser an als Nico. Das ist der einzige Unterschied, an dem du sie auseinanderhalten kannst.«

Carlina richtete sich mit Mühe gerade auf. »Er hat wieder die Böse-Vorahnungs-Phase.« Ihre Stimme klang unsicher. »Also hat er sich entschieden, zu Hause zu bleiben.«

Onkel Teo kicherte. »Also so schlimm, ja?«

Carlinas Mund wurde trocken. »Was meinst du?«

»Ich wette, er fühlte sich zu schlapp und wollte nicht die ganze Nacht wach bleiben.« Er stolzierte zwei Schritte auf und ab und zwinkerte Carlina zu. »Aber ich bin noch lange nicht am Ende, ganz egal, was der Arzt sagt!« Er schaute quer durch den Raum zu seiner Frau.

Tante Maria hob einen Arm und winkte ihm zu.

»Maria sagt, ich muss zu unserem Tisch zurückkommen. Wir sehen uns später.« Er wackelte mit seinen weißen Augenbrauen. »Aber vergiss nicht, dass ich mit dir tanzen will. Ich möchte mit all meinen schönen Nichten tanzen.« Er grinste Angela an. »Ich bin nicht zu alt dafür. Schlechte Vorahnungen. Ha. Ich wette, Nico ist noch nicht einmal annähernd so fit, wie ich es bin.«

Carlina schluckte. *Wie recht er hat.*

Onkel Teo winkte ihnen noch einmal zu und stolzierte davon.

Puh. Carlina fühlte sich, als ob alle ihre Muskeln zu Wasser geworden wären.

Marco schüttelte den Kopf. »Warum ist er so glücklich, dass sein Zwillingsbruder nicht dabei ist?«

Angela seufzte und fuhr sich mit der Hand durch das lange Haar.

Carlina sagte: »Weil sie in ewigem Wettstreit stehen. Vom

ersten Tag ihres Lebens an wollten sie sich gegenseitig übertrumpfen. Manche sagen, dass sie nur deshalb beide sieben Kinder bekommen haben, weil jedes Mal, wenn einer ein neues Baby bekam, der andere schnurstracks nach Hause ging und seiner Frau sagte, dass er auch noch eines haben wolle.«

»Caroline! Wenn du das so sagst, klingt es ganz schön anstößig.« Angela zog ihre schmalen Augenbrauen zusammen.

Marco lachte in sein Glas.

»Aber gar nicht.« Carlina spielte mit der weißen Zuckermandel auf ihrem Teller. *Jetzt ist der Wettkampf vorbei, aber Onkel Teo weiß es noch nicht.*

»Warum haben sie denn bei sieben Kindern aufgehört?« Marco legte eine Hand auf den Arm seiner Frau, aber schaute weiterhin Carlina an.

»Weil meine Großmutter nach der Geburt des siebten Kindes starb.« Sie drehte die Mandel im Kreis, versunken in ihre Gedanken. »Mein Opa hat alle Kinder alleine aufgezogen, obwohl man ehrlich sagen muss, dass Onkel Teo und Tante Maria ihn immer sehr unterstützt haben.«

Marco pfiff durch die Zähne. »Wow.«

Angela zog ihre Hand zurück. »Ich hasse es, wenn du das tust.«

»Was?«

»Dieses Pfeifen. Das ist so vulgär.«

Mamma mia. Carlina unterdrückte das Bedürfnis, die Augen zu rollen. *Sie ist so spießig! Vielleicht wurde sie bei der Geburt vertauscht?* Sie lächelte in sich hinein.

»Was ist so lustig?« Marcos dunkle Augen blickten ihr fragend ins Gesicht.

»Ach, nur die Familie. Ich finde, sie ist eine Quelle nie enden wollender Unterhaltung.« *Allerdings nur in Kombination mit meinen Gedanken.*

Kapitel 2

I

»Carlina!«

Jemand zog ihr die Bettdecke weg. Carlina hielt sie mit aller Kraft fest, die ihre müden Arme hervorbringen konnten, aber ihre Finger glitten von dem weichen Baumwollstoff ab, und ein kalter Windzug wehte um ihre Beine. Sie schauderte.

»Carlina! Steh auf!« Fabbiola schluchzte. »Vater ist tot.«

Carlina schoss hoch, der Schock wie ein heißer Blitz in ihrem Körper. »Oh Gott, ich habe verschlafen.« Ihre Stimme war schlaftrunken.

»Was?« Fabbiolas Augen waren gerötet. »Was hast du gesagt?«

»Nichts.« Carlina sprang aus dem Bett und rannte zur Wohnungstür.

»Carlina! Stopp!«

Carlina fuhr herum. *Wach auf, du Dummkopf. Du brauchst jetzt all deine Kraft.* »Ich … ich kann es nicht glauben, Mama. Ich muss runtergehen und es mir selbst ansehen.« Sie rieb sich die Augen.

»Du kannst aber nicht in diesem … diesem Nichts aus Spitzen runtergehen.« Fabbiola zeigte mit einem wackeligen Finger auf das Nachthemd ihrer Tochter.

»Oh. Richtig.« Carlina lief rasch in ihr kleines Badezimmer und schnappte sich den weißen Bademantel aus Seide mit dem roten Gürtel. Sie beugte sich über das Waschbecken, machte den Wasserhahn an und spritzte sich kaltes Wasser ins Gesicht. So langsam wurden die Dinge klarer. Sie trocknete ihr Gesicht ab und drehte sich zu ihrer Mutter herum, die an der Schwelle zum Badezimmer stand.

Fabbiolas hennarotes Haar hing in Strähnen herunter und die

Mascara der letzten Nacht hatte große dunkle Schatten unter ihren Augen hinterlassen. Sie trug ihren gelben Morgenmantel aus Seide – ein Geschenk von Carlina – links herum.

Eine Welle aus Zärtlichkeit überkam Carlina. »Wer hat ihn gefunden?«

Fabbiola wrang die Hände. »Teo. Er sagte, er wollte mit seinem Bruder über die Hochzeit sprechen.«

»Oh Gott.« Carlina wurde ganz kalt. »Geht es ihm gut? Was ist mit seinem Herzen?«

»Es ist alles in Ordnung. Er sagt, dass sein Herz ihm überhaupt keine Probleme macht.«

Carlina seufzte. *Wahrscheinlich wollte er damit angeben, dass er die ganze Nacht wach geblieben war und alle möglichen schwerverdaulichen Dinge gegessen hatte, ohne dass es einen negativen Effekt gehabt hatte. Verdammt. Ich wollte ihm den Schock ersparen.* »Und dann?«

»Er fand ihn tot im Bett und kam dann hoch, um mich zu wecken.«

Oh nein. Carlina ging zu ihrer Mutter und umarmte sie. »Es tut mir so leid, Mama. Er war ein wunderbarer Mann.«

Fabbiola erwiderte die Umarmung mit einem Schluchzen. »Es kommt so unerwartet. Gestern war er noch wie immer und heute …« Sie zitterte und weinte haltlos.

Carlina hielt sie tröstend im Arm. Sie wartete, bis ihre Mutter sich beruhigt hatte, dann sagte sie mit sanfter Stimme. »Habt ihr den Arzt gerufen?«

Fabbiola wischte sich die Augen. »Ich habe es versucht, aber er ist krank und ich hatte nur den Anrufbeantworter dran. Die Ansage lautet, dass man im Notfall das Krankenhaus anrufen solle.« Sie schnupfte. »Natürlich ist Enrico krank, wenn man ihn mal braucht. Das ist so typisch.«

»Aber Mama, er war doch immer hier, wenn einer von uns krank war. Hast du einen anderen Arzt angerufen?« Carlina schaute sich nach ihrem Mobiltelefon um.

Fabbiola richtete sich zu ihrer vollen Größe auf. »Natürlich nicht! Als ob ich jemanden anrufen würde, den ich noch nie im Leben gesehen habe.« Sie beäugte ihre Tochter, die mit entschlossenem Gesicht ihre Handtasche durchsuchte. »Und wag es bloß nicht, einen Fremden anzurufen. Ich möchte keinen unbekannten Mann in meinem Haus haben.«

»Mama.« Carlina fischte ihr Mobiltelefon aus der Tasche und hielt es hoch. »Wir müssen jemanden anrufen. Ohne Sterbeurkunde können wir nichts tun. Wir brauchen einen Arzt, um eine Sterbeurkunde zu bekommen.«

»Oh *Madonna*, ich möchte das nicht diskutieren!« Fabbiola schlang ihre Arme um ihren Körper. »Mein Vater ist tot und wir streiten uns über Nebensächlichkeiten.«

»Es ist keine Nebensächlichkeit, Mama.« Carlina versuchte, ihre Stimme ruhig zu halten. Es lenkte sie von ihrer Trauer ab, sich um Organisatorisches zu kümmern. »So ist das Gesetz. Wir haben gar keine Wahl.« Sie schaute auf ihr Telefon und runzelte die Stirn. »Vielleicht –«

»Warte!« Fabbiola streckte ihre Hand aus. »Ich habe eine Idee! Wir rufen Marco.«

Carlinas Hand sank nach unten. »Marco? Warum sollte Marco uns helfen können?«

Fabbiola zischte ungeduldig. »Nicht Marco der Tischler. Ich meine Angelas Marco. Dein neuer Cousin! Er ist doch Arzt, oder nicht?«

»Na ja, schon, aber er ist doch gerade erst mit der Uni fertig und –« Carlina schauderte und zog ihren Bademantel enger um sich.

»Quatsch.« Fabbiola hielt ihre Hand gebieterisch hoch. »Gib mir dein Telefon. Ich rufe ihn an. Er gehört zur Familie. Das zählt.«

II

Als Marco an der Via delle Pinzochere 10 ankam, schlugen die Glocken von Santa Croce gerade elf Uhr. Carlina hörte das vertraute Läuten mit Erleichterung. In fünf Minuten würde Emmas Flugzeug von Pisa abfliegen und nichts würde ihren Urlaub in Afrika stoppen können. Die Hochzeit war ein voller Erfolg gewesen, die Hochzeitsreise würde ohne Probleme verlaufen und wenn Emma wiederkam, würde das Schlimmste schon vorbei sein. *Ich muss jetzt nur noch ein oder zwei Tage stark sein. Solange ich mich an meine Geschichte halte und dabei bleibe, wird niemand auf die Idee kommen, komische Fragen zu stellen.*

Die halbe Familie war in Nicos kleiner Küche versammelt. Die, die nicht hineinpassten, standen im Eingang herum. Carlina schüttelte den Kopf. Sie verstand immer noch nicht, wie sich Neuigkeiten im Mantoni-Clan schneller als mit Lichtgeschwindigkeit verbreiten konnten.

Tante Maria lehnte am Gasherd und atmete schwer. Jeder Atemzug brachte eine Wolke voller Knoblauchgeruch mit sich, so wie ein kleiner Drache mit jedem Atemzug eine Flamme spuckte.

Carlina runzelte die Stirn. Wo war Onkel Teo? War er noch bei seinem toten Bruder? Auf der anderen Seite der Küche, so weit weg wie nur irgend möglich von Tante Maria, entdeckte sie Angela, die ihre Arme vor der Brust verschränkt hatte und ungeduldig mit einem elegant beschuhten Fuß auf das abgenutzte Linoleum klopfte. *Ich wette, sie ist nicht glücklich darüber, dass ihr Mann die Sterbeurkunde unterzeichnen soll.*

Neben ihr standen Ernesto und Annalisa, Cousin und Cousine von Carlina, mit weit aufgerissenen Augen. Ihre roten Haare leuchteten in der späten Morgensonne, die durch das Fenster schien. Mit ihren siebzehn und neunzehn Jahren waren sie vom Tod noch stärker erschüttert als die Älteren. Ihre Mutter Benedetta hatte den Arm um Annalisas Schultern gelegt und schniefte in ein Taschentuch, aber sie hatte die Zeit gefunden, ihren leuchtend roten Lippenstift aufzutragen. Hinter ihr entdeckte Carlina ihre Schwester Gabriella mit ihrem Mann Bernando, beide mit verweinten Augen. Gabriellas braune Locken waren in wirrer Unordnung, als ob sie sie zuletzt vor einer Woche gebürstet hätte. *Wo kommen die denn her? Sie leben dreißig Kilometer weit weg.* Gott sei Dank hatten sie die kleine Lilly nicht mitgebracht. Sie würde schon genug um ihren Urgroßvater trauern, auch ohne ihn tot zu sehen.

Fabbiola regierte über die Menge, indem sie in der Mitte stand und Papiertaschentücher verteilte. Carlina schlüpfte in die Küche und vermied jeden Augenkontakt. Sie wusste, dass sie sofort anfangen würde zu weinen, wenn sie ein trauriges Gesicht sah.

Eine Bewegung an der Tür brachte sie dazu, sich umzudrehen. Es war Marco. Sein gut aussehendes Gesicht war blass. Er zog die Schultern ein, als ob er einen Schlag erwartete und wendete sich an Carlina. »Hast du einen Stift?«

Carlina nickte und öffnete eine wackelige Schublade, in der Nico all den Kleinkram aufhob, den man in einer Küche brauchte. Sie gab ihm einen billigen Plastikkugelschreiber und sah zu, wie er ein gefaltetes Papier aus seiner Jackentasche nahm. Im Raum wurde es ganz still. Nur das schwere Atmen von Tante Maria und das Rascheln des Papiers unter Marcos Händen war noch zu hören.

Carlina schauderte. Die Art und Weise, wie sie alle mit unbewegten Gesichtern auf Marco starrten, wirkte unnatürlich.

Marco füllte zwei Zeilen mit unleserlichem Gekritzel aus. Dann prüfte er die Zeit auf seiner Armbanduhr und notierte diese auch, aber just in dem Augenblick, als er den Stift ein letztes Mal anhob, um die Sterbeurkunde zu unterzeichnen, schoss Onkel Teo durch die Tür, stoppte direkt vor Marco, packte ihn an beiden Armen und schüttelte ihn.

»Onkel Teo!« Carlina sprang nach vorne. »Beruhige dich.«

»Da stimmt etwas nicht!« Onkel Teos knorrige Hände sahen auf Marcos Jackett wie Krallen aus. »Ich fühle das! Ich weiß es!«

Carlina griff blind nach der Ecke des Tisches, um sich festzuhalten. »Was?«

»Ich sage es euch doch!« Onkel Teo ließ den jungen Arzt los und schaute sich mit wild funkelnden Augen im Raum um. »Da stimmt etwas nicht!«

Carlina nahm einen Stuhl und schob ihn in Onkel Teos Richtung. »Setz dich, Onkel Teo.« *Und halte den Mund. Sofort!*

Onkel Teo sprang von dem Stuhl weg, als ob er giftig sei. »Ich möchte nicht sitzen. Ich sage es euch – ich, Teodoro Alfredo Mantoni«, er zeigte mit seinem rechten Daumen auf seine Brust. »Ich weiß es. Da stimmt etwas nicht.« Sein normalerweise makellos gebügeltes Hemd war zerknittert und ließ ihn älter aussehen.

Seine Frau runzelte die Stirn und beugte sich nach vorne. »Wieso, Teo? Was weißt du?«

»Ich vermute, Onkel Teo hat die Böse-Vorahnungs-Phase geerbt«, murmelte Angela leise.

Onkel Teo sah sie mit tiefem Widerwillen an. »Nico trägt noch seine Socken.«

Carlina dachte, sie hätte sich verhört. »Was?«

Ihr Großonkel nickte so stark, dass sein weißes Haar nach vorne fiel. »Ja. Er trug nie Socken im Bett. Nie! Ich kenne ihn. Ich bin sein Zwilling. Er trug nie Socken im Bett.«

Das Universum begann, sich in immer schneller werdenden Kreisen um Carlina herum zu drehen. Sie legte eine Hand auf Onkel Teos Arm, nicht sicher, ob diese Geste ihn zurückhalten oder sie selbst stützen sollte – oder beides. »Vermutlich hat er seine Gewohnheiten geändert. Das tun wir alle von Zeit zu Zeit.«

»Nein!« Onkel Teo schüttelte den Kopf. »Ein alter Mann

ändert seine Gewohnheiten nicht.«

»Vielleicht hat er gefroren, als er zu Bett ging.« *Er wurde jedenfalls schon kalt.*

Die Familie folgte fasziniert der Unterhaltung. Ihre Köpfe gingen hin und her wie bei einem Tennisspiel. Benedetta hielt eine Hand vor dem Mund, ihre Augen weit geöffnet. Ihr leuchtend roter Lippenstift schien zwischen den Fingern hervor und wirkte in ihrem weißen Gesicht fehl am Platz.

»Blödsinn«, zischte Onkel Teo zwischen den Zähnen hervor. »Nico hat nicht gefroren. Es war heiß gestern. Viel zu heiß für Ende September.«

Ich muss ihn stoppen. Ich muss ihn ablenken. Carlina tat so, als ob sie ganz entspannt sei und zuckte mit den Schultern. »Vielleicht fühlte er sich schon schlecht. Darum hat er seine Socken nicht ausgezogen.«

»Nein.« Onkel Teo schüttelte entschieden den Kopf. »Er zog seine Socken immer zuerst aus.«

Warum, oh, warum habe ich bloß darauf bestanden, Opa auszuziehen? Wie dämlich von mir! Verzweifelt wendete Carlina sich an Marco. »Ich bin sicher, dass alles ganz normal aussah, oder Marco?« Sie starrte ihn beschwörend an. *Sag ja, Marco. Los jetzt!*

Marco hatte einen leeren Gesichtsausdruck, als ob er sie nicht gehört hatte.

»Ich denke, wir sollten Teo glauben.« Tante Maria schob sich an allen vorbei, bis sie direkt neben Onkel Teo stand. »Er weiß, wovon er spricht.«

»Ich bin sicher, dass es einen einfachen Grund dafür gibt, dass Opa noch die Socken trägt.« Carlina biss die Zähne zusammen und lächelte Marco mit einem wie sie hoffte ermutigenden Lächeln an. »Ich schlage vor, dass du die Sterbeurkunde jetzt unterzeichnest und dann machen wir weiter.«

Marco nickte und hob den Stift erneut, aber bevor er anfangen konnte zu schreiben, stemmte Fabbiola die Hände in die Hüften und sagte zu Onkel Teo: »Willst du uns etwa sagen, dass Vater ermordet worden ist?«

Schweigen. Sogar Tante Maria hörte auf zu atmen. Alle Augen starrten auf Marco.

»Natürlich nicht!« Carlina war gleichzeitig heiß und kalt. Sie täuschte ein Lachen vor. »Was für ein absurder Gedanke!«

Marco legte den Stift vorsichtig auf die Sterbeurkunde und stellte sich gerade hin. Er schaute zu Fabbiola, sein Gesicht ausdruckslos wie eine Maske. »Ich glaube, du solltest darüber nachdenken, was du sagst. Wenn es wirklich Mord war, würde das einen ganz schönen Skandal geben.«

Falsche Antwort, total falsch! Carlina zuckte zusammen. Wenn er die Familie bloß besser kennen würde. Ihnen einen Skandal zu versprechen, war der beste Weg, um ihr Interesse zu wecken. Sie konnte schon sehen, wie Ernesto und Annalisa auflebten. Tante Maria nahm einen ihrer Knoblauchsnacks aus der voluminösen Tasche ihres Kleides und knackte ihn zwischen ihren großen Zähnen, um die Gelegenheit zu feiern.

»Mord!« Fabbiola starrte Marco mit weit geöffneten Augen an, aber Carlina konnte das Glitzern in ihnen sehen und wusste, dass sie in Gedanken schon die verschiedenen Möglichkeiten durchspielte. »Das ist nicht dein Ernst.«

»Natürlich nicht!« Carlina unternahm einen letzten Versuch, die Situation zu retten. »Also gut, Opa starb, während er seine Socken anhatte. Na und? Er muss sich schlecht gefühlt haben und hat es ganz einfach vergessen.«

»Nein.« Onkel Teo schüttelte den Kopf. »Das hätte er nie getan.«

Verdammt, Onkel Teo. Das ist jetzt nicht der richtige Augenblick, um dickköpfig zu werden. Carlina schaute sich in der Küche um, in der schwachen Hoffnung, jemanden zu finden, der sie unterstützen würde, aber alle waren fasziniert von dem Gedanken, dass ein Mord in ihrer Familie geschehen sein könnte. Ihre Schwester Gabriella hatte ihre Augenbrauen so weit gehoben, dass sie in ihren wilden Locken verschwanden, und ihr Mann Bernando sah aus, als ob man ihm gerade einen tollen Abend in der Stadt versprochen hätte.

»Marco.« Angela schob Fabbiola zur Seite und stellte sich neben ihren Mann. »Ich bin der Meinung, dass du einen anderen Arzt dazu rufen solltest. Es ist ein wenig viel verlangt, dass du jetzt diese Verantwortung übernehmen sollst, obwohl du gerade erst angefangen hast, zu arbeiten.« Sie schaute mit kalten Augen zu Fabbiola.

Marco blickte seine Frau mit einem schwer zu lesenden Gesichtsausdruck an. Er hielt den Stift in einem Winkel, als ob er die Sterbeurkunde unterschreiben wollte, es aber nicht wagte, seiner Frau zu widersprechen.

Carlina sah in sein unbewegliches Gesicht, ihre Gedanken in wilder Panik. War er erleichtert, dass Angela versuchte, ihn zu schützen oder ärgerte er sich darüber? Die beiden hatten sich nur ganz kurz gekannt, bevor sie geheiratet hatten. Bereute er es vielleicht schon? Vielleicht hatte ihre Schönheit ihn mitgerissen und jetzt lernte er die echte Frau unter der schönen Oberfläche kennen. *Schnell, Carlina, schnell. Du musst eine Lösung finden, damit er die Urkunde unterschreibt.* Was konnte sie tun, um den Einfluss von Angela zu überwinden und Marco dazu zu bringen, sofort zu unterschreiben?

Fabbiola schüttelte den Kopf und zog eine Schnute wie eine Fünfjährige. »Ich habe gar nichts von Marco verlangt. Ich habe ihn nur gefragt.«

Carlina schluckte. Natürlich. Ihre Mutter verlangte nie etwas, sie bat. Wie eine Königin … und es war genauso schwer, nein zu sagen, als ob eine echte Königin um den Gefallen gebeten hätte. Ihre Kehle zog sich zusammen. Sie musste Marco einfach dazu bringen, zu unterschreiben. »Marco, ich denke –«

Onkel Teo schlug mit der Faust auf den Tisch.

Alle sprangen auf.

»Es reicht!« Seine Stimme klang höher als sonst. »Wir werden nicht weiter darüber diskutieren. Niemand wird die Sterbeurkunde unterschreiben und niemand wird den Tod meines Bruders wie einen normalen Sterbefall behandeln. Ich rufe die Polizei.«

Mehrere Familienmitglieder schnappten begeistert nach Luft.

»Nein!« Carlina legte eine Hand auf Onkel Teos Arm. »Ich bin sicher, dass es eine völlig normale Erklärung gibt.« Sie versuchte, ihn mit ihrem Blick zu überzeugen, dass sie diese Erklärung kannte und sie ihm mitteilen würde, sobald der Rest der Familie gegangen war.

Aber Onkel Teo entzog ihr seinen Arm. »Niemand wird mich aufhalten.« Seine Stimme wurde lauter und zwei Adern traten wie verknotete Stricke an seinem Hals hervor. »Nico war mein Zwillingsbruder.« Sein Gesicht wurde tiefrot. »Ich weiß, dass hier etwas nicht stimmt!«

Carlina starrte ihn an. *Wenn ich weiter versuche, ihn aufzuhalten, wird er einen Herzanfall bekommen und ich werde dafür verantwortlich sein.* Sie biss sich auf die Lippe. *Verdammt.* »Na gut, Onkel Teo.« Sie gab sich Mühe, ihre Stimme beruhigend klingen zu lassen. *Ich spreche mit ihm, sobald wir alleine sind.* Sie lächelte und öffnete den Mund, um vorzuschlagen, dass Teo sich erst einmal ein wenig ausruhen sollte, als ihre Mutter eingriff.

Fabbiola straffte ihre Schultern, schaute sich in der Küche um und schmetterte ihr Urteil dann wie eine Fanfare heraus. »Lasst uns die Polizei rufen.« Sie ging zu dem Telefon in der Ecke der Küche und wählte die Notrufnummer 113.

Carlinas Mund blieb offen stehen. Ihr Gehirn war komplett leer.

Bevor sie sich entscheiden konnte, was sie tun sollte, sprang Onkel Teo nach vorne und riss das Telefon aus Fabbiolas Händen. »Er war mein Zwillingsbruder! Ich rufe die Polizei!« Seine Gesichtsfarbe vertiefte sich von rot zu lila und seine Augen quollen hervor.

Carlina ballte die Fäuste und holte tief Luft. *Ich kann ihn jetzt nicht mehr stoppen … er würde sofort einen Herzinfarkt bekommen. Verdammt, verdammt, verdammt.*

Onkel Teo drückte das Telefon gegen sein Ohr und lauschte ohne sich zu rühren.

Die ganze Familie wartete mit angehaltenem Atem.

Vielleicht ist ja besetzt. Carlina kaute nervös auf ihrer Lippe.

»*Pronto*?« Onkel Teo wusste, wie wichtig seine Rolle als Familienentertainer war. Er sprach deutlich und mit so viel Betonung, dass ein Dichter, der sein Lieblingswerk vortrug, sich davon eine Scheibe hätte abschneiden können. »Ich möchte einen Mord melden.« Er schaltete den Lautsprecher ein.

Oh nein. Carlina unterdrückte ein Stöhnen. *Bitte. Das ist kein Theaterstück. Das ist die Wirklichkeit.*

»Bitte nennen Sie mir Ihren Namen.« Der Frau am anderen Ende war offensichtlich nicht klar, dass sie eine aktive Rolle in diesem Theaterstück spielte, sie klang eher gelangweilt.

Gabriella schüttelte angesichts dieser schwachen Leistung missbilligend den Kopf, bis alle ihre Locken wackelten.

»Ich bin Teodoro Alfredo Mantoni.« Als die Frau in der Leitung nicht reagierte, wiederholte Onkel Teo. »Mantoni. Sie kennen doch den Namen Mantoni, oder?«

Alle Mantonis warteten mit angehaltenem Atem auf die Antwort, aber die Polizistin war eine armselige Schauspielpartnerin. »Okay«, sagte sie. »Wo sind Sie?«

Ein enttäuschter Seufzer hing in der Luft. Die Mantonis hatten eine bessere Vorstellung erwartet.

Onkel Teo runzelte die Stirn. »Ich bin natürlich zu Hause.«

»Wo ist zu Hause? Könnten Sie mir bitte Ihre Adresse geben?«

»Natürlich.« Jetzt war Onkel Teo beleidigt. »Es ist die Via delle Pinzochere 10, im historischen Zentrum von Florenz, direkt neben der Kathedrale Santa Croce.«

»Ist notiert. Jetzt sagen Sie mir bitte, wo Sie die Leiche gefunden haben.«

Onkel Teo runzelte die Stirn. Das verlief nicht nach Plan. »In seinem Bett.«

»Wer ist das Opfer?«

Carlina zuckte zusammen. Nico war kein Opfer. Er war eines natürlichen Todes gestorben und seine Enkelkinder hatten ihn in eine andere Position gebracht. Das war alles.

»Es ist mein Zwillingsbruder, Nicolò Alfredo Mantoni«, antwortete Onkel Teo. »Sie haben doch bestimmt schon von den Zwillingen Teodoro und Nicolò Mantoni gehört, oder?«

Die Polizistin war gut trainiert; sie ignorierte Fragen, die nur Ärger brachten. »Woher wissen Sie, dass es kein natürlicher Tod war?«

Onkel Teo holte tief Luft. Dies war der Höhepunkt des Dramas. »Er trug Socken.«

»Entschuldigen Sie, *signor*? Sagten Sie, er trug Socken?« Ein Sinn für Humor war offensichtlich keine notwendige Qualifikation für die Stelle bei der Polizei gewesen.

»Ja.«

»Und Sie denken, dass diese Socken tödlich waren?« Nicht der Hauch eines Lächelns lag in der Stimme der Polizistin.

»Das habe ich nie gesagt!« Onkel Teos Augenbrauen sträubten sich bei der Dummheit dieser Frage. »Aber es war ungewöhnlich.«

Für einen Augenblick herrschte Stille am Telefon.

»Hallo?« Onkel Teo schüttelte den Hörer, als ob das die Verbindung verbessern würde. »Sind Sie noch da?«

»Ja.« Die Frau am anderen Ende klang geduldig. Zu geduldig. »Wie alt war das Opfer?«

»Neunundsiebzig«, sagte Onkel Teo mit Würde. »Neunundsiebzig und vier Monate und drei Tage, um genau zu sein, und fünfzehn Minuten älter als ich.«

»Wie bitte?«

»Er war mein Zwillingsbruder«, wiederholte Onkel Teo, als ob das alles erklärte.

»Wollen Sie mir sagen, dass das Opfer neunundsiebzig Jahre alt war, dass er im Bett starb, während er seine Socken anhatte und dass das der Grund ist, warum Sie glauben, dass er ermordet wurde?«

»Genau.« Onkel Teo hörte den ungläubigen Ton in den Worten der Polizistin nicht. »Jetzt verstehen wir einander.«

Ein nervöses Kichern entschlüpfte Carlina. Sie überdeckte es mit einem gekünstelten Husten. Schwach vor Erleichterung sank sie gegen den Tisch. *Gott sei Dank hat Onkel Teo die ganze Sache so miserabel präsentiert. Die Polizei wird niemals kommen.*

Die Frau am Telefon sagte: »Ich schicke Ihnen innerhalb der nächsten dreißig Minuten einen Kollegen.«

Kapitel 3

I

Staub tanzte in dem sonntäglichen Sonnenstrahl, der durch das Fenster im Empfangsbereich der Polizeistation in Florenz schien. Gloria legte den Telefonhörer auf, schüttelte den Kopf und wählte drei Nummern in rascher Folge. Nach vier Jahren bei der Polizei kannte sie die internen Durchwahlen alle auswendig.

Stefano antwortete nach dem ersten Klingeln. »Schieß los.«

»Schon mal von der Mantoni-Familie gehört?«

Stefano antwortete nicht.

Gloria betrachtete ihre Fingernägel, während sie wartete. Stefano war ein Mann weniger Worte und wirkte deshalb oft unhöflich, aber sie kannte ihn besser. »Ich habe gerade einen Anruf von einem aufgeregten Neunundsiebzigjährigen bekommen. Der volle Name ist Teodoro Alfredo Mantoni.« Gloria sprach langsam, da sie wusste, dass Stefano immer gleich mitschrieb. »Er stellte sich vor, als ob er zu einer königlichen Familie gehören würde.«

»Sprich weiter. Ich schaue schon mal in der Datenbank nach.«

Gloria hörte das Klappern von Stefanos Tastatur. »Er sagte, sein Zwillingsbruder sei ermordet worden, weil man ihn tot und nur mit Socken bekleidet im Bett gefunden hat.«

Stefano lachte.

»Genauso habe ich nach dem Telefonat auch reagiert. Aber der Typ meinte, es sei ungewöhnlich, dass sein Bruder Socken trug.«

»Pustekuchen.«

Gloria zögerte. »Da es heute ziemlich ruhig ist und er sich so aufgeregt hat, habe ich ihm versprochen, jemanden vorbeizuschicken. Paolo ist krank, also dachte ich, dass vielleicht du …?«

Stefano stöhnte. »Ich habe einen Berg von Akten auf dem Tisch. Was ist mit Sergio?«

»Sergio bearbeitet den Bellini-Fall.«

»Na gut.« Stefano seufzte. »Wo muss ich hin?«

»Via delle Pinzochere 10. Weißt du, wo das ist?«

»Ja.« Stefano sprach ohne zu Zögern. »Es ist eine winzige Straße im historischen Teil der Stadt, direkt neben Santa Croce.«

»Schöne Gegend.« Gloria schaute aus dem staubigen Fenster. »Wenigstens bekommst du ein wenig frische Luft an der Sonne.«

»Hmm.« Stefano klang nicht überzeugt.

Gloria hörte das Klappern einer Tastatur. »Was machst du?«

»Ich habe gerade die Hintergrundinfos erhalten«, sagte Stefano. »Ein paar Knöllchen für zu schnelles Fahren. Sonst nichts. Scheint eine riesige Familie zu sein.«

»Wenn du Glück hast, ist der Spuk in zehn Minuten vorbei«, sagte Gloria ermutigend. »Wen willst du mitnehmen?«

»Roberto. Vielleicht kann er ausnahmsweise mal ohne Autopsie bestätigen, dass es ein natürlicher Tod war.« Stefano klang resigniert.

»Roberto hat einige Tage frei und ist nicht in der Stadt. Er wird erst am Dienstag wiederkommen.«

»Toll. Was soll ich dann dort tun? Mir die Socken der Leiche ansehen und ein Urteil fällen, als ob ich Gott höchstpersönlich wäre?« Er brach ab. »Entschuldigung, Gloria. Ich werde mir einfach mal anhören, was sie zu sagen haben. Ich hoffe, es wird nicht den ganzen Tag dauern.«

»Wen nimmst du dann mit?«

»Ich frage Piedro, aber du brauchst ihn nicht anzurufen. Ich spreche selbst mit ihm.«

»Gut. Viel Glück.« Gloria legte mit einem Seufzer auf. Sie wünschte, sie hätte genug Mut, um ihn einmal einzuladen, aber jedes Mal, wenn sie etwas in dieser Richtung erwähnte, wurde Stefano zu einem Eisblock. Ein Jammer.

II

»Ich muss mir eine Strategie überlegen. Was wäre der beste Plan?« Carlina hielt ihr Gesicht in das heiße Wasser, das aus der Dusche strömte. Sie hatte die besten Ideen ihres Lebens bisher immer unter der Dusche bekommen, daher hatte sie sich in der Sekunde, in der Onkel Teo die Unterhaltung mit der Polizei beendet hatte, in aller Eile in ihr Badezimmer zurückgezogen, wie ein Fuchs, der sich in seinem Bau versteckt. Außerdem konnte sie die Polizei ja kaum in einem seidenen Morgenmantel in Empfang nehmen.

Aber heute half die Dusche nicht. Ihr Hirn war wie blockiert, als ob jede intelligente Faser vor Angst festgefroren wäre. »Als Erstes muss ich mich entspannen.« Carlina konzentrierte sich auf den beständigen Wasserstrahl, auf das warme Plätschern auf ihren Schultern, auf den beruhigenden Dampf, der um sie herum aufstieg und wartete darauf, dass die Entspannung eintrat.

Aber sie kam nicht. Carlinas Nerven waren so straff gespannt wie ein Tanga, der zwei Größen zu klein ist. Es schmerzte richtig.

Sie drehte das Wasser ab und lehnte sich nach vorne, um ein weiches Handtuch vom Handtuchhalter zu nehmen. Während sie sich abtrocknete, fragte sie sich, was unten wohl vor sich ging. So wie sie ihre Familie kannte, würde Benedetta frischen Lippenstift auftragen und eine gigantische Mahlzeit für alle kochen. Es gab keinerlei Hoffnung, dass irgendjemand nach Hause gehen würde, solange auch nur die geringste Aussicht auf köstliche Unterhaltung durch einen Mord bestand.

Verdammte Emma. *Ich hätte nicht auf sie hören sollen.* Jetzt war ihre Cousine weit weg in Afrika, außer Reichweite der Polizei, während sie in der Tinte saß. Verdammter Onkel Teo. Die Szene wäre wirklich nicht nötig gewesen. Warum hatte er gleich die Polizei rufen müssen?

Carlina fischte ihren Lieblings-BH und den dazu passenden Slip aus der Schublade und zog beides an. Ausnahmsweise einmal erfreute sie das Leopardenmuster nicht. Sie wählte irgendeine blaue Baumwollbluse und ein Paar Jeans und schlüpfte hinein, ohne richtig zu merken, was sie tat. Kurz bevor sie die Wohnung verließ, fiel ihr Blick auf ihr Mobiltelefon. Eine Idee schoss ihr durch den Kopf, und sie stoppte mitten in der Bewegung. *Ich könnte die Polizei anrufen und erklären, dass es nur ein Irrtum war.*

Carlina schnappte sich ihr Telefon und gab die erste Ziffer der Nummer ein, doch dann zögerte sie. Was genau konnte sie sagen? »Es tut mir schrecklich leid, aber bitte vergessen Sie den Anruf von gerade eben? Mein Opa ist eines natürlichen Todes gestorben, aber der Zeitpunkt passte leider nicht, daher habe ich ihn in sein Bett verfrachtet und dabei vergessen, ihm die Socken auszuziehen?« Wie klang denn das?

Das Herz rutschte ihr in die Hose. *Ich kann es ihnen nicht am Telefon erklären.* Sie presste die Lippen zusammen. *Es wird leichter sein, es von Angesicht zu Angesicht zu tun.* Sie würde die Polizei um ein vertrauliches Gespräch bitten und dann würde sie die Wahrheit sagen. Das würde zwar megapeinlich werden, aber sie hatte keine andere Wahl.

Als sie die ausgetretenen Holzstufen vom obersten Stock herunterstieg, wurde ihr klar, dass sie viel langsamer ging als sonst, während ihre Finger aus Gewohnheit sanft über das glatte Holz des Geländers strichen. Sie wollte nicht unten ankommen. Sie wollte nicht der Polizei gegenübertreten. Sie wollte nicht erklären, wie dumm sie gewesen war.

Vor der grünen Haustür ihres Großvaters zog sie ihre Bluse gerade, schüttelte die Haare und holte tief Luft. Aber bevor sie den Griff berühren konnte, riss jemand die Tür von innen auf. Ein Aufblitzen roter Haare, dann rief ihr Cousin Ernesto über seine Schulter, als ob er sieben Jahre alt wäre und nicht siebzehn: »Da ist sie!«

Carlinas Magen krampfte sich zusammen. »Wartet ihr auf mich?«

»Ja!« Ernesto packte ihren Arm und führte sie wie eine Trophäe, die er auf dem Jahrmarkt gewonnen hatte, in die Küche. »Der Inspektor ist schon da. Er hat sich alles ganz genau angesehen, wir haben ihm schon alles erzählt und jetzt will er dich sehen.«

Was? Er sollte in dreißig Minuten hier aufschlagen, nicht in fünf! Carlina blieb stehen. »Ich glaube, ich habe etwas vergessen«, sagte sie. »Lass mich nur schnell hochlaufen und –«

Die Küche war nach wie vor voller Leute, doch mittlerweile sah es hier mehr nach einer Party aus, als nach einem Todesfall.

Benedetta war damit beschäftigt, kleine Brotscheiben mit Tomatenwürfeln herumzureichen und nach dem Stimmengewirr zu urteilen, waren schon hitzige Diskussionen ausgebrochen.

»Carlina!« Fabbiola eilte auf sie zu. Sie hatte zwar die Zeit gefunden, sich anzuziehen und ihre Haare zu bürsten, aber sie trug außerdem ihr geliebtes kleines Kissen unter dem Arm.

Carlina blickte es bestürzt an. Wenn ihre Mutter anfing, ihr Kissen im Haus herumzuschleppen, stand es schlimmer als erwartet. Aus irgendeinem Grund fühlte sich ihre Mutter mit Kissen besser als ohne und nahm es mit, wann immer sie das Haus verließ, aber normalerweise trug sie es nicht mit sich herum, wenn sie drinnen blieb.

Fabbiola umarmte sie schief. »Warum siehst du so verängstigt aus?«, fragte sie mit einem Flüstern, das alle hören könnten. »Der Inspektor ist ganz nett. Ich habe ihm schon alles erklärt.«

Alles? Oh nein. »Ist schon gut, Mama.« Carlinas Stimme hörte sich genauso unsicher an, wie sie sich fühlte.

Ein Mann erschien in der Tür zur Küche, groß genug, dass er sie weit überragte. »Sind sie Caroline Arabella Ashley?«

Carlina nickte. Ihre Kehle zog sich zu. Er stand mit seinem Rücken zum Licht, sodass sie sein Gesicht nicht sehen konnte, aber er wirkte schlank und athletisch. Er trug ein frisches weißes Hemd und schwarze Hosen, formal genug, um ihr Angst einzujagen.

»Mein Name ist Stefano Garini. Ich bin der zuständige Inspektor der Mordkommission.«

Carlina zuckte zusammen. Mordkommission. Das war alles total falsch.

Ihre Mutter schnappte sich ihren Arm und lächelte sie beruhigend an.

»Würden Sie bitte mit mir ins Wohnzimmer kommen?« Er ging voran, öffnete dann eine Tür und hielt sie einladend auf.

Carlina räusperte sich. »Gern.«

»Ich bleibe bei dir«, sagte Fabbiola in einem Ton, der keinen Widerspruch duldete.

»Das ist nicht nötig, Mama.« Carlinas Stimme klang flach.

Commissario Garini neigte den Kopf. »Wenn Sie Ihre Mutter gern dabeihaben möchten, ist das kein Problem.«

Carlina blickte ihn an. Er hatte dickes, dunkelbraunes Haar, das von der Stirn zurückgekämmt war und er war braungebrannt, als ob er den ganzen Sommer lang im Freien gewesen wäre.

»Siehst du?« Fabbiola schüttelte Carlinas Arm. »Ich hab dir doch gesagt, dass er nett ist.«

»Mama, ich kann auch alleine mit ihm sprechen. Ich bin kein Teenager mehr.«

»Ich weiß, meine Liebe.« Fabbiola lächelte ihre Tochter an. »Aber was für eine Mutter lässt ihre Tochter ganz alleine mit der Polizei?«

Es klang, als ob die Polizei ein wildes Tier sei, entschlossen, Carlina mit Haut und Haaren zu verschlucken.

Der Inspektor zuckte nicht mit der Wimper. »Dies ist *signor* Cervi.« Er machte eine Handbewegung und zeigte in die Ecke des Raumes. Ein junger Mann mit ausdruckslosem Gesicht nickte ihnen zu. Er saß auf einem niedrigen Stuhl.

Opa hat seine Füße immer auf diesen Stuhl gelegt. Er wird das nie wieder tun.

Der Inspektor blickte sie prüfend an. »Ist alles in Ordnung, *signorina* Ashley?«

Carlina riss sich zusammen. Der Inspektor hatte scharfe Augen. Sie musste jetzt ihre Sinne beisammenhalten. »Ja.«

Inspektor Garini nickte. »*Signor* Cervi wird Notizen von unserer Unterhaltung machen. Sind Sie damit einverstanden?«

»Aber natürlich!« Fabbiola setzte sich auf das Sofa. »Das sind wir, nicht wahr, Carlina?«

Carlina nickte. »Ja.« Sie fühlte sich wie eine Marionette, die ohne eigenen Willen bewegt wurde.

Signor Cervi nahm ein Notizbuch und einen Stift aus der Jacke.

»Komm zu mir, meine Liebe.« Fabbiola klopfte einladend auf den Platz neben sich.

Carlina ließ sich aufs Sofa fallen und schaute den Inspektor an, der sich in einen abgenutzten Armlehnstuhl zu ihrer Linken setzte. Sein Gesicht war schmal und dünn und seine Nase erinnerte sie an einen Habicht. Nein, die Ähnlichkeit mit dem Habicht kam von den Augen. Sie waren hell und hart und gaben ihr das Gefühl, dass er jede Kleinigkeit aus mehreren Kilometern Entfernung erkennen könnte. Er sah nicht aus wie jemand, der Verständnis für einen Menschen haben würde, der einen oder vielleicht zwei dumme Fehler begangen hatte.

»Ihre Familie sagte mir, dass Sie die letzte Person waren, die Nicolò Mantoni lebend gesehen hat.«

»Zusammen mit ihrer Cousine Emma.« Fabbiola stopfte sich das Kissen hinter den Rücken und lehnte sich gemütlich zurück, als ob sie ein paar Stündchen plaudern wollte.

Inspektor Garini nickte. »Richtig, *signora* Mantoni-Ashley. Aber ich würde es sehr schätzen, wenn Sie Ihre Tochter in ihren eigenen Worten erzählen lassen.« Er konzentrierte sich auf Carlina und wartete darauf, dass sie anfing.

Carlina Blick traf seinen. Er war kühl und erwartungsvoll, und für einen Augenblick meinte sie zu sehen, dass der Inspektor eine Augenbraue leicht ironisch anhob. Ihr Herz sank. Wie sollte sie diesem emotionslosen Mann bloß erklären, dass sie ihren toten Großvater durch die Gegend geschleppt hatte?

Fabbiola nahm ihre Hand und drückte sie so fest, dass Carlina ihre Knochen knacken hörte. »Erzähl ihm von Vaters Phasen, meine Liebe.«

Carlina runzelte die Stirn. Warum tat ihre Mutter auf einmal so beschützend? »Mein Opa …« Ihre Stimme brach. *Verdammt.* Carlina konnte fühlen, wie sie rot wurde. Der Inspektor würde glauben, dass sie ein emotionales Wrack war. Sie räusperte sich und begann von vorne. »Mein Opa war ein wenig … exzentrisch.«

Fabbiola hob beide Hände, ohne Carlinas Hand loszulassen. »Er war nicht exzentrisch, er war verrückt. Aber herrlich verrückt, wenn Sie verstehen, was ich meine.«

Inspektor Garini blickte sie an, als ob »herrlich verrückt« in seinem Vokabular nicht vorkam.

Carlina versuchte, ihre Hand zu befreien, aber Fabbiola hielt sie fest.

»Meine Mutter meint, dass er verschiedene Phasen hatte, aber er schadete niemandem«, sagte sie.

Inspektor Garini runzelte die Stirn. »Was für Phasen?«

»Na ja, in einer Phase trat er dem Sonnenanbeter-Club bei. Haben Sie davon schon einmal gehört?«

Er schüttelte den Kopf.

»Die Mitglieder des Clubs lieben die Sonne und versinken in Meditation, wann immer sie scheint.«

Sie hatte recht gehabt mit der ironischen Augenbraue. Wieder schnellte sie nach oben. Es war klar, dass Garini kein Mann war, der irgendwelche Schwächen tolerierte. »Er hatte auch eine Gesundheits-Phase, während der wir nur hausgemachtes Brot aßen. In dieser Zeit trank er Essig zum Frühstück.«

»Essig mit Honig gemischt«, korrigierte Fabbiola. »Das soll wahnsinnig gesund sein.«

»Ich verstehe.« Es klang, als ob der Inspektor sich fragte, warum man Nico nicht schon vor Jahren hinter Schloss und Riegel gebracht hatte.

»Eine andere Phase war die Böse-Vorahnungs-Phase«, sagte Carlina. »Da bekam er Vorahnungen, die ihn davon abhielten, gewisse Dinge zu tun.«

»Wie praktisch.« Die Stimme von Inspektor Garini klang trocken.

»Das hatte nichts mit praktisch zu tun!« Fabbiola fuhr hoch. »Es war ein wirkliches Gefühl, und es machte ihn krank, Dinge zu tun, die gegen seine Überzeugung waren.« Sie tätschelte das Kissen hinter ihrem Rücken zur Unterstützung.

Der Inspektor neigte den Kopf. »Verstehe.«

Er glaubt, wir sind ein Haufen Irrer. »Während der letzten

Wochen hatte er die Schlechte-Vergangenheits-Phase.« Carlina versuchte, mit ihrer Stimme zu vermitteln, dass sie im Vollbesitz ihrer geistigen Kräfte war, wenn man auch nicht das Gleiche von allen Familienmitgliedern behaupten konnte.

Der Inspektor hob die Augenbrauen. »Was bedeutet das?«

Fabbiola machte eine wegwerfende Bewegung mit der Hand. »Ach, das war nichts Besonderes. Er hat uns gesagt, dass die Sünden der Vergangenheit uns einholen würden. Wir haben über manche der Geschichten, die er erfand, schallend gelacht.« Ohne Vorwarnung begann sie zu weinen. »Ich werde ihn vermissen.«

Carlina legte den Arm um ihre Mutter, während sich ihre eigenen Augen ebenfalls mit Tränen füllten.

»*Signorina* Ashley, ich möchte Ihnen das Leben in diesem traurigen Augenblick nicht schwer machen, aber könnten Sie bitte die Aussagen bestätigen, die Ihre Mutter gemacht hat?«

»Natürlich.« Carlina biss sich auf die Lippe. Hatte sie gerade zugestimmt, alles zu bestätigen? *Oh nein.*

Ihre Mutter zog das Kissen hinter ihrem Rücken hervor und schluchzte hinein.

Der Inspektor schaute ihr unbeweglich zu.

Er wird das nicht verstehen. Er wird mir nicht glauben. Er ist ein Polizeicomputer im Körper eines Mannes. Er hat keine Ahnung, wie sich ein menschliches Wesen fühlt.

Fabbiolas Schluchzer ließen Carlina zusammenzucken. *Es wird ihr so peinlich sein. Sie wird mir nie vergeben, wenn ich jetzt alle als Lügner darstelle.*

»*Signorina* Ashley? Würden Sie mir bitte antworten?«

Carlina blickte ihm flüchtig in die Augen. Sie schienen dunkel und drohend zu sein, obwohl sie gar nicht sagen konnte, woher dieser Eindruck kam. *Ich möchte ihn niemals wütend erleben.* Sie öffnete ihren Mund und hörte, wie sie selbst sagte: »Mein Großvater wollte nicht zur Hochzeit kommen. Er sagte, es würde Unglück bringen. Wir hatten den Eindruck, dass die Böse-Vorahnungs-Phase zurückgekehrt sei und dass wir ihn nicht von seiner Meinung abbringen können würden, daher ließen wir ihn zurück.« Die Worte stürzten aus ihrem Mund. So. Jetzt hatte sie es gesagt. Sie hatte sich für einen Weg entschieden und konnte nicht zurück. *Oh Madonna.*

Die hellen Augen des Inspektors schienen ihr direkt ins Gehirn zu schauen. »Sind Sie sich ganz sicher, dass er gesund und munter war, als Sie ihn zuletzt gesehen haben?«

Ihr Herz fing an zu rasen. *Was weiß er?*

»Natürlich ist sie sich sicher«, sagte Fabbiola. »Glauben Sie, meine Tochter würde die Polizei anlügen?«

Der Inspektor wandte seinen Blick nicht von Carlina ab. »*Signorina* Ashley?«

Carlina räusperte sich. »Ja.« Ihre Stimme klang höher als normal.

»Und wie erklären Sie sich dann die Socken?«

Carlina zuckte mit den Schultern. *Sah das teilnahmslos genug aus?* »Er fühlte sich wahrscheinlich schon zu schlecht, um sie auszuziehen.«

»Wirkte er anders als sonst?«

Sehr. Carlina biss sich wieder auf die Lippe. »Nein.«

»Danke.« Der Inspektor stand auf. »Ich habe alle Informationen, die ich benötige. Aufgrund der Umstände werden wir eine Autopsie veranlassen, aber das wird einige Tage dauern. Sie werden von uns hören. In der Zwischenzeit möchten wir das Apartment versiegeln.«

Fabbiola schnappte nach Luft. »Was?«

Er blickte sie an. »Das ist der normale Prozess. Wir behandeln diesen Fall bis auf weiteres als einen Mord. Es ist doch richtig, dass Ihr Vater alleine lebte?«

»Ja.« Fabbiola krallte sich in ihr Kissen.

»Dann wird es sicher nicht zu viele Umstände bereiten.« Er hielt die Tür auf, sodass sie das Wohnzimmer verlassen konnten. »Bitte veranlassen Sie, dass die Familie die Wohnung verlässt.«

Carlina schüttelte verwirrt den Kopf, aber das Gefühl, in einem surrealen Film gelandet zu sein, blieb.

Sobald der Inspektor außer Hörweite war, zischte Carlina ihre Mutter an: »Warum hast du dich benommen, als ob ich eine Fünfjährige sei?«

Fabbiola schob die Unterlippe vor. »Ich denke nicht, dass du mit einem Polizisten allein bleiben solltest.«

Es klang, als ob Polizisten gefährlich wären. »Warum nicht?« Carlina stemmte die Hände in die Hüften. »Was hast du denn erwartet?«

Fabbiola schob ihr Kissen höher und warf ihr einen verteidigenden Blick zu. »Er hat ständig gefragt, wer Vater als letztes lebendig gesehen hat. Er hat gesagt, dass es wichtig sei, mit dir zu sprechen. Es klang …« Ihre Stimme verlor sich, dann zuckte sie mit den Schultern. »Es klang irgendwie unheimlich.«

»Ach, Mama.« Carlina umarmte sie rasch. »Danke, aber das war überhaupt nicht nötig.«

Im Gegenteil. Mit deinem Verhalten hast du mich tief in die Miesere geritten.

Sobald der Inspektor und sein Assistent gegangen waren, entschlüpfte Carlina der Familie und rannte hoch in ihre Wohnung in der obersten Etage. Es war eine Erleichterung, endlich alleine zu sein, sich nicht mehr verstellen zu müssen. Sie fühlte sich leer und erschöpft und fiel auf ihr Bett mit der Leoparden-Überwurf-Decke. *Ich habe die Polizei angelogen.* Sie fühlte sich wie eine Kriminelle.

Carlina verschränkte die Arme hinter dem Kopf und schaute sich die schräge Decke an, die sie in hellem Lila gestrichen hatte. Was jetzt? Sollte sie den Inspektor anrufen und ihm mitteilen, dass leider alles gelogen war, was sie gesagt hatte?

Sie schauderte.

Niemals. Er würde sie mit diesen kalten Augen ansehen und vielleicht sofort ins Gefängnis bringen lassen.

Carlina schüttelte den Kopf. »Jetzt entspann dich mal, mein Mädchen«, sagte sie zu sich selbst. »Vergiss den Polizisten aus Stein und denke in Ruhe über die ganze Sache nach.« Sie zwang sich, ihre Optionen durchzugehen. Selbst wenn das Verhör nicht so gelaufen war wie geplant, konnte ja jetzt nichts Schlimmeres passieren. Sie würden die blöde Autopsie machen, dann würden sie feststellen, dass es sich um einen natürlichen Tod gehandelt hatte und das war's dann. Sie konnte sich entspannen.

Sie biss sich auf die Lippe. Nur ein Problem blieb. Was würde passieren, wenn die Autopsie hervorbrachte, dass ihr Großvater früher gestorben war, als Carlina behauptet hatte? Sie wusste nicht, wie lange er schon tot gewesen war, als sie ihn gefunden hatten. Wohl nicht sehr lange, aber was hieß das in Stunden oder Minuten? Hatte sie nicht im Fernsehen gesehen, dass es fast unmöglich war, den Todeszeitpunkt auf die Minute genau zu bestimmen? Sicherlich waren die Polizisten auch diesmal nicht dazu in der Lage. Wenn sie die Autopsie erst in einigen Tagen durchführten, würde es noch viel schwieriger werden. Hatte sie das nicht auch irgendwo gelesen?

Carlina stand auf und entschied sich, alle Gedanken an ihren toten Großvater hinter sich zu lassen. Doch trotz all ihrer vernünftigen Überlegungen war sie den ganzen Tag nervös. Als sie es nicht mehr länger aushielt, schnappte sie sich ihre Schlüssel, stieg auf ihre geliebte Vespa und brauste über die Hügel, die Florenz umgaben. Ausnahmsweise einmal half das jedoch nicht. Das schmale Gesicht und die harten Augen des

Inspektors standen ihr ständig vor Augen, wie eine Nemesis, die sie verfolgte. *Jetzt beruhige dich mal, du Mimose.* Carlina hielt die Vespa auf einer Hügelkuppe an, setzte den Helm mit dem Leopardenmuster ab und atmete die warme Abendluft ein. Eine Hecke in der Nähe roch nach Rosmarin. *Du übertreibst. Das Bild, das du dir von ihm gemacht hast, ist durch deine Angst völlig verzerrt. Niemand kann so grimmig schauen.*

Carlina blieb bewegungslos auf ihrer Vespa sitzen und starrte in die Landschaft, die sie liebte. Bald legte sich die Dämmerung malvenfarbig über den Himmel. Die Abendsonne warf einen goldenen Schleier über die dunkle Silhouette der Bäume auf den Hügeln und auf den Feldern rings um sie herum sammelte sich der Nebel wie schaumiges Wasser. In den Tälern gingen überall Lichter an, wie kleine, tröstende Inseln. Carlina holte tief Luft. *Mach dir keine Sorgen. Du wirst ihn nie wiedersehen.*

III

»Und was hältst du von der Mantoni-Familie?« Stefano ging voran in sein Büro und öffnete die graue Tür. Sie quietschte wie immer, und er dachte sich zum hundertsten Mal, dass er daran denken musste, Öl für die Scharniere mitzubringen.

Piedro zuckte mit den Schultern. »Nach dem, was sie gesagt haben, muss das Opfer völlig gaga gewesen sein.«

Stefano nickte. »Auf mich wirkte die ganze Familie seltsam.« Er lächelte seinen Mitarbeiter an. »Setz dich, Piedro.« Er wartete, bis Piedro sich vor seinen alten Schreibtisch gesetzt hatte, dann steckte er sich in seinem eigenen Stuhl aus. »Was noch?«

Piedro nahm seine Notizen hervor und studierte sie, bevor er aufschaute. »Nichts. Ich glaube, es war überhaupt nichts verdächtig. Natürlich waren einige nervös und andere waren aufgeregt, aber das ist ja ziemlich normal, oder?«

»Ja.« Stefano sah Piedro an und entschied sich, ihm zu helfen. »Wer war nervös und wer war aufgeregt?«

»Lassen Sie mich mal sehen.« Piedro blätterte durch seine Notizen. »Der Zwillingsbruder, Teodoro, war aufgeregt. Fand die ganze Sache höchst aufregend. Bin mir nicht so sicher bei der Tochter des Opfers. Sie heißt Fabbiola Mantoni-Ashley. Komischer Name.«

»Sie hat gesagt, dass sie mit einem Amerikaner verheiratet

war. Hast du das nicht notiert?«

»Nein.«

Stefano runzelte die Stirn. *Ich muss seine Notizen später durchlesen und alles ergänzen, was er vergessen hat.* »Du solltest es hinzufügen. Wie kam dir ihr Verhalten vor?«

»Na ja.« Piedro schaute auf seine Notizen, als ob sie ihn inspirieren könnten. Sein Haar stand vor lauter Gel in kleinen Stacheln hoch. »Erst war sie aufgeregt, aber später schien sie sich Sorgen um ihre Tochter zu machen.«

»Ja. Glaubst du, dass das ungewöhnlich war?«

Piedro zuckte mit den Schultern. »Nicht wirklich. Hab mich nur gefragt, warum sie sich so aufregt. Sie sah nicht so aus, als ob sie beschützt werden müsste. Die Tochter, meine ich. Wie hieß sie noch? Carlina.«

»Nein. Caroline Ashley.«

Piedro runzelte die Stirn. »Alle nannten sie Carlina.«

»Ein Spitzname.« Für einen Augenblick hatte Stefano wieder Carlinas blasses Gesicht vor Augen. Die Sommersprossen hatten sie jünger aussehen lassen, als sie war. Ihre Augen erinnerten ihn an eine Katze, schräg gestellt und intelligent.

Piedro tat den Namen mit einer Handbewegung ab. »Sie war total nervös.«

»Ja, das ist mir auch aufgefallen.«

Piedro grinste. »Wahrscheinlich hat sie noch nie mit jemandem von der Mordkommission gesprochen.«

»Wer weiß, was sie zu verbergen hat.« Stefano seufzte. »So viele Leute lügen uns aus so vielen unterschiedlichen Gründen an.« Er runzelte die Stirn. »Hat ihre Mutter uns nicht gesagt, dass sie ein Geschäft besitzt?«

»Ja.« Piedro blätterte durch sein Notizbuch. »Sie haben echt viel geredet, alle eigentlich, mit Ausnahme von dieser Carlina.« Er blätterte noch eine Seite um. »Hier steht es. Es ist ein Laden für luxuriöse Unterwäsche und heißt *Temptation*, Versuchung.« Er grinste. »Glauben Sie, dass mit dem Laden was nicht stimmt?« Er blickte in sein Buch. »Es liegt in der Via dei Tornabuoni. Teure Gegend.«

»Ja.« Stefano runzelte die Stirn. »Vielleicht sollten wir uns das einmal näher ansehen.« Er fuhr sich mit der Hand durchs Haar. »Aber noch eine andere Sache. Ist dir irgendetwas Ungewöhnliches an der Leiche aufgefallen?«

Piedro blickte ihn an und wirkte dabei so intelligent wie ein Paar Boxershorts. »Ungewöhnlich?«

»Ja. Das habe ich gesagt.« *Sei geduldig, Stefano. Er ist noch jung.*

»Nö. Er war tot.«

Genau richtig, Piedro. »Ja. Ich weiß, dass er tot war. Aber hast du die Spuren auf seinem Rücken gesehen?«

»Nö.«

Stefano fühlte sich, als ob er einem Känguru Algebra beibringen müsste. »Sie kamen vom Blut. Es läuft zusammen, wenn der Blutkreislauf stoppt und zeigt dadurch die Lage des Körpers an, in der er starb.« Er schüttelte den Kopf, während er darüber nachdachte. »Die Markierungen auf dem Opfer waren schwach, aber sie sahen ungewöhnlich aus, als ob er in einer sitzenden Position gestorben wäre.« Er zuckte mit den Schultern. »Aber andererseits hing die Matratze wie eine Hängematte durch. Ich vermute mal, dass es daran lag.«

Piedros Augen wurden glasig. »Ich tippe dann mal den Bericht.«

Ich frage mich, ob er überhaupt ein Wort von dem gehört hat, was ich ihm gesagt habe. Garini unterdrückte einen Seufzer. »Ja. Bitte leg ihn auf meinen Tisch, wenn du fertig bist.«

Piedro nickte und stand auf.

Stefano stoppte ihn, indem er die Hand hob. »Warte noch einen Augenblick.«

»Ja?« Piedro sah ihn misstrauisch an.

»Warum hast du dich entschieden, Polizist zu werden?«

Sein Mitarbeiter blinzelte. »Mein Vater sagte, es sei ein guter Job.«

Das glaube ich gern. »Und du? Was hast du gedacht?«

Piedro schaute sich im Büro um, als ob die Antwort auf die Wand geschrieben sei. »Keine Ahnung.«

Stefano erinnerte sich noch sehr gut an seinen ersten Arbeitstag. Naiv? Ja. Voller Ideale? Oh Mann, ja. Die Erinnerungen ließen ihn schmunzeln. Er wollte auch Polizist werden, um zu beschützen, zu helfen, Ungerechtigkeit auszumerzen. Über die Jahre war er zynischer geworden. Er hatte schöne Menschen kennengelernt, die schwarze Löcher anstelle von Seelen hatten, war geschockt worden von der Tiefe der menschlichen Grausamkeit, hatte angefangen, den oberflächlichen Dingen zu misstrauen, den lächelnden Gesichtern, den einfachen Antworten. Sein Forschen war bohrender geworden, seine Suche nach der Wahrheit rücksichtsloser. Aber ganz tief in seinem Inneren wusste er immer noch, warum er diesen Job machte. Er kämpfte für Stabilität, für Gerechtigkeit. Es war einfach, dies zu vergessen, wenn man mit dem Papierkram kämpfte, mit Politik, mit Dummheit, aber immer, wenn er einen Fall löste, befriedigte ihn das in einer Weise, die nichts anderes aufwiegen konnte. Fühlte Piedro dies auch nur im Geringsten? Hatte er eine Mission?

Piedro ging zur Tür.

Er fragt noch nicht mal, was die nächsten Schritte sein werden. Stefano musste sich zwingen, zu erklären, wie es mit dem Fall nun weiterging, obwohl sein Assistent völlig gelangweilt schaute. »Wir werden die Autopsie nicht vor nächstem Dienstag bekommen. Der Assistent von Roberto prüft schon einmal die wichtigsten Punkte, aber wir müssen auf die Rückkehr von Roberto warten, bevor wir die offiziellen Unterlagen erhalten. Ich frage mich wirklich, wie diese Markierungen am Rücken zu erklären sind …« Er schüttelte den Kopf. »Na, ist auch egal. Dieser Fall wird vorbei sein, bevor er richtig beginnt, Piedro. Ein alter Mann stirbt in seinem Bett und seine aufgeregte Familie versucht, daraus eine Story zu machen.« Er seufzte. »Und wir haben nur ein einziges Ergebnis: Ich muss heute Abend eine Stunde länger bleiben, um den Papierkram zu erledigen.«

Kapitel 4

»Stefano!« Ein Mann winkte Stefano von der anderen Seite der Straße zu.

Stefano schaute von der heißen Pizza vor sich hoch und hob die Hand. »*Ciao*, Roberto.« *Bitte komme nicht rüber.* Er atmete den Duft der aromatischen Salami tief ein, während er den Pathologen nicht aus den Augen ließ. *Natürlich schlägt er just in der Sekunde hier auf, in der ich meine Pizza essen will.*

Roberto überquerte die enge Straße mit schwungvollem Schritt. Er ging an den Terrakotta-Töpfen vorbei, in denen Buchsbäume wuchsen und die den Restaurantbereich vom Fußweg trennten, und kam mit einem breiten Grinsen auf seinem runden Gesicht näher.

Das rot-weiß-karierte Tischtuch flatterte in einer plötzlichen Brise.

»Roberto.« Stefano nickte ihm zu und hob seine Gabel. »Entschuldige, aber wenn ich nicht anfange, wird meine Pizza kalt.«

Robert zog sich einen Eisenstuhl mit einem flachen, roten Sitzkissen heran, ließ sich darauf fallen und streckte seine Beine aus. »Kein Problem.« Er winkte dem Kellner zu. »Bringen Sie mir bitte den Wein, den ich letztes Mal hatte.«

Stefano unterdrückte einen Seufzer. Er hatte auf ein ruhiges Mahl gehofft und jetzt musste er es mit dem gesprächigsten seiner Kollegen teilen. *Hauptsache, er fängt nicht an, von der Arbeit zu sprechen.*

»Warum isst du so spät?« Roberto zeigte auf die Pizza. »Oder ist es früh? Ist das dein Mittagessen oder Abendessen?«

»Mittagessen. Ich wollte erst noch einen Fall abschließen.« Stefano schnitt sich ein großes Stück aus seiner Pizza. »Hattest du ein schönes Wochenende?«

Roberto zuckte mit den Schultern. »War okay. Wir haben die

Familie meiner Frau in Mailand besucht.«

»Hmm.« Stefano kaute am ersten Bissen seiner Pizza. Sie war knusprig und würzig, genau wie er es liebte. Er mochte diese Pizzeria, die vor dem ständigen Strom der Touristen versteckt lag. Hier gab es einfaches, gutes Essen.

»Du hast Glück, dass du nicht verheiratet bist.« Roberto rollte die Augen. »Ich kann meine Schwiegermutter zwei Stunden lang ertragen, aber alles, was darüber hinausgeht, ist Folter.«

»Dann geh doch nicht hin, wenn's dir nicht gefällt.« Stefano nahm das nächste Stück Pizza. *Köstlich.* Er warf einen Blick auf einen Spatz, der auf dem Gehsteig vor dem Buchsbaum herumflatterte. Er wirkte vor den grauen Steinplatten wie ein kleiner Federball.

»Du kennst meine Frau nicht!« Roberto warf die Hände in die Luft. »Silvia würde mich in der Luft zerreißen, wenn ich jemals so etwas vorschlagen würde.«

Stefano fühlte, wie ihn eine wohlbekannte Langeweile überkam. *Warum beschweren sich die Leute die ganze Zeit über Dinge, die sie selbst ändern könnten?* »Dann lass dich scheiden.«

Der Spatz neigte seinen braunen Kopf zur Seite und sah Stefano mit seinen schwarzen Augen an, als ob er fragen würde: »Wollen wir teilen, Kumpel?«

Stefano warf ihm einen Krümel zu.

Roberto brach in Gelächter aus. »Das ist so typisch für dich, Stefano!«

Stefano hob die Augenbrauen. »Was? Eine Scheidung? Ich war noch nie verheiratet.«

»Nein, nein.« Robert schüttelte den Kopf. »Du kannst ganz schön harsch sein. Du bist bekannt dafür, vernichtende Einzeiler loszulassen, weißt du das eigentlich?«

Stefano blinzelte. »Bin ich das?«

Der Kellner kam mit dem Wein und füllte Robertos Glas aus einer schmalen Glaskaraffe.

Drei weitere Spatzen landeten auf den Pflastersteinen.

»Grazie.« Roberto nickte dem Kellner zu und hob sein Glas. »Kein Wein für dich?«

»Nein, danke.« Stefano hob sein Wasserglas. »Salute.« *Eigentlich behalte ich die wirklich vernichtenden Kommentare doch für mich.*

Roberto sah ihn an, während sich ein Grinsen auf seinem Gesicht ausbreitete. »Vielleicht ist es ganz gut, dass du nicht verheiratet bist. Kann mir nicht vorstellen, dass du Kompromisse eingehst.«

»Mensch, Roberto, du schlägst heute aber hart zu.« Stefano legte seine Gabel auf den Tisch. »Ich bin vielleicht nicht die Nummer eins, wenn's um Small Talk geht, aber ich habe mich noch nie in so einem schlechten Licht betrachtet.«

Roberto legte die Beine übereinander, sodass sich die Knöchel kreuzten, und schaute zufrieden seine polierten Schuhe an, bevor er einen Blick auf Stefanos Gabel warf. »Entschuldigung, ich wollte dir nicht den Appetit verderben.«

Stefano hob die Augenbrauen. »Hat man gar nicht gemerkt.«

Der Pathologe grinste. »Hey, ich habe ja noch nicht mal angefangen, über die Arbeit zu sprechen.«

»Danke.« Stefanos Stimme klang trocken. Er nahm seine Gabel wieder auf und aß weiter.

»Eigentlich wollte ich dir von dem alten Mann berichten, den du mir am Sonntag geschickt hast.«

Stefano hob beide Hände. »Dafür entschuldige ich mich. Ich habe ausnahmsweise einmal auf meine nobleren Instinkte gehört und einer völlig verrückten Familie einen Gefallen getan. Da kannst du sehen, was man davon hat.«

»Es war kein natürlicher Tod.«

Die Gabel fiel mit einem Klappern auf Stefanos Teller. »Was?« Seine Stimme donnerte durch die schmale Straße.

Die Spatzen flogen erschreckt in die Höhe.

Der Kellner kam angerannt. »Ist alles in Ordnung, *signori*?«

Stefano zwang sich zu einem Lächeln. »Ja, danke.« Er wandte sich wieder an Roberto. »Das ist ein schlechter Scherz.«

»Absolut nicht.« Roberto lachte in sich hinein. »Das überrascht dich, was?«

»Allerdings.« Stefanos Stimme klang grimmig. »Ich habe mich über die Striemen an seinem Körper gewundert, aber ich hatte vermutet, dass sie von der durchhängenden Matratze stammen würden. Was war es?«

»Morphium. Genug, um ein Pferd umzubringen.« Roberto bewegte seine Schuhe leicht hin und her, sodass das Licht sich auf der glänzenden Oberfläche spiegelte. »Er hat es mit einer Flüssigkeit eingenommen.«

»Verdammt.«

Roberto legte den Kopf zur Seite. »Gibt es ein Problem?«

Stefano runzelte die Stirn. »Ich war mir völlig sicher, dass der Mann eines natürlichen Todes gestorben war, darum habe ich den Fall nur oberflächlich untersucht.«

Roberto zuckte mit den Schultern. »Du kannst die Familie immer noch ins Kreuzverhör nehmen.« Er trank sein Weinglas aus und füllte es erneut aus der Glaskaraffe. »Bist du sicher, dass du nicht doch ein Glas trinken willst?«

»Ja, danke.« Stefano starrte auf sein letztes Stück Pizza. »Sonst noch etwas?«

Roberto wackelte mit dem Kopf. »Zwei Dinge.«

Stefano biss die Zähne zusammen. »Schieß los.«

»Du hast gerade die Markierungen auf dem Körper des Toten erwähnt. Ich würde sagen, dass er im Sitzen gestorben ist, aber er wurde im Bett aufgefunden, richtig?«

»Ja.«

»Hmm. Wenn du mich fragst, klingt das ziemlich unmöglich.«

»Sogar mit einer Matratze wie einer Hängematte?«

Roberto runzelte die Stirn. »Ja. Wir haben auch einige Abdrücke an seinen Beinen gefunden und die wären da nicht gewesen, wenn er im Liegen gestorben wäre. Die Abdrücke waren mit dem bloßen Auge kaum zu erkennen. Kein Wunder, dass du sie übersehen hast.«

»Verstehe.« Stefano verspürte das starke Bedürfnis, irgendetwas zu zerschlagen. »Was noch?«

»Der Zeitpunkt des Todes ist irgendwie … ungenau. Nach deinem Bericht wurde er zuletzt am Samstag um 13:30 Uhr lebend gesehen. Um 10:45 Uhr am Sonntagmorgen wurde er tot aufgefunden. Richtig?«

Stefano nickte. »So war die Zeugenaussage.«

»Mein Assistent hat den Toten durchgecheckt.« Roberto leerte sein Glas und stellte es mit einem zufriedenen Seufzer auf den Tisch. »Er hat natürlich noch nicht viel Erfahrung und als ich aus Mailand zurückkam, war es viel zu spät, um die Situation richtig zu beurteilen, aber mein Assistent sagte, dass diverse Punkte auf einen früheren Todeszeitpunkt hindeuten.«

»Er muss schon früher gestorben sein?« Vor Stefanos innerem Auge erschien das Bild einer nervösen Frau mit Katzenaugen. »Wie viel früher?« *Sie hat mich angelogen.*

Roberto zuckte mit den Schultern. »Schwer zu sagen. Es war ein heißer Tag und ich kenne die Zimmertemperatur nicht, also kann ich es nur ganz grob schätzen. Nun schau mich nicht so an, ich habe den Toten nicht sofort gesehen, also kann ich mir mit dem Zeitpunkt nicht sicher sein.«

Stefano winkte dem Kellner. »*Il conto, per favore!*«

»He, du hast deine Pizza ja noch gar nicht aufgegessen!« Roberto zog seine Füße zu sich heran und beugte sich nach vorne. »Es gibt doch keinen Grund, jetzt in Panik zu verfallen. Der Kerl ist schon seit Tagen tot. Einige Minuten früher oder später machen den Kohl auch nicht mehr fett.«

Stefano zog sein Portemonnaie heraus. »Ich habe den Appetit verloren.«

Roberto schüttelte den Kopf. »Kein Wunder, dass die Leute Angst vor dir haben, Stefano. Wenn du schlechte Laune hast, siehst du gefährlicher aus als jeder Killer, der mir je untergekommen ist.«

»Du hast bis jetzt nur tote Killer gesehen.«

»Gott sei Dank.« Roberto schauderte. »Aber du … wen willst du gern umbringen?«

»Mich.« Stefano knallte zwei Geldscheine auf den Tisch. »Dafür, dass ich so dämlich war. Und –« Er brach mitten im Satz ab.

»Und?« Robertos Augen leuchteten vor Neugierde.

»Eine Frau mit Namen Carlina.« *Und sie hat mir auch noch leidgetan.*

Stefano eilte zur Polizeistation zurück. Es gab jetzt zwei Möglichkeiten. Entweder hatte der alte Mann sich selbst umgebracht oder er war aus dem Weg geräumt worden. *Wenn ich die ganze Sache bloß von Anfang an ernst genommen hätte.* Er sprang über einen Haufen Hundedreck, zog sein Mobiltelefon aus der Tasche und rief seinen Assistenten an. »Piedro?« Stefano drückte sein Telefon fest ans Ohr. *Was ist das für ein Lärm?*

»Sì!« Piedros Stimme wurde fast von einem metallischen Hämmern übertönt.

»Wo bist du?« Stefano versuchte, nicht so ungeduldig zu klingen, wie er sich fühlte.

»Ich bin noch in der Werkstatt. Sie sagen, dass sie mein Moped innerhalb der nächsten Stunde reparieren können.«

»Das haben sie schon zweimal gesagt.«

»Ich weiß.« Piedro schaffte es, genervt zu klingen. »Aber als sie die Bremsenflüssigkeit geprüft haben, stellten sie fest, dass das nicht das Problem sein –«

»Spar dir die Erklärungen«, unterbrach ihn Stefano. »Wenn dein Moped nicht innerhalb der nächsten Stunde repariert werden kann, nimm den Zug zurück nach Florenz.«

»Aber das dauert mindestens eine Stunde!«

»Nicht ganz. So schlecht ist die Zugverbindung auch nicht. Du bist in Pisa, nicht am Ende der Welt.«

»Aber wie hole ich dann mein Moped wieder ab?«

»Mit dem gleichen Zug. An deinem nächsten freien Tag.« Garini stellte sicher, dass seine Stimme ausgesprochen freundlich klang.

Piedro seufzte. »Na gut.«

»Beeil dich. Wir haben einen neuen Fall und ich brauche dich hier.«

»Einen neuen Fall?«

»Ja. Erinnerst du dich an den Großvater, der in seinen Socken starb?«

»Jau. Der mit der verrückten Familie.«

»Genau. Er wurde vergiftet.«

»Cool.«

Garini seufzte und legte auf. *Wenn Piedro bloß nicht der Sohn meines Chefs wäre.*

Als er zur Polizeistation zurückeilte, ging er in Gedanken die Liste der Dinge durch, die er als nächstes angehen musste. Hausdurchsuchungsbefehl beantragen. Sich selbst in den Allerwertesten treten, weil er der Familie auf den Leim gegangen war. Aufnahmegerät aus der Station holen und eine neue Runde Interviews starten, beginnend mit dieser Frau, die sich Carlina nannte. Er schüttelte den Kopf über sich selbst. *Das sieht dir gar nicht ähnlich, dass du dich von Katzenaugen und ein paar Sommersprossen einlullen lässt, Stefano.* Wenn Roberto ihm bloß einen genaueren Todeszeitpunkt genannt hätte. So vage wie der war, half das überhaupt nicht. Die ganze Mantoni-Familie war am Tag des Mordes den ganzen Morgen durch das Haus getobt. Sie hatten Blumen gebracht, sich gegenseitig bei den Vorbereitungen zur Hochzeit geholfen und Sachen abgeholt. So viel hatte er schon in der ersten Gesprächsrunde herausbekommen. *Verdammt.* Er musste jemandem genug Angst einjagen, um ihn zum Reden zu bringen. Das war seine einzige Chance.

Kapitel 5

Carlina summte vor sich hin, während sie ihre Schaufensterpuppe im Geschäft auszog. Gott sei Dank hatte sie zu den neuen Modellen gewechselt. Sie wogen sehr viel weniger als ihre vorherigen Puppen, waren einfacher zu bewegen und sahen auch noch besser aus. Sie warf BH und Slip, die die Puppe gerade noch Passanten präsentiert hatte, über ihre Schulter und beugte sich dann nach vorne, um die neue Kollektion zu ihren Füßen auszupacken. Der BH kam zuerst heraus und sie hielt ihn probeweise an die Puppe. Hmm. Creme-weiß mit ein wenig Spitze. Super hübsch, aber auf dem weißen Modell sah es irgendwie schlapp aus. Carlina hörte auf zu summen und runzelte die Stirn. Vielleicht brauchte sie eine dunklere Schaufensterpuppe. Immerhin war weiß ihre Bestseller-Farbe und wenn sie die entsprechenden Dessous nie auf ihren hellen Puppen zeigen konnte, würde das die Umsätze herabdrücken. Sie ließ den cremefarbenen BH fallen und fischte einen in braun mit weißer Spitze aus dem Karton.

Besser. Viel besser. Carlina begann wieder zu summen. Genau richtig für den Herbst. Sie würde ein Poster von einem dunklen Mannequin mit dem weißen BH hinter der Schaufensterpuppe aufhängen, dann konnte sie beides zeigen. Die neuen Nylons in leichtem Braun mit goldenen Arabesken würden perfekt dazu passen. Sie könnte –

»*Buona sera, signorina* Ashley.«

Carlina machte einen Sprung und ließ den BH fallen. Sie drehte sich herum und starrte den hochgewachsenen Mann vor ihr an. »Commissario Garini.« Als ihr Blick den seinen traf, wusste sie, dass ihr Gedächtnis ihr keinen Streich gespielt hatte. Er sah immer noch genauso einschüchternd aus. Nein, schlimmer. Die blaue Jeans und die schwarze Lederjacke schienen zu warm zu sein für diesen späten Septembertag, aber das war nicht das Problem. Seine Augen machten ihr Angst, diese Habicht-Augen, zu hell und kalt. Sie fühlte sich wie eine Maus in der Falle und wünschte, sie könnte sich in ein Loch verkriechen. »Was kann ich für Sie tun?«

Der Inspektor sah sich um. »Ist noch jemand im Geschäft?«

Carlinas Herz begann, schneller zu schlagen. »Nein. Meine Assistentin ist schon gegangen.«

»Können Sie schließen?«

Ihre Hand fing an zu zittern. »Ungern.«

Er sah mit einer ungeduldigen Geste auf die schwere Armbanduhr an seinem Arm. »Wann schließen Sie normalerweise?«

»Um sieben.«

»So lange kann ich nicht warten. Ich muss mit Ihnen sprechen.«

Mann, war der unhöflich. Carlina presste ihre Lippen aufeinander. »Einen Augenblick, bitte.« *Ich werde meine Schaufensterpuppe nicht nackt im Fenster stehen lassen, selbst wenn er deshalb warten muss.* Sie ging zu der Puppe, legte sie mit geübtem Griff auf den Boden, zog ihr den neuen Slip und den BH über und stellte sie wieder ins Fenster. Die Nylonstrümpfe würden warten müssen. Seine Gegenwart machte sie zu nervös, um mit diesem zarten Material umzugehen.

Dann ging sie an ihm vorbei zum Ladeneingang.

Blitzschnell war er bei ihr und legte eine Hand auf ihren Arm. »Wo wollen Sie hin?«

Sie sprang erschrocken zur Seite. »Ich will nur schnell ein Schild aufhängen, dass das Geschäft geschlossen ist.« Sie verengte ihre Augen. »Es sei denn, Sie ziehen es vor, dass wir unsere Unterhaltung jedes Mal unterbrechen, wenn ein Kunde hereinkommt.«

Seine Hand fiel von ihrem Arm. »Gut.«

Mit steifen Beinen ging Carlina zur Tür. *Das läuft gar nicht gut. Ich hätte ihm die Wahrheit sagen sollen. Sie haben herausgefunden, dass Opa früher gestorben ist. Verdammt, verdammt, verdammt.*

Sie nahm das Schild aus seinem Versteck, hing es auf die Innenseite der Glastür und schloss die Tür ab. Dann drehte sie sich herum und schaute ihm ins Gesicht. »Kommen Sie mit nach hinten.« *Nicht nötig, mit diesem Polizeicomputer in menschlicher Hülle höflich umzugehen.*

Er ließ sie nicht aus den Augen, noch nicht einmal für eine

Sekunde. »Warum?«

»Weil ich nicht will, dass die ganze Welt dabei zusehen kann, wie ich eine lange Unterhaltung mit einem Inspektor der Mordkommission führe!«

Seine ihr verhassten Augenbrauen zuckten. »Wird es eine lange Unterhaltung?«

Carlina biss die Zähne zusammen. »Ja.« Sie ging knapp an ihm vorbei in den hinteren Teil des Geschäftes. Er blieb so nah hinter ihr, dass sie sich eingezwängt fühlte. »Müssen Sie so nahe hinter mir gehen?« Es klang wie ein Zischen.

»Ja.« Seine Stimme war völlig emotionsfrei. »Sonst könnten Sie eine Pistole auf mich richten.«

»Ich trage überhaupt keine Pistole bei mir!«

»Weiß ich. Aber Sie könnten eine in irgendeiner Schublade haben.«

Woher wusste er, dass sie keine Pistole bei sich hatte? Konnte er Menschen mit seinen hellen Augen quasi abscannen? Carlina wurde heiß, dann kalt. »Ich besitze keine Pistole.«

»Offiziell nicht«, stimmte er ihr zu.

Oh mein Gott. »Wie kommt es, dass Sie alleine sind?« Sie zog den Vorhang zur Seite und ging in den winzigen Lagerraum. »Ich dachte immer, dass Polizisten nur paarweise auftreten. Sind Sie sicher, dass ich nicht zu gefährlich bin, um es alleine mit mir aufzunehmen?« Sie hörte ihre eigenen Worte und brach entsetzt ab. Was um Himmels willen sagte sie denn da?

Sein Blick wurde eisig. »Ich unterschätze Sie nicht, falls Sie das fürchten.« Er lehnte sich an den Türrahmen und verschränkte die Arme vor der Brust. »Allerdings sollten Sie mich auch nicht unterschätzen.«

Das tue ich keinesfalls. Ganz im Gegenteil. Carlina nahm zwei kleine Klappstühle von einem Haken an der Wand, klappte sie auf und stellte sie auf den Boden. Ihr Lagerraum war winzig und ihr gut ausgeklügeltes Lagerregalsystem verkleinerte ihn noch zusätzlich. Sie war stolz auf die kleinen Fächer, die jede freie Fläche an der Wand vom Boden bis zur Decke ausfüllten, plus die zweite Regalebene, die auf Schienen davor gebaut war, sodass sie seitlich verschoben werden konnte. Sie schob die Regale so zur Seite, dass mehr Platz in der Nähe des Vorhangs entstand. Jetzt war die Tür zu dem kleinen Badezimmer zwar blockiert, aber das war im Moment egal. »Setzen Sie sich.«

Er hob die Augenbrauen.

Die Art und Weise, wie er dastand, wirkte unverschämt, als

ob er entspannt und völlig gelassen sei, aber er täuschte sie nicht. Er strahlte eine Art verhaltener Energie aus, die sie an einen Panther erinnerte. Sobald sie eine falsche Bewegung machte, würde er sich schneller auf sie stürzen, als sie schauen konnte.

»Ich bleibe lieber stehen«, sagte er.

»Wie Sie wollen.« Verdammt. *Jetzt muss ich zu ihm hochschauen, wenn ich meine Füße schonen will.* Carlina setzte sich auf den Hocker, lehnte den Rücken an das Regal und legte ihre Füße auf den zweiten Hocker, als ob sie die entspannteste Touristin war, die Florenz je gesehen hatte. Das sollte reichen, um ihre unterwürfige Position auszugleichen. Wenn sie ihren Kopf gegen das Regal lehnte, konnte sie ihn sogar ansehen, ohne einen steifen Nacken zu bekommen.

Lachte er sie etwa aus? Sie starrte ihn an.

Er schaute unbewegt zurück.

Ich muss mir das Zucken um seinen Mund eingebildet haben.

Er griff in die Tasche seiner schwarzen Lederjacke.

Carlina zuckte zusammen.

»Sie sind ganz schön nervös.«

Sie antwortete nicht.

Er holte einen kleinen schwarzen Kasten heraus und drückte auf einen Knopf. Ein rotes Licht ging an. »Ich möchte unsere Unterhaltung gern aufnehmen. Sind Sie damit einverstanden?«

Habe ich eine Wahl? »Ja.« Der kleine Raum wirkte mit ihm an der Tür völlig überfüllt.

»Ihr Name ist Caroline Arabella Ashley und Sie leben in der Via delle Pinzochere 10, in Florenz. Ist das korrekt?«

»Ja.« Carlina biss sich auf die Lippen. Mein Gott, war das schwierig. Sie fühlte sich wie eine Vollidiotin. Wie hatte sie diesen unnachgiebigen, unmenschlichen Mann je anlügen können?

»*Signorina* Ashley, möchten Sie zu Ihrer Aussage vom letzten Sonntag noch etwas hinzufügen?«

Ich möchte kein Katz-und-Maus-Spiel mit ihm treiben. Das kann er besser als ich. Carlina richtete sich auf. »Ja, das möchte ich.«

Er wartete, ohne einen Muskel zu rühren.

»Ich habe in Bezug auf die Zeit, als ich meinen Großvater zuletzt gesehen habe, nicht die Wahrheit gesagt. Er war tot, als Emma und ich nach unten gingen, um ihn für die Hochzeit abzuholen.« *Mein Gott, er macht es mir echt nicht leicht. Ich war ja so dämlich.*

»Wie sind Sie in seine Wohnung gekommen?«

Carlina starrte ihn an. »Mit meinem Schlüssel natürlich.«

»Sie haben einen Schlüssel zur Wohnung Ihres Großvaters?«

»Ja und nein.« Carlina überkreuzte ihre Beine an den Knöcheln, um entspannter zu wirken, aber sie hatte das ungemütliche Gefühl, dass ihn das nicht täuschte. »Unsere Schlüssel sind Generalschlüssel. Ich kann mit meinem Schlüssel jede Wohnung des Hauses betreten.«

Sein Mund blieb offen stehen. »Was? Sie haben mit einem einzigen Schlüssel Zugang zu allen Wohnungen?«

»Ja.« Carlina nickte.

»Um Gottes willen. Wie viele Wohnungen gibt es in dem Haus?«

»Im Erdgeschoss sind es zwei – mein Großvater wohnte in der Wohnung rechts.« Sie schluckte. *Jetzt nicht mehr. Nein, besser nicht daran denken.* »Onkel Teo lebt mit Tante Maria auf der linken Seite. Sie sind –« Sie brach ab und setzte erneut an. »Sie waren eineiige Zwillinge. Sie haben ihre Wohnungstüren leuchtend rot und leuchtend grün gestrichen, in den Nationalfarben von Italien.«

Sie konnte sehen, dass die italienischen Nationalfarben ihn nicht interessierten und unterdrückte einen Seufzer. »Im ersten Stock wohnt Emma mit ihrem Verlobten, ich meine Mann, Lucio, und zur Rechten ihre Mutter Benedetta mit meinem Cousin Ernesto und meiner Cousine Annalisa. Benedetta ist die jüngste Schwester meiner Mutter.«

Er sah ein wenig benommen aus.

»Benedetta ist die mit dem roten Lippenstift.« Nein, der Lippenstift interessierte ihn auch nicht. »Ernesto und Annalisa haben beide rotes Haar. Das ist ganz interessant, weil ihre ältere Schwester Emma viel dunklere Haare hat und …«, ihre Stimme verlor sich, als sie den Ausdruck in seinen hellen Augen sah.

»Und im zweiten Stock?«

»Im zweiten Stock auf der rechten Seite lebt meine Mutter. Das Apartment zur Linken ist an das Nachbarhaus vermietet und sie haben ein Loch in ihre Wand gemacht und die Tür zu unserem Treppenhaus verschlossen.«

Jetzt sah er aus, als ob er den Nachbarn zu ihrer Entscheidung gratulieren wolle. »Ist es richtig, dass Sie einen Bruder und eine Schwester haben?«

»Ja.«

»Warum leben die nicht mit im Familienhaus?«

Carlina zuckte mit den Schultern. »Enzo arbeitet in Pisa und will nicht jeden Tag hin- und herfahren, obwohl Opa ihm hunderttausendmal gesagt hat, dass er zu Hause wohnen soll.« Sie lächelte ein wenig bei dem Gedanken an ihren unbezähmbaren Bruder. »Meine Schwester Gabriella ist mit Bernando verheiratet und sie leben neben Bernandos Mutter, circa dreißig Kilometer von hier. Das Apartment wäre wegen Lilly eh zu klein für sie. Lilly ist meine Nichte und sie ist gerade sieben geworden. Aber sie besuchen uns oft und Lilly ist gern bei mir, weil –«. Sie brach ab. Der Inspektor wollte nicht hören, wie gut sie sich mit ihrer Nichte verstand. Es war gar nicht ihre Art, ohne Sinn und Verstand vor sich hin zu erzählen. Mannomann, dieser Kerl machte sie vielleicht nervös.

»Und Sie? Wo leben Sie?«, fragte er.

»Ich lebe über meiner Mutter, unter dem Dach.«

»Wo haben Sie Ihren Großvater gefunden?«

Carlinas Kehle verengte sich. Das Vorgeplänkel war vorbei. Jetzt kam der schwere Teil. »Mein Opa saß am Küchentisch.« Ihre Stimme brach.

»Fahren Sie fort.«

Sie fühlte sich, als ob er sie Stück für Stück vorwärtsschubsen würde, bis sie von der Klippe stürzte. »Meine Cousine … Emma bekam einen Anfall.«

Seine Augenbrauen zuckten. »Warum?«

»Emma war die Braut! Sein Tod zerstörte ihre Hochzeit!«

Inspektor Garini sah aus, als ob er keine Ahnung hätte, was sie meinte. Hatte er denn überhaupt kein Vorstellungsvermögen?

»Können Sie sich vorstellen, wie die Braut zur Kirche kommt und den Gästen mitteilt, dass gerade ihr Opa gestorben ist?« Carlina schloss die Augen. Es war einfacher zu sprechen, ohne den Mann aus Stahl neben ihr anzusehen. »Alle brechen in Tränen aus, die Hochzeit wird abgesagt, kein Tanzen, keine Party, die Hochzeitstorte wird schlecht, alle Blumen verwelken, die Trauzeremonie vertagt, die Hochzeitsreise annulliert …« Sie schüttelt so fest den Kopf, dass sie die Kante des Regals hinter sich spürte.

»Ich mag die verwelkten Blumen«, sagte er. »Schönes Detail.«

Ihre Augenlider flogen auf. *Ich hasse Sie.*

Er begegnete ihrem Blick ohne jegliche Gefühlsregung. »Fahren Sie fort.«

Noch ein Schritt näher an die Klippe. »Am Ende haben wir

uns geeinigt, dass es für meinen Großvater keinen Unterschied machen würde, wenn wir so taten, als ob er später gestorben sei.«

»Interessant.« Seine Stimme war so trocken wie Staub.

Verdammter Kerl. Er wollte sie provozieren und das gelang ihm nur zu gut. »Wir hatten auch noch einen anderen Grund.«

»Nun?«

»Der Arzt hatte Onkel Teo gesagt, dass er wegen seines Herzens jeglichen Stress vermeiden sollte. Er hat ihm fast verboten, zur Hochzeit zu gehen. Emma und ich befürchteten, dass er einen Herzanfall bekommen würde, wenn wir es ihm mitten auf der Hochzeit sagen würden.«

Er hob skeptisch eine Augenbraue, sagte aber nichts. »Was geschah dann?«

Carlina holte tief Luft, aber ausnahmsweise einmal beruhigte sie der Duft aus Staub und Verpackung und brandneuer Ware in diesem Raum nicht. Wo war eigentlich der ganze Sauerstoff hin? »Jeder, der durchs Küchenfenster schauen konnte, hätte meinen toten Großvater am Küchentisch sitzen sehen können, also entschieden wir uns, ihn ins Bett zu legen.«

»Komplett angezogen?« Die Augenbraue zuckte.

»Emma zog ihn aus, aber sie vergaß seine Socken.«

»Was haben Sie in der Zwischenzeit gemacht?« Es klang, als ob er vermutete, sie hätte die Zeit für einen einsamen Walzer in der Küche genutzt.

Carlina biss die Zähne zusammen. »Ich habe mich im Badezimmer übergeben.«

»Also haben Sie doch ein paar Gefühle gezeigt. Glückwunsch.« Seine Stimme klang ätzend genug, um ein Loch in den Boden zu brennen.

Geh nicht darauf ein, Carlina. Ignoriere ihn.

»Einen Punkt verstehe ich noch nicht ganz«, sagte Garini. »Wenn ich richtig informiert bin, waren Sie beide schon für die Hochzeit angezogen, mit langen Kleidern.«

»Mein Kleid war lang.« Carlina schaute auf ihre Hände. »Emmas war kurz.«

»Beide mit hochhackigen Schuhen, nehme ich an?« Seine hellen Augen schienen sie aufzuspießen.

»Ja.« Carlina funkelte ihn an. »Möchten Sie auch wissen, wie unsere Haare gemacht waren? Wenn Sie wollen, sende ich Ihnen ein Bild.«

»Das wäre hilfreich«, sagte er. »War es nicht schwierig, in

diesem Outfit einen Mann zu tragen?«

»Doch.«

»Ist Ihnen irgendetwas Ungewöhnliches aufgefallen?«

Carlina wollte ihn in sein unbewegliches Gesicht schlagen. »Ich tue so etwas nicht jeden Tag, wenn es das ist, was Sie meinen!«

»Ich meinte an der Leiche.«

Carlina verschränkte die Arme vor der Brust. »Ich habe noch nie vorher eine Leiche gesehen. Nie. Ich würde noch nicht mal wissen, ob etwas ungewöhnlich ist, wenn es mir ins Gesicht springen würde.« Ihre Hand flog hoch und bedeckte ihren Mund. »Igitt. Das wollte ich nicht sagen.«

Er lachte.

Ihr Blick ging zu ihm. Also konnte er lachen? Das Lachen veränderte sein schmales Gesicht und ließ die Augen funkeln. Er sah plötzlich ganz anders aus.

Er betrachtete sie, den Kopf leicht zur Seite geneigt, als ob er über etwas nachdenken würde. »Würden Sie beschreiben, wie Sie die Leiche trugen?«

Carlinas Gesicht zuckte.

»Bitte.«

Sie blinzelte erstaunt. Er konnte höflich sein? Sie holte tief Luft. »Opa saß am Küchentisch. Seine Augen waren offen. Emma stieß ihn in die Seite und da fiel er um. Ich … ich schaffte es gerade so, ihn aufzufangen, bevor er umkippte. Er war schwer – und warm.«

»Warm?« Seine scharfe Stimme unterbrach sie. »Sind Sie sicher, dass der tot war?«»Oh *Madonna*, ja, natürlich. Wenn Sie ihn gesehen hätten … es bestand kein Zweifel.«

»War es kalt in der Wohnung?«

»Nein. Es war stickig. Ich erinnere mich, dass ich das dachte, als ich durch die Tür kam. Es roch nach Pfefferminz.« Ihre Kehle schmerzte bei der Erinnerung. »Mein Opa aß ständig Pfefferminzbonbons.« *Jetzt bloß nicht weinen, Carlina.*

»Was geschah dann?«

»Ich konnte ihn nicht wieder aufrichten.« Ihre Hände waren kalt. »Emma sagte, dass ich seinen Kopf auf den Tisch legen sollte, aber das wirkte so … so respektlos.« Verdammt. Das Wort hätte sie nicht benutzen dürfen. Nichts in ihrem Benehmen hatte ihn vermuten lassen, dass ihr auch nur ein Pfifferling an der Würde des Toten lag. Sie krümmte sich innerlich und wartete auf eine vernichtende Bemerkung von Garini. Als keine kam, schaute sie hoch.

Seine hellen Augen erforschten ihr Gesicht. »Fahren Sie fort.« Es klang nicht mehr ganz so gebieterisch wie zuvor.

»Ich ließ Emma seine Füße nehmen. Wir trugen ihn ins Bett. Es fühlte sich … ungehörig an und dann war da noch dieser Geruch.«

Seine Augenbrauen zogen sich zusammen. »Was für ein Geruch?«

»Ich weiß es nicht. Ich habe das noch nie zuvor gerochen. Irgendwie süß, aber gleichzeitig widerlich.«

»Und dann?«

»Dann wurde mir schlecht.« Jetzt war ihr auch schlecht.

»Wie sah sein Gesicht aus?«

Carlinas Mund wurde trocken. »Ich habe versucht, nicht hinzusehen. Ich wollte mich so an ihn erinnern, wie ich ihn gekannt hatte.«

»Also haben Sie sein Gesicht nicht gesehen? Noch nicht mal durch einen flüchtigen Blick?«

Carlina schluckte. »Er sah … bläulich aus.«

Er nickte einmal kurz. »Hat Emma gesagt, ob es schwierig war, ihn auszuziehen?«

»Nein.« Carlina schüttelte den Kopf. »Sie war sehr schnell. Aber sie war ja auch in Eile.«

»Verstehe.« Der ironische Ton war wieder zurück.

Carlina riss sich zusammen. »Ich habe wirklich geglaubt, dass es keinen Unterschied machen würde. Ich wollte nur Emma helfen.« Jetzt klang sie flehend. »Ich wollte am nächsten Morgen auch früh aufstehen und ihn finden. Dann hätte niemand anders den gleichen Schock erleben müssen.«

»Aber Sie taten es nicht?«

»Nein.« Carlina konnte fühlen, wie sie rot wurde. »Ich habe verschlafen.« *Jetzt glaubt er, dass ich eine komplette Versagerin bin.* »Onkel Teo hat ihn gefunden.«

»Sein Zwillingsbruder.«

»Ja.« Carlina seufzte. »Ich bin so froh, dass er in diesem Augenblick keinen Herzanfall bekommen hat. Aber später, als Marco gerade die Sterbeurkunde unterzeichnen wollte –«

Garini hielt eine Hand hoch. »Einen Augenblick. Ihre Mutter sagte mir, dass Marco gerufen wurde, weil der Hausarzt krank war.«

»Das ist korrekt.«

»Wie heißt ihr Hausarzt?« Garini war zurück in Topform. Er

schoss seine Fragen wie Kugeln auf sie ab.

»Enrico Catalini.«

»Ist Marco der offizielle Vertreter von *signor* Catalini?«

»Das weiß ich nicht.« Carlina runzelte die Stirn. »Aber meine Mutter wollte Marco haben, weil er ein Familienmitglied ist. Er hat meine Cousine Angela vor einigen Monaten geheiratet.«

Garinis helle Augen verengten sich nachdenklich.

Carlina war froh zu sitzen. Das Regal in ihrem Rücken gab ihr die Stabilität, die sie unbedingt brauchte, um seinen Röntgenaugen Stand zu halten.

»Was ist dann passiert?«

»Onkel Teo kam wie eine Explosion in die Küche gestürmt und machte eine Riesenszene, weil Opa noch seine Socken anhatte.« Sie seufzte. »Ich wusste nicht, dass er immer zuerst seine Socken auszog, wenn er ins Bett ging. Ich habe keine Sekunde an seine Socken gedacht.«

Der Inspektor antwortete nicht.

Carlina warf ihm einen Blick zu. Von ihm war kein Mitgefühl zu erwarten. »Und bevor ich wusste, wie mir geschah, hat Onkel Teo die Polizei gerufen.« Irgendetwas kratzte sie am Ohr. Carlina griff nach oben und wurde rot. Verdammt. Sie hatte immer noch den BH und die Unterhose der Schaufensterpuppe auf ihrer Schulter. Gott, wie peinlich! Sie zog sie mit einer raschen Bewegung herunter und stopfte sie hinter sich ins Regal. Hoffentlich fing er nicht an zu lachen.

Seine hellen Augen blickten nicht eine Sekunde weg. »Warum haben Sie Ihren Onkel Teo nicht aufgehalten?«

Carlina richtete sich gerade auf. »Wie sollte ich das tun? Das Telefon aus seiner Hand schlagen?«

»Zum Beispiel. Ich hätte gedacht, dass Sie erfinderisch genug sind.« Es klang nicht wie ein Kompliment.

»Onkel Teo war tiefrot im Gesicht.« Carlina schaute Garini nicht an. Sie wollte seinem ungläubigen Blick nicht begegnen. »Ich hatte Angst, dass er einen Herzanfall bekommen würde, wenn ich ihn aufhielt. Außerdem hat die ganze Familie zugehört.«

»Nun gut.« Seine Stimme war hart. »Und können Sie mir erklären, warum Sie mir nicht die Wahrheit gesagt haben, als ich kam?«

Sie schaute auf ihre Hände. Sie hatten sich in einen engen Knoten verschlungen. »Ich wollte es tun, aber Sie kamen zu früh. Als ich nach unten kam, hatte die Gang, ich meine, die

Familie, Ihnen schon alles erzählt.«

»Alles außer der Wahrheit.«

»Na ja.« Carlina hatte Mühe, Luft zu bekommen, es fühlte sich an, als ob irgendetwas ihr den Atem abdrücken würde. »Ich wollte mit Ihnen alleine sprechen.« Sie hob ihren Blick und runzelte die Stirn. »Daran erinnern Sie sich doch noch, oder?«

Er hob die Augenbrauen. »Sie haben es nicht wirklich versucht.«

Carlina schloss für einen Augenblick die Augen. »Ich wollte meine Mutter nicht verunsichern. Sie war schon so erschüttert.«

»War sie das?«

Wie sie seine scharfzüngigen Fragen hasste. »Ja, das war sie!« Sie ballte die Hände zu Fäusten. »Haben Sie ihr Kissen bemerkt?«

»Habe ich.«

»Nun, normalerweise trägt sie das kleine Kissen mit sich herum, wenn sie unterwegs ist, aber im Haus hat sie es nicht bei sich. Als sie zu mir kam und das Kissen im Arm hatte, wusste ich, dass sie bis ins Innerste erschüttert war.«

Er blinzelte. »Soll das heißen, Ihre Mutter verlässt das Haus nie ohne ihr Kissen?«

Oh Gott. Sie hätte das nicht erwähnen dürfen. »Ja.« Sie hoffte, dass ihre Stimme würdevoll klang. »Es ist eine kleine Eigenart von ihr.«

»Hat sie es mit zur Hochzeit genommen?« Er wirkte fasziniert.

»Ja.«

»Und hat sie es benutzt?«

»Wofür müssen Sie das wissen? Das hat doch nichts mit meinem Opa zu tun!« Carlina presste die Lippen zusammen.

Sein Mund zuckte. »Tun Sie mir den Gefallen.«

»Na gut.« Carlina seufzte. »Sie hat es benutzt, um in der Kirche zu schlafen.«

»Der Gottesdienst war wohl nicht so spannend?«

»Es war die sechste Familienhochzeit in diesem Jahr.«

»In diesem Fall hat sie mein volles Verständnis.«

Carlina lächelte. »Später hat Mama das Kissen benutzt, um auf dem Tisch zu schlafen.«

»Sie schlief auf dem Tisch?« Jetzt klang er ungläubig.

»Sie hat nur den Kopf auf dem Tisch abgelegt«, fügte Carlina hastig hinzu. »Das macht nichts, alle sind daran gewöhnt. Ich finde es sogar sehr rücksichtsvoll von ihr.«

Er blinzelte. »Inwiefern?«

»Na ja, wir teilen uns alle die Taxikosten auf dem Rückweg und wenn sie müde ist, schläft sie einfach ein. Andere Mütter würden so lange herumnörgeln, bis man früher nach Hause fährt.«

»Verstehe.« Sein Blick sprach Bände.

Er glaubt, dass wir ein Haufen Irrer sind. Carlina starrte auf ihre Hände und konzentrierte sich darauf, sie zu entspannen. Aus dem Augenwinkel sah sie, dass er immer noch am Türrahmen lehnte, als ob er hierhin gehören würde – ein entspannter Panther.

Von der Straße hörte man schwach die Passanten, wie sie sich unterhielten und lachten. Drinnen war es so leise, dass ihr eigener Atem zu laut wirkte.

»Fassen wir also zusammen, *signorina* Ashley. Sie haben Ihren toten Großvater versteckt, weil Sie Ihre Cousine Emma nicht unglücklich machen wollten. Sie erlaubten ihrem Onkel Teo, die Polizei mit einer völlig verrückten Geschichte anzurufen, weil Sie fürchteten, dass er sonst einen Herzanfall bekommen könnte. Sie logen die Polizei an, weil Sie Ihre Mutter Fabbiola nicht beunruhigen wollten. Ich bin beeindruckt. Sie sind ja ein echter Philanthrop.«

Carlinas Ohren wurden heiß.

»Nun? Möchten Sie nichts dazu sagen?«

Seine eisigen Worte schnitten durch sie hindurch wie ein scharfes Schwert. »Nein. Ich habe Ihnen vielleicht beim ersten Mal nicht die Wahrheit gesagt, aber jetzt habe ich es getan.«

»Und werden Sie bei dieser Version bleiben?« Seine freundliche Stimme klang falsch.

»Ja.« Sie zog ihre Füße zu sich heran. »Ich gehe davon aus, dass das Gespräch jetzt vorbei ist. Bitte gehen Sie. Ich kann meinen Laden nicht stundenlang geschlossen halten.«

»Noch eine Minute, *signorina* Ashley. Ich muss Ihnen noch eines sagen.«

»Nun?« Carlina beugte sich auf dem Hocker nach vorne, bereit, aufzustehen. *Geh. Geh jetzt einfach weg.*

»Ihr Großvater wurde mit einer Überdosis Morphium vergiftet.«

Ein Rauschen wie von einem gigantischen Wasserfall füllte ihre Ohren. Der Fußboden kam ihr entgegen, dann wurde alles schwarz.

Kapitel 6

I

Als sie wieder zu sich kam, war ihre Nase gegen schwarzes Leder gedrückt. Es roch gut, mit einem zusätzlichen Hauch von frischer Luft und Seife. Zwei starke Hände zogen sie in eine aufrechte Position und lehnten sie wieder an das Regal, doch dieses Mal saß sie auf dem Boden.

Sein Gesicht beugte sich über sie. Es sah angespannt aus.

Carlina fiel eine kleine Narbe neben seinem Mund auf. Sie konzentrierte sich darauf, zu atmen. Das war ein tagesfüllendes Programm.

»Schwacher Moment vorbei?«

Sie fuhr zusammen und schaffte es, ihre Stimme wiederzufinden. »Wiederholen Sie ihren letzten Satz.« *Vielleicht habe ich ihn ja falsch verstanden.*

»Ihr Großvater wurde mit einer Überdosis Morphium vergiftet.« Er sagte es ohne jegliche Gefühle, als ob er wirklich der Computer war, für den sie ihn schon die ganze Zeit gehalten hatte.

Also habe ich ihn doch richtig verstanden. Carlina schloss die Augen.

»Werden Sie jetzt wieder ohnmächtig?«

Sie schüttelte den Kopf. »Nein. Sie können mich loslassen.«

Er nahm seine Hände abrupt weg.

Sie fiel fast nach vorne um und musste beide Hände flach auf den Boden stützen, um sich zu halten. »Was geschieht jetzt?«

Er sah sie an. »Jetzt finde ich heraus, wer ihn umgebracht hat.«

Sie antwortete nicht. Ihr Kopf fühlte sich an, als ob er mit Watte gefüllt sei, ganz weich und ohne Substanz.

»*Signorina* Ashley.«

»Was?«

»Sie müssen noch ein paar Fragen beantworten.«

Sie biss sich so hart auf die Lippe, dass es wehtat. »Legen Sie los.«

»Halten Sie es für möglich, dass Ihr Großvater sich selbst umgebracht hat?«

Carlina warf den Kopf hoch. »Nein. Niemals. Mein Opa hat jeden Augenblick seines Lebens genossen. Er liebte seine Phasen und war ständig auf der Suche nach etwas Neuem, was er ausprobieren konnte. Er war mental voll da und außerdem sehr kämpferisch.«

»Wie meinen Sie das?«

»Er war in ewigem Wettkampf mit seinem Zwillingsbruder, meinem Onkel Teo. Sie versuchten sich ständig gegenseitig zu übertrumpfen.« Carlina holte tief Luft. Sie fühlte sich immer noch ganz zittrig. »Als meinem Onkel Teo vor kurzer Zeit ein schwaches Herz diagnostiziert wurde, ist Opa auch sofort hingegangen, um sich untersuchen zu lassen, weil sie ja eineiige Zwillinge sind und die gleichen Gene haben, verstehen Sie?«

»Ja.«

Carlina fühlte, wie ihre Kehle eng wurde. »Opa bekam bestätigt, dass er für sein Alter kerngesund war. Er zeigte die Papiere mit den Ergebnissen seiner Untersuchungen überall herum und sagte immer, dass er hundert Jahre alt werden würde.« Tränen kamen ihr in die Augen, als sie sich daran erinnerte, wie er durch das Haus stolziert war, die Zettel schwenkend.

Der Inspektor hob seine Augenbrauen. »Und trotzdem hatten Sie nicht den Hauch eines Zweifels, als Sie ihn tot auffanden?«

Jetzt fühlte sie sich völlig dämlich. »Nein.«

»Warum nicht?«

»Ich weiß es nicht. Wie gesagt, Selbstmord hätte überhaupt nicht zu ihm gepasst … und … und Mord …«

»Ja, *signorina* Ashley?« Es klang, als ob er zum Sprung bereit war.

»Mord wäre mir einfach nie ernsthaft in den Sinn gekommen.«

Er richtete sich auf. »Haben Sie zufälligerweise vor, das Land zu verlassen?«

Ein Schauer lief ihr über den Rücken. »Nein.«

»Gut. Wenn Sie Ihre Meinung ändern sollten, informieren Sie mich.«

Ihr Hals tat weh. »Ja.«

Er stand auf.

Carlina bemerkte erst jetzt, dass er neben ihr gekniet hatte. Sie beeilte sich, ihm zu folgen, aber die Welt war noch ziemlich wackelig. Mit einem raschen Griff ans Regal hielt sie sich fest.

Sein Blick folgte ihrer Hand. »Wenn Sie jemals einen Karrierewechsel anstreben möchten, sollten Sie es mit der Schauspielerei versuchen. Sie sind ziemlich überzeugend.«

»Und wenn Sie jemals einen Karrierewechsel anstreben sollten, versuchen Sie's mal als Müllmann. Müll hat keine Gefühle. Ihr Spitzname könnte auch ›Computer‹ lauten.«

Zum ersten Mal drückte sein Gesicht Überraschung aus. »Was?«

Carlina zuckte arrogant mit den Schultern, zumindest hoffte sie, dass es arrogant wirkte. »Finden Sie's selbst raus.«

Sie begleitete ihn zur Tür. Als sie die Tür aufschloss und das Schild abnahm, war ihr seine schweigende Gegenwart hinter ihr sehr bewusst. Es brachte sie mehr durcheinander, als sie zugeben wollte.

Sie trat zur Seite, um ihn vorbeizulassen.

Er blieb vor ihr stehen. »Es ist Ihnen klar, dass ich mit Ihrer Familie sprechen muss, oder?«

Carlina entglitten die Gesichtszüge. »Oh *Madonna*.«

»Ich fahre jetzt direkt zu Ihrem Haus«, sagte er. »*Arrivederci.*« Er nickte ihr zu und ging nach links, in Richtung des Arno Flusses. Sein schwarzes Motorrad stand auf dem Bürgersteig im strikten Halteverbot.

Carlina sah zu, wie er den Motor mit einem Aufbrüllen startete. Ihre Gedanken hüpften nutzlos wie Flöhe in einer Box herum. *Ich muss ihn aufhalten. Ich muss mit meiner Mutter sprechen. Opa ist ermordet worden! Oh Gott. Ich bin eine Verdächtige. Ich muss mit Onkel Teo sprechen. Ich muss vor Garini zu Hause sein.* Der letzte Gedanke rastete wie eine Gangschaltung ein. Sie schloss den Laden ab und rannte los, so schnell sie ihre noch immer wackeligen Beine trugen.

II

Carlina raste durch mehrere verbotene Abkürzungen nach Hause, parkte ihre Vespa eilig und hetzte ins Haus. Das unberührte Siegel auf Nicos Wohnungstür verursachte ihr ein unangenehmes Gefühl in der Magengrube. Sie rannte die Treppe hoch. Ihre Mutter war nicht in ihrer Wohnung, obwohl alle Fenster offenstanden. Verdammt. Wo konnte sie sein? War Garini schon angekommen? Sie blieb in Fabbiolas Küche stehen und lauschte. Das Haus war still. Keine Haustür schlug zu, keine Fußschritte, kein Jammern, kein Geschrei.

Aber Moment mal. War da nicht ein Stimmengemurmel? Carlina lief zum Küchenfenster und lehnte sich nach draußen. Sie konnte Onkel Teos Stimme hören. Er befand sich im ersten Stock, in Benedettas Küche. Sie hatten die Tür zu dem kleinen Balkon geöffnet, sonst hätte Carlina sie nicht hören können.

Carlina drehte sich auf dem Absatz um und rannte wieder nach unten.

»Benedetta?« Carlina stieß die Tür zur Wohnung ihrer Tante auf. »Ist meine Mutter bei dir?«

Es roch nach gebratenen Zwiebeln mit ein wenig *aceto di Modena* – Balsamicoessig – als Gewürz. Es war die einzige Art von Essig, die ihre Tante jemals nutzte. Ein vertrauter Geruch, ein Geruch, der sie willkommen hieß. Carlina drückte ihre Hände zusammen. Mit zusammengebissenen Zähnen ging sie in die Wohnung, bis sie durch die offene Tür in die Küche blicken konnte.

Benedetta sah von dem Teig hoch, den sie gerade knetete. Sie hatte bis zu den Ellenbogen Mehl an den Armen und einen kleinen Teigberg auf der Marmorplatte vor sich. »Ja, sie ist hier, Carlina.« Ihr roter Lippenstift leuchtete in dem dunklen Raum. Das Nachbarhaus stand so nahe, dass wenig Licht in Benedettas Küche fiel.

Carlina ging durch die Tür und erstarrte. Benedetta hatte nicht erwähnt, dass der Raum prall gefüllt mit Mantonis war.

Neben Benedetta saßen ihre Kinder Ernesto und Annalisa am Küchentisch. Ernesto hing in seinem Stuhl. Sein rechter Daumen flog über das Display seines Mobiltelefons, während er eine Textnachricht schrieb.

Seine Schwester Annalisa rieb ein Stück Parmesankäse mit geübten Bewegungen. Der Berg an geriebenem Käse auf der Marmorplatte vor ihr war schon zehn Zentimeter hoch.

Ohne mit dem Texten aufzuhören, beugte sich Ernesto zur Seite und nahm mit seiner linken Hand ein wenig von dem geriebenen Käse.

Annalisa gab ihm einen Klaps auf den Arm.

Onkel Teo saß vor einer glasierten Terrakottaschale, die mit schwarzen Oliven gefüllt war. Er sah ungewohnt aus, ganz in Schwarz gekleidet, aber der Ausdruck von völliger Unschuld, als er lautlos kaute, war Carlina wohl bekannt.

Tante Maria, auch in Schwarz, schälte Knoblauchzehen neben ihm, während sie vor sich hin summte, und Fabbiola stand an der Spüle und wusch den Spinat.

Der gelbe Vorhang bewegte sich in der Brise, die durch die offene Balkontür wehte.

»Du bist heute früh dran, Carlina.« Ihre Mutter drehte sich um und zeigte mit ihrem Kinn auf den Kühlschrank. »Könntest du den Ricotta rausholen?«

Carlina gehorchte ohne ein Wort. *Also ist Garini noch nicht da. Ich frage mich, wie viel Zeit ich habe, bis er hier aufschlägt.* Schweiß lief ihr zwischen den Schulterblättern herab, als sie die kühlen Plastikdosen, die mit Ricottakäse gefüllt waren, aus dem Kühlschrank nahm. *Ich brauche mehr als zwei Minuten, um zu erklären, was passiert ist.*

Eine Idee schoss durch ihren Kopf. »Ich bin in einer Sekunde wieder da.« Sie stellte den Ricotta auf den Tisch, drehte sich herum und rannte zur Eingangstür. Als sie unten ankam, bewegte sie sich rasch zur Seite und hielt sich dicht an die Wände des Eingangsbereiches. Falls Garini durch die ziselierten Glasscheiben, die den Hauptteil der sonst hölzernen Eingangstür ausmachten, schaute, sollte er sie nicht entdecken.

Neben der Tür streckte sie sich in die Höhe. Gott sei Dank war die Box für die Türklingel in ihrer Reichweite angebracht. Mit einer schnellen Bewegung zog sie das Kabel aus der Box. So. Jetzt konnte Garini so lange klingeln, bis er blau wurde. Es war keiner zu Hause.

Sie rannte wieder nach oben und stürmte in die Küche.

»Schließe die Tür, Carlina«, sagte Benedetta. »Der Teig darf nicht im Zug liegen.«

Carlina schloss die Tür. Ihr war schlecht vor Angst. Was würden sie sagen? Sie versuchte zu schlucken, aber ihr Mund war zu trocken. »Hört bitte einmal alle zu. Ich muss euch etwas sagen.«

Onkel Teo schaute hoch. »Carlina, du bist so blass.«

Carlina biss sich auf die Lippe.

»Ja, das habe ich mir auch gedacht.« Fabbiola nickte und rührte den Spinat, der in der mit Wasser gefüllten Spüle schwamm, sorgfältig um. »Reich mir mal das Geschirrtuch, ja, Carlina?«

Carlina gab ihrer Mutter das Tuch.

»Du wirst doch nicht krank, oder?« Benedetta runzelte die Stirn. »Ich glaube, du arbeitest zu viel.« Sie nahm die Nudelmaschine vom Regal und schob sie in die richtige Position auf dem Tisch, sodass sie den Teig zu einer dünnen Platte verarbeiten konnte, sobald er ausreichend geruht hatte.

»Aber sie ist heute früh von der Arbeit gekommen.« Fabbiola lächelte ihre Tochter an und breitete das Geschirrtuch neben der Spüle aus.

»Mama, ich muss dir etwas sagen.« Carlina spürte, wie Verzweiflung in ihr aufstieg.

»Benedetta, ich glaube, du musst die Balkontür schließen«, sagte Fabbiola. »Der Teig wird sonst zu trocken.«

»Oh, nein.« Ernesto schaute von seinem Telefon hoch. »Bitte lass sie offen. Es ist schon viel zu stickig hier drinnen.«

»Dann solltest du den Teig woanders hinstellen, um ihn zu schützen.« Fabbiola tätschelte liebevoll den Teigberg.

»Leg ihn in diese Schale hier.« Tante Maria schob sich eine Knoblauchzehe in den Mund und zauberte eine zerbeulte Edelstahlschale mit der anderen Hand hervor.

Carlina hob ihre Stimme. »Jetzt hört mir bitte einmal zu. Ich habe nicht viel Zeit und ich muss euch etwas Wichtiges sagen.«

Fabbiola runzelte die Stirn und legte eine nasse Hand auf Carlinas Stirn. »Hast du Fieber, meine Liebe?«

»Nein.« Carlina wollte es am liebsten herausschreien. »Inspektor Garini ist heute bei Temptation vorbeigekommen und –«

»Hi, hi.« Onkel Teo nahm sich noch eine schwarze Olive. »Wollte er Unterwäsche für seine Freundin kaufen?«

Carlina schloss die Augen. *Kann ich bitte wenigstens einen einzigen Satz beenden?*

Annalisa hob den Kopf so rasch, dass ihr rotes Haar wie ein Flügel nach hinten flog. »Hat er eine Freundin?«

»Glaube ich nicht.« Fabbiola schüttelte den nassen Spinat über der Spüle, sodass die Tropfen in alle Richtungen flogen.

»Wieso nicht?« Benedetta bugsierte den Nudelteig sorgfältig in die Edelstahlschale. »Ich finde, er ist ein sehr attraktiver Mann und attraktive Männer sind selten single.«

»Es ist völlig egal, ob er single ist oder nicht«, unterbrach Carlina.

»Wieso, bist du nicht interessiert?« Tante Maria zwinkerte ihr zu.

Onkel Teo kicherte. »Vielleicht kam er ja in den Laden, um

mit Carlina zu plaudern.«

»Genau.« *Ich muss es ihnen ganz plötzlich beibringen. Ich kann sie nicht vorbereiten.* Carlina holte tief Luft. »Er kam, um mir mitzuteilen, dass Opa vergiftet worden ist.«

Alle erstarrten in der Bewegung.

Das einzige Geräusch im Raum war das leichte Flattern des Vorhangs.

Ernestos Telefon fiel mit einem Krachen auf den Boden.

»Verdammt!« Ernesto tauchte unter den Tisch.

Onkel Teo haute mit der Faust auf den Tisch. »Ich habe es euch gesagt! Ich wusste, dass etwas nicht stimmte!«

Mit einem lauten Platschen ließ Fabbiola den sorgfältig trocken geschüttelten Spinat in die mit Wasser gefüllte Spüle zurückfallen und drehte sich zu ihrer Tochter. »Warum hat er es *dir* gesagt?«

Benedetta öffnete ihren roten Mund mit einem schnappenden Geräusch. »Warum sollte er es nicht Carlina sagen?«

Tante Maria nickte. »Carlina ist eine hübsche Frau. Er –«

»Er kam zu mir, weil ich ihn angelogen hatte.« Carlina biss die Zähne zusammen. Jetzt kam der schwerste Teil.

»Du hast ihn angelogen?« Annalisas Mund blieb offen stehen. »Das würde ich nicht zu oft machen. Er macht mir Angst.«

Ernesto tauchte unter dem Tisch wieder auf, aber er schaute nicht auf sein Telefon. Er starrte seine Cousine an. »Nicht schlecht, Carlina.«

»Warum hast du die Polizei angelogen? Und womit?« Fabbiola presste ihre Lippen so hart aufeinander, dass sie zu einer schmalen Linie verschmolzen.

»Ich habe ihm gesagt, dass Opa vor der Hochzeit noch gelebt hat.«

»Aber das war doch richtig!« Fabbiola stützte ihre Hände in die Hüften.

»Nein.« Carlina schüttelte den Kopf. »Er war tot. Emma und ich haben ihn ins Bett gelegt.» Sie nickte Onkel Teo zu. »Aber wir haben vergessen, ihm die Socken auszuziehen.« *So. Das Schlimmste ist gesagt. Vielleicht.*

Ernestos starrte fassungslos in die Runde. »Du hast Opa ins Bett gelegt, als er schon tot war?« Er zog seine Augenbrauen so hoch, dass sie fast seinen roten Haaransatz berührten. »Abgefahren.«

»Ich glaube nicht eine Minute lang, dass Emma so etwas tun

würde!«, verteidigte Benedetta empört ihre älteste Tochter.

Carlina schluckte.

»Natürlich würde sie das tun.« Onkel Teo kreuzte die Arme vor der Brust. »Wahrscheinlich war es sogar Emmas Idee.«

»Aber warum habt ihr das getan?« Tante Maria hielt eine vergessene Knoblauchzehe in der Hand.

»Weil wir die Hochzeit nicht zerstören wollten.« *Es klingt jetzt so albern.*

»Seid ihr verrückt geworden?«, fragte Annalisa ungläubig.

»Du hast mich angelogen!« Fabbiola starrte ihre Tochter an.

»Und mich.« Onkel Teo runzelte die Stirn.

Carlina nahm die Schultern zurück und hob das Kinn. »Ja, das habe ich, aber das ist nicht wichtig.«

»Das ist nicht wichtig?« Fabbiolas Stimme wurde lauter. »Du sagst, es sei nicht wichtig, dass du mich anlügst, deine einzige –«

»Mama.« Carlina nahm ihre Hand. »Wir haben jetzt ganz andere Probleme.«

Fabbiola zog ihre Hand weg. »Ich weiß nicht, wovon du sprichst! Es ist schon ziemlich unglaublich, wenn –«

Carlina unterbrach sie verzweifelt. »Jetzt hört mir doch endlich zu!« Hatten sie es nicht verstanden? Hatten sie nicht gehört, was sie gesagt hatte?

Tante Maria betrachtete die Knoblauchzehe. »Wer hat Nico umgebracht?«

Alle fuhren herum und starrten sie an.

»Danke, Tante Maria.« Carlina ließ sich auf einen Stuhl fallen. »Das ist die 100-Millionen-Euro-Frage.«

Schweigen.

Die gelben Vorhänge flatterten weiter im Wind, als ob die Welt noch in Ordnung sei.

Fabbiola machte zwei kleine Schritte und beugte sich über ihre Tochter. »Vater ist ermordet worden?«

Carlina nickte. »Das hat Garini gesagt.«

Ernestos Augen weiteten sich. »Hast du ihn umgebracht, Carlina?« Sein rotes Haar stand wie eine Flamme in die Höhe.

Seine Mutter fuhr auf und zischte ihn an: »Natürlich nicht, du Dummkopf! Wie kannst du so etwas nur von deiner Cousine denken?«

Carlina schüttelte den Kopf. »Ernesto ist nicht dumm. Der Inspektor denkt das Gleiche.«

Benedetta bedeckte ihren roten Mund mit einer Hand. »Oh *Madonna*.«

Fabbiola richtete sich auf und stemmte die Hände in die Hüften. »Ich kann nicht glauben, dass der Inspektor so dämlich ist. Er sah doch wie ein kluger Mann aus. Wie kann er glauben, dass meine Tochter eine Kriminelle ist?«

»Weil besagte Tochter sich wie eine Idiotin benommen hat«, antwortete Carlina.

»Was hat er zu dir gesagt?« Fabbiolas Ton war kämpferisch.

»Er hat mich auseinandergenommen, tief in meine Seele geschaut und darin nichts Vertrauensvolles gefunden.«

»Ist das ein Gedicht?« Ernesto schaute sie misstrauisch an.

»Nein.« Carlina seufzte. »Das ist die Wahrheit.«

»Aber …« Fabbiola schüttelte den Kopf, bis eine hennagefärbte Strähne aus ihrem Dutt rutschte. »Wir müssen Emma anrufen. Emma kann dem Inspektor bestätigen, dass du die Wahrheit gesagt hast.«

»Wir können Emma nicht anrufen.« Carlina zuckte mit den Schultern. »Ihr Mobiltelefon funktioniert in Afrika nicht. Ich habe es schon mindestens siebenmal versucht. Ihre Mailbox ist auch ausgeschaltet.«

Fabbiola zischte entnervt. »Warum musste sie auch so eine Natursafari machen? Ich habe ihr von Anfang an gesagt, dass das eine schlechte Idee ist. Sie wird mit Malaria und Darmwürmern zurückkommen und –«

Benedetta wrang ihre Hände. »Emma hat nichts damit zu tun.« Es klang eher wie eine Beschwörung als eine Aussage.

Onkel Teo stand auf. »Carlina.« Seine Stimme war ernst.

»Ja?«

»Erzähle uns noch einmal von Anfang an, wie du ihn gefunden hast.«

Carlina räusperte sich. »Ich habe Emma gesagt, dass ich Opa beim Ankleiden helfen würde und ging nach unten. Wir hatten noch circa zwanzig Minuten, bevor Onkel Ugo mit der Limousine am Ende der Straße auf uns warten würde. Opa war schon fertig angezogen für die Hochzeit. Er saß in der Küche, das Kinn auf der Brust. Zuerst habe ich gedacht, dass er eingeschlafen ist. Aber dann sah ich seine Augen …« Ihre Stimme zitterte. »Sie waren weit geöffnet. In diesem Augenblick kam Emma. Als sie Opa sah, bekam sie einen Wutanfall.«

»Das kann ich mir vorstellen.« Ernesto grinste.

Benedetta warf ihm einen scharfen Blick zu. »Das reicht, Ernesto. Was passierte dann?«

»Wir haben uns gefragt, was wir tun sollten. Genau in dem

Augenblick ging jemand am Fenster vorbei. Er schaute rein, aber glücklicherweise versperrte Emma den Blick. Das war der Augenblick, in dem wir merkten, dass jeder sehen konnte, wie Opa tot in seinem Stuhl saß. Also schlug Emma vor, dass wir ihn in sein Bett legen sollten.«

»Das war vernünftig«, sagte Fabbiola.

Onkel Teo runzelte die Stirn. »Aber … aber hast du irgendeine Ahnung, warum jemand Nico loswerden wollte?«

Carlina schüttelte den Kopf. »Nein. Ich meine, ich kann mir überhaupt nicht vorstellen, dass jemand ihn so sehr hasste, dass er ihn umgebracht hat.« Eine Sekunde lang hörte sie wieder Emmas empörte Stimme, sah ihr hartes Gesicht, als sie Nico fanden. *Wie gut kennst du deine Familie? Wie weit würden sie gehen, wenn der Druck unerträglich würde?* Ein Schauer lief ihr den Rücken hinunter. *Aber Emma hätte Opa niemals an ihrem eigenen Hochzeitstag umgebracht.* Sie fühlte sich so schlapp wie zu lange gekochte Spaghetti. »Der Inspektor hat noch einige andere Dinge gefragt.«

Tante Maria runzelte die Stirn. »Was für Dinge?«

»Er schien sich die Frage zu stellen, ob es möglicherweise Selbstmord war.«

»Niemals.« Ernesto schüttelte den Kopf. »Dann hätte er ja den Wettkampf mit Onkel Teo verloren. Er hat immer gesagt, dass der, der zuerst stirbt, der Verlierer sein würde.«

Der Rest der Familie nickte. Niemand, der Nico gekannt hatte, akzeptierte auch nur eine Sekunde lang die Selbstmordtheorie.

»Genau.« Carlina lächelte ihren jüngeren Cousin an. »Das habe ich dem Inspektor auch gesagt.«

Tante Maria seufzte. »Einerseits ist es ja ein Jammer.«

Fabbiola blinzelte. »Was ist ein Jammer?«

Onkel Teo warf seiner Frau einen scharfen Blick zu. »Ich weiß, was du meinst. Wenn Carlina die Selbstmordtheorie akzeptiert hätte, würde der Inspektor jetzt nicht nach einem Mörder suchen.«

Carlinas Kopf fing an, sich zu drehen. »Machst du Witze? Ich bin durch mit Lügen. Der Typ ist echt nicht menschlich. Er ist eine Art Polizeimaschine. Wenn du ihn anlügen möchtest, dann mach das ruhig, aber ich mache da nicht mit.«

»Sogar wenn das heißt, dass einer von uns verhaftet wird?« Tante Maria kaute auf einer Knoblauchzehe herum, als ob ihre Worte die Familie nicht hätten erstarren lassen.

Annalisa erholte sich als Erste. »Ich bin sicher, dass es jemand außerhalb der Familie war. Niemand von uns würde so etwas tun. Wie wurde er denn genau ermordet? Ich meine, mit welchem Gift, Carlina?«

»Es war eine Überdosis Morphium.« Das mittlerweile schon wohl bekannte Gefühl der Übelkeit überkam Carlina.

»Morphium?« Tante Maria hob den Kopf. »Wer in der Familie nutzt denn Morphium?«

Carlina zuckte mit den Schultern. »Soweit ich weiß, niemand.« *Aber das hat nichts zu heißen.*

Ernesto schüttelte sein Telefon und murmelte etwas in sich hinein.

»Ist es kaputt?« Annalisa beugte sich zu ihrem Bruder.

»Ich glaube nicht.« Ernesto runzelte die Stirn. »Aber ich bekomme keine Verbindung. Vielleicht, wenn ich nach draußen gehe ...« Er sprang auf und ging zum offenen Fenster.

»Wie kannst du dich für dein Handy interessieren, wenn deine Cousine des Mordes angeklagt wird?« Benedetta sah ihre Kinder missbilligend an.

»Carlina ist nicht des Mordes angeklagt!« Fabbiola legte einen schützenden Arm um die Schultern ihrer Tochter.

Ein Hauch eisiger Kälte lief Carlinas Rückgrat entlang. *Des Mordes angeklagt.* Garini hatte es nicht gesagt, aber sie hatte es in seinen Augen gesehen.

Ernesto lächelte ihr entschuldigend zu, zuckte mit den Schultern und ging auf den kleinen Balkon.

In Sekunden war er wieder zurück, sein Gesicht bleich. »Carlina. Der Inspektor trinkt bei *signorina* Electra einen Kaffee. Er sitzt an ihrem offenen Fenster.«

Carlinas Herz sank. *Dann hat er alles gehört, was wir gesagt haben.* Verzweifelt versuchte sie, sich jedes Wort in Erinnerung zu rufen. Hatten sie etwas Belastendes gesagt?

Ernesto schluckte. »Er sagt, du sollst zu ihm rauskommen.«

Sechs angsterfüllte Gesichter wendeten sich Carlina zu.

»Ich komme.« *Klingt meine Stimme fest und zuversichtlich?*

Sie trat auf den Balkon. Direkt vor ihr, so nahe, dass sie die Steinmauer berühren konnte, wenn sie den Arm ausstreckte, befand sich das Nachbarshaus. *Signorina* Electra lebte in der Wohnung gegenüber von Benedetta, aber sie hatte keinen Balkon. Ihr Wohnzimmerfenster begann zur Linken, wo Benedettas Balkon aufhörte. *Signorina* Electra war ein großer Fan von Geranien und jedes Frühjahr pflanzte sie so viele wie möglich in ihre Fensterkästen. Manchmal schaffte sie es zu Benedettas Ärger auch, deren Balkon teilweise mitzubenutzen, obwohl keiner wusste, wie sie es in ihrem Alter schaffte, sich so weit zu strecken. Das blieb ein viel diskutiertes Geheimnis. Die roten und weißen Blüten fielen in Kaskaden über den Fenstersims und ihr bitterer Geruch war stark und eindringlich.

Garini saß in *Signorina* Electras Wohnzimmer an einem dünnbeinigen Tisch. Er hob eine zarte Teetasse in schweigendem Gruß und sah so deplatziert aus wie ein Panther in einem Kindergarten.

Ich hoffe, ihm wird von dem Kräutertee schlecht.

»*Signorina* Ashley. Ich hoffe, Sie hatten eine schöne freie Zeit.«

Carlina war sich bewusst, dass ihre Familie hinter ihr lauschte und mit angehaltenem Atem jedes Wort verfolgte. »Sehr. Möchten Sie rüberkommen, um uns zu befragen?«

Er hob seine Augenbrauen. »Was für eine charmante Einladung. Ich habe an Ihrer Tür geklingelt, aber als niemand öffnete, dachte ich mir, dass ich genauso gut meine Freundin *Signorina* Electra besuchen kann.« Er drehte sich auf seinem Stuhl herum, als die Tür zum Wohnzimmer sich hinter ihm öffnete.

Signorina Electra glitt in den Raum. Ihr Gewand bauschte sich hinter ihr weit auf. Goldene Sterne glitzerten auf dem Stoff, als sie die Teekanne hob. »Hier ist der Tee. Es ist diesmal eine andere Mischung, Pfefferminz-Kamille.«

Garinis Gesicht wurde noch hölzerner als sonst.

Carlina beugte sich über die Brüstung und sagte leise. »Schmecken Ihnen ihre Tees etwa nicht, Garini?«

Signorina Electra kam näher und schaute Carlina aus kurzsichtigen Augen an. »Bist du das, Carlina? Du meine Güte, was habe ich dich lange nicht gesehen. Du bist nicht so hübsch wie Emma. Bist du schon verheiratet?« Ihre Stimme hallte laut in der schmalen Lücke zwischen den beiden Häusern.

»Nein.« Carlina schrie es so laut zurück, dass die ganze Straße mithören konnte. »Haben Sie Freude an Ihrem netten Besuch?«

Die Familie hinter Carlina schnappte nach Luft.

»Aber natürlich. Wir kennen uns schon ewig, nicht wahr, Stefano?« Sie zwinkerte Garini zu.

Carlina biss die Zähne zusammen. »Nun, wenn Sie Ihren Kamille-Pfefferminztee ausgetrunken haben, dann zögern Sie nicht, zu uns zu kommen, Garini.«

»Das werde ich tun.« Sein Blick hielt ihren fest. »Sorgen Sie dafür, dass die Klingel funktioniert.«

III

Carlina stand auf einer Leiter. Sie hielt den Schraubenzieher und die Abdeckung der Klingelbox in ihrer Hand, als Garini hinter den verzierten Glasscheiben erschien. Skeptisch beäugte sie seine schlanke Gestalt für einen Augenblick. *Warum macht er mich immer so nervös?*

Vorsichtig stieg sie die Leiter hinab und zog die Tür auf. »Die Klingel funktioniert noch nicht, aber Sie können reinkommen.«

»Danke.« Er folgte ihr und schaute zu, wie sie wieder auf die Leiter stieg. »Was ist geschehen?«

»Das Kabel ist abgefallen.« Carlina bereute ihre hastige Aktion schon. Es war schwieriger als gedacht, die Klingel wieder zum Funktionieren zu bringen.

»Einfach so?«

»Hmm.« Aus den Augenwinkeln sah sie, dass seine Augenbrauen zuckten. *Verdammter Kerl.* Er schien immer zu wissen, wann sie log.

»Sie können solche elektrischen Dinge selbst reparieren?«

»Ja.«

»Wer hat es Ihnen beigebracht?«

»Mein Vater.« Sie hielt ihm die Abdeckung der Klingel entgegen. »Könnten Sie das bitte einen Augenblick festhalten?«

Er nahm sie kommentarlos entgegen. »Können Sie einige Fragen beantworten, während Sie daran arbeiten?«

»Ich bin eine Frau.« Carlina grinste von oben auf ihn herab. »Ich kann jede Menge Dinge gleichzeitig tun. Aber Sie müssen wissen, dass dies kein Ort für vertrauliche Gespräche ist.«

»Warum nicht?«

»Weil jedes Wort, das hier unten gesprochen wird, durch das Treppenhaus nach oben schallt, als ob Sie im Opernhaus La Scala seien. Es kann in jedem Stockwerk mitgehört werden.«

Er lehnte sich gegen die Tür. »Ich habe nichts Vertrauliches zu besprechen.«

Sie warf ihm einen schnellen Blick zu. »Ich auch nicht.«

»Gut.«

Warum klingt er immer so ironisch? Carlina zog an dem

Kabel, das auf einmal viel zu kurz geworden war. Ihre Hände waren staubig und das runde Fenster über der Tür ließ viel zu wenig Licht hereinfallen.

»Erzählen Sie mir von Ihrem Großvater«, sagte er.

»Was möchten Sie wissen?« Sie klang kurz angebunden und genervt, und das war sie auch.

»Hat er regelmäßig irgendwelche Medikamente genommen?«

Carlina schüttelte den Kopf. »Nein. Er war stolz darauf, in seinem Alter von nichts abhängig zu sein.«

»Ich werde mir später sein Badezimmer ansehen.« Es war eine Aussage, keine Frage.

»Haben Sie das nicht schon getan?«

»Dieses Mal schaue ich mir alles genauer an.«

Das klingt nicht gut. Carlina biss die Zähne zusammen. »Verstehe.«

Der Inspektor ließ keinen Blick von ihr. »Sie haben gesagt, dass Ihr Großvater Phasen hatte?«

»Ja.«

»Die letzte Phase war die Schlechte-Vergangenheits-Phase, richtig?«

Sie schaute nach unten. »Nehmen Sie diese Unterhaltung auch wieder auf?«

Er steckte die Hand in seine Lederjacke und holte das Aufnahmegerät heraus. »Danke für die Erinnerung. Sind Sie damit einverstanden, dass wir diese Unterhaltung aufnehmen?«

»Na klar, natürlich. Jedes verdammte Niesen, wenn Sie wollen.« Einen Augenblick lang war sie in Versuchung, den Schraubenzieher auf das kleine Gerät fallen zu lassen.

»Mache ich.« Er klang völlig ungerührt. »Erzählen Sie mir doch mal ein typisches Beispiel aus dieser Phase.«

Carlina zuckte mit den Schultern. »Es war immer das Gleiche. Opa ließ irgendeinen Hinweis auf unsere böse Vergangenheit fallen, normalerweise mitten bei einem Familientreffen oder so. Manchmal war es urkomisch. Manchmal reagierten die Leute aber auch peinlich berührt oder sie wurden wütend.« Das Kabel blieb endlich dort, wo es hingehörte. Carlina nickte zufrieden. »Das war's.« Sie hielt ihm ihre Hand entgegen, den Blick noch auf das Kabel gerichtet. »Die Abdeckung, bitte.«

Er legte ihr die Abdeckung in die Hand. »Was hat er zu Ihnen gesagt?«

»Zu mir?« Carlina schaute über ihre Schulter zu ihm. »Was meinen Sie?«

Ein Sonnenstrahl fiel durch das runde Schmuckfenster über der Tür. Er erleuchtete die bunten Glasscheiben und malte gelbe und rote Farbkringel auf die weiße Wand an der Seite. Carlina lächelte. *Irgendwann werde ich das Fenster putzen, dann wird es noch schöner aussehen.*

Die Stimme des Inspektors holte sie wieder in die Gegenwart zurück. »Hat Ihr Opa auch eine Episode aus Ihrem Leben als etwas Schlechtes aus der Vergangenheit bezeichnet?«

»Oh, ja.« Carlina setzte die Abdeckung über die Kabel. »Er hat gesagt, dass ich einen Prinzen verjagt habe und dass ich mein Leben als alte Jungfer beenden würde oder verheiratet mit einem –« sie brach gerade rechtzeitig ab, bevor die nächsten Worte herausrutschten. *Einem Müllmann. Das hat er gesagt, aber das werde ich Ihnen nicht erzählen, nach dem, was ich Ihnen in Temptation an den Kopf geworfen habe. Ich will ja nicht, dass Sie auf komische Ideen kommen.*

»Oder was?«, fragte er.

Natürlich hatte Garini ihr Zögern bemerkt. »Oder verheiratet mit einem Metzger«, improvisierte sie.

»Und hatten Sie das getan?«

Carlina schraubte die letzte Schraube fest, die die Abdeckung hielt. »Hatte ich was getan?«

»Einen Prinzen verjagt?«

Sie entstaubte ihre Hände und kletterte nach unten. »Nein.«

»Also war die Geschichte völlig frei erfunden?«

Carlina warf ihm einen Blick zu und seufzte. Wenn sie ihm ihre Geschichte nicht erzählte, würde es jemand anderes tun. »Nein.« Sie öffnete die Eingangstür. »Ich laufe nicht weg, keine Sorge. Ich will nur die Klingel überprüfen.«

Er hielt ihr die Tür auf, während sie nach draußen ging.

Carlina drückte die unterste Klingel in einer Reihe glänzender Messingschilder, in die die Namen der Mantoni-Familie eingraviert waren. Die Klingel in Nicos Wohnung klingelte so laut, dass man sie draußen hören konnte. Carlina lächelte. »Gut.«

Dann nahm sie die Schultern zurück. Ein unangenehmes Gefühl saß tief in ihrem Magen. Sie würde ihre Geschichte nur sehr ungern diesem Mann aus Stahl erzählen. »Wir haben zwei Optionen«, sagte sie. »Entweder setzen wir uns auf die Stufen oder wir gehen hoch in meine Wohnung.«

»Können wir nicht stehen bleiben?«

»Nein.« Sie schüttelte den Kopf.

»Warum nicht?«

»Weil ich den ganzen Tag in meinem Geschäft stehen muss. Deshalb sitze ich, wann immer ich kann.«

»Ist mir schon aufgefallen.«

»Gut.«

»Dann Ihre Wohnung«, sagte er.

Warum habe ich ihm eigentlich eine Wahl gegeben? Sie nickte kurz.

»Aber zuerst möchte ich mir das Badezimmer Ihres Großvaters ansehen.« Er nahm ein gefaltetes Dokument aus seiner Lederjacke. »Davor muss ich das Ihrem Onkel Teo zeigen.«

Carlina beäugte das Dokument. »Was ist das?«

»Der Durchsuchungsbefehl.«

Das Wort löste eine Welle von Angst in Carlina aus. *Er wird jemanden verhaften, jemanden aus unserer Familie. Er oder sie wird hinter Gitter gesetzt werden, weit weg vom Leben, weg von der Sonne, weg vom Glück. Wie lange? Zwanzig Jahre? Länger?* Ihr wurde schwindelig.

»*Signorina* Ashley?«

»Was?« Ihr Mund war trocken.

»Sie werden nicht wieder ohnmächtig, oder?«

Sie biss die Zähne zusammen. »Nein.« Sie fühlte wie sie schwankte und setzte sich so plötzlich auf die unterste Treppenstufe, dass es wehtat. »Onkel Teo ist oben, in Benedettas Küche. Gehen Sie ruhig hoch, Sie werden ihn dort finden.« Mit einem tiefen Seufzer schloss sie die Augen und lehnte sich an das Geländer.

»Ich bin hier, Carlina.« Onkel Teos Stimme kam von oben. »Was brauchst du?«

»Ich möchte Ihnen diesen Durchsuchungsbefehl vorlegen.« Garini hielt ihm das Dokument entgegen.

Onkel Teo kam die Treppen herunter und nahm es. Er faltete es auseinander, fischte seine Brille aus der Brusttasche, setzte sie auf seine Nasenspitze und las es durch. »Das ganze Haus?« Er klang überrascht.

»Ja.« Garini erklärte es nicht weiter.

»Planen Sie, auch noch andere Häuser zu durchsuchen?«

Garini hob die Augenbrauen. »Wessen Häuser zum Beispiel?«

Onkel Teo hob beide Hände. »Vom Rest der Familie. Das Haus von Gabriella, Bernando und der kleinen Lilly. Die Villa von Alberta, Angela und Marco.«

»Bis jetzt nicht.« Garinis Gesicht blieb völlig unbeweglich. »Wir beginnen erst einmal hier.«

»In Ordnung.« Onkel Teo neigte den Kopf. »Ich informiere die anderen.«

Er drehte sich herum und runzelte die Stirn, als er Carlina sah. »Ist alles in Ordnung, meine Liebe?«

Carlina stand auf. »Ja.«

»Noch eine Sache, Inspektor.« Onkel Teo richtete seine trüben Augen auf Garini. »Wann können wir die Beerdigung ansetzen?«

»Wir werden noch einige Tage benötigen. Ich melde mich, sobald ich mehr weiß.«

»Gut.« Onkel Teo seufzte und verschwand dann wieder nach oben.

Carlinas Herz zog sich zusammen. Er sah so zerbrechlich und einsam aus, ohne den Wettkampf mit seinem Bruder, der ihn jeden Tag zu neuen Höhen beflügelte.

Der Inspektor wartete, bis die Tür zu Benedettas Wohnung sich geöffnet und wieder geschlossen hatte, dann nickte er Carlina zu. »Wir können jetzt anfangen.»

Carlina drehte den Schlüssel zur Wohnung ihres Großvaters im Schloss. Das Siegel der Polizei brach, als die Tür aufging. Sie trat einen Schritt zurück und machte eine Handbewegung, dass er durchgehen sollte.

»Bitte kommen Sie mit mir mit«, sagte er.

»Warum?«

Seine kühlen Augen blickten sie abschätzig an. »Ich ziehe es vor, Sie in meiner Nähe zu haben.«

Na, großartig. »Wenn Sie befürchten, dass ich Beweise vernichten könnte, während Sie anderweitig beschäftigt sind, dann vergessen Sie bitte nicht, dass ich schon ausreichend Zeit dafür gehabt hätte.« Die Worte platzten aus ihr heraus, bevor sie sie aufhalten konnte.

»Nach meinem ersten Besuch hatten Sie immerhin keine Gelegenheit mehr dazu. Vergessen Sie nicht, die Tür zuzumachen.«

Carlina schloss ihren Mund hörbar und folgte ihm ohne ein weiteres Wort.

Nico war nicht eitel gewesen. Über dem Waschbecken fanden sie in einem wackeligen Spiegelschrank billige Rasiercreme, Zahnpasta, Shampoo, eine Zahnbürste, die schon ganz krumm war, und eine einfache Seife. Garini drückte an seinem nervigen Aufnahmegerät herum und listete jeden Artikel auf. Dann schloss er die schmalen Türen. »Das ist nur das Notwendigste.« Er drehte sich um und sah Carlina an, sein Gesicht unlesbar. »Haben Sie ihm je Medikamente besorgt?«

»Aspirin, ein- oder zweimal. Er hasste es, Medizin jeglicher Art zu nehmen.«

»Haben Sie Zugang zu Morphium?« Er fragte es so nebenher, als ob er um ein Taschentuch gebeten hätte.

Carlina biss die Zähne zusammen. »Nein, habe ich nicht.«

»Kennen Sie jemanden, der ihm irgendetwas gab, was er einnehmen sollte?«

Carlina zögerte. *Er wird es sowieso herausfinden.* »Ich weiß, dass er Tante Maria einmal um etwas gegen Sodbrennen gebeten hat.«

Garini seufzte. »Dann muss ich auch ihr Badezimmer prüfen und Ihres«, sagte er. »Aber bevor wir das tun, möchte ich mich in der Wohnung noch ein wenig umsehen.«

Sie nickte und folgte ihm. Er ging erst ins Schlafzimmer, beide Hände in den Taschen, seine Augen scharf und forschend, als sei er ein Tourist, der nichts anfassen durfte, aber jedes winzige Stückchen an Information aufnehmen wollte.

Er blieb in der Mitte des Schlafzimmers stehen und sah sich um. Carlina stand neben ihm und versuchte, den Raum durch seine Augen zu sehen. An der Wand hing eine Reihe von Bildern, die alle ihre Tanten und Onkel und ihre Großmutter zeigte. Die Bilder waren an den Rändern schon ganz vergilbt. Der Kleiderschrank war schmal, ein billiges Teil aus Pressholz. Hinter der Garderobe war ein Fleck an der Decke. Carlina unterdrückte ein Lächeln. Er stammte aus der Zeit, als Annalisa als Teenager in der Badewanne eingeschlafen war, während das Wasser noch lief. Sie schaffte es, das ganze Badezimmer über Nicos Wohnung unter Wasser zu setzen, bevor Benedetta sie weckte.

Der Stuhl in der Ecke war mit grünem Brokat bezogen, aber er hatte abgenutzte Armlehnen. Das Bett sah aus, als ob es geradewegs aus den Fünfzigern kam, der Bettüberwurf war dick und hellgrün.

Garini runzelte die Stirn. »War Ihr Großvater arm?«

»Er war nicht reich«, sagte Carlina. »Aber vor allem legte er keinen Wert auf seine Einrichtung.«

»Von wem hat er den Bettüberwurf?«

Carlina stockte der Atem. »Von mir. Grün war seine Lieblingsfarbe.« Sie schluckte. »Ich vermute, Sie haben gefolgert, dass er ihn sich niemals selbst gekauft hätte?«

Der Hauch eines Lächelns. »Sie vermuten richtig, *signorina* Ashley.«

Er ging ins Wohnzimmer. »Ihr Großvater liebte Kunst.« Er schaute auf die Reproduktion von Botticellis Geburt der Venus über dem Sofa und der Sammlung glänzender Kunstbände auf dem niedrigen Tisch davor.

»Ja.« Carlina lächelte. »Er wollte mich immer in Museen schleppen.«

»Das heißt, Sie sind nicht besonders kunstinteressiert?«

Carlina zuckte mit den Schultern. »Ich mag die Dunkelheit und Traurigkeit der mittelalterlichen Gemälde nicht. Mir gefallen die Impressionisten mit ihren hellen und warmen Bildern sehr viel besser.« Sie hob ihr Kinn und wartete auf eine herablassende Bemerkung, aber es kam keine.

Garini ging langsam in die Küche und schaute sich um. Dann öffnete er die Kühlschranktür, wobei er ein Taschentuch zwischen den Griff und seine Hand legte. Für einen Augenblick starrte er auf ein Stück Käse, zwei Eier und ein wenig Butter. »Das ist nicht viel.«

»Normalerweise aß er oben.«

»Isst die ganze Familie jeden Tag zusammen?« Es klang, als ob dies sein ganz persönlicher Albtraum wäre.

Carlina zuckte wieder die Schultern. »Benedetta arbeitet als Sekretärin für die Stadtverwaltung und kommt immer früh nach Hause. Sie liebt es, zu kochen und so essen wir oft in ihrer Küche.«

»Er hatte nichts zu Trinken in seinem Kühlschrank.«

Carlina nickte zum Fenster. »Er trank jeden Tag eine Karaffe Leitungswasser. Wir haben ihm alle gesagt, dass das nicht genug ist, aber er meinte, bei seiner Körpergröße sei das völlig ausreichend.« Bei der Erinnerung daran musste Carlina schmunzeln. »Er füllte sie jeden Morgen und trank sie dann über den Tag aus.«

Garini ging zum Fenster. Die Karaffe stand auf einem Sideboard, mit einem Glasverschluss darauf. »Stand sie immer hier?«

»Ja.«

Garini schaute sich die Flüssigkeit an. »Hat jemand die Karaffe am Sonntag angefasst?«

»Das weiß ich nicht. Es war so viel los.«

Der Blick des Inspektors ging von dem Sideboard zum Fenster. »Ließ er manchmal das Fenster weit offenstehen?«

»Ja.« Da der Inspektor mit ihrer Antwort nicht zufrieden zu sein schien, fügte sie hinzu: »Aber das war nicht gefährlich, es sind ja Gitterstäbe davor, so hätte niemand hineinklettern können.«

»Ich weiß.« Garini schüttelte den Kopf. »Aber man kann leicht durch die Stäbe hindurchgreifen und etwas in die Karaffe geben.«

Carlina hielt die Luft an. »Wurde das Gift so in die Karaffe getan?«

»Ich weiß es nicht.« Garini sah sie an. »Der Täter hätte so nicht sicher sein können, dass das Gift auch Ihren Großvater erwischen würde. Immerhin kann ja jeder von der Karaffe trinken.«

Carlina schüttelte den Kopf. »Nein. Sie war nur für Opa. Er sagte, dass er überwachen musste, dass er jeden Tag diese Mindestmenge an Wasser zu sich nahm und wenn irgendjemand anderes etwas zu trinken haben wollte, dann gab er ihnen ein frisches Glas Wasser.«

Garinis Augen verengten sich. »Dann kannte ihn jemand gut genug, um dieses Wissen auszunutzen.«

Carlina fühlte sich, als ob ein Gewicht auf ihre Brust pressen würde. *Jemand aus der Familie. Nein. Bitte nicht.*

»Gibt es eine Plastiktüte und ein Handtuch in dieser Küche? Ich muss die Karaffe zur Polizeistation mitnehmen.«

»Ja.« Ihre Stimme klang flach.

Als sie die Plastiktüten und ein Handtuch aus der Schublade gefischt hatte, wickelte er die Karaffe vorsichtig ein und verstaute sie in einem alten Weinkarton.

Dann öffnete er einen anderen Schrank und hob seine Augenbrauen. »Sie sagten, Ihr Großvater aß gern Pfefferminzbonbons?«

»Ja. Die ganze Zeit.«

»Das würde die fünf Packungen erklären.«

Carlina grinste. »Ja.«

»Was geschah mit der Katze Ihres Großvaters?«

»Opa hatte keine Katze.«

Er sah sie scharf an. »Sind Sie sicher?«

»Ja, natürlich.«

Er zeigte auf das oberste Regal im Schrank. Ein Pappkarton,

an einer Seite geöffnet, stand an der vordersten Kante des Regalbodens. Das Bild einer flauschigen Katze sah von der Verpackung auf sie herab. Der Karton war gefüllt mit Trockenfutter.

»Oh.« Carlinas Herz rutschte in ihre Hose. *Wieso musste er ausgerechnet das finden? Ich will nicht mit ihm darüber sprechen.*

»Können Sie erklären, warum er Katzenfutter im Schrank lagerte, wenn er kein Haustier hatte?«

»Äh.« Carlina fühlte, wie ihre Ohren heiß wurden. »Es ist nicht für eine Katze.«

»*Signorina* Ashley.« Er klang geduldig. »Werden Sie mir jetzt sagen, wer das Katzenfutter gegessen hat oder werden Sie mich weiterraten lassen? Hat er eine Ratte gefüttert?«

»Nein.« Carlina schluckte. »Er … er aß es selbst. Als Snack zwischen den Mahlzeiten.«

Seine Augen drohten, aus dem Kopf zu fallen.

»Sehen Sie, es ist sehr gesund.« Sie zeigte auf die Verpackung. »Sie enthalten ganz viel Calcium und Vitamin B und –«

»Und sie sorgen für seidiges Fell.«

»Äh. Ja.«

»Hatte Ihr Großvater seidiges Haar?« Ein Muskel zuckte an seinem Mundwinkel.

Sie biss sich auf die Lippe. »Ich glaube, das muss ich nicht beantworten.«

Er legte seinen Kopf schief. »Haben Sie sie jemals probiert?«

»Ja, als ich ein Kind war. Er hat uns alle damit gefüttert.« Sie verkniff sich ein Lächeln. »Wir fanden es total lecker.«

»Tatsächlich?« Er klang nachdenklich, als ob er schon darüber nachdenken würde, welches Sicherheitsinstitut mit besonders strengen Vorkehrungen wohl Raum für den ganzen Mantoni-Clan hätte.

»Sie sind knusprig, außen salzig und innen weich.«

»Wenn man Ihnen so zuhört, klingen sie köstlich.«

Sie grinste. »Sie können ja mal ein Stück probieren.«

Er hob eine Augenbraue. »Meine Haare sind seidig genug.«

»Möchten Sie das Katzenfutter mitnehmen?«

»Nein. Wir wissen, dass das Morphium Ihrem Großvater in flüssiger Form gegeben wurde.«

»Oh.« Sie schluckte.

Er nahm den Weinkarton hoch. »Ich möchte jetzt gern mit dem Badezimmer Ihrer Tante Maria weitermachen.«

Sie gingen zurück zum Eingangsbereich, doch bevor sie auf die leuchtend rote Tür klopfen konnten, kam Tante Maria heraus, mit einem weißen Umhang aus einem dünnen und glänzenden Material. Sie sah aus wie eine riesige Schneeflocke. Ihr Blick fiel auf den Karton. »Was ist da drin?«

»Opas Wasserkaraffe. Der Inspektor möchte sie auf Fingerabdrücke und eventuelle Rückstände untersuchen.«

Die Augenbrauen von Tante Maria hoben sich. »Verstehe.«

»Ich muss mir Ihr Badezimmer ansehen, *signora* Mantoni«, sagte Garini.

Die kleinen Augen von Tante Maria blinzelten. »Warum müssen Sie das tun?«

»Ihr Schwager wurde mit einer Überdosis Morphium umgebracht und ich muss herausfinden, ob Sie Morphium besitzen.«

Tante Maria schüttelte den Kopf. »Denken Sie wirklich, dass ein intelligenter Mörder das Morphium nach der Tat bei sich behalten würde?«

Der Hauch eines Lächelns erschien in den hellen Augen des Inspektors. »Nein. Aber es wäre fahrlässig, nicht nachzusehen.«

»Na gut.« Tante Maria zog den voluminösen Umhang zurecht und ging zur Seite. »Aber ich werde nicht auf Sie warten, sonst komme ich zu spät zum Abendessen.«

»Kein Problem.« Der Inspektor nickte Carlina zu. »Ihre Nichte wird mit mir kommen.«

Tante Maria sah Carlina überrascht an, dann segelte sie ohne ein weiteres Wort davon. Der Umhang blähte sich wie ein Wolke um sie herum auf.

Carlina führte den Inspektor ins Badezimmer. »Fühlen Sie sich nicht ein wenig lächerlich?«, fragte sie.

Er runzelte die Stirn. »Warum?«

»Tante Maria hat recht.« Carlina ging ins Badezimmer und hockte sich auf den Rand der Badewanne. »Wenn Sie die Sache hier wirklich gründlich angehen möchten, müssten Sie das ganze Haus durchsuchen und nicht nur den einen oder anderen Medizinschrank.«

Seine hellen Augen blickten sie prüfend an. »Ich kann nicht alles auf einmal durchsuchen, daher muss ich mich zunächst auf die offensichtlichsten Bereiche konzentrieren.«

»Aber wenn es für Sie offensichtlich ist, dann ist es für den Mörder doch auch offensichtlich.«

»Sie wären überrascht, wie häufig Mörder nicht an das Naheliegendste denken.« Er lächelte. »Außerdem erfahre ich bei solchen Durchsuchungen auch viele andere Dinge, die ich zuvor nicht wusste. Diese Tatsachen führen dazu, dass ich die Gesamtsituation besser beurteilen kann. Wie zum Beispiel die Sache mit dem Katzenfutter.«

»Inwiefern hat das zu einem besseren Verständnis der Gesamtsituation geführt?«

Er grinste. »Es gab mir einen besseren Eindruck von Ihrer Familie.«

Sie verengte die Augen.

Der Inspektor öffnete den Schrank über dem Waschbecken und diktierte die Dinge, die er sah.

Onkel Teos Gewohnheiten wichen von denen seines Zwillingsbruders ab. Er nutzte eine teure Rasiercreme, verschiedene Arten von Aftershaves, eine elektrische Zahnbürste und er hatte sogar einen Haken, an dem vier goldene Halsketten hingen – dicke Ketten in verschiedenen Ausfertigungen.

Carlina lächelte. »Mir war nicht klar, dass Onkel Teo so eitel ist«, sagte sie.

»Sie hätten es wissen können«, sagte Garini.

»Hätte ich?« Carlina sah ihn überrascht an. »Warum?«

»Ein Blick auf seine Kleider und Sie wissen, dass er sich mit Sorgfalt und einer gewissen Finesse anzieht. Da ist es nur natürlich, dass er das auch macht, wenn es um eine persönliche Pflege geht.«

Sie haben scharfe Augen, Inspektor. »Was ist mit Tante Maria?«

Er schloss eine Schranktür und öffnete die andere. »Ihre Tante Maria ist eher wie ihr Schwager. Spartanisch.« Er hob den hölzernen Deckel einer weißen Porzellandose und fuhr zurück. »Aber sie hinterließ ihre persönliche Note.« Er hielt ihr die Dose entgegen.

Carlina schaute hinein. »Knoblauch?« Ihre Stimme hob sich ungläubig. »Tante Maria hat Knoblauch im Badezimmer?«

»Als Notfall-Snack, vermutlich.«

Carlina schüttelte den Kopf.

Er beendete sein Diktat, dann schaute er sie an. »Jetzt Ihre Wohnung.«

Carlina stieg die Treppen mit einem nervösen Gefühl in der Magengrube hoch. *Ist das Badezimmer sauber? Habe ich die verjüngende Gesichtscreme von Mama weggeworfen? Ich möchte nicht, dass er jede Ecke durchsucht. Es ist mein Leben und es ist privat.*

Sie wartete, bis er in der Wohnung stand, dann schloss sie die Eingangstür hinter ihm und ging direkt zum Badezimmer. Durch das Dachfenster fiel die späte Nachmittagssonne hinein und leuchtete auf den Terrakottafliesen. Es roch nach Zitronenseife, wie immer. *Heimat. Mein Zuhause. Wenn er bloß nicht seine Nase in jedes Detail stecken würde.*

Da das Badezimmer so klein war, ging sie zur Seite und ließ ihm mit einer Handbewegung den Vortritt.

Er folgte ihrer Einladung ohne ein Wort.Sie nahm einen Hauch seines Geruches wahr, leicht herb und frisch. Sie ignorierte ihre Reaktion und lehnte sich an den Türrahmen. »Legen Sie los.«

»Danke.«

Also kann er manchmal doch höflich sein.

Er hielt das Aufnahmegerät entspannt in einer Hand. »Zahnbürste, Zahnpaste, verjüngende Gesichtscreme.«

Verdammt. Ich hätte das Teil schon vor Wochen wegschmeißen sollen.

Er fuhr mit seiner Liste fort.

Die Hälfte des Zeugs müsste ich eigentlich loswerden. Carlina schüttelte den Kopf. Wie sich die Sachen ansammelten, wenn man nicht darauf achtete.

»Fast fertig.« Garini öffnete eine Schublade, die mit Krimskrams gefüllt war. »Streichhölzer, Gummibänder, Badesalz, ein kleiner Hammer.«

Da habe ich ihn hingetan!

Garini schob den Hammer zur Seite und beugte sich nach vorne, um in die dunklen Ecken der Schublade zu sehen. »Nagelschere, Taschentücher.« Er stoppte.

Carlina schaute hoch.

Er hielt einen Ring in der Hand. Das Licht brach sich in dem großen Saphir in der Mitte und den Diamanten rund herum. »Ein Verlobungsring?«

Carlina stockte der Atem. *Den hatte ich ja ganz vergessen.* Die plötzliche Entdeckung war wie ein Schlag in die Magengrube. Sie nickte.

Seine Hand mit dem Aufnahmegerät sank nach unten. »Von dem Prinz?«

»Er war kein Prinz.«

»Sagen Sie mir, wer er war.«

Carlina richtete sich auf. »Möchten Sie einen Kaffee?« Sie wusste, dass ihre Stimme unfreundlich klang, aber sie brauchte ein wenig Zeit, um sich zu sammeln.

»Ja, danke.«

»Kamille-Pfefferminz ist also nicht Ihre Lieblingssorte?« Carlina warf ihm einen Blick zu.

Er grinste tatsächlich.

Carlina drehte sich rasch weg. Wenn er lächelte, war er ein anderer Mann. Sie ging zur Küche. Sie war klein und hatte ein schräges Dach.

Er folgte ihr, doch ihr fiel auf, dass er auf Distanz blieb. Vertraute er ihr jetzt, dass sie ihn nicht mit einem Küchenmesser attackieren würde?

Sie löffelte das duftende Kaffeepulver in die kleine Öffnung ihrer alten Aluminium-Espresso-Maschine und drückte es mit dem Daumen herab, dann füllte sie das Unterteil mit Wasser und schraubte beide Hälften zusammen.

Er sah ihr zu, ohne ihre Routine zu unterbrechen.

Sie zündete die Gasflamme an und stellte die Espressomaschine auf das Feuer.

»Und jetzt zu dem Prinzen«, sagt er.

»Ich sagte doch, er war kein Prinz.« Carlina stellte zwei Untertassen und winzige Espresso-Tassen bereit. »Zucker?«

»Nein. Ich trinke ihn schwarz.«

Natürlich. Zucker passt auch nicht zu diesem Typ. Nichts Süßes an ihm.

Sie musste es ihm jetzt sagen. *Halte es lieber kurz.* Mit gespielter Nonchalance lehnte sie sich an den Küchentresen und schaute ihn an. Wenn sein Gesicht bloß ein wenig mehr Gefühle zeigen würde. Es war, als ob man mit einer Wand sprechen würde. Einer Wand aus Beton. »Vor fünf Jahren war ich mit Giulio Ludovico Eduardo Montassori, dem Erben des Montassori Weingutes und der dazugehörigen Gutshöfe, verlobt. Wir haben uns getrennt und die Familie ist seitdem überzeugt, dass ich niemals heiraten werde.«

»Warum haben Sie sich getrennt?« Er blickte sie unverwandt an.

Carlina zuckte mit den Schultern. »Wir passten nicht zusammen.«

»Wer hat die Beziehung beendet?« Seine Stimme klang wieder wie die eines Computers, kühl, ohne Gefühle.

Sie biss die Zähne zusammen und warf ihm einen düsteren Blick zu. »Muss ich alle Ihre Fragen beantworten?«

»Nein.« Er zuckte mit den Schultern. »Aber es würde

helfen.«

Ihre Blicke trafen sich.

Er musste es nicht sagen, aber es hing zwischen ihnen, unausgesprochen. Die Familie würde ihn mit einer Vielfalt von Versionen zu ihrer Verlobung unterhalten, ohne die leiseste Ermutigung seinerseits.

»Sie werden verschiedene Antworten auf diese Frage hören«, sagte sie mühsam.

»Welches ist Ihre?«

Die Espressomaschine fing an zu glucksen. Dankbar für die Unterbrechung drehte Carlina Garini den Rücken zu, aber er ging einen Schritt zur Seite, sodass er ihr Profil sehen konnte.

»Ich habe Schluss gemacht«, sagte sie.

»Warum?«

Sie hatte schon so oft versucht, es zu erklären. Niemand hatte es verstanden. »Kennen Sie die Montassori Weingüter?«

»Wer kennt sie nicht?«

»Eben.« Carlina machte den Herd aus, nahm die Espressomaschine und füllte beide Tassen. Heißer Kaffeedampf stieg in die Höhe, zart und weiß, und der Duft des frischen Kaffees erfüllte die kleine Küche. *Wenigstens zittert meine Hand nicht.* »Er hat von mir verlangt, dass ich meinen Laden aufgebe.«

»Aber –« Er brach ab.

»Aber was?« Sie verengte ihre Augen und gab ihm seine mit duftendem Espresso gefüllte Tasse.

»Grazie.« Er begegnete ihrem wütenden Blick ruhig. »Die Montassori Weingüter sind doch mindestens zwei Stunden Autofahrt von hier entfernt, wenn ich mich nicht irre.«

»Richtig.« Carlina nahm ihre eigene Tasse und führte den Weg ins Wohnzimmer. »Sie können sich da drüben hinsetzen.« Sie zeigte auf einen niedrigen Stuhl, der einen Überwurf aus einem falschen Leopardenfell hatte.

Er setzte sich vorsichtig hin, sodass der Espresso nicht überschwappte. Seine Beine schienen für ihre Wohnung zu lang zu sein.

Sie durchquerte den Raum und hockte sich auf das Fensterbrett, das sie extra breit hatte anfertigen lassen. Sie liebte diesen besonderen Platz, liebte es, hier über die roten Dächer von Florenz zu schauen, die warme Abendbrise zu genießen. Vielleicht war es gar nicht so schwierig, mit ihm zu sprechen. Wenigstens unterbrach er sie nicht ständig. »Ich war bereit, Temptation aufzugeben, obwohl mich der Gedanke unglücklich machte.« Sie machte eine Pause und versuchte, die richtigen Worte zu finden. »Ich habe meine emotionale Bindung an mein Geschäft unterschätzt. Es wäre nicht so schwierig gewesen, wenn Giulio es verstanden hätte, aber er erwartete von mir, dass ich alles aufgebe.« Sie blies vorsichtig auf ihren Espresso. »Ich hätte es ihm früher mitteilen sollen, aber mir war so klar, dass ich in irgendeiner Form weiter in meinem Beruf arbeiten würde, dass ich es noch nicht mal thematisierte. Dann, sechs Wochen vor der Hochzeit, haben wir zufälligerweise darüber gesprochen. Ich habe ihm gesagt, dass ich einen Internethandel für Unterwäsche aufmachen wollte.« Sie biss sich auf die Lippe. »Er fiel fast in Ohnmacht.«

Garini schaute sie unbeweglich an.

»Als ich feststellte, dass das für ihn völlig inakzeptabel war, schlug ich vor, als freie Designerin für Lingerie zu arbeiten. Ich habe einen Abschluss in Modegestaltung und -design.« Carlina nahm ihre Tasse und trank einen Schluck, dann blickte sie aus dem Fenster. »Er fand, dass das noch schlimmer war. Ich schlug ihm alle möglichen Alternativen vor, aber er winkte alles ab.« Sie holte tief Luft. »Am Ende fragte ich ihn, was ich denn seiner Meinung nach den ganzen lieben langen Tag lang tun sollte.« Sie trank noch einen Schluck.

Die September-Abendsonne umschmeichelte die Dächer von Florenz und färbte die Terrakottaziegel in ein tiefes Rot. Ein Schwarm Tauben flog hoch, weiße Flügel vor einem rosigen Himmel.

»Was hat er gesagt?« Garini trank aus seiner Tasse, ohne seinen Blick von Carlina zu wenden.

»Oh, er sagte, ich würde die Güter überwachen. Ich würde die Montassori Weingüter repräsentieren. Ich würde eine glückliche Mutter werden.« Sie schluckte. »Ich liebte ihn, aber die Zukunft, die er da für uns ausmalte … das war ich nicht. Nach dieser Hochzeit wäre nichts von meinem Selbst übrig geblieben. Ich habe eine Woche gebraucht, dann habe ich die Hochzeit abgesagt. Gott sei Dank hatte ich noch keinen Käufer für Temptation gefunden.«

»Wie hat er es aufgenommen?«

»Sehr gut.« Ein bitteres Lächeln saß in ihren Mundwinkeln. »Innerhalb von zwei Monaten hatte er passenden Ersatz gefunden. Heute ist er verheiratet und hat drei Kinder.«

»Also hat Ihr Großvater mit dieser Geschichte über Ihre schlechte Vergangenheit einen wunden Punkt getroffen.« Es war keine Frage.

Carlina zuckte mit den Schultern. »Ich bin es gewohnt, alle möglichen versteckten und offenen Hinweise zu meiner schlechten Vergangenheit, wie Sie es nennen, zu hören. So sehr, dass ich dafür keinen umbringen würde, das versichere ich Ihnen.«

Er stellte seine leere Tasse auf den Boden neben sich. »Was ist mit den anderen Familienmitgliedern? Was haben sie gesagt?«

»Oh, sie amüsierten sich prächtig darüber, wann immer jemand das Thema aufs Tapet brachte.«

»Ich meinte ihre eigenen Geschichten. Was hat Ihr Großvater über sie gesagt?«

»Ich kann mich nicht an jede einzelne erinnern. Ich weiß, dass wir darüber lachten, was er Onkel Teo an den Kopf warf.«

»Was hat er ihm gesagt?«

»Er sagte, dass Onkel Teo in seinen Zwanzigern eine Affäre mit *signorina* Electra hatte.« Sie kicherte. »Onkel Teo hat am lautesten gelacht. Er kann sie nicht ausstehen, wissen Sie.«

»Hat Ihre Tante Maria auch gelacht?«

Carlina setzte sich abrupt auf. *Er ist Polizist. Dies ist eine Morduntersuchung. Hör auf, ihn wie einen Freund zu behandeln.* »Ja.« Ihre Stimme klang kühl. »Aber vielleicht fragen Sie sie besser selbst.«

»Das werde ich tun.«

Die Eingangstür flog mit einem Knall auf.

Carlina und Garini zuckten beide zusammen.

»Carlina!« Annalisa rannte mit fliegenden Haaren in die Wohnung und schlitterte direkt vor ihnen zu einem Stopp. Ihr Blick ging von den Kaffeetassen zu ihren Gesichtern. »Was ist das hier? Eine romantische Verabredung?«

Carlina seufzte und stand auf. »Nein. Dies ist eine polizeiliche Unterhaltung und jedes Wort wird aufgenommen.«

»Ach, dann ist ja gut.« Annalisa lächelte. »Carlina, könntest du mir deinen silbernen Schal leihen? Ich gehe nach dem Essen mit Tonio aus und er wäre perfekt für mein Outfit.«

»Klar.« Carlina ging in ihr Schlafzimmer und zog den Schal aus dem Korb, wo sie ihre Accessoires aufbewahrte. »Viel Spaß. Aber vergiss nicht, ihn zurückzubringen.«

»Natürlich nicht! Vielen Dank.« Annalisa blies ihr einen Luftkuss zu und winkte dem Inspektor. »*Ciao*!«

Der Inspektor nahm seine Tasse und stand auch auf. »Ihre Familie ist sehr … erfrischend.«

Ihre Blicke trafen sich. »Ganz meiner Meinung.«

Die Tür öffnete sich erneut und Fabbiola rannte in die Wohnung. »Carlina!«

»*Ciao,* Mama.«

Fabbiolas Blick schoss vom Inspektor zu ihrer Tochter. »Was habt ihr besprochen?« Sie stemmte die Hände in die Hüften und blickte den Inspektor böse an. »Wie sind Sie in die Wohnung meiner Tochter gekommen?«

Sein Gesicht blieb unbeweglich. »Ihre Tochter öffnete mir die Tür.«

Fabbiola wendete sich an Carlina. »Du hättest mir das sagen sollen, dann wäre ich mit dir mitgekommen! Ich glaube nicht, dass es klug ist, ganz alleine mit der Polizei zu sprechen.« Sie warf Garini einen Blick zu. »Sie verzeihen meine deutlichen Worte, Inspektor.«

Er neigte den Kopf. »Kein Problem, *signora* Mantoni-Ashley.«

Carlina unterdrückte ein Kichern.

»Das ist nicht lustig, Carlina!«

Garini ging in die Küche und stellte seine Tasse neben die Spüle. »Ich fürchte, ich muss darauf bestehen, mit jedem einzeln zu sprechen.« Sein kühler Blick schätzte Fabbiola ab.

Sie schwoll vor Entrüstung an. »Auf keinen Fall!«

»Es ist schon in Ordnung, Mama.« Carlina legte ihre Hand auf Fabbiolas Arm. »Er muss doch den Mörder von Opa finden und das wollen wir doch alle, oder?«

»Natürlich!« Fabbiola kreuzte die Arme vor der Brust. »Aber er wird den Mörder nicht finden, indem er sich mit der Familie unterhält. Ich verbiete dir, mit der Polizei zu sprechen, ohne dass ich dabei bin!«

Zu spät. Ich habe ihm schon alles gesagt.

»Vielleicht kann ich jetzt sofort mit Ihnen sprechen, *signora* Mantoni-Ashley?«

»Was möchten Sie wissen?« Fabbiola presste ihre Lippen aufeinander.

»Welches Ereignis aus Ihrer Vergangenheit hat Ihnen Ihr Vater vorgeworfen?«

Fabbiolas Mund blieb offen stehen. »Was?«

»Zunächst einmal musst du zustimmen, dass diese Unterhaltung aufgezeichnet wird«, sagte Carlina.

Garinis Mundwinkel zuckten. »Richtig. Sind Sie einverstanden, *signora* Mantoni-Ashley?«

Fabbiola wedelte mit beiden Händen. »Ja, ja, meinetwegen. Jetzt erklären Sie mal, was Sie eigentlich meinen.«

»Möchten Sie sich erst hinsetzen?«

»Nein!« Eine Strähne ihres Haares fiel aus ihrem Dutt nach vorne. »Fangen Sie an!«

»Sie haben mir gesagt, dass Ihr Vater eine sogenannte Schlechte-Vergangenheits-Phase vor seinem Tod hatte.« Garini lehnte die Schultern an den Rahmen der Küchentür.

Carlina schlüpfte lautlos auf ihren Fenstersitz. *Vielleicht kann ich bleiben, wenn ich nichts sage.*

Fabbiola hob die Augenbrauen. »Ja?«

»Wenn ich das richtig verstehe, hat er mehrere Familienmitglieder auf schlechte Taten aus der Vergangenheit angesprochen.«

»Ach, das.« Fabbiola machte eine wegwerfende Bewegung mit der Hand. »Was ist damit?«

»Was hat er aus Ihrer Vergangenheit zu berichten gewusst?«

Fabbiolas Blick glitt zu ihrer Tochter. Sie leckte ihre Lippen und schluckte.

Carlina blinzelte. Ihre Mutter war verlegen? *Was um Himmels willen geht hier vor?*

Garinis schaute keine Sekunde von Fabbiolas Gesicht weg. »Möchten Sie, dass wir diese Unterhaltung ohne die Gegenwart Ihrer Tochter fortführen?«

Carlina hielt die Luft an.

»Nein.« Fabbiola nahm ihre Schultern zurück und stellte sich gerader hin. »Es war eh alles Blödsinn.«

Eine Taube landete mit einem kratzenden Geräusch auf dem Dach. Sie fing an, direkt neben dem Fenster zu gurren, zu laut für die Stille im Raum. Carlina runzelte die Stirn und verjagte sie mit der Hand. Die Taube machte einen Bogen und trippelte in einem weiten Kreis um das Fenster herum.

»Mein Vater behauptete, dass Carlina nicht die Tochter des Mannes sei, der als ihr Vater gilt.«

Carlinas Hand fiel kraftlos in ihren Schoß. Mit offenem Mund starrte sie ihre Mutter an. Hatte sie eben richtig gehört?

Garini blinzelte noch nicht einmal. »Und, ist sie es?«

Carlina funkelte ihn böse an. Rücksichtslose Fragen schienen seine Spezialität zu sein.

»Natürlich ist sie es.« Fabbiola ging zu ihrer Tochter und legte den Arm um Carlinas Schultern. »Nur weil sie blaugrüne Augen hat, heißt das noch lange nicht, dass sie von einem anderen Mann ist.«

»Welche Farbe hatten die Augen Ihres Mannes?« Garini schaute direkt in Fabbiolas braune Augen.

»Blau.«

Etwas Hartes und Kaltes formte sich in Carlinas Magen. Die Augen ihres Vaters waren hellbraun gewesen, fast amberfarben. Sie würde sein Bild von der Wand nehmen müssen, sobald der Inspektor ihre Wohnung verlassen hatte. *Oh, mein Gott. Was ist hier los?*

»Verstehe.« Garinis Stimme klang milde. »Wann hatten Sie diese Unterhaltung über den Vater Ihrer Tochter?«

Fabbiola zuckte mit den Schultern. »Beim Mittagessen, in Benedettas Küche, einige Tage vor Emmas Hochzeit.«

Keiner hat mir davon erzählt. Carlina fühlte sich, als ob sich vor ihr ein dunkler Abgrund auftat. *Ich dachte, ich weiß alles von uns.*

»Ich erinnere mich nicht an das genaue Datum.« Fabbiola spreizte die Hände in einer entschuldigenden Geste, aber sie blieb nahe bei Carlina stehen.

Garini nickte. »Können Sie sich daran erinnern, was er zu den anderen Familienmitgliedern gesagt hat?«

Carlina fühlte, wie der steife Körper ihrer Mutter weicher wurde. *Entspanne dich nicht, Mama. Dieser Typ ist gefährlich.*

Fabbiola runzelte nachdenklich die Stirn. »Er sagte etwas über Angela.«

»Angela?«

»Meine Nichte Angela, die den jungen Arzt Marco geheiratet hat.«

Garini nickte. »Ja, ich erinnere mich an sie. Was hat er gesagt?«

»Er sagte, dass Angela Marco erpresst hat, sodass er sie heiraten musste.«

Carlina erinnerte sich an den leeren Blick, den Marco seiner Frau zugeworfen hatte. *Zur Ehe gezwungen?* Sie hätte nicht bleiben sollen. Sie wollte diese ganzen schrecklichen Dinge über ihre Familie gar nicht wissen.

Der Inspektor runzelte die Stirn. »Hat er gesagt, womit sie ihn erpresst hat?«

»Nein. Es war eh alles kompletter Blödsinn.«

»Erinnern Sie sich noch an irgendetwas anderes?«

Fabbiola schüttelte den Kopf.

»Vielen Dank.« Der Inspektor sah sie für einen Augenblick

mit einem kühlen Blick an. »Ich möchte jetzt mit den anderen Familienmitgliedern sprechen.«

»Dann müssen Sie aber mit runterkommen.« Fabbiola schob die Haarsträhne zurück. »Benedetta bereitet gerade die Ravioli vor und hat eigentlich keine Zeit.«

Mit einem mulmigen Gefühl folgte Carlina ihrer Mutter und dem Inspektor die Treppe hinunter zu Benedettas Wohnung. Was würde sie noch alles mit anhören müssen?

Annalisa öffnete die Tür in der Sekunde, in der sie auf dem Treppenansatz ankamen. »Da seid ihr ja! Ich wollte euch gerade holen. Das Abendessen ist fertig. Möchten Sie mitessen, Inspektor?«

Carlina schloss die Augen. *Oh, nein.*

Fabbiola sog hörbar den Atem ein.

»Sehr gern, das ist nett.« Der Inspektor lächelte.

Carlina rollte mit den Augen. Natürlich lächelte er ihre hübsche Cousine an. Aber sie sollten nur warten, bis er anfing, sie auszufragen. Annalisa würde sich fragen, ob es überhaupt der gleiche Mann war, sobald er sich mit seinen Habicht-Augen auf all ihre Geheimnisse konzentrierte.

Carlina wartete, bis Garini und ihre Mutter in die Küche gegangen waren, dann stellte sie sich dicht neben Annalisa und sagte leise: »Warum hast du ihn eingeladen? Du hast behauptet, dass er dir Angst macht!«

Annalisa warf ihr einen überraschten Blick zu. »Ich dachte, du magst ihn.«

»Ich?« Carlina rang um Atem.

»Ja. Außerdem laden wir doch immer alle ein, die im Haus sind, wenn das Essen fertig ist.«

»Nicht die Polizei.« Carlina warf ihrer Cousine einen bösen Blick zu.

»Es tut mir leid.« Annalisa zog ihre Unterlippe über ihre perlweißen Zähne. »Aber ich kann ihn ja jetzt nicht wieder ausladen. Was sollen wir tun?«

Carlina zuckte mit den Schultern. »Ravioli essen.«

Kapitel 7

I

Carlina wählte einen Stuhl, der so weit weg wie möglich vom Inspektor stand. Unglücklicherweise konnte sie ihn immer noch gut sehen. Die Küche roch nach Knoblauch, heißer Butter und geröstetem Salbei. Sie roch nach Heimat. Carlina holte tief Luft, aber das Wohlfühlgefühl, das sie normalerweise zu Hause bekam, drang nicht durch ihre Ängste durch.

»Carlina, reiche mir den Parmesan, ja?« Fabbiola stupste ihre Tochter an.

»Gern.« Carlina fühlte sich wie eine Puppe, steif und ungelenk. *Dies ist die Muppet Show auf Mantoni-Art. Schaut zu, wie wir unser Stück perfekt aufführen. Wenn wir nur wüssten, welches Stück gerade gespielt wird.*

»So.« Benedetta kippte geschmolzene Butter und knusprige Salbeiblätter auf ihre Ravioli. »Haben Sie eine Freundin, Inspektor Garini?«

Carlina drohte, zu ersticken.

»Nein.« Der Inspektor begegnete Benedettas forschendem Blick mit seiner emotionslosen Miene.

»Ha.« Onkel Teo wedelte mit seiner Gabel. »Das ist nicht sehr schlau von Ihnen. Ein Mann braucht eine Frau.«

Carlina unterdrückte ein Grinsen und nahm ein weiteres Stück Ravioli. Sie liebte den Geschmack von Ricotta mit Spinat. Und sie liebte es, den Inspektor in Verlegenheit zu sehen.

»Was ist mit Ihrer Familie?« Benedettas roter Mund verschwand hinter einer Gabelladung Ravioli.

Ah, die große Inquisition. Carlina fing an, sich zu amüsieren. *Wie ist das, wenn man auf der anderen Seite des Tisches sitzt, Inspektor?*

Benedetta schluckte ihre Nudeln herunter und nahm den

Kampf wieder auf. Das Schweigen des Inspektors störte sie gar nicht. »Leben Ihre Eltern in Florenz, Inspektor?«

»Mein Vater lebt in Fiesole.« Garini aß mit uneingeschränktem Appetit weiter.

»Das ist nicht so weit weg. Sehen Sie ihn oft?« Benedetta war wie ein Hund mit einem Knochen, sie kaute mit nicht nachlassender Intensität.

Der Inspektor spießte eine Nudel auf seine Gabel. »Diese Ravioli sind köstlich, *signora* Mantoni-Santorini.«

»Bitte nennen Sie mich Benedetta.«

Carlinas Essen blieb ihr im Hals stecken. *Hallo?* Hatte Benedetta vergessen, wer er war? Das war nicht Annalisas aktueller Freund oder Ernestos bester Kumpel. Das war der Inspektor, der versuchte, einen Mörder in der Familie zu finden!

»Mein Name ist Stefano.« Der Inspektor lächelte.

Verdammt. Wenn er lächelte, sah er fast menschlich aus. Aus den Augenwinkeln bemerkte Carlina, dass Annalisas Augenbrauen in die Höhe gingen. *Oh, nein.* Was, wenn Annalisa sich jetzt einbildete, dass sie sich in den Inspektor verblieben musste? Wie lange war sie jetzt schon mit Tonio ausgegangen? Vier Wochen? Fünf? *Verdammt.* Das war ungefähr die Zeit, die sie normalerweise brauchte, um sich in einer Beziehung zu langweilen.

»Und Ihre Mutter?« Annalisa blitzte ein Hundertwatt-Lächeln über den Tisch.

Super. Jetzt wo ihre Cousine sich in die Unterhaltung eingemischt hatte, tat ihr der Inspektor fast leid.

Der Inspektor blickte Annalisa für einen Augenblick an, dann sagte er, ohne einmal Luft zu holen. »Meine Mutter starb, als ich einundzwanzig war. Sie hatte Krebs. Ich habe eine Schwester, die in der Schweiz lebt. Sie arbeitet als Eventmanagerin in einem Luxushotel. Ich spiele Saxofon und lese gern wissenschaftliche Magazine. Meine Schuhgrüße ist dreiundvierzig und ich lebe seit zehn Jahren in Florenz.«

Carlina brach in Gelächter aus.

Die Familie starrte sie konsterniert an. »Was ist so lustig?« Fabbiola runzelte ihre Stirn.

»Nichts.« Carlinas Blick traf den des Inspektors. Der Hauch eines Lächelns in seinen hellen Augen füllte sie mit einem plötzlichen Glücksgefühl. Sie wendete den Blick ab.

II

Stefano Garini öffnete das Fenster in Nicos Wohnzimmer und holte tief Luft. Er hatte diesen Raum als neutrales Gebiet vorgeschlagen, aber er hatte nicht mit der stickigen Luft gerechnet. Carlinas Apartment war sehr viel fröhlicher gewesen. Er hatte sich völlig entspannt mit ihr gefühlt, etwas, was er nicht wollte und nicht brauchen konnte. Sie war seine Hauptverdächtige und es war ganz und gar nicht angebracht, nach dem Lächeln Ausschau zu halten, das so plötzlich in ihren Katzenaugen erscheinen konnte oder nach der kleinen Falte, die sich in ihrem Mundwinkel bildete, wenn sie etwas lustig fand.

Er schloss das Fenster und lehnte sich mit dem Rücken gegen die Fensterbank, während er auf Benedetta wartete. Wenn er Glück hatte, würde sie sich an seine Anweisungen halten und ohne ein anderes Familienmitglied im Schlepptau erscheinen.

Er schüttelte den Kopf. Der Mantoni-Clan gab ihm das Gefühl, dass er über rohe Eier lief. Man wusste nie, wann das nächste einen Sprung bekommen würde. Der ganze Fall hatte schon auf dem falschen Fuß angefangen und genauso ging es jetzt auch weiter. Erst sein Fehler, dass er den Tod nicht ernst genommen hatte. Dann Carlina mit ihren Katzenaugen, die in überhaupt keine Kategorie passte. Drittens die Familie, ein Haufen Verrückter. Katzenfutter als Snack! Was würden sie ihm noch alles erzählen?

Er musste sie alle einzeln vernehmen. Wo war eigentlich Piedro? Er sollte die Interviews nicht alleine machen. Stefano zog rasch sein Mobiltelefon heraus und rief seinen Mitarbeiter an. »Piedro. Wo bist du?« Dieses Mal versuchte er nicht, den drohenden Ton in seiner Stimme zu unterdrücken.

»Ich habe den Zug in Pisa verpasst und musste über eine Stunde warten, weil der nächste Zug verspätet war, aber jetzt bin ich nur zehn Minuten von der Polizeistation entfernt.« Piedro schnaufte ins Telefon, als ob er rennen würde.

»Geh nicht zur Polizeistation. Komm direkt in die Via delle Pinzochere 10.«

»Wohin?«

»In das Haus, wo der alte Mann mit den Socken starb.«

»Oh, in Ordnung.«

Stefano hörte den unterdrückten Seufzer in Piedros Stimme. »Hol dir unterwegs was zu essen. Es wird ein langer Abend.«

»Okay.« Jetzt klang Piedro mürrisch.

Garini legte auf und schüttelte den Kopf. *Es wird mir immer ein Rätsel bleiben, wie ein Mann, der so gerissen wie signor Cervi ist, ausgerechnet einen Sohn wie Piedro haben kann.*

Die Tür öffnete sich und Benedetta marschierte herein. »Sie wollten mich sprechen?«

»Ja.« Stefano machte eine Handbewegung Richtung Stuhl. »Bitte setzen Sie sich.« Er nahm sein Aufnahmegerät heraus. »Sind Sie damit einverstanden, dass ich diese Unterhaltung aufnehme?«

»Natürlich.« Benedetta hatte ihren roten Lippenstift neu aufgetragen und lächelte ihn an. »Wir möchten alle, dass der Mörder von Vater gefunden wird.«

Stefano erklärte, was er wissen wollte, und beobachtete ihre Reaktion.

Benedetta legte den Kopf zur Seite und schob die Lippen vor. »Lassen Sie mich mal sehen. Mein Vater hat viel gesagt, wenn der Tag lang war, ich habe manchmal schon gar nicht mehr richtig hingehört.« Sie legte den Kopf auf die andere Seite.

Stefano fing an, sich wie in einem Theaterstück zu fühlen.

»Nein, ich kann mich an gar nichts erinnern.« Benedetta zuckte mit den Schultern. »Es war auch so ein Unsinn, ich habe mir nicht die Mühe gemacht, mir das alles zu merken.«

»Wie war es mit den anderen Familienmitgliedern? Er hat ja eine ganze Menge über die Vergangenheit der verschiedenen Leute zu sagen gehabt, oder?«

»Lassen Sie mich überlegen. Ach ja, ich glaube, er hat einmal gesagt, dass Tante Maria ein Alkoholproblem hat und dass sie das ausgleicht, indem sie Knoblauch isst.«

Du lieber Himmel. »Und haben Sie das geglaubt?«

Benedetta machte eine müde Handbewegung. »Natürlich nicht. Auch wenn er mein Vater war, so war er doch ein alter Mann und hatte seinen Spaß an so manchen Boshaftigkeiten. Man konnte ihn manchmal gar nicht ernst nehmen.«

»Verstehe.« Stefano sah sie an. *Ich glaube ihr kein Wort.* »Wo waren Sie am Hochzeitstag Ihrer Tochter zwischen elf und vierzehn Uhr?«

Benedetta wirkte gekränkt. »Na, ich war natürlich auf Emmas Hochzeit.«

»Die Trauung begann aber erst um eins.«

»Ja.« Benedetta richtete sich auf. »Aber ich war im Gegensatz zu Emma pünktlich.«

Ihr roter Mund verzog sich. »Sehr pünktlich. Emma war

ziemlich nervös und hatte uns alle gebeten, schon einmal vorzugehen und sie alleine zu lassen.«

Er runzelte die Stirn. »Mit Ausnahme von Carlina.« *Vielleicht haben sie ihn gemeinsam umgebracht.*

»Natürlich.« Benedetta zuckte die Schultern. »Carlina und Emma …« Sie schüttelte den Kopf. »Sie sind unzertrennlich, trotz des Altersunterschieds.« Sie presste ihre Lippen fest zusammen, als ob sie mit der Freundschaft nicht einverstanden war.

»Wie viele Jahre sind sie auseinander?«

»Neun.« Benedetta schüttelte wieder den Kopf. »Carlina hat Emma immer geholfen.«

»Ist das eine schlechte Sache?«

Die roten Lippen kräuselten sich. »Sie hat sie mehr als einmal in Streiche verwickelt.«

Stefano ließ seinen Blick nicht einen Augenblick von Benedetta. Sie schien eine übervorsichtige Mutter zu sein. Gedanklich machte er sich eine Notiz, dass er mehr über diese Streiche erfahren musste. »Danke. Könnten Sie jetzt Teodoro Mantoni zu mir bitten?«

Benedetta stand auf. »Es war keiner aus der Familie, Stefano, das können Sie mir glauben. Sie verschwenden hier nur Ihre Zeit. Besser, Sie schauen sich im weiteren Umfeld um.«

Er neigte den Kopf. *Niemals.*

In der Tür stieß Benedetta mit Piedro zusammen.

»Ah, mein lange verloren geglaubter Assistent.« Stefano nickte. »Bitte nimm dein Notizbuch und schreib alles auf, was gesagt wird, Piedro.« Er hätte es zwar auch weiter aufnehmen können, aber die Batterie seines Aufnahmegerätes war schon fast am Ende. Piedro war gerade noch rechtzeitig gekommen.

Piedro nickte und wählte seinen alten Platz auf dem Fußhocker.

Teodoro Mantoni hüpfte in den Raum, als ob er eine Verjüngungskur gemacht hatte. »Carlina hat mir schon gesagt, was Sie wissen wollen. Ich soll Ihnen alles erzählen, was ich über die Schlechte-Vergangenheits-Geschichten weiß.«

Garini nickte. »Richtig.« *Ich frage mich, ob Sie das wirklich tun werden.*

Onkel Teo setzte sich hin und hob den Daumen. »Nummer eins: Nico hat Fabbiola gesagt, dass Carlina nicht das Kind ihres amerikanischen Ehemannes war.« Er schaute hoch und blickte den Inspektor belustigt an. »Totaler Quatsch, natürlich.

Das Kind ist eine echte Mantoni.«

Wegen ihrer Mutter wird sie sowieso immer eine echte Mantoni bleiben, egal, wer ihr Vater war.

Onkel Teo hob den Zeigefinger. »Nummer zwei: Er teilte Carlina mit, dass sie einen Prinzen abgelehnt hatte und deshalb einen Müllmann heiraten würde.«

Stefano beugte sich nach vorne. »Einen was?«

»Einen Müllmann.«

»Keinen Metzger?«

»Einen Metzger?« Onkel Teo blinzelte. »Er hat niemals von einem Metzger gesprochen. Haben Sie Probleme mit den Ohren, junger Mann?«

»Nein.« Stefano sagte es mit einem kleinen Lächeln. »Ganz und gar nicht.« *Die kleine Hexe.*

Onkel Teo hob seinen Mittelfinger. »Nummer drei: Er sagte Benedetta, dass sie ihren Mann durch ihr ständiges Nörgeln ins Grab gebracht habe.«

Und daran erinnert sie sich nicht mehr? Das glaube ich keine Sekunde. Stefano verengte die Augen. »Wie ist er gestorben?«

»Er starb vor sieben Jahren an einem Magengeschwür.« Onkel Teo schüttelte den Kopf. »Die jungen Männer von heute sind nichts mehr gewohnt. Kein Durchhaltevermögen, wenn Sie wissen, was ich meine.«

Durchhaltevermögen, um es mit den Mantoni-Frauen auszuhalten? Stefano unterdrückte den Wunsch zu lachen und nickte mit ernstem Gesicht.

Onkel Teo kam zu seinem Ringfinger. »Nummer vier: Er sagte, dass Annalisa bei ihren Abschlussprüfungen in der Schule geschummelt hat.«

Stefano schaute den alten Mann vor sich an. »Und hat sie?«

Onkel Teo wiegte seinen Kopf hin und her. »Sie war sehr gut mit dem jungen Lehrer befreundet. Das ist alles, was ich weiß.«

Oha. Stefano schluckte.

Onkel Teos kleiner Finger kam hoch. »Nummer fünf: Er sagte, dass Ernesto immer erst mitten in der Nacht über den Balkon nach Hause kommt.« Er schaute sich seinen kleinen Finger an, als ob er ihn noch nie gesehen hätte. »Ich bin froh, dass Nico das nicht vor Benedetta gesagt hat.«

»Stimmt es denn?«

»Natürlich.« Onkel Teo nickte so heftig, dass seine weißen Haarbüschel anfingen zu wippen. »Ich habe das auch gemacht, als ich in seinem Alter war. Das ist keine Sünde, junger Mann.«

»Natürlich nicht.« Stefano blickte rasch zu Piedro. *Ich hoffe, du schreibst das alles ohne Fehler mit.*

Onkel Teo ließ seine rechte Hand in seinen Schoß fallen und begann mit der linken. »Nummer sechs: Nico sagte, ich hätte eine Affäre mit *signorina* Electra.« Er kicherte und schien in Erinnerungen zu versinken.

Stefano wartete. Der fast kahle Kopf vor ihm sank tiefer, sodass man die dunklen Altersflecken auf der rosigen Kopfhaut sehen konnte, die durch die weißen Haarbüschel durchleuchtete. »*Signor* Mantoni?«

Der alte Mann richtete sich auf. »Wo war ich? Oh, ja, Electra. Nun, ich hatte eine –«, er brach ab und starrte Garini unter seinen buschigen Augenbrauen an. »Sind Sie mit ihr verwandt?«

»Nein. Ich habe sie vor Jahren wegen eines anderen Falles kennengelernt.«

»Ah.« Onkel Teo nickte. »Nun, ich war ganz verzaubert von ihr, als ich ein sehr junger Mann war.« Er zwinkerte Stefano zu. »Das war vor der Zeit mit Maria, verstehen Sie.«

Ach ja? »Wie alt waren Sie ungefähr?«

»Ach«, Onkel Teo wedelte eine blasse Hand durch die Luft, »sechzehn oder siebzehn.« Er nickte wieder. »Vor sehr langer Zeit, wie gesagt.«

»Richtig.«

Der Zeigefinger kam hoch. »Nummer sieben: Er sagte, Maria habe ein Alkoholproblem, und versuche ihre Fahne zu verbergen, indem sie Knoblauchzehen isst.«

Stefano wartete, dass Onkel Teo fortfuhr.

»Totaler Blödsinn, natürlich.« Onkel Teo schüttelte mit einem Stirnrunzeln den Kopf. »Sie hat ein Essproblem, das sie mit Hilfe der Knoblauchzehen in den Griff bekommt.«

Stefano beugte sich nach vorne. »Das verstehe ich nicht.«

»Na ja«, Onkel Teo zuckte mit den Schultern. »Sie hat immer eine Knoblauchzehe bei sich und wenn sie das Bedürfnis hat, etwas zu essen, dann nimmt sie eine.«

»Warum Knoblauch?«

Onkel Teo sah ihn an, als ob die Antwort sonnenklar sei. »Knoblauch hat weniger Kalorien als Schokolade.«

»Verstehe.« *Ich bin froh, dass Piedro hier ist, sonst würde ich bald glauben, dass ich diesen Fall nur träume.*

»Es wäre mir lieb, wenn Sie dieses Thema Maria gegenüber nicht erwähnen würden«, sagte Onkel Teo. »Sie ist in diesem

Punkt ein wenig empfindlich.«

Du lieber Himmel. »Wie ist es mit den Geschichten der anderen Familienmitglieder?«

»Welche?« Onkel Teo sah ihn an, als ob er noch eine Million anderer Familiengeheimnisse weitergeben könnte.

»Angela?«

Onkel Teo zuckte mit den Schultern. »Nico sagte, dass sie Marco durch Erpressung zur Ehe gezwungen hat. Keine Chance.«

»Nein?«

»Nein.« Onkel Teo zischte durch seine Zähne. »Sie hat nicht genug Courage.« Es war klar, dass Angela nicht seine Lieblingsnichte war.

Madre mia. Ich frage mich, ob er Erpressung gutheißen würde, wenn sie ein Beweis für Courage wäre. Stefano nickte. »Sonst noch jemand?«

»Lassen Sie mich mal nachdenken …« Onkel Teo starrte vor sich hin. Sein Mund fing an zu zucken, dann machte er ein pfeifendes Atemgeräusch wie ein asthmatisches Pferd.

Stefano war schon dabei, sich nach vorne zu beugen, um die schwankenden Schultern zu unterstützen, als er feststellte, dass Onkel Teo angefangen hatte, zu lachen.

»Nummer acht.« Onkel Teo schüttelte sich vor Lachen, als er seinen Mittelfinger in die Höhe hob. »Er sagte Alberta, dass sie einen Kriminellen aufgezogen hatte.«

»Wer ist Alberta?«

»Alberta ist Fabbiolas älteste Schwester.«

»Und ihr Sohn ist im Gefängnis?«

»Nein.« Onkel Teo schlug sich auf die Schenkel. »Er ist ein Investor in Dubai und macht dort ein Vermögen.«

»Aha.« Stefano bekam Kopfschmerzen. »Sonst noch etwas?«

Onkel Teo wedelte wieder mit seiner papierdünnen Hand. »Ach, jede Menge, aber ich kann mich nicht an alles erinnern. Ich sage Ihnen später noch Bescheid, wenn es mir wieder einfällt.«

»Wann hat Ihr Zwilling all diese Dinge behauptet?«

»Immer nur, wenn er ein Publikum hatte.« Onkel Teo zwinkerte ihm zu. »Wo wäre denn sonst der Spaß daran gewesen?«

Ja, wo eigentlich? Stefano fragte sich, ob das Hinscheiden von Nico nicht ein Segen gewesen war. »Also waren diese Geschichten aus der Vergangenheit alle allgemein bekannt?«

Onkel Teo zuckte mit den Schultern. »Ich denke schon. Andererseits haben wir nicht viel darüber gesprochen.«

Kein Wunder. Stefano starrte den alten Mann vor sich an. »Es ist Ihnen schon klar, dass Sie mir gerade mehrere Mordmotive auf einem silbernen Tablett serviert haben, nicht wahr, *signor* Mantoni?«

Onkel Teos trübe Augen fixierten sein Gegenüber. »Ja, das weiß ich, Commissario Garini.«

»Warum haben Sie es getan?«

Onkel Teo hielt seinem Blick stand. »Mord ist falsch. Mein Bruder wollte nicht sterben.« Er verengte die Augen. »Ich verlassen mich auf Ihre Intelligenz, *signor*. Ich bin zu alt, um die Wahrheit herauszufinden, aber ich habe Ihnen alles gesagt, was ich weiß, damit Sie den Mörder finden können.«

Stefano schluckte. »Gut.«

Onkel Teo zog sich in eine stehende Position. »Sie werden ihn schon finden.« Er wendete sich zur Tür. »Wenn Sie Hilfe brauchen, fragen Sie Carlina. Sie ist ein vernünftiges Mädchen.«

Stefano schloss die Tür hinter Onkel Teo und drehte sich zu seinem Assistenten um, der immer noch so hektisch schrieb, dass er rote Wangen hatte. Er durchquerte den Raum in zwei großen Schritten und hielt neben ihm an. »Hast du alles mitbekommen?«

»Ich hoffe es.« Piedro schaute hoch, seine Augen voller Ehrfurcht. »Glauben Sie, er ist noch ganz klar im Kopf?«

Garini seufzte. »Ich glaube nicht, dass irgendjemand in dieser Familie klar im Kopf ist.«

Er schaute Piedro über die Schulter und las die Notizen mit. »Können wir schon jemanden von unserer Liste streichen?«

Piedro ging noch einmal durch die Liste, mit dem Finger auf jeder Zeile, die er geschrieben hatte. Ausnahmsweise einmal wurde Stefano nicht ungeduldig. Er brauchte selbst eine Minute, um seine Gedanken zu sortieren.

Piedros Finger hielt an. »Wir können Nummer fünf streichen. Ernesto. Ist das nicht der Jüngste hier, siebzehn oder so, rote Haare?«

»Ja. Warum glaubst du, dass er unschuldig ist?«

»Na ja«, Piedro wurde rot. »Wenn er in der Nacht nur nach draußen geht, um ein wenig zu feiern, ist das keine Sünde, wie der alte Mann schon sagte.«

»Das ist keine Sünde.« Stefano nickte. »Aber sind wir sicher, dass er nachts rausgeht, um zu feiern? Was ist, wenn er nachts unterwegs ist, um mit Drogen zu dealen?«

»Glauben Sie, dass er das tut?«

»Ich habe keine Ahnung. Aber bis wir sicher wissen, dass er nur feiern geht, wird er auf dieser Liste stehen bleiben.«

Piedros Finger bewegte sich weiter. »Das mit dem Metzger habe ich nicht verstanden.«

»Das ist schon in Ordnung, mach dir darum keine Gedanken. Um das Detail kümmere ich mich.« Stefano unterdrückte ein Lächeln. »Also, was würdest du jetzt tun?«

»Öh.« Piedro starrte auf seine Notizen, als ob sie eine Quelle der Inspiration wären. »Ich würde mit den anderen sprechen.«

»Gut. Was meinst du, was sie sagen werden?«

Sein Mitarbeiter zögerte. »Ich glaube, sie werden nicht ganz so offen sein. Ich meine, diese Dinge sind ja irgendwie alle peinlich, oder?«

»Ja. Und dann?«

Piedro schluckte. »Dann … Ich … öh. Ich weiß nicht.«

»Dann wirst du sie mit den Dingen konfrontieren, die wir gerade erfahren haben, in der Hoffnung, dass sie uns noch mehr verraten.«

»Okay.«

»Was dann?« Stefano wollte vor Ungeduld mit dem Fuß klopfen, aber er zügelte sich in letzter Sekunde.

»Ich weiß nicht.«

»Dann wirst du die Geschichten überprüfen.«

Piedros Augen wurden rund. »Alle?«

»Alle.«

»Wie?«

»Lass mich mal sehen.« Stefano nahm die Notizen und blätterte einige Seiten zurück. »Wir müssen die Geburtsurkunde von Carlina finden, ein Bild von ihrem Vater und mit jemandem sprechen, der in der Nähe war, als sie geboren wurde. Als nächstes müssen wir diesen Halbprinzen finden, mit dem sie verlobt war …«

»Hä?« Piedros Mund blieb offen stehen.

»Entschuldigung, ich habe vergessen, dass du den Teil noch nicht kennst. Du kannst das Band später abhören, dann wirst du's verstehen.« Stefano unterdrückte das Gefühl, dass diese Geschichte nicht für Piedros Ohren bestimmt war. Er konnte Carlina nicht anders als die anderen behandeln. Mit Mühe konzentrierte er sich. »Wenn wir den Prinz erwischen, hören wir uns seine Seite der Geschichte an, dann holen wir die Sterbeurkunde von Benedettas Ehemann und sprechen mit dem Arzt, der ihn behandelt hat, unterhalten uns mit Annalisas Klassenkameraden und ihrem Lehrer und prüfen ihre Arbeit, schauen uns den Balkon bei Nacht an und erwischen Ernesto, wie er auf Tour geht, sprechen mit Maria über ihre Essgewohnheiten, mit Electra über die Vergangenheit, und finden heraus, seit wann Teo mit Maria zusammen ist, stellen fest, womit Angela Marco erpresst haben könnte, und bringen mehr über diesen berühmten Investor in Dubai in Erfahrung. Dann sprechen wir mit dem Familienarzt und fragen ihn, ob er am Tag nach der Hochzeit wirklich krank war. Und zuletzt finden wir heraus, wann Cousine Emma von ihrer Hochzeitsreise zurückkommt und werden sie sofort verhören.«

Piedro wurde blass. »Das ist nicht Ihr Ernst.«

»Doch. In der Zwischenzeit kann etwas auftauchen, was uns in eine völlig neue Richtung führt. Das kann bedeuten, dass manche Dinge, die wir bis dato für wichtig hielten, nicht mehr geprüft werden müssen, während neue Aspekte an die Oberfläche kommen.«

»Und wann müssen wir damit fertig sein?«

»Wir haben ungefähr vier Wochen für den intensiven Teil dieses Falls.«

Piedro schnappte nach Luft. »Nur vier Wochen? Warum?«

»Weil wir, wenn es kein politisch wichtiger Fall ist, nur vier Wochen haben, um uns auf eine Sache zu konzentrieren und uns dann um den nächsten Fall kümmern müssen. Das heißt nicht, dass wir dann komplett aufhören, in der Tat werden viele Fälle erst Jahre später gelöst, aber aus Erfahrung wissen wir, dass die ersten vier Wochen entscheidend sind. Also, was denkst du, wo wir anfangen sollten?«

Piedro hielt sich wie ein Ertrinkender an seinem Notizbuch fest. »Keine Ahnung.«

»Fange mit dem wahrscheinlichsten Täter an.« Garini fühlte, wie ihn Ungeduld überkam. *Warum muss ausgerechnet ich mit Piedro Cervi arbeiten?*

»Der wahrscheinlichste Täter?« Piedros Blick irrte hilflos über die Seiten. »Wer ist das?«

»Wer hat uns zum Zeitpunkt des Todes belogen?« Garini presste die Lippen zusammen.

Piedro hatte einen hellen Moment. »Carlina.«

»*Signorina* Ashley, richtig. Außerdem würde sie alles für ihre Mutter oder irgendein anderes Familienmitglied tun. Sie ist ihnen komplett ergeben.« *Und ich könnte sie dafür schütteln.*

»Aber *signor* Mantoni hat gesagt, dass sie ein vernünftiges Mädchen ist.«

»Ja, das hat er gesagt.« Garinis Augen waren hart. »Aber seit wann vertrauen wir den Worten eines Zeugen?«

Piedro schluckte. »Glauben Sie, dass sie nicht die Tochter ihres Vaters ist?«

Stefano entschied sich, die Verworrenheit des Satzes zu ignorieren. »Ich habe keine Ahnung.«

»Aber sie sieht nicht wie die anderen aus«, sagte Piedro. »Ihre Haare sind anders.«

»Richtig.«

»Und ihre Augen sind so … so hell.«

Und katzenartig. »Ja.«

»Sie ist auch größer als die anderen.«

»Ja.«

»Und nicht so hübsch.«

Ach nein? Stefanos Geduld hatte ein Ende. »Was genau willst du sagen, Piedro?«

Piedro öffnete seine Augen weit. »Ich glaube, es ist sehr gut möglich, dass ihr Vater nicht ihr echter Vater ist.«

Stefano schloss für einen Augenblick die Augen. »Du hast ihren Vater nie gesehen. Du hast sie gerade mit ihren Cousinen verglichen, ohne dass du ihre Schwester oder ihren Bruder gesehen hast.«

»Ich habe ihre Schwester gesehen und die sieht ihr überhaupt nicht ähnlich.«

»Siehst du wie deine Schwester aus?«

»Ich habe keine Schwester.«

Gott sei's gedankt. Garini schloss seinen Mund mit einem hörbaren Geräusch. »Wenn du heute Abend nach Hause kommst, geh ins Internet und schau dir die grundsätzlichen Regeln der Vererbung an.«

»Heute Abend?«

»Heute Abend.« Garini funkelte ihn an. »Und versuche, in der Zukunft nachzudenken, bevor du sprichst. Jetzt frag bitte Maria Mantoni, ob sie zu uns kommen kann.«

Kapitel 8

I

Maria Mantoni schaute Garini mit ihren schwarzen Augen an, intelligent und ohne Angst. »Natürlich hatte Teo eine Affäre mit Electra.«

Piedro schnappte nach Luft.

»Er hat es mir nie gesagt, aber ich wusste es.« Sie bewegte sich in ihrem Stuhl, als ob er zu heiß sei. »Ich bin ja nicht blind.«

»Sie haben ihn nie damit konfrontiert?« Stefano atmete flach. Maria verströmte aus jeder Pore ihres Körpers einen Knoblauchgeruch.

»Nein. Es war ein Fehltritt und heute schämt er sich dessen. Deshalb kann er sie nicht ausstehen.«

»Wann war das?« Stefano machte einen kleinen Schritt zurück. Vielleicht würde der Knoblauchgestank nicht ganz so weit reichen.

»Im ersten Jahr unserer Ehe.« Die Antwort kam ohne Zögern. Sie musste keine Minute nachdenken. »Aber es hat nicht lange angehalten.«

»Verstehe.« *Ich wünschte, ich wüsste, ob es ihr wirklich so gleichgültig ist, wie es wirkt.*

»Er ist ja nur ein Mann, Inspektor.« Tante Maria sah ihn an, als ob Männer eine bedauernswerte Spezies seien, die man mit viel Nachsicht behandelt müsse.

Garini entschied sich, das Thema zu wechseln. »Was ist mit den Sachen, die ihr Schwager über Sie gesagt hat?«

Maria sah auf den Fußboden, sodass ihre drei Kinne sich über den Kragen ihres Kleides verteilten. »Ich mag Knoblauch.«

Ich weiß. Stefano versuchte, nicht zu atmen.

»Aber ich bin nicht alkoholabhängig.« Maria schaute hoch. »Das war ich nie.«

»Noch irgendetwas?« Er versuchte, seine Stimme neutral zu halten. Er musste sie dazu bringen, die Wahrheit zu sagen, selbst, wenn es wehtat.

Sie presste die Lippen zusammen. »Völlerei ist eine Todsünde.«

Ihre Worte versetzten Stefano zurück in das Schlafzimmer seiner Mutter. Wie oft war er als Kind zu ihr gekommen und hatte sie auf den Knien vor ihrem Bett angefunden. Sie ging immer zur Beichte, niedergedrückt von Schuldgefühlen für jeden kleinen Fehler. Sie bestrafte sich selbst für jeden falschen Gedanken und glaubte, dass der Krebs ihre letzte und gerechtfertigte Strafe war.

Ohne darüber nachzudenken, beugte er sich nach vorne. »Vergessen Sie nicht, dass Demut eine der heiligen Tugenden ist.« Er lächelte sie an und hoffte, sie würde ihn verstehen. »Wenn Sie nie in Versuchung waren, haben Sie kein Mitgefühl.«

Sie starrte ihn an. »Was versuchen Sie mir zu sagen?«

»Ich sage Ihnen, dass Ihre Schwäche Sie zu einem besseren Menschen macht.« Er blickte kurz zu Piedro. *Ich hoffe, er schreibt das nicht mit. Ich möchte nicht, dass jemand denkt, ich habe meinen Beruf verfehlt.* Er räusperte sich. »Haben Sie auch andere Geschichten aus der Vergangenheit von Ihrem Schwager gehört?«

Maria blinzelte. »Ja. Er sagte, dass Ugo die Kamera gestohlen hat. Ich glaube, Benedetta hat Ihnen das schon gesagt.«

»Ich habe den Namen nicht ganz verstanden?«

»Ugo«, wiederholte Maria. »Er ist mein ältester Sohn. Er macht immer Bilder bei unseren Familienfesten und er hat im Januar eine neue Kamera bekommen. Eine sehr gute Kamera.«

»Verstehe.« *Ich will keine weiteren Geschichten mehr hören. Wie soll ich jemals die Liste der Verdächtigen abarbeiten?* »Was halten Sie davon?«

Maria schnalzte mit der Zunge und eine Knoblauchwolke hüllte Garini ein. »Ugo würde nichts stehlen.« Sie legte den Kopf zur Seite. »Es war allerdings ein echtes Schnäppchen.«

»Sagt Ugo.«

Sie nickte.

»Gut. Noch etwas anderes?«

Maria schüttelte den Kopf. »Ich kann mich sonst an nichts erinnern.«

Du möchtest es nicht. Garini neigte den Kopf. »Vielen Dank. Würden Sie jetzt bitte Annalisa zu uns bitten?«

Maria hievte sich mit einem Stöhnen auf die Füße. Sie ließ eine Hand in die Tasche ihres Kleides gleiten und zog eine Knoblauchzehe heraus. »Möchten Sie eine haben?»

Garini unterdrückte einen Schauder. »Nein, danke.« Er schloss die Tür hinter ihr, sprang zum Fenster und riss es weit auf.

Piedro rannte zu ihm, hing seinen Oberkörper aus dem Fenster, bis er mit der Nase an die Eisenstäbe kam und stöhnte. »Wie kann irgendjemand diesen Gestank aushalten?«

Stefano holte tief Luft. Wie gut die frische Luft tat.

»Ich kann einfach nicht glauben, dass sie noch eine Geschichte hinzugefügt hat.« Piedro seufzte. »Wir werden nie damit fertig werden.«

»Sie hat das nur getan, weil sie vermutete, dass Benedetta diese Geschichte schon erzählt hat. Interessant, oder?«

»Öh. Ja.«

Stefano zuckte zusammen. *Wie werde ich je einen echten Polizisten aus dir machen?*

»Ist mit Ihnen alles in Ordnung?« Annalisas Stimme ertönte hinter ihnen.

Beide fuhren herum. »Ja, danke.« Stefano lehnte sich mit dem Rücken an die Fensterbank, aber er ließ das Fenster offen. »Bitte setzen Sie sich.«

Annalisa warf sich in den alten Armlehnstuhl und überkreuzte die Beine. Ihr kurzer Rock rutschte an ihren langen Beinen hoch. Sie trug hochhackige Sandalen in Silber und bewegte ihren Fuß in der Luft.

Piedro stand wie erstarrt. Er sah aus wie ein Fisch, seine Augen quollen hervor und sein Mund stand halb offen.

»Piedro!« Stefano stellte sicher, dass seine Stimme wie ein Peitschenhieb klang. »Setz dich und schreib mit.«

Sein Assistent schrak hoch und eilte auf seinen Platz.

Annalisa richtete ihre braunen Augen auf Stefano. »Was müssen Sie wissen, Inspektor? Ich werde Ihnen alles sagen, was Sie benötigen.« Sie senkte ihre Wimpern und lächelte. Ihr rotes Haar war glatt wie Seide.

Bei dieser hier muss ich brutaler vorgehen. »Ihr Großvater hat jedem gesagt, dass Sie bei den Abschlussarbeiten in der Schule betrogen haben.« Er machte eine wirkungsvolle Pause.

Annalisa versteifte sich. Der Wandel vom engelhaftem Mädchen zur Furie geschah in Sekunden. »Das ist nicht wahr!«

Stefano provozierte sie weiter. »Er hat auch unterstellt, dass

Sie mit Ihrem jungen Lehrer befreundet waren.« Er ließ die Pause wirken. »Sehr gut befreundet.«

Ihre Augen schossen Blitze. »Opa hatte so eine dreckige Fantasie!« Sie ballte die Fäuste und beugte sich mit einem Zischen nach vorne. »Mein Lehrer und ich waren gut befreundet aber das heißt noch lange nicht, dass er mir geholfen hat, zu betrügen!«

»Verstehe.« Er zog das Wort in die Länge und stellte sicher, dass sie ihm seine Ungläubigkeit ansehen konnte. »Haben Sie mit guten Noten abgeschlossen?«

Einen Augenblick lang dachte er, sie würde aufstehen und ihm ins Gesicht schlagen. Er konnte sehen, dass sie sich nur mit Mühe beherrschte und sich dann entschied, ihn mit beleidigter Würde kalt abzufertigen.

»Ja, ich hatte sehr gute Noten.« Sie schüttelte ihre Haare wie ein ungeduldiges Vollblut. »Ist das ein Verbrechen, Inspektor?«

»Ganz und gar nicht, *signorina*. Bitte geben Sie mir den Namen und die Adresse Ihres Lehrers.«

Ihre Brust schwellte sich vor Empörung und ihre Wangen wurden rot. Sie sah attraktiver aus als je zuvor. »Ich möchte meinen Lehrer nicht belästigen!«

»Dies ist eine Morduntersuchung.« Stefano stellte sicher, dass seine Stimme eisig klang. »Sie haben keine Wahl.«

Sie drückte ihre Lippen zusammen und warf ihm einen Blick voll konzentriertem Hass zu. »Sein Name ist Giuseppe Auguri.«

»Danke.« Er versuchte, nicht ironisch zu klingen. Dann ließ er die Stille zwischen ihnen hängen und schaute sie prüfend an, während er sich fragte, wie er sie dazu bekommen konnte, mehr zu sagen.

Annalisa hob ihre Augenbrauen und inspizierte ihre Fingernägel, dann sagte sie, als ob es eine Nebenbemerkung auf irgendeinem gesellschaftlichen Anlass wäre: »Ich bin sicher, Sie sind kein guter Polizist.«

»Nein?« Er verbiss sich ein Lächeln. Hier kam der Angriff, den er erwartet hatte. »Wieso glauben Sie das?«

»Wenn Sie besser wären, würden Sie tiefer graben.« Sie glättete mit einer herausfordernden Geste eine Falte in ihrem Rock.

»Denken Sie an irgendetwas Bestimmtes?« Er ließ sie nicht eine Sekunde aus den Augen und versuchte, in ihrer Miene zu lesen.

»Sie sollten sich Onkel Teo mal genauer ansehen.« Annalisa

überkreuzte die Arme vor der Brust und schob ihre Brüste hoch, bis sie gegen die Bluse drückten. »Teo und Nico waren in einem ewigen Konkurrenzkampf. Sie wollten einander ständig übertrumpfen. Vielleicht hatte Onkel Teo Angst, dass Nico gewinnen würde, sodass er dem Schicksal ein wenig nachgeholfen hat.«

»Warum sollte er jetzt mit neunundsiebzig Jahren auf einmal so denken?« Stefanos Stimme war hart.

Annalisa zuckte mit ihren runden Schultern. »Das weiß ich nicht. Es ist Ihr Job, das herauszufinden. Ich sage ja nur, dass es möglich ist. Sie sollten das überprüfen.«

»Werde ich.« Stefano neigte den Kopf. » Noch etwas?« *Ich möchte nicht mehr hören, aber ich komme leider nicht darum herum.*

»Ich bin mir bei Carlina nicht so sicher.« Annalisa sah ihn durch ihre Wimpern hindurch an.

Stefano biss die Zähne zusammen. »Ja?«

»Sie erzählt allen, dass sie die Verlobung gelöst hat, aber ich glaube das nicht. Sie hat die Montassori Weingüter und Besitztümer einfach weggeworfen. Ich meine, ganz ehrlich?« Sie beugte sich nach vorne. »Wenn Sie mich fragen, dann hat er Schluss gemacht. Immerhin hat er ein paar Monate später geheiratet und sie ist immer noch single.«

»Und warum sollte das ein Motiv für den Mord ihres Großvaters sein?«

Annalisa schüttelte den Kopf. »Er hat sie einmal zu viel verspottet. Sie ist dann einfach ausgerastet, verstehen Sie. Außerdem wollte sie unbedingt, dass Marco die Sterbeurkunde unterzeichnet, obwohl ganz klar zu sehen war, dass er Zweifel hatte.«

»Verstehe.« Stefano zwang sich, die nächste Frage zu stellen. »Haben Sie noch weitere Geschichten, die Sie mir mitteilen möchten?«

Annalisa lehnte sich gegen die Kissen des Armlehnstuhls. »Ich erzähle keine Geschichten.«

»Natürlich nicht.« *Hör auf, so ironisch zu klingen, Stefano.*

Sobald sich die Tür hinter ihr geschlossen hatte, ließ Piedro einen tiefen Seufzer hören. Er hörte sich wie ein zusammenfallender Ballon an. »Sie waren richtig gemein zu ihr.«

Stefano drehte sich zu ihm um. »Weißt du warum?«

»Nein!« Piedro schüttelte den Kopf. »Ich denke, die Polizei

sollte immer alle gleich höflich behandeln.«

»Vor allen Dingen junge und gut aussehende Frauen?« Garinis Stimme klang hart.

»Na ja … das habe ich nicht gesagt … aber …« seine Stimme versandete.

»Wir versuchen, einen Mörder zu finden, Piedro. Ich finde es gut, dass du dich für sie einsetzt, aber ich fände es noch besser, wenn du dies für eine weniger attraktive Verdächtige gemacht hättest. Jemand fühlte sich so bedroht, dass er Nico umgebracht hat und wir werden ihn oder sie nicht erwischen, indem wir höflich und freundlich sind. Wir müssen ins Herz dieser Leute vordringen. Wir müssen herausfinden, was sie bewegt und wir können sie nur verstehen, wenn wir wissen, was ihnen im Leben am wichtigsten ist. Wenn nicht, werden wir den Mörder nie finden.« Garini sah seinen Assistenten prüfend an. »Verstehst du, was ich sagen will?«

Piedro sah verwirrt aus, aber er nickte.

»Gut. Merk dir das.«

II

Ernesto saß auf der Kante seines Armlehnstuhles, die Hände auf den Knien ineinander verflochten. »Die anderen haben gesagt, dass Sie Opas Geschichten über die schlechte Vergangenheit hören möchten.«

»Das ist richtig.«

Ernesto hob sein blasses Gesicht. »Mein Opa wusste, dass ich oft spät in der Nacht über den Balkon das Haus verließ, aber ich habe nie jemandem geschadet.«

Stefano sah ihn an. »Was haben Sie getan?«

Ernesto schluckte so hart, dass sein Adamsapfel einen Sprung machte. »Ich bin in ein Internetcafé gegangen.«

»In ein Internetcafé?« Stefano hatte viele Antworten erwartet, aber nicht diese.

»Ja. Sehen Sie, ich habe zu Hause zwar einen Computer, aber ich spiele mit meinen Freunden im Internetcafé.«

»Was genau spielen Sie?«

Ernesto wurde rot. »Wir spielen Monster IV.« Er beugte sich nach vorne, bis er drohte, vom Stuhl zu fallen. »Wir kämpfen gegeneinander. Das ist total cool, weil man verschiedene Leben hat und verschiedene Charaktere schaffen kann. Ich bin ein

Barbar und ein Druide und ein Bogenschütze und jeder kann unterschiedliche Dinge. Wenn man die Masterspinne besiegt hat, kommt man ins nächste Level und dann –«

Stefano hielt seine Hand hoch. »Gehe ich richtig davon aus, dass Ihre Mutter mit diesen Spielen nicht einverstanden ist?«

Ernestos Enthusiasmus verwelkte wie eine Frühlingsblume bei Frost. »Sie hasst sie.«

»Warum?«

Ernesto zuckte mit den Schultern. »Nur wegen dem bisschen Blut und dem Krach.« Er sah Stefano durch sein verwuscheltes Haar an. »Ich meine den Krach, wenn man kämpft und die Schreie, wenn wir sterben.« Er grinste. »Aber das ist genau das, was Spaß macht.«

»Würden Sie mir die Adresse Ihres Internetcafés geben?«

Ernestos Augen leuchteten auf. »Es ist auf der Via Taddeo Alderotti. Möchten Sie auch kommen?«

»Ich werde vielleicht mal hereinschauen.« *Aber ich werde nicht mitspielen und ich hoffe um deinetwillen, dass das Internet Café nichts anderes verkauft.* »Erinnern Sie sich noch an irgendeine andere Schlechte-Vergangenheits-Geschichte, die Ihr Großvater erzählt hat?«

Ernesto schüttelte den Kopf. »Nein. Ich glaube, er hat das alles eh nicht ernst gemeint. Ich höre nie genau zu, wenn sie was erzählen.«

»Sie?«

Ernesto zuckte mit den Schultern. »Meine Mutter, meine Tante, meine Schwester, mein Opa. Es ist besser, wenn man einfach nicht reagiert.«

Das glaube ich dir aufs Wort.

III

Als Carlina an dem Abend endlich ins Bett kroch, war sie so müde, dass ihre Knochen sich ganz schwer anfühlten. Sie kuschelte sich tief unter die falsche Leopardenfelldecke und schloss mit einem Seufzer die Augen. Sie brannten, als ob jemand Sand hineingerieben hätte. *Ich kann es einfach alles nicht glauben. Ach, Opa. Wenn ich es gewusst hätte … wenn ich es nur gewusst hätte. Für Emma bin ich froh, dass wir deinen Tod verheimlicht haben. Sie hatte die perfekte Hochzeit, die sie haben wollte, und jetzt hat sie die perfekte Hochzeitsreise. Aber alles andere … oh Madonna.*

Carlina drehte sich auf die andere Seite. *Wer kann es bloß getan haben? Wer hat Opa so sehr gehasst, dass er ihn umbringen wollte? War es wirklich wegen irgendeiner Geschichte aus der Vergangenheit? Er hatte wirklich nichts Neues erzählt. Es waren alles alte Skandale gewesen, die er hervorgezerrt und neu aufgetischt hatte. Na gut, das war kein netter Zug gewesen und niemand hat sich darüber gefreut, den eigenen, Uralt-Skandal frisch und verschönert wieder vorgesetzt zu bekommen. Aber Mord? Ich kann es einfach nicht glauben.*

Vielleicht hatte der Mord nichts mit den Vergangenheits-Geschichten zu tun. Vielleicht war es etwas völlig anderes, etwas, von dem niemand wusste. Etwas, was außerhalb der Familie lag. Ihre Stimmung hob sich. Sie versuchte, an eine Sache zu denken, die ihren Großvater in Schwierigkeiten gebracht und nichts mit ihrer Familie zu tun hatte. Aber ihr fiel partout nichts ein. Sie seufzte.

Der Inspektor scheint sehr effizient zu sein. Effizient, rücksichtslos und wild entschlossen, die Wahrheit herauszufinden. Sehr anstrengender Typ und es ist schwer, ihm aus dem Weg zu gehen.

Carlina drehte sich wieder herum und befreite ihr Bein von dem verdrehten Laken. Jetzt war ihr heiß. *Will ich ihm denn aus dem Weg gehen? Will ich denn nicht, dass er den Mörder findet?* Sie biss sich auf die Lippe. *Was, wenn es Mama war?* Kalte Angst griff ihr in den Magen. *Niemals.* Ein Gedanke durchfuhr sie und sie sprang aus dem Bett. Das Foto. Sie musste das Bild ihres Vaters verstecken. Sie ging zu der Wand, an der sein Bild hing und nahm es vom Nagel. »Entschuldige, Papa.« Sie schaute in seine hellbraunen Augen. »Ich möchte nicht, dass der Inspektor deine Augenfarbe sieht und dann jede Menge Blödsinn über rezessive Gene verzapft.« Etwas in ihr zerbrach. *Er war mein Vater. Ich habe daran geglaubt und er auch. Das reicht.*

Sie legte den Bilderrahmen mit dem Bild nach unten in die Schublade im Badezimmer. Garini hatte diese Schublade schon durchsucht. Es war nicht sehr wahrscheinlich, dass er sie noch einmal durchschauen würde.

Ihre Füße waren kalt, als sie wieder ins Bett krabbelte. *Hat Mama Papa betrogen, bevor ich geboren wurde?* Der Gedanke ließ sie frösteln. *Selbst wenn es so sein sollte, wäre das für Mama Grund genug gewesen, ihren eigenen Vater umzubringen?* Carlina schüttelte den Kopf. *Unmöglich. Papa ist vor so vielen Jahren gestorben. Es kann ihn nicht mehr verletzen.* Sie rieb ihren kalten Fuß an ihrer Wade. *Aber es verletzt mich und das wusste sie.* Der Gedanke kam aus dem Nirgendwo. *Hat Mama Opa umgebracht, um mich zu beschützen? Wenn ja, hätte sie niemals in meiner Gegenwart davon gesprochen, sondern hätte auf ein privates Gespräch bestanden. Oder?* Carlina knabberte an der Spitze ihres Zeigefingers. *Vielleicht war es ja ein doppelter Bluff. Oh Gott, das ist alles so kompliziert.* Carlina drehte sich herum und zog die Decke höher. *Es war nicht Mama. Ich kenne sie und das zählt mehr als eine Millionen Beweise.*

Sie warf sich wieder im Bett herum. *Aber wenn es nicht Mama war, wer könnte Opa dann vergiftet haben? Onkel Teo? Hatte er seinen Zwillingsbruder eiskalt ermordet? Sie waren in einem ewigen Wettstreit, das hatte er selbst gesagt. Aber jetzt wird das Leben ohne Schwung sein für Onkel Teo, mit niemandem, an dem er sich messen kann. Das weiß er. Nein. Ich kann mir nicht vorstellen, dass Onkel Teo seinen Zwillingsbruder vergiftet hat.*

Wie ist es mit Benedetta? Sie ist eine leidenschaftliche Mutter. Natürlich muss immer alles nach ihr gehen und sie beschwert sich über vieles, aber auf der anderen Seite ist sie so großzügig und arbeitet immer hart. Niemals würde sie ihrem Vater etwas antun. Er stellte ja auch gar keine Gefahr für sie dar.

Carlina gab auf. *Ich kann mir nicht vorstellen, dass jemand aus unserer Familie Opa umgebracht hat.* Sie seufzte. *Dummerweise kann es sich der Inspektor sehr gut vorstellen und er scheint mit wachsender Begeisterung daran zu glauben. Ich muss mit ihnen sprechen. Ich muss mehr herausfinden. Jemand hat es getan und ich kenne meine Familie am besten.*

Carlina zog die Decke um ihre Schultern. *Morgen.* Morgen würde sie mit ihnen sprechen.

Kapitel 9

I

»Mama?« Carlina schob die Eingangstür zur Wohnung ihrer Mutter auf und blieb für einen Augenblick auf der Schwelle stehen, geblendet von der Morgensonne.

»Bist du das, Carlina?« Fabbiolas Stimme kam aus der Küche. Sie klang fröhlich und schwungvoll.

Mit sinkendem Herzen ging Carlina in die Küche. Anders als ihre Schwester Benedetta war Fabbiola eine hoffnungslos schlechte Köchin, aber sie versuchte das damit auszugleichen, indem sie jedes technische Küchengerät kaufte, das auf dem Markt verfügbar war.

Fabbiola stand über einer dampfenden Küchenmaschine, die entfernt an ein Raumfahrtzeug in Miniatur erinnerte. »Ist alles in Ordnung?« Fabbiola drehte sich zu ihrer Tochter herum, dann schaute sie auf die riesige Digitaluhr über der Tür. Sie maß nicht nur die Feuchtigkeit im Raum, sondern man konnte auch per Fernbedienung vier verschiedene Alarmmöglichkeiten programmieren.

»Du bist spät dran für Temptation.« Fabbiola goss eine Tasse Kaffee ein und hielt sie Carlina hin.

»Elena übernimmt meine Schicht heute Morgen.« Carlina nahm die Tasse an. »Danke.«

»Warum siehst du dann so bedrückt aus?«

Carlina setzte sich auf einen modernen Stuhl, der komplett aus Plastik war und tief-lila leuchtete. »Ich muss dich etwas fragen.«

Hilfe suchend jagte Fabbiolas Blick zu ihrem vertrauten Kissen, das sich auf dem lilafarbenen Stuhl neben Carlina befand. Sie nahm es hoch, klopfte es in Form, legte es gegen den Stuhlrücken und setzte sich hin. Ihr Blick war ängstlich. »Was ist los?«

»Der Inspektor …« Carlina hatte Mühe, die Worte herauszubringen.

Fabbiola setzte sich aufrecht hin. »Was? Was hat er dir angetan? Hast du ganz alleine mit ihm gesprochen? Ich habe dir gesagt, dass es gefährlich ist.«

Carlina holte tief Luft, aber das Gewicht auf ihrer Brust wurde nicht leichter. »Warum hast du gesagt, dass Papa blaugrüne Augen hatte?«

Fabbiola zuckte zusammen. Ihr Blick wich dem ihrer Tochter aus. Mit einem hektischen Griff zog sie das Kissen hinter ihrem Rücken hervor und hielt es wie ein Schild auf dem Schoß. »Habe ich das gesagt?«

Carlina schloss die Augen. »Du weißt, dass du das getan hast.«

»Aber er hatte blaue Augen.« Fabbiola starrte ihre Tochter mit einem bezwingenden Blick an.

Es erinnerte Carlina an ihre Nichte Lilly, wenn man sie fragte, ob sie ihre Zähne geputzt hatte. »Papa hatte hellbraune Augen und das weißt du.« Ihre Stimme war lauter, als sie es wollte.

Fabbiola schreckte zurück. »Wirklich? Ich muss das vergessen haben.« Sie wedelte mit der Hand. »Es ist aber auch wirklich schon so lange her, weißt du …«

»Mama.« Carlina beugte sich nach vorne. »Der Inspektor ist nicht dumm. Wir haben überall im Haus Bilder von Papa und auf denen sieht man seine braunen Augen.« Sie schluckte. »Warum hast du Garini angelogen?«

Jetzt flatterten beide Hände von Fabbiola. »Ich habe ihn nicht angelogen. Ich habe mich nur falsch erinnert.«

Carlina zuckte zusammen. Sie konnte sich vorstellen, was für ein Gesicht Garini machen würde, wenn sie ihm auftischte, dass sie sich nicht mehr an die Augenfarbe ihres Mannes erinnert hatte. Keine Sekunde lang würde sie das durchziehen können. Sie versuchte es auf einem anderen Weg. »Warum hat Opa gesagt, dass Papa nicht mein Vater war?«

Fabbiola schüttelte den Kopf. »Ich weiß es nicht, Liebling. Wirklich, ich habe keine Ahnung.« Sie sprang auf. »Und ich denke, es ist nicht nett von dir, mich einem Kreuzverhör zu unterziehen. Ich bin deine Mutter und ich bin der Meinung, du solltest mir ein wenig mehr Respekt erweisen.«

Carlina biss die Zähne zusammen. »Mama, ich –«

Fabbiola unterbrach sie mit einem Zischen. »Hat dieser Inspektor dir gesagt, dass du mit mir reden sollst?« Sie beugte sich nach vorne und starrte ihre Tochter an, während eine Hand nervös an dem Kissen zupfte. »Ist das der Grund, weshalb du dich so verhältst?«

»Nein!« Carlina wollte sie schütteln. »Aber du solltest ihn nicht unterschätzen, Mama. Wenn du etwas zu verstecken hast, wird er es aus dir herauslocken.«

Ihre Mutter schniefte verächtlich. »Es gibt nichts herauszufinden.«

»Nichts, außer wer der Mörder von Opa ist.«

»Er verschwendet seine Zeit.« Fabbiola schüttelte den Kopf. »Niemand in unserer Familie würde jemanden töten.«

Carlina schaute ihre Mutter an. »Niemand? Würdest du garantieren, dass du niemals jemanden umbringen würdest, egal, wie groß die Provokation ist?«

Ihre Mutter hob die Augenbrauen. »Selbstverständlich würde ich niemanden umbringen. Ich bin doch nicht im Dschungel aufgewachsen.« Ihre Augen verengten sich. »Und du würdest es auch nicht tun.«

Wenn es doch nur so einfach wäre. Carlina biss sich auf die Lippen. Wenn sie ganz ehrlich mit sich war, wusste sie zwar, dass diese Werte tief in ihr verwurzelt waren. Sie schienen unüberwindlich zu sein. Aber was war, wenn ihr Leben bedroht wurde oder wenn sie das Gefühl hatte, dass sie jemanden beschützen müsste? *Ich bin mir meiner selbst nicht so sicher.* Carlina seufzte und schaute ihre Mutter an, die sich damit beschäftigte, unsichtbare Staubkörner von ihrem Kissen zu pflücken.

Du könntest jemanden umbringen, Mama. Du würdest für uns töten. Der Gedanke bereitete ihr eine Gänsehaut. Sie holte noch einmal tief Luft, um der in ihr aufsteigenden Übelkeit Herr zu werden. »Hattest du einen Freund, bevor du Papa kennengelernt hast?« In der Sekunde, in der die Worte aus ihrem Mund waren, wusste sie, dass sie sie nicht hätte sagen sollen.

Ihr Mutter warf ihr einen wutentbrannten Blick zu und sprang auf, immer noch das Kissen in den Händen. »Du bist unverschämt, Caroline Arabella.«

Carlina stand auf. »Es tut mir leid.«

Fabbiola hob ihre Hand in einer königlichen Geste. »Ich wünschte, du würdest nachdenken, bevor du sprichst. Es ist einfach, jetzt zu sagen, dass es dir leidtut, aber du kannst die

Worte nicht einfach zurücknehmen.«

Carlina seufzte. »Ich muss gehen.«

Sie lief rasch aus der Wohnung ihrer Mutter und die Treppe hoch. Doch erst als sie das glatte Holz des Treppengeländers unter ihrer Hand spürte, wurde ihr klar, dass ihre Mutter es wieder einmal geschafft hatte … Indem sie ihr den Eindruck gab, sich schlecht zu benehmen, hatte Fabbiola ganz geschickt das Rampenlicht von ihrer eigenen Person weggedreht. *Verdammt.*

Die Glocken von Santa Croce schlugen die halbe Stunde. Von unten hörte Carlina die Stimme von Tante Maria. Sie verabschiedete sich von Onkel Teo.

Onkel Teo. Carlina erstarrte. *Ich könnte mit ihm sprechen.* Sie wartete, bis Tante Maria das Haus verlassen hatte, dann ging sie die knarzenden Stufen herab.

Onkel Teo stand noch in der Tür. »Guten Morgen, Carlina.« Er lächelte sie an, sein Gesicht ein Meer von Fältchen. »Du bist heute spät dran für deinen Laden.«

»Meine Assistentin kümmert sich heute um Temptation«, sagte Carlina. »Kann ich reinkommen und einen Moment mit dir sprechen, Onkel Teo?«

Er schaute sie scharf an. »Natürlich. Komm rein.«

Carlina folgte ihm ins Wohnzimmer mit dem schrecklichen braunen Sofa. Die Fenster zur Straße hin standen weit offen und ein reflektierender Strahl Sonne schien durch die Eisenstäbe. Carlina durchquerte den Raum und schloss das Fenster.

»Setz dich, Liebes.« Er hob seine sorgfältig gebügelten Hosen an den Bügelfalten mit Daumen und Zeigefinger hoch, bevor er sich hinsetzte. »Was macht dir Sorgen?«

»Opa sagte, dass Papa nicht mein Vater war.« Es war ihr egal, wie seltsam der Satz klang.

»Hmm.« Onkel Teo verengte die Augen. »Und du fragst mich, ob das stimmt?«

»Ja.« Zur ihrem Entsetzen fühlte Carlina, wie ihr Tränen in die Augen stiegen.

»Du solltest deine Mutter fragen.«

Carlina schnaufte. »Sie sagt mir nichts. Sie tut ganz verletzt und ich kann kein einziges vernünftiges Wort aus ihr herausbekommen.«

Ihr Großonkel nickte. »Ich verstehe.«

Carlina beugte sich nach vorne. »Wirst du mir die Wahrheit sagen?«

Onkel Teo blickte sie einen Augenblick an. »Du bist eine

echte Mantoni. Du brauchst dir keinerlei Sorgen zu machen.«

Carlina runzelte die Stirn. »Natürlich bin ich das. Niemand stellt infrage, wer meine Mutter ist. Es geht um Papa.«

Er runzelte die Stirn. »Aber warum hast du Zweifel? Nico hat jede Menge Sachen erfunden.« Er lachte leise. »Er hat sogar gesagt, dass ich eine Affäre mit Electra hatte.«

Carlina presste die Lippen aufeinander. »Alle seine Geschichten enthielten ein Körnchen Wahrheit.«

Onkel Teo setzte sich gerade hin. »Blödsinn.«

»Oh, doch.« Carlina nickte. »Ich meine nicht die Geschichte mit Electra, aber alles andere, was ich gehört habe … er hat immer einige Tatsachen genommen und hat sie mit allem möglichen Quatsch vermengt und das Ganze dann so serviert, dass ihm niemand mehr ein Wort geglaubt hat.«

Onkel Teos Augenbrauen senkten sich.

»Und darum möchte ich mehr wissen.« Carlina warf ihm einen kämpferischen Blick zu. »Sag es mir. Du weißt mehr. Ich weiß das genau. Tue jetzt bitte nicht so, als ob du keine Ahnung hättest.«

Onkel Teo schüttelte den Kopf. »Carlina, ich –«

»Bitte. Es macht mich ganz verrückt, dass ich nicht weiß, was ich glauben soll. Mama hat dem Inspektor gegenüber sogar behauptet, dass Papas Augen blau waren, während rund um ihn herum jede Menge Fotos hingen, auf denen deutlich zu sehen war, dass er braune Augen hatte.« Ein leicht hysterisches Kichern entfuhr ihr. »Ich habe letzte Nacht alle Bilder versteckt und das hat sich ganz furchtbar angefühlt.«

Onkel Teos Nasenflügel weiteten sich. »Also darum«, murmelte er.

»Was?« Carlina beugte sich noch weiter nach vorne. »Was meinst du?«

Onkel Teo schüttelte den Kopf. »Der Inspektor war heute früh schon hier, gerade als Benedetta zur Arbeit ging. Er hat gefragt, ob sie ihm einige Bilder von Nico geben könnte. Er hat auch einige von der Hochzeit mitgenommen und eines von deinem Vater.«

Carlina fühlte, wie ihr das Blut aus dem Gesicht wich. »Oh, nein. Was wird er jetzt nur denken?«

Onkel Teo zuckte mit den Schultern. »Es ist ganz egal, was er denkt. Er ist hier, um einen Mörder zu fangen. Alle anderen Skandale interessieren ihn nicht.«

Carlina ließ ihren Kopf in ihre Hände fallen. »Aber es

interessiert mich!« Ihre Stimme brach. »Ich möchte wissen, ob Papa mein Vater war!« Sie sagte es nicht, aber der Gedanke, dass der Mann, den sie als Vater angesehen hatte, eventuell gar nicht ihr echter Vater war, zog ihr den Boden unter den Füßen weg. »Wie kam Opa nur dazu, diese Geschichte zu erzählen? Ich kann mir einfach nicht vorstellen, dass er sie aus dem Blauen gefischt hat.«

Onkel Teo seufzte und fuhr sich mit der Hand über die Augen. »Du bist sieben Monate nach der Hochzeit deiner Eltern geboren worden.«

Carlina hob den Kopf und starrte ihn an. »Ich weiß. Ich war eine Frühgeburt.«

Onkel Teo zuckte mit den Schultern.

»Du meinst, ich … ich war es nicht? Du weißt mehr, oder?«

Ihr Großonkel blinzelte, sein Gesicht ganz ohne Emotionen. Für einen Augenblick lang sah er aus wie eine Schildkröte – undurchdringlich und weise.

Carlina beugte sich nach vorne, bis sie fast vom Sitz rutschte. »Du versteckst etwas vor mir. Was ist es?«

Onkel Teo seufzte. »Es ist nichts.«

Carlina konnte sich nur mit Mühe ruhig auf dem Sofa halten. »Also erzähle mir von dem Nichts.«

Er seufzte. »Du solltest mit deiner Mutter sprechen.«

»Aber sie sagt mir nichts!«

Onkel Teo schüttelte den Kopf. »Es ist ihre Geschichte. Sie muss es erzählen.« Er lächelte sie an, so warm, dass es sie berührt hätte, wenn sie nicht so wütend gewesen wäre. »Carlina, es ist doch ganz egal, ob er dein leiblicher Vater war. In einer echten Familie geht es nicht immer nur um Fleisch und Blut.«

Sie sprang auf. »Du willst, dass ich das glaube? Das sagst gerade du?«

Seine buschigen Augenbrauen zogen sich zusammen. »Was meinst du?«

Carlina beugte sich nach vorne, bis ihr Gesicht fast seines berührte. »Du bist der überzeugteste Patriarch, den ich kenne. Wenn es nach dir ginge, würde jeder Mantoni in dieser Straße hier leben.«

»Das stimmt nicht ganz.« Ein Lächeln erschien auf seinem faltigen Gesicht. »Ich bin zum Beispiel sehr froh, dass deine Tante Alberta in Fiesole lebt. Ich mochte ihre vorlaute Art schon nicht, als sie noch ein Kind war.«

Carlina sprang auf. »Du bist unglaublich. Ich gehe jetzt. Ich muss mich erst einmal von meiner Familie erholen.«

II

Stefano runzelte die Stirn, während er den Bericht aus dem Labor las, der Morphium-Rückstände in der Karaffe bestätigte. Eine kleine Spur war an einer Seite gefunden worden, obwohl jemand sich die Mühe gemacht hatte, sie abzuwaschen. Aber kein einziger Fingerabdruck war auf dem glatten Glas auszumachen gewesen. *Natürlich nicht.*

Stefano biss sich auf die Lippe. *Dieser Fall hat zu viele Sackgassen und die Zeit läuft mir davon.* Im Übrigen schien auch Piedro schon wieder verschwunden zu sein. *Es ist besser, wenn ich ihn aufspüre.*

Er nahm den Hörer ab und rief seinen Mitarbeiter an. Als Piedro endlich ans Telefon ging, verschwendete er keine Zeit mit Vorplänkeleien. »Wo bist du, Piedro?« Stefano lehnte sich in seinem Stuhl zurück und schaute aus dem Fenster. Das Sonnenlicht schien durch die staubigen Fensterscheiben.

»Ich bin auf dem Rückweg vom Rechtsanwalt«, sagte Piedro.

»Gut. Was hat er gesagt?«

Piedro zögerte. »Er hat viele komplizierte Worte benutzt.«

Garini unterdrückte einen Seufzer. *Ich hätte ihn nicht alleine hinschicken dürfen.* »Wenn du etwas nicht verstehst, musst du nachfragen.«

»Das habe ich getan«, Piedro klang ganz verletzt. »Und dann hat er es noch mal erklärt. Es war sehr einfach. Ich weiß wirklich nicht, warum er es erst so schwierig machte, wenn es das eigentlich gar nicht war.«

Stefano grinste. »Das liegt daran, dass sie ihre eigene Sprache verwenden.«

»Was?« Piedro klang verwirrt. »Er sprach italienisch. Also wenigstens glaube ich, dass es die meiste Zeit italienisch war.«

Garini zwang sich, die Ungeduld in seiner Stimme zu unterdrücken. »Erzähle mir nur, was dabei herausgekommen ist, Piedro.«

»Moment. Ich habe es aufgeschrieben, damit ich nicht durcheinanderkomme.« Ein Rascheln kam durch den Hörer, dann fing Piedro an zu lesen. »Nicolò Alfredo Mantoni hatte ein Sparbuch. Von diesem Sparbuch müssen die Kosten für die Beerdigung und eine Spende von fünftausend Euro an die Uffizien abgezogen werden. Der Rest wird in sieben gleiche Teile aufgesplittet und jedem Erben gegeben.« Piedro holte tief Luft.

»Haben sie dir gesagt, wie viel Geld in dem Sparbuch war?«

»Nein. Aber sie haben gesagt, dass jeder Erbe circa eintausenddreihundert Euro erhalten wird. Das hängt von den Beerdigungskosten ab.«

»Hatte er Eigentum?«

»Danach habe ich auch gefragt.« Piedro klang zufrieden. »Nein. Das Haus in der Via delle Pinzochere gehört Teodoro Mantoni.«

Verdammt. Also kein Motiv. Garini seufzte. *Man bringt jemanden nicht für eintausend Euro um, es sei denn, man ist komplett verzweifelt. Wieder eine Sackgasse.*

»Soll ich jetzt ins Revier zurückkommen?« Piedro klang, als ob er gern zurückkehren würde.

»Nein. Wir haben das heute Morgen doch besprochen. Bitte geh jetzt zum Amt und hol die Sterbeurkunde von Benedettas Ehemann.«

»Ach, ja, richtig. Das hatte ich vergessen.«

»Wenn du das getan hast, geh zum Krankenhaus, in dem er starb, und überprüfe, ob der Arzt, der die Sterbeurkunde unterzeichnet hat, immer noch dort arbeitet. Stelle ihm aber keine Fragen. Und finde heraus, ob er auch der Arzt war, der ihn behandelt hat und ob er den Fall gekannt hat. Hast du das verstanden?«

Piedro seufzte. »Ja.«

»Und wo wir gerade über Ärzte sprechen, ruf den Hausarzt der Mantoni-Familie an und frag nach, ob er am Wochenende des Mordes wirklich krank war.«

»Okay.«

»Hast du alles aufgeschrieben?«

»Ich werde es schon nicht vergessen.« Piedro klang defensiv.

Das werden wir sehen.

III

Der Inspektor brachte sein Motorrad zum Stehen und blickte zum Haus der Mantonis herüber, dankbar, dass niemand davorstand. Es würde ihm eine Menge Erklärungen sparen.

»*Buongiorno*, Stefano!« Electra öffnete die Tür weit. Heute war sie von Kopf bis Fuß in ein türkisfarbenes Gewand gehüllt, das über und über mit Pailletten bestickt war. Sie glitzerten im Licht.

»*Buongiorno*, Electra.« Stefano lächelte. »Haben Sie einen Augenblick für mich?«

»Aber natürlich!« Electra machte eine einladende Handbewegung und schloss die Tür hinter sich und dem Inspektor.

Stefano machte in dem dunklen Raum einen vorsichtigen Schritt vorwärts und fiel fast über eine schwarze Katze. »Oh, Entschuldigung.«

»Das macht nichts.« Electra ging voran. »Sie ist wie ein Blitz, immer zwischen meinen Füßen. Ich falle auch ständig über sie.«

»Hmm.« Stefano sah die Katze an. »Haben Sie je ihr Trockenfutter probiert?«

Electra drehte sich herum und starrte ihn an. »Was?«

»Ich habe gehört, dass das Trockenfutter für Katzen auch für Menschen ganz schmackhaft sein soll. Irgendwie knusprig.«

Electra schüttelte den Kopf. »Tsk, tsk. Was Ihnen als Polizist alles für Leute unterkommen … Sie tun mir leid. Es ist wirklich kaum vorstellbar, was manche für Gewohnheiten haben. Ekelhaft.« Sie strahlte ihn an. »Möchten Sie ein wenig Kamille-Pfefferminz-Tee trinken?«

»Nein, danke.« Stefano beeilte sich, das Angebot abzulehnen. »Ich hatte gerade einen Kaffee.«

»Dann setzen Sie sich ins Wohnzimmer. Ich mache mir eine Tasse und bin in einer Minute bei Ihnen.«

»Ich wäre lieber mit Ihnen in der Küche.« Die Küche hatte kein Fenster, in das man vom Mantoni-Haus aus einsehen konnte.

»Auch gut.« Electra drehte sich um und führte den Weg in die Küche. Ihr Kleid blähte sich hinter ihr auf wie eine türkisfarbene Wolke. Sie füllte den Kessel mit Wasser und setzte ihn auf den Herd. »Jetzt erzählen Sie mir, warum Sie gekommen sind. Sie wollten doch nicht mit mir über Katzenfutter sprechen, oder?«

»Nein.« Stefano lehnte sich an den Küchentisch. »Ich bin gekommen, um mich über Ihr Liebesleben von vor dreißig Jahren zu erkundigen.«

Electra explodierte in lautes Gelächter. »Ha, vergessen Sie es. Mein Liebesleben vor dreißig Jahren! Wie kommen Sie denn auf die Idee, dass mein Gedächtnis überhaupt so weit zurückreicht?«

Er lächelte. »Ich hoffe, es geht so weit zurück. Es geht um Teodoro Mantoni.«

Sie brach mitten im Lachen ab und warf ihm einen scharfen

Blick zu. »Oh.« Sie schluckte. »Verstehe.«

»Würden Sie mir davon erzählen?«

Electra drehte ihm den Rücken zu und beschäftigte sich mit der Teekanne. »Was möchten Sie wissen?«

»Hatten Sie im ersten Jahr seiner Ehe eine Affäre mit ihm?«

Sie antwortete nicht.

»Electra?«

»Wer behauptet das?« Ihre Stimme klang flach.

»Maria.«

Sie fuhr herum, ihre Augen groß. »Sie weiß davon?«

Er ließ sie nicht eine Sekunde aus den Augen. »Sie sagt, dass sie es immer gewusst hat.«

»Also deshalb …« Ihre Stimme verklang. Sie starrte ins Leere.

Er beugte sich nach vorne. »Deshalb was?«

Electra hob ihr Kinn. »Maria ist eine überzeugte Katholikin.«

»Das weiß ich.«

»Sie … sie hat einige seltsame Ansichten, was das Liebesleben eines guten Katholiken angeht.«

»Zum Beispiel, dass man nur Sex haben sollte, wenn man die Absicht hat, ein Kind zu zeugen?«

Electra gab ihm einen scharfen Blick. »Also das wissen Sie, ja?«

»Ja, obwohl ich kein guter Katholik bin.«

Electra lächelte. »Es war hart für Teodoro.« Sie holte tief Luft. »Ich schäme mich immer noch dafür. Aber damals war ich nicht stark genug, um der Versuchung zu widerstehen.«

»Wie hörte es auf?«

Sie hob beide Hände. »Eines Tages kam Teodoro und teilte mir mit, dass es ein Ende haben müsse. Er sagte, dass Maria sich gewandelt hatte und dass die Dinge besser liefen. Dann hatten sie all diese Kinder, also dachte ich mir, dass alles gut war.«

»Sind Sie Freunde geblieben?«

»Oh, nein.« Electra schüttelte den Kopf. »Er meidet mich, wann immer er kann. Zuerst wollte ich wegziehen aber dann … man muss mit seinen Fehlern leben, verstehen Sie.«

Stefano holte tief Luft. *Eine Sache ist aufgeklärt. Aber bietet eine dreißig Jahre zurückliegende Affäre ein Motiv für einen Mord? Ich glaube nicht.* Er schüttelte den Kopf und stand auf. »Vielen Dank.«

Electra sah ihn besorgt an. »Sie werden es nicht weitersagen, oder?«

»Nein, es sei denn, es wird im Verlauf der Untersuchung notwendig.«

Electra rollte die Augen. »Natürlich.«

IV

Als Carlina bei Temptation ankam, war Elena tief im Verkaufsgespräch mit einer Frau, die von Kopf bis Fuß in Designerklamotten gehüllt war. Carlina winkte ihrer Assistentin zu und setzte sich an ihren Computer. Anders als die meisten Ladenbesitzer hatte sie ihr winziges Büro direkt neben die Kasse vorne an den Eingang gesetzt. Das zwang sie nicht nur, immer alles gut zu sortieren, sondern ermöglichte ihr auch, mit ihrer Arbeit fortzufahren, wenn sie alleine im Geschäft war. Sie konnte von ihrem Barhocker aus die Straße sehen und Bekannten zuwinken. Der Tag war warm, also öffnete sie die Tür weit, um die frische Luft hereinzulassen. *Ich liebe den Herbst. Nicht zu heiß, nicht zu kalt und alles so warm, so intensiv, so reich.*

Normalerweise war sie glücklich, wenn sie einfach nur dort saß, in dem Zentrum ihres Universums, in dem Wissen, dass sie alles unter Kontrolle hatte.

Aber heute war es anders. Sie versuchte, sich auf ihre Arbeit zu konzentrieren und die Bestellung für die nächste Saison zusammenzustellen, aber ihre Gedanken schweiften ständig ab. Wie konnte sie an Spitze und Perlen denken, wenn ihr ganzes Dasein infrage gestellt wurde? Sie war immer ein echtes Papakind gewesen. Die Verbindung zu ihm war stark, und der Gedanke, dass er vielleicht nicht ihr leiblicher Vater war, gab ihr das Gefühl, ohne Verankerung zu sein, als ob die Taue gekappt worden seien. Nun trieb sie ab, keine Ahnung, wo sie herkam und wohin sie wollte. Sie bewegte ihre Schultern im Kreis, um die Anspannung in ihnen zu lösen. »Das ist alles Quatsch«, sagte sie leise und schob den Katalog zur Seite. Ohne sich bewusst dafür zu entscheiden, wendete sie sich zum Computer und öffnete die Suchmaschine. Sie gab »genetisch bedingte Augenfarbe« in das Suchfeld ein und war Sekunden später in einen Artikel vertieft.

Sie hörte noch nicht einmal, wie die Kundin den Laden verließ, aber Elena schaffte es, ihre Aufmerksamkeit zu erhalten, indem sie sie mit dem Finger in die Seite stieß. »Stimmt es, was die Leute sagen?«

Carlina riss sich von dem Artikel los. »Was?«

»Dein Opa ist ermordet worden?« Elenas große Augen waren mit schwarzem Eyeliner umrandet.

Carlina beeilte sich, den Artikel zu schließen, sodass der Bildschirm sie nicht verraten konnte. »Ja.«

»Es heißt, dass er erstochen wurde und dass man das blutgetränkte Messer in deiner Wohnung fand.« Elena hob beide Hände, die mit dicken silbernen Ringen beschwert waren.

»Wie bitte?« Carlina blinzelte. »Wer behauptet denn so was?«

»*Signora* Barberini.«

»*Signora* Barberini?« Carlina schüttelte den Kopf. Sie wusste, dass ihre furchterregende Vermieterin gern tratschte, aber sie konnte sich nicht vorstellen, dass sie so wilde Geschichten erzählte.

»Doch.« Elena nickte. »Sie kam heute Morgen hier angesegelt wie ein Kriegsschiff und –«

Auf einmal wollte Carlina kein weiteres Wort mehr hören. »*Signorina* Barberini sollte besser aufhören, sich verrückte Geschichten auszudenken.« Carlina sprang auf. »Das ist kompletter Blödsinn. Soweit wir wissen, wurde mein Großvater vergiftet.«

»Oh.« Elena schüttelte ihr hellblond gefärbtes Haar. »Kein Messer?«

»Nein.« Carlina ging zum Schaufenster. »Ich möchte wirklich nicht mehr über den Mord sprechen. Wie war dein Wochenende?« Sie wusste, dass es kein eleganter Themenwechsel war, aber ihr fiel gerade nichts Besseres ein. Außerdem liebte Elena es, von ihrer Freizeit zu erzählen. Carlina hob die Schaufensterpuppe und schob sie zur Seite. Es war an der Zeit, ihr endlich die braunen Nylonstrümpfe anzuziehen.

Ihre Assistentin sah sie einen Augenblick schweigend an, dann zuckte sie mit den Schultern und ging zum Lagerraum. »Mein Wochenende war super«, sagte sie. »Wir sind beim Rio Grande gewesen. Warst du da schon einmal?«

»Nein.« Carlina öffnete die Verpackung, die die Nylons enthielt, und zog den zarten Stoff vorsichtig aus der Tüte. *Wie seidig sie sich anfühlen.*

»Es ist die größte Disco, in der ich je war. Sie haben vier Tanzflächen auf verschiedenen Ebenen.«

Carlina konnte an dem Geräusch des Messers, das durch

Pappe schnitt, hören, dass Elena sich darangemacht hatte, die Kartons der letzten Lieferung zu öffnen, die in dem kleinen Lagerraum standen.

»Wow«, sagte Carlina. »Wo ist das Rio Grande?«

»Es ist direkt neben dem Ippodromo, bei –« Elena brach ab und schrie.

Carlina ließ die Nylonstrümpfe fallen und rannte in den hinteren Teil des Geschäftes. »Was ist los?«

Elena beugte sich über den Karton. Ihre Hose war so tief geschnitten, dass Carlina ihren String Tanga sehen konnte. Über dem Tanga dekorierten zwei verschnörkelte Tattoos Elenas Hüften.

»Was. Ist. Das?« Elena hielt einen hautfarbenen BH hoch. Er war wie ein Sattel gepolstert und groß genug, sodass sie ihn dreimal um ihren schlanken Körper schlingen konnte. »Sag mir bitte nicht, dass du das bestellt hast. Da muss irgendetwas falsch gelaufen sein.«

Carlina wischte sich die schweißnassen Hände an der Jeans ab. »Gott, hast du mich erschreckt. Meine Nerven sind zurzeit nicht gerade belastbar …«

Elena drehte sich in Zeitlupe zu ihr herum. »Du hast diese … diese Scheußlichkeit bestellt?« Der Ring in ihrer Nase zitterte.

Carlina nickte. »Es ist für *signora* Barberini.«

»*Signora* Barberini? Ach das war die Bestellung, nach der sie heute Morgen gefragt hat! Aber seit wann ist sie eine Kundin?«

Carlina grinste. »Seitdem sie durch diese Tür kam und mir sagte, dass ihr altes Fachhandelsgeschäft durch eine Supermarktkette ersetzt worden ist und dass sie keine Ahnung hat, wo sie in Zukunft ihre BHs kaufen soll.«

»Ihre BHs …« Elena hob das Kleidungsstück in die Höhe und rümpfte die Nase. »Ihre Ritterrüstung, meinst du wohl.«

Es sah in der Tat ein wenig danach aus, wenn man ihn direkt vor Elenas dünnem Körper und ihrem pinkfarbenen T-Shirt sah. Carlina lachte. »*Signora* Barberini mag sie, darauf kommt es an.«

Elena ließ den BH fallen und durchwühlte die Kiste. Dann drehte sie den Kopf und schaute Carlina entsetzt an. »Aber du hast ja eine ganze Schachtel gekauft!«

»Ich weiß.« Carlina nahm den fallen gelassenen BH hoch, legte ihn zusammen und platzierte ihn in ein Regal rechts neben sich. »Es ist ein neuer Lieferant und sie bestanden auf einer Mindestmenge.«

Elenas starrte ihre Chefin entgeistert an. »Aber was um Himmels willen willst du jetzt damit tun? Es müssen mindestens zehn Stück sein!«

»Zwölf.« Carlina beugte sich über den Karton und zählte sie. »Und ob du es glaubst oder nicht, sie sind schon verkauft. Alle zwölf.«

»Niemals.«

»Doch. Zehn, elf, zwölf. Alle da.« Carlina richtete sich auf, kreuzte die Arme vor der Brust und lehnte sich an den Türrahmen ihres kleinen Lagerraums. »Ich habe *signora* Barberini gesagt, dass wir die Mindestmenge erreichen müssen und darum hat sie alle ihre Freundinnen gebeten, auch zu bestellen.« Sie lachte ihre Assistentin an.

Elena blinzelte. »Ich kann mir nicht vorstellen, dass sie das getan hat.«

»Oh, doch, denn sie bekommt eine Provision.«

»Was? *Signora* Barberini arbeitet als Vertreterin?« Elena schüttelte den Kopf. »Du musst sie verhext haben.«

Carlina nickte und breitete ihre Arme aus. »Genau. Das bin ich. Die Unterwäschen-Hexe aus der Via Tornabuoni.«

Sie lachten beide.

Elena schaute sich den riesigen BH noch einmal an. »Weißt du, ich frage mich gerade …« Sie runzelte die Stirn. »Vielleicht würde einer von diesen auch meiner Mutter gefallen.«

Carlina runzelte die Stirn. »Aber würde sie im Bett nicht lieber etwas Bequemeres anziehen?«

Elena schüttelte den Kopf. »Sie besteht darauf, immer diese Art von BH zu tragen, selbst, wenn sie den ganzen Tag nicht aus dem Bett kommt.«

»Geht es ihr immer noch so schlecht? Als ich sie letzte Woche gesehen habe, dachte ich, es wird langsam besser.«

Elena seufzte. »Nein. Ich habe das Gefühl, dass sie heimlich ihre Morphium-Dosis erhöht hat.«

Carlinas Mund wurde trocken. »Morphium?«

»Ja. Ich weiß ganz genau, dass ich genug gekauft habe, um die ganze Woche auszukommen, aber sie hat mir gestern gesagt, dass keines mehr da ist.«

Carlina fühlte, wie ihre Beine schwach wurden. »Elena.«

»Ich glaube, es ist besser, wenn wir diese BHs in das Regal mit der vorbestellten Ware legen, meinst du nicht?« Elena nahm die Schachteln in den Arm.

Carlina räusperte sich. »Wann hast du das Morphium für

deine Mutter gekauft?«

»Was?« Elena schaute hoch. »Dienstag. Wir sind zum Andromeda Club gegangen und ich erinnere mich, dass ich noch zur Apotheke ging, bevor –« Sie brach ab. »Warum siehst du aus wie der aufgewärmte Tod?«

Carlina wurde schlecht. »Ich habe deine Mutter am Dienstag gesehen.«

»Ja, ich weiß. Deine Mutter kam an dem gleichen Tag, wusstest du das?«

»Was?« Der Fußboden schien sich unter Carlinas Füßen zu bewegen.

»Ihr müsst einander um ein paar Minuten verpasst haben.«

»Elena, würdest du –« Carlina schluckte. »Meinst du, du könntest dies für dich behalten, bis –«

»Ich habe jedes Wort gehört.« Die Stimme des Inspektors ertönte direkt hinter ihr.

Carlina schrie auf und fuhr herum.

Elena ließ alle Verpackungen fallen.

»Wie können Sie es wagen, uns so zu erschrecken?« Carlina wollte sein spöttisches Gesicht am liebsten ohrfeigen. »Wie kommen Sie dazu, sich hier anzuschleichen und zu lauschen?« Er schien heute größer zu sein und bedrohlicher als je zuvor. Seine schwarze Lederjacke war offen und zeigte ein weißes T-Shirt, das sich über seiner Brust spannte.

»Ich habe mich nicht angeschlichen.« Garinis Gesicht blieb wie immer bewegungslos. »Ich stand genau vor der Tür, als ihre Assistentin schrie. Keine von ihnen hat gehört, dass ich hereingekommen bin. Warum haben Sie keine Ladenklingel?«

»Ich brauche keine. Normalerweise. Sagen Sie bloß nicht, dass Sie versucht haben, unsere Aufmerksamkeit zu erregen!« Carlina verengte die Augen. »Das würde ich nicht glauben.«

Er sah sie kühl an. »Das tat ich nicht.«

»Wer sind Sie?« Elena starrte Garini an.

»Inspektor Stefano Garini von der Mordkommission.«

Elenas Blick ging zwischen Stefano und Carlina hin und her. »Sind Sie … kennt ihr euch schon lange?«

»Zu lange.« Die Worte entschlüpften Carlina, bevor sie sie einfangen konnte.

»Dürfte ich Ihren Namen wissen?« Garini schaute Elena an.

»Elena Certini.«

»Wären Sie bereit, die Aussagen, die Sie eben getroffen haben, vor Gericht zu wiederholen?«

Elenas Augen weiteten sich. »Was? Was habe ich denn gesagt?«

»Sie haben erwähnt, dass eine gewisse Menge Morphium aus Ihrem Haus verschwunden ist und dass mehrere Personen, die eng mit dem Mordfall, den wir gerade untersuchen, verbunden sind, Zugang dazu hatten.«

Elena schaute Carlina an und hob beide Hände mit den Handflächen nach oben. Ihr Gesicht war eine einzige Frage.

»Natürlich würde sie das tun.« Carlina fühlte sich, als ob ihr jemand die Luft aus der Kehle herauspressen würde.

»Ich habe nicht Sie gefragt.« Garini sagte es völlig ohne Betonung.

»Ja.« Elena zuckte mit den Schultern.

»Würden Sie mir bitte die Adresse und den Namen Ihrer Mutter geben?«

Elena richtete sich auf. »Meine Mutter hat nichts damit zu tun. Sie ist krank und darf nicht aufgeregt werden.«

»*Signorina* Certini, ich versuche einen Mörder zu überführen. Falls das Morphium aus dem Haus Ihrer Mutter entwendet wurde, können wir wertvolle Hinweise von ihr erhalten.«

Carlina seufzte. »Gib ihm die Adresse, Elena. Er wird sie eh herausfinden.«

Elena schluckte. »Aber –«

Garini unterbrach sie. »Ich verspreche, sie nicht mehr als unbedingt nötig zu belasten.«

»Na gut. Ich schreibe sie Ihnen auf.« Elena ging zum Tresen am Eingang des Geschäftes und holte ein Stück Papier.

Garinis Blick konzentrierte sich auf Carlina und wurde hart. »Ich möchte Sie zur Polizeistation mitnehmen.«

Carlinas Herz hörte für zwei schmerzvolle Sekunden lang auf zu schlagen. »Ich … nehmen Sie mich fest?«

»Nein.« Garini sah aus, als ob er gern ja gesagt hätte.

Ihr Magen verkrampfte sich. »Muss ich mitkommen?«

Sein kühler Blick schien Maß zu nehmen. »Nein. So lange nicht, bis ich einen Haftbefehl habe.«

Die Worte klangen so schrecklich, dass Carlina sich an dem Regal neben ihr festhalten musste.

»Hier ist die Adresse meiner Mutter.« Elena kam zurück und gab Garini das Stück Papier.

»Danke.« Er wendete sich wieder an Carlina. »Nun, *signorina* Ashley? Sind Sie bereit, mit der Polizei zusammenzuarbeiten?«

Carlina biss die Zähne zusammen. »Wie lange werde ich weg sein?«

»Das kann ich Ihnen nicht sagen. Kommt drauf an.«

Sie traute sich nicht zu fragen, worauf es ankam, und holte tief Luft. »Elena, meinst du, du kannst hier eine Weile alleine die Stellung halten?«

»Na klar.« Elenas Lächeln war eine kuriose Mischung aus Tapferkeit und Neugierde.

Falsche Antwort, mein Mädchen. Carlina zwang sich zu einem Lächeln und folgte Garini aus dem Laden. Sie fühlte sich, als ob sie direkt zur Exekution geführt wurde. *Aber lieber ich als Mama. Ich muss mit ihr sprechen.*

»Setzen Sie Ihren Helm auf«, sagte er. »Ich werde Sie auf meinem Motorrad mitnehmen.«

Carlina ging zu ihrer Vespa und holte ihren Helm.

Er hob die Augenbrauen, als er den Helm sah. »Hat alles in Ihrem Leben ein Leopardenmuster?«

»Das geht Sie nichts an.«

Er antwortete nicht und führte sie stattdessen zu seinem schwarzen Motorrad, das auf dem Bürgersteig stand.

»Hier ist striktes Halteverbot«, sagte Carlina.

Er stieg auf das Motorrad und startete den Motor. »Setzen Sie sich hinter mich und halten Sie sich fest.« Es klang, als ob er mit zusammengepressten Zähnen sprechen würde.

Im Vergleich zu ihrer schmalen Vespa fühlte sich das Motorrad wie ein Sofa an. Carlina duckte sich hinter seinen Rücken und widerstand der Versuchung, ihren Kopf gegen ihn zu lehnen. Er fuhr schnell und sie war gezwungen, sich stärker an ihn zu klammern, als sie wollte. Es war zu nahe, zu intim. *Ich hätte darauf bestehen sollen, ein Taxi zu nehmen.*

Fünf Minuten später verstärkten hohen Häuser auf beiden Seiten das Röhren des Motors. Garini wurde langsamer, machte eine starke Linkskurve und blieb an einem Parkplatz stehen, auf dem vier schwarze Motorräder und ein Polizeiauto parkten. Carlina sah die schwarzen Gitterstäbe hinten in dem Auto und wendete die Augen ab. *Hoffentlich hat er mich nicht angelogen. Was tue ich bloß, wenn er mich festnehmen will? Was wird aus Temptation werden?*

Als sie neben ihm stand, hielt er ihr seine Hand hin. »Ihren Helm, bitte.«

Ohne ein Wort reichte sie ihm den Helm und er verstaute ihn in der Aufbewahrungsbox. Als er sie verschlossen hatte, führte er den Weg zum Hintereingang der Polizeistation.

Sie kamen in einen freudlosen Raum, der nach Staub und Angst roch. Garini zog die schwere Metalltür hinter sich zu und verschloss sie mit einem Schlüssel.

Das Geräusch brachte ihren Magen zum Zittern. Glaubte er, dass sie die Flucht ergreifen würde? Sie biss die Zähne zusammen und sah sich um. Drei alte Metallstühle und ein hölzerner Tisch standen im Raum, sonst nichts. Die Fenster hatten dicke Eisenbalken. Ein krank aussehender, hellgrüner Farbton bedeckte die schmuddeligen Wände.

»Setzen Sie sich.«

Carlina setzte sich. Ein ängstliches Zittern durchlief sie.

Er wählte einen Stuhl auf der anderen Seite des Tisches und schaute sie mit seinen hellen Augen an, als ob er ihre Seele durchröntgen wolle.

Carlina biss die Zähne zusammen und begegnete seinem Blick ohne mit der Wimper zu zuckten. Sie fühlte, wie ihr der kalte Schweiß ausbrach und zwischen ihren Schulterblättern herablief.

Er zog ein Stück Papier aus der Tasche und faltete es auseinander. »Dieses Schriftstück informiert Sie über Ihre Rechte. Bitte lesen und unterschreiben Sie es.« Er schob es über den Tisch.

Carlina nahm es und versuchte, die Worte zu verstehen. Sie hatte Schwierigkeiten, ihr vor Angst festgefrorenes Hirn dazu zu bringen, sich auf irgendetwas zu konzentrieren, aber nachdem sie es dreimal durchgelesen hatte, hatte sie die groben Fakten verstanden. Da stand, dass alles, was sie sagte, bei einer Gerichtsverhandlung gegen sie verwendet werden konnte und dass sie das Recht hatte, einen Anwalt zu nehmen, bevor sie befragt wurde. »Ich brauche keinen Anwalt.«

»Wir können Ihnen einen zur Verfügung stellen, aber Sie können sich auch entscheiden, ohne seine Gegenwart auszusagen.«

Sie sah ihn an. Er hatte noch nie so grimmig ausgesehen. *Ich werde hier nie wieder herauskommen.* »Fangen Sie mit Ihren Fragen an.« Sie warf die Worte wie eine Herausforderung auf den Tisch. »Wenn ich sie als unangenehm erachte, werde ich aufhören zu antworten.«

»Sie müssen erst unterschreiben.«

Sie hielt ihre Hand auf. »Geben Sie mir einen Stift.« *Nicht nötig, zu diesem Kerl höflich zu sein.*

Er fischte einen schwarzen Kugelschreiber aus seiner Jackentasche und schob ihn ihr zu.

Der Stift war warm von seinem Körper. *Ich wünschte, er würde mich mögen.* Carlinas Mund wurde trocken. *Wo war denn dieser verrückte Gedanke hergekommen?* Ohne ein Wort unterschrieb sie das Papier. Dann hob sie den Kopf. »Fangen Sie an.«

Er nahm das Aufnahmegerät aus der Jacke. »Sind Sie damit einverstanden, dass wir diese Unterhaltung aufzeichnen?«

Irgendwann werde ihm dieses Teil an den Kopf werfen. »Ja.« Carlina funkelte ihn böse an. »Sind wir mit den Vorbereitungen jetzt endlich durch oder müssen wir uns noch auf eine Million andere Dinge einigen?«

»Wir sind durch.«

»Dann fangen Sie an.« Sie presste die Worte zwischen ihren zusammengepressten Zähnen hindurch.

Sein Gesicht war wie eine Maske. »Bitte erzählen Sie mir von Ihrer Assistentin, die in Ihrem Ladengeschäft arbeitet.«

»Ihr Name ist Elena Certini.« Carlina legte eine Hand auf den Tisch. Er fühlte sich schmierig an. Sie zog eine Grimasse und ließ beide Hände in ihren Schoß fallen.

»Wie lange arbeitet sie schon für Sie?«

»Sechs Monate.«

»Kannten Sie einander, bevor sie bei Ihnen anfing?«

Es fühlte sich wie ein Tennisspiel an, bei dem man jedem Ball hinterherrennen musste. »Ich hatte sie vorher einige Male gesehen. Unsere Mütter sind miteinander befreundet.«

»Natürlich.«

Er sagte es so leise, dass sie nicht sicher war, ob sie sich die ironische Antwort eingebildet hatte.

»Aber wir kommen sehr gut miteinander aus.« Carlina hatte das Gefühl, dass sie die Wahl ihrer Assistentin verteidigen musste.

»Seit wann kennen Sie die Mutter?«

Carlina zuckte mit den Schultern. »Ich kenne sie schon seit Jahren, aber nicht sehr gut. Wie gesagt, sie ist eine Freundin meiner Mutter.«

»Besuchen Sie sie häufiger?«

Verdammt. Jetzt ging es los. »Ich … nein.« Carlinas Hände fingen an zu zittern und sie drückte sie in ihrem Schoß zusammen.

»Warum haben Sie sie letzte Woche besucht?«

»Weil sie Krebs hat.« *Seine Mutter ist an Krebs gestorben.*

Denkt er jetzt an sie? »Elena hat mir erzählt, dass ihre Mutter sich langweilt«, fügte sie hinzu.

»Also haben Sie sich entschieden, sie zu besuchen?« Er sagte es so, als ob es eine bösartige Tat gewesen sei.

»Ich habe mich entschieden, sie zu besuchen, weil Elena mich darum gebeten hat.« *Auch wenn Sie das nicht glauben, Herr Polizist.* »Elena hat ihrer Mutter von Temptation erzählt und –«

»Wovon?«

»Von meinem Geschäft.«

»Fahren Sie fort.«

Carlina holte tief Luft. »Sie hat ihrer Mutter viel von ihrer Arbeit und mir erzählt und so kam sie auf die Idee, dass ihre Mutter von ihrer Krankheit abgelenkt werden könnte, wenn ich mal einen Abend auf einen Wein vorbeikommen würde.«

»Also sind Sie hingegangen.«

»Ja.« Carlina hob ihr Kinn. *Ist das irgendwie falsch gewesen, Garini?*

»Wo hebt *signora* Certini ihre Medizin auf?«

Carlina biss sich auf die Lippe. Wenn ich bloß sagen könnte, dass ich keine Ahnung habe. »Ich glaube, sie hat sie auf dem Seitentisch neben dem Bett.«

»Sie glauben das?«

»Ja.«

»Warum?« Das Wort schoss wie eine Kugel auf sie zu.

Es tat weh. *Gestern, als ich ihm meine Geschichte erzählte, war er ganz anders. Vielleicht ist das Teil der Verhörungstaktik, dass man den Verdächtigen auf eine Art emotionale Achterbahn schickt.* Carlina schluckte.

»*Signorina* Ashley? Haben Sie meine Frage gehört?«

»Ja.« Carlina warf ihm einen dunklen Blick zu. »Ich habe gesehen, dass Elena eine Tablette vom Seitentisch nahm und sie ihrer Mutter gab.«

»Haben Sie gesehen, was es genau war?«

»Nein.«

»Nein?« Seine Stimme klang ironisch.

»Nein.« *Verdammter Kerl!*

Er betrachtete sie einen Augenblick ohne einen Ton zu sagen. »Es ist Ihnen klar, dass Sie die Hauptverdächtige an dem Mord Ihres Großvaters sind, oder?«

»Was?« Carlina sprang auf. »Ich habe meinen Opa nicht umgebracht!«

»Setzen Sie sich, *signorina* Ashley.« Er klang gelangweilt.

Carlina verkrampfte ihre zitternden Hände ineinander und setzte sich wieder. *Ich hätte doch den Anwalt rufen sollen.* »Warum?« Sie beugte sich nach vorne. »Warum glauben Sie, dass ich ihn ermordet habe?«

Der Inspektor hob seine rechte Hand und fing an, an seinen Fingern abzuzählen. »Sie hatten die Möglichkeit. Kurz vor dem Mord hatten Sie Zugang zu Morphium. Sie konnten außerdem jederzeit in die Wohnung Ihres Großvaters gehen.« Er ließ sie keine Sekunde aus den Augen. »Es gibt ein Motiv. Ihr Großvater belästigte Sie mit Geschichten aus Ihrer Vergangenheit und unterstellte, dass Sie nicht das leibliche Kind von dem Mann sind, den Sie für Ihren Vater halten. Und den Sie verehren.«

»Woher wissen Sie, dass ich ihn verehre?« Carlina war schlecht.

»Ich habe Augen im Kopf, *signorina* Ashley.« Seine Stimme war hart wie Granit. Er hob den nächsten Finger. »Und der Tatort spricht für Sie als Täterin. Sie waren zuerst bei der Leiche und haben es geschafft, alles durcheinanderzubringen.«

»Aber –«

Er unterbrach sie und zählte am vierten Finger ab: »Ein weiterer Punkt: Ihr generelles Verhalten. Sie haben uns in Bezug auf den Todeszeitpunkt angelogen. Sie haben alles in Ihrer Macht Stehende getan, um einen unerfahrenen Arzt dazu zu bringen, die Sterbeurkunde zu unterzeichnen und die Untersuchung gar nicht erst auf den Weg zu bringen.«

Carlina versuchte zu schlucken, aber ihre Kehle war zu eng. »Ich habe Ihnen gesagt warum.«

»Ich habe mir Ihre Gründe notiert.« Der Inspektor neigte den Kopf.

Er glaubt mir kein Wort.

Der Inspektor hob seine Hand erneut und zählte noch einen Punkt auf. »Beeinflussung von Zeugen. Sie haben versucht, Ihre Assistentin dazu zu bringen, dass sie Ihren möglichen Zugang zum Morphium nicht weitersagt.«

»Aber doch nur, bis ich mit Ihnen gesprochen hatte!« *Und Mama.*

Seine Augenbraue zuckte auf diese ironische Art, die sie jetzt schon hasste. »Ach ja?«

Carlina fühlte, wie ihr die Tränen in die Augen stiegen. *Ich werde vor diesem Monster nicht heulen.* Sie senkte den Kopf und konzentrierte sich auf ihre verkrampften Hände. »Werden

Sie mich jetzt festnehmen?«

»Nein.«

»Warum nicht?«

Er antwortete nicht.

Sie hob den Kopf. »Werden Sie jetzt ein Katz-und-Maus-Spiel mit mir spielen?«

Sein Gesicht war unergründlich. »Nein.«

Heiße Wut erfüllte sie. »Was genau versuchen Sie eigentlich, mir zu sagen, Inspektor?«

Er beugte sich nach vorne. »Ist Ihnen schon einmal eingefallen, dass ziemlich viele der Punkte, die ich erwähnte, auch für den Rest Ihrer Familie gelten?«

Carlina schnappte nach Luft. »Meine Mutter hat es nicht getan!«

Er verengte die Augen. »Warum denken Sie sofort an Ihre Mutter?«

Sie fühlte, wie ihr das Blut heiß ins Gesicht schoss.»Ich werde kein weiteres Wort sagen!«

Er legte den Kopf zur anderen Seite. »Was ist mit Ihrer Cousine Emma? Sie hat Sie in eine ganz schön unangenehme Situation gebracht, oder?«

»Emma war es nicht!«

»Nein? Hat sie ihren Großvater so sehr geliebt?« Seine Stimme klang zu sanft.

Verdammt sei er, verdammt, verdammt. Carlina biss die Zähne zusammen. *Antworte ihm nicht, Carlina.*

Er lehnte sich zurück und klopfte mit den Fingern auf den Tisch. »Sagen Sie mir noch eine Sache, *signorina* Ashley.«

Sie warf ihm ihren bösesten Blick zu und wartete.

»Warum mochten Sie Ihren Großvater?«

»Was?«

»Warum mochten Sie ihn?« Er beugte sich nach vorne. »Nach allem, was ich gehört habe, hat er großes Vergnügen daran gefunden, das Leben seiner Mitmenschen zu erschweren.«

»Dann sind Sie falsch informiert worden.« Carlina überkreuzte die Arme vor der Brust. »So war er nicht.«

»Nein?« Der Inspektor hob die Augenbrauen. »Ist es eine charmante Angewohnheit, die dunklen Erinnerungen der Vergangenheit hervorzuzerren, wenn die ganze Familie anwesend ist?«

Carlina schüttelte den Kopf. »Das war nur die letzte Phase.«

»Was ist mit den anderen Phasen?«

Sie lächelte ein wenig. »Es war nicht immer einfach, mit ihm zu leben, aber wenigstens war es nie langweilig.«

»Hmm.« Seine hellen Augen schienen sie zu prüfen. »Haben Sie ihn bewundert?«

Carlina hob ihr Kinn. »Ja, das habe ich. Er war ein Mann voller Leidenschaft. Was immer er auch tat, er tat es zu einhundert Prozent.«

Er verengte seine Augen. »Ein typischer Zug eines Fanatikers.«

Sie zuckte mit den Achseln. »Na und? Er traute sich, aus der Menge herauszustechen. Er tat nicht das, was die Leute von ihm erwartet haben. Er tat das, was er für richtig hielt.«

»Ein Rebell also?«

Wieder zuckte sie mit den Achseln. »Vielleicht. Jedenfalls ein Mann mit Mut. Ein Mann, der in der Lage war, über seine Fehler zu lachen. Ein Mann, der einem sagte, was er dachte, auch wenn es einem nicht gefiel.« *Ein Mann wie Sie.* Der Gedanke kam aus dem Nirgendwo. Carlina zuckte zusammen und schloss hastig ihren Mund.

Der Inspektor sah sie nachdenklich an. Dann sagte er: »Ich frage mich, warum niemand Nicos schlechte Taten aus der Vergangenheit ans Licht zerrte und ihn im Gegenzug damit konfrontierte.«

Sie seufzte. »Ich habe es einmal getan. Als er mir sagte, dass ich nie heiraten würde, sagte ich, dass von mir zumindest niemand behaupten könnte, dass ich den Familienhund in einen Pfannkuchen verwandelt habe.«

Garini blinzelte. »Hat er das getan?«

»Er behauptete, dass es ein Versehen war. Sehen Sie, wir waren auf einer Gartenparty in Fiesole, in der Villa, in der Angela und Marco jetzt leben, und Opa fing an, auf der alten Kinderschaukel zu schaukeln. Er war nie sehr sportlich, aber an diesem Tag wollte er uns beeindrucken, also sprang er von der Schaukel.« Carlina kicherte. »Unglücklicherweise hat Agathas alter Dackel just diesen Augenblick gewählt, um an der Schaukel vorbeizuwatscheln und Opa ist auf dem Hund gelandet.«

»Nein.«

Carlina lachte los. »Doch. Alberta drohte, ihn umzubringen und –« Sie erstarrte. »Das meinte sie natürlich nicht so.«

»Natürlich.«

»Der Hund hat überlebt und lebte noch glücklich und gesund für eine Ewigkeit.« Carlina funkelte ihn an. »Es ist vor acht

Jahren oder mehr passiert. Es ist eine uralte Geschichte und sie ist absolut unwichtig.«

Er schaute sie auf eine Art und Weise an, die ihr das Gefühl gab, dass er in die dunkelsten Ecken ihrer Seele blickte. »Wer war Ihrem Großvater am nächsten?«

Carlina legte ihren Kopf in den Nacken, während sie darüber nachdachte. »Außer Onkel Teo? Das war vermutlich ich. Ich bin oft bei ihm vorbeigegangen, wenn ich von Temptation nach Hause kam und wir haben zusammen eine Tasse Tee getrunken.«

»Und ein wenig Katzenfutter gesnackt.«

»Nein, Pfefferminzbonbons.« Sie stoppte mitten im Satz. »Ist die Tatsache, dass ich ihm nahe war, ein weiterer Beweis dafür, dass ich ihn umgebracht haben soll?«

Er zuckte nicht mit der Wimper. »Achtundneunzig Prozent aller Morde werden von den allernächsten Familienmitgliedern verübt.«

»Ich habe mir schon gedacht, dass Sie so etwas sagen würden.« Ihre Stimme klang bitter.

Er lächelte.

Carlina blinzelte. »Wie können Sie denn jetzt lächeln?«

»Sollte ich es nicht tun?« Das Lächeln saß immer noch in einem seiner Mundwinkel.

»Nein.«

Er hob die Augenbrauen. »Warum nicht?«

»Es passt nicht zu Ihrem Charakter.«

Das Lächeln verschwand. »Verstehe.«

Vor der verschlossenen Tür ging jemand mit schwerem Schritt vorbei.

Die Stille zwischen ihnen war so dick, dass Carlina kaum atmen konnte.

»Wer hat Ihren Großvater umgebracht?« Sein emotionsloses Gesicht war zurück.

Carlina schüttelte den Kopf. »Ich habe keine Ahnung.«

»Denken Sie doch mal nach«, sagte er. »Sie kennen Ihre Familie am besten. Sie wissen, dass es nicht richtig ist, einen Menschen zu töten. Sie behaupten, dass Sie Ihren Großvater geliebt haben. Er hat es nicht verdient, auf diese Art und Weise zum Schweigen gebracht zu werden. Denken Sie nach!« Er beugte sich nach vorne. »Wer könnte es getan haben? Erzählen Sie mir jetzt bitte nicht, dass ihn alle wie verrückt lieb hatten.«

Sie schluckte. »Natürlich nicht. Ich sage ja gar nicht, dass sie alle Engel sind.« Ein flüchtiges Lächeln erhellte ihr Gesicht.

»Sie sind es nicht.« Sie schaute ihn an. »Aber Mord? Ich kann mir bei keinem Einzigen vorstellen, dass er oder sie es tun würde. Nachts, wenn ich nicht schlafen kann, denke ich darüber nach. Aber es ist unmöglich, es kann niemand aus meiner Familie gewesen sein. Ich hoffe die ganze Zeit, dass das alles ein Irrtum ist. Dass er doch eines natürlichen Todes gestorben ist, oder er selbst versehentlich zu viel des Schmerzmittels genommen hat.«

»Ihr Großvater hat keine Medikamente genommen.«

»Ich weiß.«

»Noch einmal, *signorina* Ashley, denken Sie nach. Wer könnte es getan haben? Sie müssen doch wenigstens den Hauch einer Idee haben.«

Carlina schluckte. Bilder drehten sich in ihrem Kopf. Emmas Gesicht, verzerrt vor Wut. Ihre Mutter, die sich weigerte, Details aus ihrer Vergangenheit zu erzählen. Onkel Teo, undurchdringlich. Sie schob sie alle weg. »Nein.« Ihre Stimme klang flach. »Ich habe keine Ahnung, wer ihn umgebracht hat.«

Er nickte ganz langsam, als ob er über ihre Antwort nachdenken würde. Dann stand er auf. »Danke.«

»Es war mir ein Vergnügen.«

Er lächelte wieder, ein wissendes Lächeln, ein Lächeln, das ihr sagte, dass er die Ironie sehr wohl verstanden hatte und sie amüsant fand.

Was für ein seltsamer Mann.

Er zog eine Karte aus seiner Jacke und hielt sie ihr hin. »Wenn Ihnen noch etwas einfällt, irgendetwas, was uns helfen könnte, rufen Sie mich an, egal, wann.«

Sie nahm die Karte und stopfte sie in ihre Handtasche. »Mach ich. Sie müssen mich nicht zurückbringen. Ich kann laufen.«

Er nickte und hielt ihr die Tür auf. »Gut.«

Seine schnelle Zustimmung wurmte sie. Carlina nickte ihm zu und ging mit hoch erhobenem Kopf an ihm vorbei. *Ich hoffe, er hat gemerkt, dass das ein königliches Nicken war.* Ihre Knie fühlten sich wie Pudding an. *Was um Himmels willen wird als nächstes geschehen?*

Kapitel 10

I

Stefano schaute ihr nach, wie sie den Gang hinabschritt und unterdrückte einen Seufzer.

Ihre Locken waren wild zerzaust, die Schultern bog sie stolz zurück. Sie verließ das Gebäude ohne sich noch einmal umzudrehen.

Sie ist wütend auf mich. Kein Wunder.

»*Signor* Garini?« Die Stimme seines Chefs schreckte ihn auf.

Stefano sah über die Schulter. »Ja?«

Signor Cervi hatte seinen Kopf aus der Bürotür am Ende des Korridors gesteckt. »Würden Sie bitte für einen Augenblick in mein Büro kommen?«

Was will er denn jetzt schon wieder? »Natürlich.«

Sein Chef hielt ihm die Tür auf und schloss sie, sobald er drinnen war. Er zeigte auf einen der Lederstühle, die rund um den Konferenztisch aus Mahagoni angeordnet waren. »Setzen Sie sich.«

»Danke.« Das Büro roch nach Blumen. Eine Vase mit gelben Rosen stand in der Mitte des Tisches.

»War das eines der Mantoni-Mädchen?«

»Ja.«

Sein Boss hob die Augenbrauen. »Sind Sie kurz vor einer Verhaftung?«

Stefano schüttelte den Kopf. »Nein. Ich wollte ihr nur Angst einjagen.«

Cervi lehnte sich zurück und verschränkte die Hände vor seinem Bauch. »Hat es funktioniert?«

»Ganz und gar nicht.«

Cervi nickte nachdenklich. »Wie läuft die Arbeit an dem Fall?«

Stefanos Mund verzog sich. »Möchten Sie die kurze oder die lange Version?«

Sein Chef sah auf die Uhr. »Die kurze.«

Stefano dachte einen Augenblick nach, dann sagte er. »Ich habe tausend verschiedene Verdächtige, aber eine Person sticht hervor.«

»Aber das ist doch gut.«

Stefano schüttelte den Kopf. »Ich habe das Gefühl, dass da etwas nicht stimmt. Die Fakten sprechen gegen sie, aber –« Er brach ab.

»Mein Instinkt sagt mir, dass sie es nicht getan hat.«

Cervi schaute ihn unter zusammengezogenen Augenbrauen an. »Man sollte seinen Instinkt nicht unterbewerten. Erzählen Sie mir von den Dingen, die für sie sprechen.«

Ihre Augen. Stefano schluckte. »Die ganze Familie verfolgt ihre eigenen Ziele.«

Cervi zuckte mit den Schultern. »Das machen die meisten.«

Stefano schüttelte den Kopf. »Sie tut es nicht. Sie hat mich zwar angelogen, aber sie ist die Einzige, die wirklich an dem Opfer gehangen hat. Sie hängt auch an allen anderen Familienmitgliedern, so sehr, dass sie sich weigert, sie in einem schlechten Licht erscheinen zu lassen.»

Cervi bewegte sich in seinem Stuhl, sodass das schwarze Leder ein quietschendes Geräusch von sich gab. »Haben Sie versucht, sie zum Reden zu bringen?«

»Das war der Grund, warum ich sie aufs Revier mitnahm.« Stefano seufzte. »Ich habe ihr so viel Angst eingejagt, dass sie ihre sofortige Verhaftung erwartete.« *Ich fühlte mich wie das letzte Stück Dreck.* Er erinnerte sich daran, wie sie ihre Tränen runtergeschluckt hatte. Für einen verrückten Augenblick lang hatte er sie in den Arm nehmen wollen. *Jetzt reiß dich mal zusammen, Stefano!*

»Ich hoffe, Sie haben nicht übertrieben.«

»Nein.« *Ich musste mich zu jedem Satz zwingen.* »Als ich sie genau da hatte, wo ich sie haben wollte, habe ich ihr nahegelegt, mir mitzuteilen, wer ihrer Meinung nach den Mord begangen haben könnte.«

Cervi beugte sich mit einem weiteren Quietschen des Ledersessels nach vorne. »Und?«

»Nichts.« Stefanos Stimme klang bitter. »Der Rest der Familie war so enorm kreativ, als es darum ging, mögliche Mordmotive zu finden, dass ich kaum weiß, wo ich anfangen soll. Aber sie sagte kein Wort.«

»Ist sie zu naiv?«

Stefano lachte fast. »Oh, nein. Sie kennt alle ihre Fehler.« Seine Stimme wurde noch bitterer. »Sie findet sie amüsant.«

»Also eine Frau mit Integrität.«

»Ja.«

Cervi schaute auf seine Hände. »Ich habe heute einen Anruf vom Bürgermeister von Florenz erhalten.«

Oh, nein.

»Es scheint, als ob Nicolò Alfredo Mantoni einige Beziehungen in gewissen Kreisen hatte. Der Bürgermeister wünscht, regelmäßig über die Fortschritte des Falls informiert zu werden.«

Stefano biss die Zähne zusammen. »Wenn Sie möchten, sende ich Ihnen alle zwei Tage einen kurzen Bericht. Ihr Sohn ist gerade damit beschäftigt, unsere Notizen zusammenzutragen.«

»Das ist gut.« Cervi nickte. »Wir müssen sicherstellen, dass der Bürgermeister mit unserer Arbeit zufrieden ist.« Er verengte die Augen. »Ich denke, Sie verstehen, was ich sagen will.«

Sie meinen, wir hängen von seiner Unterstützung ab, wenn wir unsere Arbeit behalten möchten. »Ja.«

»Gut.« *Signor* Cervi stand auf. »Vielen Dank für Ihren Bericht.« Er nahm einen goldenen Füllhalter vom Tisch und steckte ihn in seine Jackentasche. »Ach, übrigens, ist mit Piedro alles in Ordnung?«

Stefano beugte sich rasch nach unten, um seine Schnürsenkel neu zu binden. »Sein Motorrad ist kaputtgegangen.«

»Ja, das hat er mir gesagt.«

Ein Klopfen kam von der Tür, dann steckte die Rezeptionistin Gloria ihren Kopf herein. »Ihr Besuch ist da, *signor* Cervi.« Sie zwinkerte Stefano zu. »*Ciao,* Stefano.«

»*Ciao,* Gloria.« *Du bist gerade im richtigen Augenblick gekommen.* Stefano richtete sich auf und nickte seinem Chef zu. »Ich werde Ihnen heute im Laufe des Nachmittags den Bericht zukommen lassen.« An der Tür blieb er stehen. »Ach, *signor* Cervi?«

»Ja?«

»Woher kennen Sie Caroline Ashley?«

»Wen?«

»Die Mantoni, die ich gerade verhört habe.«

Cervi grinste. »Meine Frau mag Geschenke aus ihrem Laden.«

II

Carlina lief mitten durch einen Schwarm von Tauben, ohne sie wahrzunehmen. Sie hielt ihren Rücken so gerade, dass er weh tat, ballte die Fäuste und marschierte mit grimmiger Entschlossenheit vorwärts, aber die Tränen brannten immer noch in ihren Augen. *Was bin ich für eine Idiotin. Was für eine Oberidiotin. Er hat mit mir gespielt. Er hat mich herumgeschubst, als ob er ein Kater ist, der mit einer kleinen Feldmaus spielt.* Sie überquerte den Antiquitätenmarkt ohne die goldenen Bilderrahmen und kostbar bemalten Porzellanschalen wahrzunehmen und stürzte sich in die engen Gassen auf der gegenüberliegenden Seite. *Ich kann seinen Fallen noch nicht einmal ausweichen, wenn ich sie kommen sehe.* Sie machte eine Kurve um einen schwarzen Pudel, der an einem Hauseingang schnupperte. *Ich hätte niemals die Geschichte mit dem Dackel erzählen sollen. Ich hätte niemals Mama erwähnen sollen.* Sie biss sich auf die Lippe und schmeckte den metallischen Geschmack von Blut. *Super. Wie dumm bist du eigentlich, Carlina? Und viel schlimmer noch, warum schmilzt du dahin, wenn er lächelt? Er nutzt sein Lächeln ganz strategisch, als Teil seiner Befragungstechnik.* Sie schüttelte den Kopf und ging weiter, ihre Füße wie Hammer auf den alten Pflastersteinen. Was tue ich bloß, wenn er mich morgen verhaftet? Ich muss mich organisieren, um Temptation zu retten. Elena schafft das nicht allein. Ein dreirädriger Pasta-Lieferwagen kam ihr entgegen. Carlina presste sich in einen Hauseingang, bis er mit zwei Zentimetern Abstand an ihr vorbeigefahren war. In Gedanken ging sie mögliche Übergangslösungen durch. Benedetta? Sie musste arbeiten gehen. Annalisa? War an der Uni beschäftigt. Carlina schluckte. *Ich werde Mama fragen müssen. Sie wird mitten am Tag einschlafen, mit ihrem Kopf glücklich auf dem Kissen, das sie mitten auf den Tresen legen wird und die Touristen können Temptation dann ohne jedes Hindernis ausrauben.* Sie schauderte.

III

Angelas hochhackige Schuhe klapperten auf dem Marmorboden, als sie den Inspektor ins Wohnzimmer führte. »Ich fürchte, Marco ist gerade nicht zu Hause, Inspektor. Man sollte meinen, dass er als neuer Arzt in der Stadt erst einmal seinen Kundenstamm aufbauen muss, aber er ist jetzt schon ständig ausgebucht.«

»Das ist kein Problem. Ich kann zuerst mit Ihnen sprechen.« Garini folgte ihr in den Raum. Das Sonnenlicht schien durch die hohen Fenster und spielte auf dem tiefroten persischen Teppich, der den größten Teil des Bodens bedeckte. Dicke Vorhänge in passendem Rot umrahmten die Fenster. Garini hob die Augenbrauen. *Was für ein schönes und teuer eingerichtetes Zimmer.*

»Bitte setzen Sie sich.« Angela machte eine Handbewegung zu einem antiken Sofa mit rot-goldenem Brokatsitz und passenden Kissen.

Garini setzte sich und schaute die elegant angezogene Frau vor ihm an. »Ich bin bekommen, um über Ihren Großvater zu sprechen.«

Angela nahm ein weißes Spitzentaschentuch aus der Tasche und berührte damit ihre großen Augen. »Der arme Großpapa.«

»Bevor wir anfangen, möchte ich um Ihre Erlaubnis bitten, unsere Unterhaltung aufzuzeichnen.« Garini machte das Gerät an und stellte es auf den Marmortisch vor ihm.

»Natürlich können Sie meine Aussage aufnehmen.« Angela drückte die Spitze gegen ihre Lippen. »Ich möchte alles tun, was ich kann, um diesen skrupellosen Mörder zu fangen.«

Sie glaubt, sie sei im Film. »Ihr Großvater hatte sich angewöhnt, die sogenannten Schlechte-Vergangenheits-Geschichten zu erzählen.«

Angela lächelte ihn mit ihrem hübschen Lächeln an. »Er hatte immer so ungewöhnliche Ideen, der Gute.«

Der Gute, ich glaub's nicht. »Bitte sagen Sie mir, was er über Ihre Vergangenheit erzählte.«

Angela seufzte. »Ich muss ein wenig mehr über unsere Familie erzählen, damit Sie es richtig verstehen. Meine Mutter ist die älteste Tochter und sie war immer sein Liebling.«

»Der Name Ihrer Mutter ist Alberta, richtig?«

»Ja.« Wieder ein hübsches Lächeln. »Ich glaube, Sie haben sie noch nicht kennengelernt.«

»Nein.« *Ich weiß nur, dass ihr Dackel fast in einen Pfannkuchen verwandelt wurde.*

»Warum lächeln Sie?«

»Ach, nur so.« Stefano konzentrierte sich darauf, ein seriöses Gesicht zu machen. »Bitte fahren Sie fort.«

»Meine Mutter hat einen sehr reichen Mann geheiratet, aber er verstarb früh. Es war so tragisch.« Angela seufzte und lehnte sich an das Brokatkissen, während sie mit der Perlenkette an ihrem Hals spielte. »Sie hat den Verlust viele Jahre lang nicht verwunden, aber nach zehn Jahren hat sie einen anderen Mann getroffen, der ihrer Liebe würdig war. Mein Vater Clement ist Professor an der Università degli Studi di Firenze. Er ist ein wunderbarer Mann.« Sie seufzte.

»Bitte fahren Sie fort, *signora* Mantoni-Canderini. «*Nachdem Sie jetzt ja klargemacht haben, wie wichtig Sie sind.*

»Nun, ich bin genau wie meine Mutter und habe viele Jahre auf den richtigen Mann gewartet.«

Er konnte nicht widerstehen. »Genau wie Ihre Cousine Carlina.« Der Spitzname rutschte ihm heraus, bevor er sich zurückhalten konnte.

Angela setzte sich gerade hin. »Wer? Ich glaube nicht, dass Sie mich mit Caroline vergleichen können.«

Nein, tatsächlich nicht.

»Als ich meinen Marco während der Weihnachtsfeier des Golfclubs traf, wusste ich gleich, dass er der Mann meines Lebens ist.«

Glückwunsch.

»Kennen Sie den Poggio dei Medici Golf und Country Club, Inspektor?«

»Nein.«

Angela zog ihren Kaschmirpulli gerade. »Es ist ein sehr exklusiver Club und ach, die Erinnerungen.« Sie seufzte glücklich auf. »Es war Liebe auf den ersten Blick. Sechs Monate später waren wir verheiratet.«

»Sie wollten mir von Ihrem Großvater erzählen, *signora* Mantoni-Canderini.«

»Ich komme gleich dazu, Inspektor.« Angela blickte ihn durch ihre Wimpern hindurch an. »Mein Großpapa misstraute meiner Wahl, nur weil Marco aus Rom kommt und nicht aus der Toskana.« Sie lächelte. »Ich fürchte, der liebe alte Herr war kein Weltreisender. Er hätte es vorgezogen, wenn ich einen hiesigen Koch geheiratet hätte.«

»Nicht den Müllmann?«

Sie blinzelte. »Wie bitte?«

Sie bringt das Schlechteste aus mir heraus. »Nichts. Bitte entschuldigen Sie, dass ich Sie unterbrochen habe. Fahren Sie fort.«

Ihr Blick zeigte klar, dass sie ihn ein wenig seltsam fand. »Mein Marco sieht nicht nur gut aus, er stammt auch noch aus einer reichen Familie und hat vor weniger als einem Jahr hier in Florenz als Allgemeinarzt angefangen.« Ein selbstzufriedenes Lächeln spielte um ihre Lippen. »Kein Wunder, dass jeder glaubte, es sei zu gut, um wahr zu sein.« Sie fuhr durch ihr langes Haar. »Ich selbst kann es manchmal kaum glauben.«

»Und was hat Ihr Großvater Negatives aus Ihrer Vergangenheit gekramt, *signora* Mantoni-Canderini?«

»Aber davon spreche ich doch gerade, Inspektor.« Ihre dunklen Augen verengten sich. »Mein Großpapa dachte, dass es zu gut sei, um wahr zu sein. Er war verärgert darüber, dass ich den Koch nicht nahm und hat sich darum ausgedacht, dass ich Marco mit Erpressung dazu gebracht habe, mich zu heiraten.« Sie lachte perlend auf. »Was haben wir in der Familie darüber gelacht.«

»Hat er erwähnt, womit Sie ihn erpresst haben?«

Sie öffnete ihre Augen weit. »Aber Inspektor! Ich habe Ihnen doch gerade alles erklärt, wie können Sie so eine dumme Frage stellen? Er hat sich das alles ausgedacht, also hat er natürlich keine Details geliefert.«

»Verstehe. Was ist mit den anderen Geschichten? Glauben Sie, dass an ihnen etwas Wahres dran war?«

Angela spielte wieder mit ihren Haaren. »Ganz ehrlich, ich kann mich gar nicht an sie erinnern. Wissen Sie, mein Großpapa wurde so langsam ein wenig … wie soll ich sagen … seltsam? Ich habe nicht viel darauf geachtet, was er erzählte.«

Garini nickte und stand auf. »Danke für die Zeit, die Sie sich genommen haben.«

»Sie wollten ja auch noch mit Marco sprechen.« Angela folgte ihm zur Tür. »Aber ich weiß nicht, wann er zurückkommen wird. Er arbeitet so viel, der arme Mann.«

»Das ist kein Problem. Ich kann ihn ja in der Praxis besuchen.«

Angela streckte ihre Hand in einer Geste aus, die direkt einer Verdi-Oper entnommen war. »Oh, aber bitte erwähnen Sie unser Gespräch nicht. Er hat keine Ahnung davon, was Großpapa sagte und er hat mir erst gestern gesagt, dass er ihn gern mochte.« Für einen Augenblick sah sie so aus, als ob sie das absolut nicht nachvollziehen könne. »Ich möchte ihn keinesfalls desillusionieren.«

IV

»Und was ist das?« Fabbiola stand vor der Kasse in Temptation und schaute ein goldenes Warendisplay schief an. Es war wie ein Füllhorn geformt und reichte bis zu ihrer Hüfte. An der Seite hatte es eine elegante Gravur, ein Wort in vier Sprachen: »Sonderangebote«. Ein verwirrter Gesichtsausdruck huschte über Fabbiolas Gesicht, als sie ein hellblaues Stück Spitze in die Hand nahm, um es genauer zu inspizieren.

Die Sonne fiel durch die offene Tür von Temptation und lockte sie mit ihrem goldenen Licht nach draußen. Carlina sehnte sich danach, ihrem Sirenenruf zu folgen. Stattdessen straffte sie die Schultern und arbeitete ihre Mutter weiter ein. »Das ist ein Tanga, Mama.«

Fabbiola hob eine Augenbraue. »Das kann man ja noch nicht mal als Taschentuch verwenden. Zu viele Löcher.« Sie erspähte den Preis, den Carlina mit einem goldenen Stift auf das Schildchen geschrieben hatte. »Was? Du willst neun Euro für dieses kleine Stückchen Spitze haben?« Sie drehte sich zu ihrer Tochter. »Ich hatte ja keine Ahnung, was du für unmögliche Summen verlangst, Carlina. Findest du das nicht unverschämt?«

Carlina biss die Zähne zusammen. »Du kannst *signora* Barberini fragen, ob ihre Miete unverschämt ist und dann mit mir über meine Preise sprechen.«

»Aha.« Fabbiola nickte. »Ich kann mir vorstellen, wie verrückt ihre Mietpreise sind. Sie war nie eine großzügige Frau.«

Carlina zuckte mit den Schultern. »Wir sind auf der Via Tournabuoni, Mama. *Signora* Barberini nimmt die ganz normale Miete, die an einer der besten Mietlagen in Florenz üblich ist. Sie mag vielleicht nicht großzügig sein, aber sie ist fair. Ich mag sie.«

Fabbiola schniefte verächtlich und sah flüchtig auf einen Mann, der vor dem Schaufenster stand.

Sein nervöser Blick huschte über die BHs, die ausgestellt waren. Es schien, als ob er erst all seinen Mut zusammennehmen musste, bevor er hereinkommen konnte.

»Hast du manchmal auch Männer als Kunden?«

Carlina nickte. »Ja. Es sind zwar generell mehr Frauen, aber auch immer wieder Männer.«

Fabbiola wiegte den Kopf hin und her. »Dein Vater wäre vor Scham gestorben, wenn er je einen Fuß in ein Unterwäschegeschäft hätte setzen müssen.«

Ein stechender Schmerz ging durch Carlina. *Antworte einfach nicht.* Sie wendete sich ab und schüttelte die Tangas in dem Display auf, dann ging sie zu einem Regal an der Seite, in dem ein BH mit Rosenmuster und passendem Slip ausgestellt war. »Wie du hier siehst, habe ich unter jedem Modell, das ausgestellt ist, Schubladen mit allen verschiedenen BH-Größen. In der linken oberen Ecke ist immer die kleinste Größe und unten rechts die größte.« Sie kniete sich hin und zog eine Schublade auf. Sie öffnete sich problemlos auf weich gelagerten Scharnieren. Die Lingerie mit dem Rosendekor wurde sichtbar, jeder BH einzeln gefaltet. Die Symmetrie des Displays erfreute Carlina jedes Mal aufs Neue. »Schau hier, Mama. »Wenn du dich an diese Ordnung hältst, ist es ganz einfach, alles zu finden und wir müssen den schmalen Lagerraum hinten nicht vollstopfen. Die Unterhosen sind kein Problem, weil es nur drei Größen gibt, aber die BHs würden sonst ganze Räume füllen.« Sie konnte den Stolz in ihrer Stimme nicht unterdrücken. Es hatte eine Ewigkeit gedauert, bis das Schubladensystem richtig funktionierte, denn der erste Tischler hatte nicht präzise genug gearbeitet und jede Schublade musste mit viel Kraft herausgezerrt werden. Jetzt aber lief alles wie geschmiert und Carlina genoss das weiche Rollen der Schubladen nach innen und außen.

Fabbiola schaute sich um. »Es ist ja wirklich ein winziger Laden.«

Carlina fühlte sich wie eine Mutter, deren Kind zu klein für sein Alter ist. Sie wollte ihre Arme schützend über Temptation breiten und allen sagen, dass sie den Mund halten sollten. »Ja.« Carlina biss die Zähne zusammen. »Möchtest du sonst noch etwas anmerken? Bis jetzt«, sie zählte jeden Punkt an ihren Fingern auf, »hast du gesagt, dass meine Preise zu hoch sind, dass Temptation zu klein ist und dass Papa vor Scham sterben würde, wenn er meinen Laden sehen müsste.« Ihre Stimme hob sich. »Und das glaube ich übrigens keine Sekunde lang! Ich bin eine unabhängige Frau. Ich verdiene mein eigenes Geld und ich lebe gut davon. Unterwäsche ist nichts Anstößiges, sie ist notwendig.« Sie funkelte ihre Mutter an. »Ich glaube, es war eine schlechte Idee, dich zu bitten, mich zu vertreten. Du hast keine Ahnung, wie man meinen Laden führen muss.«

Fabbiola starrte ihre Tochter mit weit aufgerissenen Augen an. Dann machte sie auf dem Absatz kehrt und marschierte schnurstracks zu ihrem Kissen, das sie auf dem Tresen abgelegt hatte. »Du bist wirklich empfindlich, Caroline Arabella. Ich habe dir meine Hilfe angeboten, aber wenn ich nicht gut genug bin, dann eben nicht.« Sie nahm das Kissen und ging zur Tür. »Dann eben nicht!«, wiederholte sie. Ihre letzten Worte kamen schon von der Straße und dann war sie fort.

Carlina bedeckte ihr Gesicht mit den Händen und brach in Tränen aus. Ihre heftige Reaktion erschreckte sie, doch sie schaffte es nicht, sich zu beruhigen. Als der Tränenstrom endlich versiegte und sie über ihre Augen wischte, sah sie Garini direkt vor sich stehen. »*Madonna.*« Sie schloss die Augen. »Jetzt sehe ich schon Gespenster.« Sie wendete ihren Blick ab und suchte nach einem Taschentuch.

»Ich bin kein Gespenst«, sagte er.

»Und sprechen kann es auch noch.« Carlina unterdrückte einen Schluckauf und warf einen raschen Blick aus den Augenwinkeln auf ihn. Er war immer noch da. *Oh Gott.*

Er reichte ihr ein Papiertaschentuch. »Suchen Sie so etwas?«

Sie nahm es. »Danke.« Sie wischte sich die Augen sorgfältig ab, in der Hoffnung, dass sie ihre Mascara nicht bis zu den Augenbrauen verteilte, dann putze sie sich die Nase.

Garini schaute ihr zu, als ob er alle Zeit der Welt hätte, entspannt, mit den Händen in den Taschen seiner Jeans.

Carlina schluckte. »Ist dieser Laden winzig?«

»Ja.« Er zögerte keine Sekunde.

Natürlich. »Ist er sehr teuer?«

»Ja.« Wieder zögerte er nicht.

Er hatte recht und das machte sie wütend. Sie warf ihm einen zornigen Blick zu. »Machen Sie nie Kompromisse?«

»Selten.«

Sie wusste, dass sie jetzt aufhören sollte, aber ihre Gefühle übermannten ihren Verstand und schlugen Kapriolen. »Sind Sie nie beunruhigt?« Sie warf ihm die Frage herausfordernd entgegen.

Ein kleines Lächeln erschien in einem seiner Mundwinkel. »Doch. Ständig.«

Sie sah ihn böse an. »Das merkt man aber gar nicht.«

»Soll man auch nicht.«

So. Jetzt hat er mich an meinen Platz verwiesen. Carlina schluckte. »Was möchten Sie jetzt noch? Ich habe Ihnen schon alle Familiengeheimnisse erzählt.«

Er schwieg.

Ihre Augen trafen sich.

»Warum haben Sie geweint?« Seine Stimme war plötzlich sanft.

Carlina zögerte und sagte dann kleinlaut: »Denken Sie, meinem Vater wäre es peinlich gewesen, dass ich einen Unterwäscheladen besitze?«

Er hob die Augenbrauen. »Nur, wenn er verklemmt war.«

Sie drehte sich weg und korrigierte die Position eines Bügels, der schon gerade hing. »Das war er nicht.«

»Dann wäre er stolz auf sie gewesen.«

Sie drehte sich zu ihm herum. »Was? Warum?«

»Sie sind loyal, arbeiten hart, sind erfolgreich.« Er sagte es ganz ohne sichtbare Gefühle. »Welche Eltern wären da nicht stolz?«

Sie verengte die Augen. »Ich brauche Ihren Spott nicht.«

Sein Gesicht verschloss sich.

Carlina fühlte es wie einen Tritt in den Magen. Was, wenn er es ernst gemeint hatte? *Vergiss bitte nicht, dass er immer noch der Inspektor ist, der versucht, einen Mörder zu finden.* »Was möchten Sie hier?« Carlina kreuzte die Arme vor der Brust. »Sie kamen doch aus einem bestimmten Grund hierher, oder?«

Er zuckte mit den Schultern. »Ich war auf dem Weg nach Hause und –«

Sie runzelte die Stirn. »Wo ist zu Hause?«

»Ich lebe neben dem Hotel Porta Rossa.« Er beantwortete ihre Frage mit einem Lächeln, als ob er verstünde, warum sie so kriegerisch klang und es lustig fand.

»Verstehe.« *Immerhin nah genug, um wahr zu sein.*

»Sie haben heute etwas auf der Polizeistation vergessen und ich dachte, Sie würden es brauchen.« Er bewegte sich zur Seite, sodass sie ihren Tresen sehen konnte. Ihr Helm mit dem Leopardenmuster lag auf der glänzenden Platte, als ob er dorthin gehörte. »Sie haben mich nicht gehört, als ich reinkam«, ergänzte er.

Wie peinlich. Es war ganz und gar nicht typisch für sie, dass sie ihre Kunden nicht bemerkte, wenn sie den Laden betraten. »Sie scheinen darauf spezialisiert zu sein, sich lautlos zu bewegen.«

Er lächelte. »Möglich.«

»Danke, dass Sie den Helm vorbeigebracht haben.« Sie nickte in einer hoffentlich verabschiedenden Weise. »Bis dann.«

Er neigte den Kopf. »Wir werden einander wiedersehen.«

Zweifellos. Carlina fragte sich, ob das ein Versprechen oder eine Drohung war.

Kapitel 11

I

»Carlina!« Lilly rannte in den Laden hinein und umarmte ihre Tante.

Carina hob ihre kleine Nichte hoch und vergrub ihr Gesicht in Lillys duftendem Haar. »Wie schön dich zu sehen, *cara*.«

Lilly wand sich. »Du zerquetschst mich!«

»Ups, Entschuldigung.« Carlina stellte Lilly wieder auf die Füße. »Wo ist deine Mama?«

»Sie ist noch nebenan, aber sie hat gesagt, dass ich schon vorgehen darf zu Temptation.« Lillys Blick blieb an einem roten BH mit kleinen weißen Blüten hängen. »Oh, Carlina, das ist so hübsch!« Sie stellte sich auf die Zehenspitzen und nahm den BH vom Bügel, dann legte sie ihn sich vor die Brust und stolzierte damit durch den Laden. »Sieht das gut aus?«

»Super.«

»Darf ich einen haben?« Lilly schenkte ihrer Tante ein Lächeln, mit dem ihr normalerweise niemand etwas abschlagen konnte.

Ihre Tante schüttelte den Kopf. »Du bist noch nicht groß genug, Lilly.«

Lilly zog eine Schnute. »Gestern habe ich in den Spiegel geschaut und ich glaube –«, sie warf ihrer Tante einen verschmitzten Blick zu, »ich glaube wirklich, dass meine Brüste wachsen.«

Carlina unterdrückte ein Lächeln. »Deine Mutter würde mich für verrückt erklären, wenn ich anfangen würde, einer Siebenjährigen BHs zu kaufen.« Sie nahm den BH und hängte ihn wieder auf den Bügel. »Du brauchst noch keinen BH.«

»Was höre ich da?« Gabriella kam herein, beladen mit Einkaufstüten. Ihre braunen Locken sahen aus, als würde es draußen heftig stürmen. »Versucht sie dich zu überzeugen, dass sie einen BH braucht?«

»Ja.« Carlina lächelte ihre Nichte an. »Aber ich habe ihr gesagt, dass es zu früh ist.«

Gabriella schüttelte den Kopf und ließ die Taschen auf die niedrige Holzbank vor dem Tresen fallen.

Carlina lächelte. Die Holzbank hatte sie erst letzte Woche aufgestellt – für erschöpfte Männer und Frauen, die zu viel herumschleppten, um noch bequem einzukaufen. Sie war froh, dass sie instinktiv akzeptiert wurde.

Gabriella seufzte. »Ich habe Lilly schon eine Million Mal gesagt, dass es zu früh ist, aber sie spricht ständig von BHs.« Sie beäugte ihre Schwester. »Hast du wirklich einen mit Leopardenmuster?«

Carlina lachte. »Ja.« Sie drehte sich zu Lilly. »Das sollte doch unser Geheimnis bleiben!«

Lilly schaffte es immerhin, beschämt zu schauen. »Ich wollte es nicht verraten.«

Gabriella grinste. »Es ist ihr herausgerutscht, als wir im Zoo waren. Lilly sagte, der Leopard sähe genau wie dein BH aus. Ich dachte zuerst, sie hätte irgendetwas verwechselt.«

Carlina lehnte sich an den Tresen. »Warum seid ihr unter der Woche hier?«

Gabriella hob die Augenbrauen. »Sag mir bitte nicht, dass du den Geburtstag vergessen hast.«

»Wessen …?« Carlina schlug sich mit der flachen Hand auf die Stirn. »Oh, nein. Benedetta! Ich hatte so einen schrecklichen Tag, dass es mir total entfallen ist.« *Ich habe überhaupt keine Lust auf eine Geburtstagsfeier heute. Ich möchte mich in meinem Bett verkriechen und dort verstecken.*

Ihre Nichte sah sie mit großen Augen an. »Warum hattest du einen schrecklichen Tag, Carlina?«

Carlina wedelte mit der Hand. »Ach, wegen verschiedenen Dingen.« Sie schaute auf ihre Armbanduhr. »Wisst ihr was, ich schließe den Laden und komme mit euch mit.«

Lilly klatschte in die Hände. »Darf ich bei dir auf der Vespa mitfahren?«

»Du hast keinen Helm dabei, mein Schatz.«

Lillys Mund verzog sich.

Carlina beugte sich zu ihr. »Das nächste Mal, wenn du bei mir bist, bringst du deinen Helm mit und dann fahre ich mit dir zusammen, okay?«

»Das ist eine gute Idee«, sagte Gabriella. »Ich wollte dich eh darum bitten.«

»Worum bitten?« Carlina nahm die Einnahmen aus der Kasse und fing an zu zählen. Sie fielen eher bescheiden aus. Na, kein Wunder, wo sie die meiste Zeit so abgelenkt gewesen war.

»Ich muss nächstes Wochenende zu einer Konferenz und wollte fragen, ob du Lilly für zwei Nächte nehmen kannst.«

Carlina hörte auf zu zählen. »Ich glaube, das ist keine gute Idee, Gabriella.«

Lilly Gesicht zuckte. »Warum nicht? Magst du mich nicht mehr?«

»Natürlich mag ich dich noch!« Carlina strich Lilly über die Locken. »Aber ich bin wirklich sehr mit Temptation beschäftigt und–«

»Es ist nur von Sonntag bis Dienstag«, sagte Gabriella. »Sonntags hast du ja gar nicht geöffnet und Montag wird Lilly in der Schule sein.«

»Wo ist denn Bernando?« Carlina suchte hektisch einen Ausweg.

»Bernando hat seiner Mutter versprochen, sie am Sonntag zu einer Freundin in Pisa zu fahren. Sie wird am Montag für eine Woche in den Urlaub fliegen und Bernandos Mutter soll ihr Haus hüten.«

»Ja, und ihr Flugzeug fliegt soooo früh.« Lilly fing an, auf einem Bein durch den Laden zu hüpfen.

Carlina wendete Lilly den Rücken zu und flüsterte ihrer Schwester ein verzweifeltes »Nein« zu.

Gabriella runzelte die Stirn. »Was ist los?«

»Ich kann es nicht tun«, sagte Carlina leise.

»Warum nicht?«

Carlina blickte rasch zu Lilly, die bis zum Ende des Ladens gehüpft war, sich aber immer noch in Hörweite befand. Sie flüsterte, »Ich habe Angst, dass Garini mich festnimmt.«

»Der Inspektor will dich festnehmen?« Gabriella schlug die Hand vor den Mund.

Lilly fuhr herum, ihre Augen zu groß in dem kleinen Gesicht. »Du wirst festgenommen, Carlina?«

Verdammt. »Ich weiß es noch nicht.« Carlina seufzte. »Er hat mich gestern zur Polizeistation mitgenommen und ein fürchterliches Verhör mit mir gemacht.«

»Hat er gesagt, dass er dich festnehmen wird?« Gabriella starrte sie an.

»Nein.« Carlina schüttelte den Kopf. »Aber er hat gesagt, dass ich die Stadt nicht verlassen soll, ohne es ihm mitzuteilen.«

»Oh *Madonna*.«

Lillys ängstlicher Blick ging von ihrer Mutter zu ihrer Tante. »Warum will er dich festnehmen, Carlina? Hast du etwas falsch gemacht?«

»Nein.«

»Aber warum?« Gabriella runzelte die Stirn.

»Er …« Carlina musste sich zwingen, die Worte auszusprechen, aber sie sagte sie auf Englisch, damit Lilly sie nicht verstehen konnte. »Er denkt, dass ich Opa umgebracht habe.«

»Aber das ist doch lächerlich!« Gabriella wischte die Worte mit einer Handbewegung fort. »Ich bin sicher, dass du ihn missverstanden hast.«

Glaube ich kaum. Carlina konnte immer noch seinen kühlen Blick spüren, wie er sie Stück für Stück auseinandergenommen hatte.

Lilly zog an Carlinas Bluse. »Was hast du gesagt, Carlina?«

»Das spielt keine Rolle.« Gabriella nahm Lillys Rucksack hoch. »Wenn du es nicht übernehmen kannst, wird Mama eben auf Lilly aufpassen.«

»Aber mit Carlina macht es mehr Spaß!«

Gabriella lächelte ihr beruhigend zu. »Nun, wenn Carlina nicht verhaftet wird, kann sie sich ja um dich kümmern.«

»Du nimmst das Ganze ja ziemlich entspannt auf«, sagte Carlina.

»Ich glaube, dass es totaler Blödsinn ist.« Gabriella schüttelte den Kopf so stark, dass ihre braunen Locken auf- und abhüpften. Sie fügte auf Englisch hinzu. »Niemand, der dich kennt, würde auch nur eine einzige Sekunde lang glauben, dass du Opa umgebracht hast.«

»Aber wer war es dann?« Carlina senkte ihre Stimme, obwohl sie auf Englisch antwortete. »Garini glaubt, dass es jemand aus der Familie war.«

Gabriella schüttelte den Kopf. »Niemals. Das kann gar nicht sein.«

Carlina schaute ihre Schwester an. *Wenn ich doch bloß genauso überzeugt wäre.*

II

»Und dann sprang sie auf das Sofa und alle Fische landeten auf ihr.« Als Carlina ihre Geschichte beendet hatte, lachten alle. Sie schaute die amüsierten Gesichter um sich herum an. Vielleicht war es die vertraute Gewohnheit, miteinander zu feiern, vielleicht war es das volle Glas mit Gallo Nero Chianti, jedenfalls fühlte sie sich heute Abend viel besser. Es war gut, dass sie sich entschieden hatte, doch noch zu kommen.

Benedettas Küche war voller Geburtstagsgäste, die alle rund um den großen Tisch saßen. Alle aus dem Haus waren gekommen, außerdem Gabriella und Bernando mit Lilly, Angela und Marco, Onkel Ugo und Alberto und sogar die Nachbarin Electra.

Benedetta stellte einen neuen Kuchen auf den Tisch und nahm Platz. »Was ist auf sie gefallen? Fische?«

»Ja, du kennst doch das Mobile, das ich vor Jahren von einem Urlaub aus Venezuela mitgebracht habe, das mit den Holzfischen, die weiß und rot angemalt sind? Sie hängen alle an einem schwarzen Ast, an dem sie mit Nylonfäden aufgehängt wurden.«

Benedetta runzelte die Stirn. »Kenne ich nicht.«

»Doch.« Carlina lächelte. »Es hängt an einem Balken über dem Sofa in meinem Wohnzimmer.«

»Ach, das.« Benedetta nickte. »Aber wieso ist es abgefallen?«

»Weil Lilly, jedes Mal wenn sie mich besucht, immer mit vollem Schwung in ihr Bett beziehungsweise auf mein Sofa hüpft.«

»Sie springt *immer* in ihr Bett«, sagte Gabriella. »Nicht nur, wenn sie bei dir ist.«

Lilly kicherte.

»Na, jedenfalls ist sie, als sie das erste Mal bei mir schlief, mit Schwung auf das Sofa gehüpft und das Sofa krachte gegen die Wand. Dadurch ist der Nagel, der das Mobile hält, locker geworden und das Mobile ist auf Lillys Rücken gefallen.« Carlina grinste. »Wir konnten gar nicht mehr aufhören zu lachen.«

Onkel Teo zog liebevoll an Lillys Locken. »Ich kann mir gar nicht vorstellen, dass dieses kleine Mädchen die Wände so zum Wackeln bringt, dass die Nägel herausfallen.«

»Ach, der Nagel fällt schon immer fast von alleine heraus«, sagte Carlina. »Aus irgendeinem Grund will er partout nicht halten, aber ich bin immer zu faul, einen größeren einzuschlagen und darum stecke ich ihn einfach immer wieder rein, wenn er herausfällt.«

Ernesto beugte sich nach vorne und nahm ein Stück Kuchen. »Fällt er denn oft raus?«

Carlina lachte. »Nur wenn Lilly ins Bett hüpft. Es ist jetzt schon eine Tradition.« Sie zwinkerte Lilly zu. »Lilly sagt, sie kann gar nicht schlafen, wenn die Fische ihr keinen Gute-Nacht-Kuss auf den Rücken gegeben haben.«

»Du kannst von Glück reden, dass es nur ein kleines Mobile ist.« Fabbiola hob ihr Weinglas. »Sonst hätte es ihr ganz schön wehtun können.«

»Ach, Mama, hör auf, an jeder Stelle eine Gefahr für dein Enkelkind zu sehen.« Gabriella hob ihr Glas ebenfalls und ließ es gegen das ihrer Mutter klingen. »Lilly hat einen besonderen Schutzengel. Sie verletzt sich schon nicht.«

Carlina fühlte, wie ein Schauder ihr den Rücken herunterlief. Aber der Augenblick verging und im Verlauf des Abends merkte sie, wie die dunklen Sorgen ihr von den Schultern glitten. *Ich bin glücklich. Ich bin genau dort, wo ich sein möchte.*

Sie strich ein wenig Ziegenkäse mit Feigenfüllung auf eine getoastete Brotkruste und ließ sie in ihren Mund fallen. *Köstlich.* Das Stimmengewirr ihrer Familie umringte sie, überall lächelnde Gesichter. Ihre Mutter stand mit Marco in einer Ecke, die Köpfe zusammengesteckt. Carlina unterdrückte ein Grinsen. Fabbiola hatte schon immer eine Schwäche für gut aussehende Männer gehabt. Marco sah ein wenig blass aus. Wahrscheinlich arbeitete er zu viel. Lilly rannte zu ihrer Großmutter und sprang ihr mit so viel Schwung in die Arme, dass sie fast die Balance verloren. Alle lachten. Carlina hob ihr Glas und trank noch einen Schluck Wein. Die Kombination von Käse und Wein war im Himmel erfunden worden. *Genieße den Augenblick. Dies ist die Essenz des Glücks, die kleinen Funken Glückseligkeit, die das Leben lebenswert machen.*

Angela setzte sich auf den leeren Stuhl neben Carlina und überkreuzte elegant die Beine. »Was höre ich da von dir und dem Inspektor?«

Carlina runzelte die Stirn. *Ausgerechnet. Gerade in dem Augenblick, in dem ich den Inspektor und alles, was mit ihm zusammenhängt, vergessen habe, muss Angela mich in die Wirklichkeit zurückholen.* Sie antwortete nicht, stattdessen nahm sie noch ein Stück Brot. *Vielleicht sollte ich es nicht essen, bis sie weg ist. Sie wird mir den Geschmack verderben.*

»Tust du so, als ob du taub seist, Caroline?«

»Nein.« Carlina zuckte mit den Schultern. »Ich habe nur nichts zu sagen.«

»Also ist es nicht wahr, dass der Inspektor eine Schwäche für dich entwickelt hat?«

Carlina blickte ihre schöne Cousine an. »Der Inspektor? Eine Schwäche für mich? Der hat keine Schwächen.«

Angela lachte. »Ach, jetzt hör schon auf. Ich weiß, wie ein Mann einen ansieht, wenn er Interesse hat. Ich habe es gleich beim ersten Mal gesehen, als er dich erblickt hat.«

»Und ich weiß, wenn meine Cousine versucht, mir Gefühle unterzujubeln, die ich nicht habe.«

Angela öffnete ihre Augen weit. »Du magst ihn nicht?«

Carlina seufzte. »Wenn die Art und Weise, wie er mich ansieht, ein Zeichen dafür ist, dass er mich mag, dann möchte ich niemals seinen Blick sehen, wenn er es nicht tut.«

III

»Hi, Carlina. Ich bin's, Rosanna.«

»Rosanna!« Carlina stellte ihr Telefon auf die Lautsprecherfunktion um und ließ sich in ihren Armlehnstuhl fallen. Rosanna gehörte der Blumenladen am unteren Ende der Piazza di San Firenze. Sie waren seit der Schule befreundet und die Freundschaft war inniger geworden, als sie sich beide mit ihren Geschäften selbstständig gemacht hatten. Sie legte sich das Telefon in den Schoß und streckte sich. »Ich bin gerade nach Hause gekommen.«

»Ich weiß. Ich versuche schon seit Stunden, dich zu erreichen, aber du hast dein Mobiltelefon ausgestellt.«

»Ich habe vergessen, es zu laden.« Carlina wackelte mit ihren Füßen. Sie taten weh nach dem vielen Stehen im Laden. »Warum brauchst du mich so dringend? Ist etwas passiert?«

»Na ja, erinnerst du dich an deine Bestellung, den Korb mit Rosenblütenblättern? Du wolltest Emmas Wohnung dekorieren, wenn sie von der Hochzeitsreise zurückkommt.«

Carlina schoss in die Höhe. »Oh, nein. Sag mir nicht, dass heute der Fünfzehnte ist?«

»Doch.« Rosanna lachte leise. »Normalerweise bist du doch gar nicht vergesslich. Was hat dich durcheinandergebracht?«

»Ach, das ist eine lange Geschichte.« Carlina rannte in die

Küche, um die Schuhe zu finden, die sie gerade erst ausgezogen hatte. »Wie viel Uhr ist es?«

»Halb acht.«

»Verdammt.« Carlina fand ihren ersten Schuh und schlüpfte hinein. »Emma ist um sieben am Flughafen gelandet. Tausend Dank, dass du angerufen hast! Wo bist du? Bist du noch im Laden? Hast du die Blüten bei dir?«

»Zu viele Fragen auf einmal«, sagte Rosanna. »Ich bin zu Hause, aber ich habe den Korb mitgenommen und du kannst vorbeikommen und ihn abholen.«

»Fantastisch!« Carlina fand ihren zweiten Schuh. »Ich bin in zwei Sekunden bei dir.«

Sie warf sich auf ihre Vespa und überquerte den Arno über die Ponte Vecchio, um zu Rosannas Wohnung auf der Piazza Santo Spirito zu gelangen. Ihr war wohl bewusst, was für einen Eindruck sie auf Garini machen würde, wenn er sie jetzt sehen könnte, wie sie weit über der Geschwindigkeitsgrenze durch die Stadt raste, während ihre Vespa wie ein wütender Löwe röhrte und das Geräusch um ein Vielfaches verstärkt von den alten Mauern zurückgeworfen wurde.

Eine Viertelstunde später kam sie ganz atemlos zurück und öffnete Emmas Wohnungstür mit ihrem Schlüssel. Die weißen Fliesen im Eingangsbereich waren für ihren Geschmack zu klinisch, aber wenigstens würden sie keine Flecken bekommen, wenn sie einen Rosenblütenpfad direkt ins Schlafzimmer legte. Carlina summte vor sich hin, als sie die duftenden Blätter auf den Boden streute. Sie wusste, dass Emma begeistert sein wurde. Hoffentlich würde Lucio auch so denken.

Sie stoppte an der Schlafzimmertür und beäugte stirnrunzelnd den weißen Teppich. *Vielleicht sollte ich das lieber nicht wagen.* Jemand könnte versehentlich auf die Rosenblüten treten. Emma würde einen Wutanfall bekommen, wenn ihr Teppich rote Rosenflecke bekam. Nein, sie hatte eine bessere Idee. Sie ließ den Korb fallen, rannte zu ihrer Wohnung hoch und holte einen Stapel Untertassen aus dem Schrank. Zurück in Emmas Schlafzimmer legte sie die Untertassen in eine lange Reihe und platzierte auf jede vier Rosenblütenblätter. Carlina lächelte, als sie ihr fertiges Werk und die ununterbrochene Reihe Blüten von der Tür bis zum Bett betrachtete. Perfekt.

Dann schaute sie noch einmal in den Korb. Rosanna hatte ihr mehr als genug Blüten gegeben. Vielleicht sollte sie auch noch das Bett bedecken. Das könnte richtig toll aussehen. Bettwäsche wäre immerhin einfacher zu reinigen als der Teppich, falls die Blütenblätter doch abfärben sollten. Also streute sie die letzten zarten, duftenden Rosenblätter auf das Bett der Frischvermählten. Da hörte sie, wie jemand den Schlüssel in der Wohnungstür umdrehte.

Carlina zuckte zusammen. *Verdammt.* Sie wollte nicht von Emma gesehen werden, es sollte doch eine Überraschung sein. Ihre Augen jagten durch den Raum. Vielleicht konnte sie sich irgendwo verstecken und später wieder hinausschlüpfen, nachdem sie heruntergegangen waren, um die Koffer zu holen. Emma reiste nie mit weniger als vier Koffern und hasste es, sie auf dem Bürgersteig stehen zu lassen, weil einer einmal vor Jahren gestohlen worden war.

Ihr Blick fiel auf den Wandschrank mit dem großen Spiegel. *Das ist die Lösung.* Sie warf den Korb unter das Bett, sprang in den Schrank und zog gerade die Tür hinter sich zu, als Emma sagte: »Oh, das sieht ja toll aus! Wie lieb von –«

Garini sagte: »Würden Sie bitte mit mir ins Wohnzimmer kommen, *signora* Mantoni-Casanuova?«

Carlina erstarrte. Garini? Was machte der denn hier? Wo war Lucio? Ihre unwillkürliche Bewegung ließ die Tür einen Spalt aufgehen und ein Lichtstrahl fiel in die Garderobe. *Verdammt. Es ist zu eng. Wenn Garini mich hier findet, lässt er mich sofort ins nächste Irrenhaus einliefern.* Carlina kauerte sich unter Emmas Kleidern zusammen und zog die Tür von innen mit ihren Fingernägeln zu. *Besser.*

»Eine Minute noch, Inspektor, ich möchte erst einmal dem Rosenpfad folgen. Sie müssen zugeben, dass er unwiderstehlich ist.« Emmas Stimme kam näher.

Carlina unterdrückte ein Lächeln. Selbstverständlich hatte Emma sich nicht von Garini einschüchtern lassen. Ihre Stimmen wurden lauter. Sie hörte, wie die Tür geöffnet wurde. Jetzt standen sie direkt neben ihr.

Emma klatschte in die Hände. »Oh, wie hübsch!«

»Ja, sehr schön.« Garini klang ungeduldig. »Aber ich würde es sehr schätzen, wenn Sie meine Fragen jetzt ohne weitere Verzögerungen beantworten könnten.«

»Lassen Sie mich nur rasch nach oben gehen und Carlina Hallo sagen.« Emma klang ein wenig nervös.

»Ich befürchte, das ist nicht möglich«, sagte Garini.

Carlina stellte sich vor, wie er an der Wand lehnte, die Hände in den Taschen. Bestimmt hatte er schon gefragt, ob er die

Unterhaltung aufnehmen durfte.

»Wann haben Sie Ihren Großvater zuletzt lebend gesehen?«, fragte Garini.

»Lebend? Was meinen Sie?«

Carlina war beeindruckt. Die Überraschung in ihrer Stimme klang total echt.

»Ihr Großvater Nicolò Mantoni starb an Ihrem Hochzeitstag, *signora* Mantoni-Casanuova.« Garinis Stimme wirkte sanft.

Carlina zuckte zusammen. Sie kannte diese Stimme. Das war die Panther-Stimme, alle Muskeln bereit für den Sprung.

»Nein! Das wusste ich nicht!«

Vielleicht übertrieb Emma ein wenig. Tat sie so, als ob sie weinen müsste? Carlina verlagerte ihr Gewicht, ohne einen Laut von sich zu geben. Ihr linkes Bein war eingeschlafen.

»Könnten Sie bitte meine Frage beantworten?«, fragte Garini.

»Ich möchte gern warten, bis Lucio kommt.« Emma stand jetzt vor dem Wandschrank. »Sein Flugzeug müsste mittlerweile gelandet sein.« Sie seufzte. »Ich hatte wirklich keine Ahnung, dass er sich den Artikel über die Königsfamilie so sehr zu Herzen nehmen würde. Obwohl es ja ganz schmeichelhaft ist, dass er mich in Sicherheit wissen will, falls sein Flugzeug abstürzt, aber es macht die Dinge schon ein wenig kompliziert.«

Carlina traute ihren Ohren nicht. Lucio hatte sich entschieden, nicht das gleiche Flugzeug wie seine Frau zu nehmen, weil es zu riskant war? Sie unterdrückte ein Kichern. Der Inspektor würde es nicht gerade beruhigend finden, noch ein Mitglied der Mantoni-Familie mit seltsamen Angewohnheiten kennenzulernen. Sie schüttelte den Kopf. Es war nicht sehr schlau von Emma, jetzt über die Flugpolitik ihres Mannes zu dozieren. Sie hätte ein wenig erstaunter über Nicos Tod sein müssen, hätte mehr Fragen stellen müssen.

Verdammt. Der Kommissar hatte diesen Fehler garantiert auch bemerkt. Er spielt jetzt mit ihr wie auf einem Instrument.

»Ich fürchte, wir können nicht auf Ihren Mann warten.« Die Stimme des Inspektors klang nicht so, als ob er dies bedauern würde. »Ich muss mit Ihnen alleine sprechen.«

Emma seufzte. »Was möchten Sie wissen, Herr Kommissar?«

Carlina kannte diese Stimme von Emma. Sie wusste auch genau, wie sie jetzt aussah – mit leichtem Kussmund und flatternden Wimpern. *Übertreib es nicht, Emma. Dieser Mann ist aus Granit.*

»Wann haben Sie Ihren Großvater zuletzt lebend gesehen?«

Der Kommissar wiederholte seine Frage, als ob er mit einem Kind sprechen würde.

»Als Carlina und ich ihn gefragt haben, ob er mit uns zur Hochzeit fahren möchte.«

»Was hat er gesagt?«

Carlina krümmte sich innerlich. Wie er sie an der Nase herumführte.

»Er sagte, dass er keine Lust hatte, zur Hochzeit zu fahren, weil er eine böse Vorahnung hatte. Mein Großvater fühlte manchmal Vorahnungen, die ihn davon abhielten, gewisse Dinge zu tun, verstehen Sie, und er –«

»Ich weiß davon«, unterbrach Garini sie. »Hat er sonst noch etwas gesagt? Hat er gesagt, dass er Schmerzen hatte?«

»Nein. Er … er fühlte sich gut.« Emmas Stimme war ein wenig unsicher.

»Absolut in Ordnung?«, wiederholte Garini.

»Na ja, er … er sagte, dass er sich ein wenig steif fühlen würde.«

Emma! Carlina hielt sich eine Hand vor den Mund, um ihr Lachen zu unterdrücken.

»Steif? Was genau meinte er?«

»Na ja, etwas unbeweglich.« Emma war jetzt voll in im Märchenmodus. »Er sagte, er habe Probleme mit seinen Muskeln.«

Carlina schnappte nach Luft, ohne einen Laut von sich zu geben. Ihr linkes Bein war vom Oberschenkel bis zur Zehenspitze taub. Sie hielt sich an einem langen Kleid auf einem Bügel fest, um nicht nach vorne zu kippen.

»Haben Sie Ihren Großvater berührt, als Sie ihn das letzte Mal gesehen haben?«

»Oh, nein!« Emma klang entsetzt.

»Woher wissen Sie dann, dass er verspannt war?«

»Weil er das gesagt hat!« Emmas Stimme bewegte sich fort. »Ich verstehe diese seltsamen Fragen nicht.«

»Einen Augenblick, bitte.« Die Stimme des Inspektors war hart. »Haben Sie sich keine Sorgen um ihn gemacht? Warum haben Sie ihn nicht zum Arzt gebracht?«

Carlina hielt die Luft an. Was würde Emma jetzt sagen?

»Wir haben nicht gedacht, dass es etwas Ernstes sei.« Emma schien beleidigt.

»Nichts Ernstes? Wenn er sagte, er fühlte sich steif und unbeweglich? Das klingt in meinen Ohren nicht unbedingt harmlos.«

»Wir wussten, dass es nicht schlimm war.« Emma gewann wieder an Zuversicht.

»Woher wollten Sie das wissen?«

Emma holte tief Luft. »Weil Opa ab und zu mal ein wenig Selbsthypnose ausprobierte.«

»Was?«

»Alle in der Familie wussten, dass Opa neue Methoden der Selbsthypnose ausprobierte. Er war schon fast ein Profi darin.« Emmas brandneue Erklärung wurde in nonchalantem Ton geliefert. »Wir haben uns nur gedacht, dass er es diesmal wohl ein wenig übertrieben hat.«

Das war zu viel. Wollte Emma dem Inspektor tatsächlich auftischen, dass ihr Opa sich mit Selbsthypnose ums Leben gebracht hat? Carlina verlor ihr Gleichgewicht und fiel aus dem Schrank, direkt vor Garinis Füße. Sie lachte so sehr, dass sie nur noch nach Luft schnappen konnte. Lachtränen liefen ihr über das Gesicht und sie versuchte verzweifelt, sich wieder unter Kontrolle zu bekommen, aber sie konnte einfach nicht aufhören.

»Carlina!« Emma, gebräunt und chic wie immer stürzte auf sie zu. »Was machst du in meinem Kleiderschrank?«

»Wer ist dieser Mann?« Lucios Stimme kam von der Tür. »Emma! Was machst du mit diesem Mann in unserem Schlafzimmer?«

Carlina hob den Kopf, aber sie konnte Lucio nicht sehen, weil sie immer noch auf dem Boden lag und das Bett ihr die Sicht versperrte.

Garini machte einen Schritt nach vorne. »Ich kann das erklären –«

»Ich will nicht, dass Sie mir irgendetwas erklären«, unterbrach Lucio ihn wütend und wendete sich seiner Frau zu. »Was ist hier los? Wie kannst du es wagen, mich an dem ersten Tag nach unserer Hochzeitsreise, zu betrügen? Wie –«

»Lucio!« Emma rannte zu seiner Seite und schüttelte seinen Arm. »Dieser Mann ist von der Polizei!«

»Es ist mir egal, woher er ist! Ich will wissen, was er in meinem Schlafzimmer zu suchen hat, ganz alleine mit dir und einem Bett voller Rosen!«

Emma warf beide Hände in die Luft. »Oh!« Sie holte tief Luft. »Wie kannst du auch nur eine Sekunde lang glauben, dass ich dich betrügen würde!« Sie beugte sich nach vorne und presste ihren Zeigefinger gegen seine Brust. »Ich hätte nie gedacht, dass du mir so wenig vertraust!«

»Dir vertrauen?« Lucio schrie so laut, dass die Türen des Kleiderschrankes wackelten. »Wie kannst du über Vertrauen sprechen, wenn ich dich mit einem anderen Mann ganz alleine im Schlafzimmer vorfinde?«

»Sie sind nicht ganz alleine.« Carlina hob sich auf ihre Knie und schaute über das Bett. »Ich bin auch hier.«

Lucio blieb der Mund offen stehen. »Carlina! Was machst du hier?«

Carlina stand auf und bürstete sich die Hose ab. »Nicht das, was du denkst«, sagte sie. »Ich schlage vor, dass du dich bei Emma entschuldigst. Dieser Mann«, sie zeigte mit ihrem Kinn auf Garini, »ist Inspektor Stefano Garini von der Mordkommission und er versucht herauszufinden, wer Opa vergiftet hat.«

Lucio wurde blass. »Onkel Nico wurde vergiftet?«

»Was?« Emmas Hände flogen an ihre Kehle. »Opa wurde ermordet?«

»Ja.«

Emmas Augen waren groß wie Teller. »Aber ...«

Carlina legte einen Arm um ihre Schulter. »Du hast Opa die Socken nicht ausgezogen und deshalb hat Onkel Teo die Polizei gerufen.«

»Was?« Emma blinzelte.

Carlina nickte. »Als sie kamen, haben sie nicht nur festgestellt, dass Opa schon zu lange tot war, als dass er mit dir über steife Muskeln oder sonst etwas hätte plaudern können, sondern auch, dass er mit Morphium vergiftet wurde.«

»Das glaube ich einfach nicht.« Lucio schüttelte den Kopf.

»Sie sollten es aber.« Garini mischte sich ins Gespräch. »Deshalb musste ich mich sofort nach ihrer Rückkehr mit Ihrer Frau unterhalten. Ich wollte ihre Version der Geschichte hören, bevor sie mit irgendjemandem sprechen konnte, der ihr vorsagen konnte, was sie berichten sollte.« Seine Augen verengten sich, als sein Blick Carlina streifte. »Daher habe ich einen Kollegen darum gebeten, sie sofort zu Polizei zu bringen, sobald das Flugzeug landete, aber sie bestand darauf, nach Hause zu fahren, weil sie nicht wollte, dass Sie vor ihr zu Hause ankommen und sich dann Sorgen machen. Dumm genug von mir, bin ich darauf eingegangen, sie hier in der Wohnung zu treffen und dann hat uns der Rosenblütenpfad ins Schlafzimmer geführt.« Er machte eine Geste in Richtung der Untertassen auf dem Boden.

Lucio streckte seine Arme aus. »Mein Liebling! Ich habe dir

Unrecht getan!«

Emma warf sich an seine Brust.

Die Augen des Inspektors trafen die von Carlina.

Sie musste lachen. »Romantisch, nicht?«

»Unglaublich«, murmelte er.

Sie schauten dem glücklichen Paar einen Augenblick lang zu, dann sagte Garini: »Möchten Sie Ihre Aussage noch einmal korrigieren, *signora* Mantoni-Casanuova?«

Emma hob den Kopf. »Was?«

»Erzähl ihm die Wahrheit.« Carlina schob einige Rosen zur Seite und setzte sich auf das Bett. »Er wird dich sonst keine Sekunde in Frieden lassen.«

Emma wendete sich dem Inspektor zu, den Arm ihres Mannes immer noch um ihre Schultern, und lächelte ihn an. »Mein Opa war tot, als wir nach unten kamen, um ihn abzuholen.«

Lucio wendete den Kopf und starrte seine Frau an. »Was? Er war tot? Du hast gesagt, er hatte eine böse Vorahnung.«

Emma zuckte mit den Schultern. »Vielleicht fühlte er eine vor seinem Tod, aber als wir nach unten kamen, war er definitiv tot.«

»War er steif?«, fragte Garini.

Lucio richtete sich hoch auf. »Ich würde es schätzen, wenn Sie Ihre Fragen mit etwas mehr Feingefühl stellen würden, Inspektor.«

Carlina kicherte und Garini warf ihr einen entnervten Blick zu.

»Ist schon in Ordnung, Lucio.« Emma lächelte ihren Mann an, dann wendete sie sich wieder an den Inspektor. »Nein, er war nicht steif. Wir haben ihn ins Bett gelegt und dann habe ich ihn ausgezogen.«

Lucios Unterkiefer fiel herab. »Warum hast du denn das getan?«

Emma streichelte seine Wange. »Ich wollte dich doch nicht am Altar warten lassen, Liebling. Überlege doch nur, was passiert wäre, wenn ich in die Welt hinausposaunt hätte, dass Opa gestorben ist.«

»Die Blumen wären verwelkt und die Hochzeitstorte wäre schlecht geworden«, sagte Garini mit eiserner Mine.

»Was?« Emma runzelte die Stirn.

»Er meint, die Hochzeit wäre abgesagt worden«, sagte Carlina, während sie Garini einen warnenden Blick zuwarf.

Lucio wurde blass.

Emma hob beide Hände. »Verstehst du, Liebling, deshalb musste ich es tun.«

»Aber warum habt ihr ihn ins Bett gelegt?« Lucio schüttelte den Kopf.

»Weil ihn jeder vom Küchenfenster aus sehen konnte.« Emmas Blick fiel auf die Rosenblüten. »Oh, Carlina, war das deine Idee? Sie sind so hübsch!«

»Ja, das war ich.« Carlina zuckte mit den Schultern. »Aber ich war zu spät dran. Ihr habt mich auf frischer Tat ertappt.« Sie brach ab und wurde rot. »Ich meine, ich hatte keine Zeit, die Wohnung zu verlassen, aber ich wollte die Überraschung auch nicht verderben, darum habe ich mich im Schrank versteckt.«

Lucio starrte Carlina an. »Du hast dich in unserem Kleiderschrank versteckt?«

»Beeindruckende Familie, nicht wahr?«, sagte Garini mehr zu sich selbst als zu dem verdutzten Lucio.

»Oh, ja.« Emma lächelte Garini strahlend an und wendete sich wieder an ihren Mann. »Aber während Garini mich ausfragte, fiel Carlina aus dem Kleiderschrank und dann kamst du.«

Lucio öffnete den Mund und schloss ihn wieder.

Garini nahm Carlinas Arm und zog sie mit sich. »Vielen Dank für Ihre Aussage. Ich werde sie Ihnen morgen abgetippt und ausgedruckt zum Unterschreiben vorlegen.« Er nickte Lucio kurz zu. »Viel Spaß mit den Rosen.«

Carlina lachte immer noch, als er die Tür hinter ihnen schloss.

Garini schüttelte den Kopf. »Wie können Sie in so einem Augenblick nur lachen?«

»Fanden Sie es nicht lustig?« Carlina versuchte, sich zu beruhigen, aber ein unkontrollierbares Gurgeln brach aus ihr heraus. »Lucios Gesicht … oh, Mann, haben Sie Lucios Gesicht gesehen?«

Jetzt musste auch Garini lächeln.

»Und als Emma sagte, dass Opa sich in Selbsthypnose versucht hat, bis er sich leider versehentlich selbst umbrachte …« Carlina hielt sich an dem Holzgeländer fest, um nicht zusammenzubrechen. »Ich hätte umfallen können vor Lachen.«

»Sie taten es.«

»Kein Wunder.« Carlina wischte sich die Augen. »Sie müssen zugeben, dass es einfallsreich war.«

»Sehr.« Der Inspektor blickte Carlina mit einem seltsamen

Gesichtsausdruck an. »Glaubt er wirklich, dass seine Frau beschützt werden muss?«

Carlina lachte wieder. Sie kam nicht dagegen an, alles brachte sie zum Lachen. »Oh, ja. Er hat keine Ahnung, dass sie aus Stahl gemacht ist, unsere Emma.« Sie grinste. »Er ist von der zuckersüßen Oberfläche getäuscht worden. Er ist ja nur ein Mann.« Sie fühlte sich leicht und etwas schwindelig nach ihrem Lachflash, als ob sie zu viel Champagner getrunken hätte, obwohl sie stocknüchtern war. »Es ist genauso mit Marco. Ich glaube, er hatte keine Ahnung, wie seine Frau wirklich ist, als er Angela heiratete.«

Garini lehnte sich gegen das Geländer. »Sie ist nicht ohne.«

»Oh, nein.« Carlina holte tief Luft. »Aber unglaublich attraktiv.«

Er sah sie an. »Es gibt viele attraktive Frauen in der Mantoni-Familie.«

Carlina lachte. »Und noch mehr, die verrückt sind. Meine Mutter glaubt, dass man jedem Mann, der in unsere Familie einheiratet, eine Medaille für ausgesprochen großen Mut verleihen sollte.

»Tut sie das?« Der Inspektor lächelte.

»Ja. Aber sagen Sie es ihr nicht. Sie würde es niemals zugeben.«

IV

»Ist er weg?« Emma steckte den Kopf durch Carlinas Wohnungstür.

Carlina kicherte. »Ja. Komm rein.« Sie umarmte ihre Cousine. »Du siehst super aus! Hat es dir in Afrika gefallen?«

Emma ließ sich auf Carlinas Sofa fallen und streckte ihre langen Beine aus. Sie pflückte ein unsichtbares Staubkörnchen von ihrer cremefarbenen Hose, bevor sie antwortete. »Afrika war wunderbar. Es war eine ganz andere Welt.«

»Kann ich mir vorstellen.« Carlina ging mit einem sehnsüchtigen Seufzer in die Küche. »Aber was um alles in der Welt hat dich dazu gebracht, diese Selbsthypnose zu erfinden?«

Emma zuckte mit den Schultern. »Es war eine gute Geschichte. Ich hatte das Gefühl, dass er etwas hören wollte, also habe ich mir etwas ausgedacht.«

Carlina schüttelte den Kopf. »Du bist unglaublich.«

»Meinst du, du könntest uns einen Espresso machen?« Emma lehnte ihren Rücken gegen die Kissen und fuhr sich mit beiden Händen durch die lange Mähne. »Ich könnte etwas Koffein gebrauchen. Und während du dabei bist, kannst du mir erzählen, was hier vor sich gegangen ist. Ist es wirklich wahr, dass Opa ermordet wurde?« Ihre Augen leuchteten.

»Ja.«

»Unglaublich.«

Ich wünschte, sie würde nicht so sensationslustig schauen. Carlina stellte die gefüllte Espressokanne auf die Herdplatte. »Wir haben Beweise zerstört, als wir Opa bewegt haben und der Inspektor ist überzeugt, dass wir beide Verdächtige sind.«

»Er ist ziemlich krass drauf, oder?«

»Ja.« Carlina lehnte sich gegen den Türrahmen und verschränkte die Arme vor der Brust.

»Hast du Angst vor ihm?«

»Hmm.«

Emma lachte. »Neee, ernsthaft? Seit wann hast du denn vor irgendjemandem Angst?«

Carlina seufzte. »Er ist rücksichtslos und Charme gegenüber komplett unempfänglich.«

»Ha.« Emma streckte die Arme über ihren Kopf und gähnte. »Ich glaube nicht an Männer, die Charme gegenüber immun sind. Das ist ein Märchen, genauso wie der Weihnachtsmann.«

»Unterschätze ihn nicht, Emma.« Die Espressomaschine fing an zu glucksen. Carlina drehte sich herum und stellte den Herd aus, dann goss sie die schwarze Flüssigkeit in winzige Tassen. »Als wir Opa an dem Tag getragen haben, ist dir da irgendetwas Verdächtiges aufgefallen? Egal, was?«

»Nein.« Emma antwortete, ohne eine Sekunde zu zögern.

Carlina brachte die Tassen zum Sofa und stellte sie auf den niedrigen Seitentisch, dann setzte sie sich in den Armlehnstuhl mit dem Leopardenmuster-Überwurf. »Ich zermartere mir das Hirn und sage mir die ganze Zeit, dass ich irgendetwas hätte sehen müssen.«

»Das ist Blödsinn.« Emma nahm ihre Tasse. »Du bist ja keine Wahrsagerin oder so was.«

»Es muss eine Verbindung mit den Vergangenheits-Geschichten geben. Ich bin überzeugt davon.«

Emma schüttelte den Kopf. »Wir wissen alle, dass die Vergangenheits-Geschichten kompletter Quatsch waren.«

»Da bin ich mir nicht so sicher.« Carlina nahm ihre Tasse und nippte an dem Espresso. Er lief ihr die Kehle hinab, heiß und stark. »De facto habe ich den Eindruck, dass Opa immer etwas nahm, was wirklich in der Vergangenheit stattgefunden hat und dann noch etwas dazu erfand.«

Emma fing an zu lachen. »Nein, das tat er nicht.«

Carlina starrte sie an. »Was ist jetzt so lustig?«

»Mir ist gerade eingefallen, was er zu mir gesagt hat.«

»Nun?«

»Er sagte, dass ich zu viele Verehrer auf einmal hatte und dass ich Lucio nur geheiratet habe, weil er derjenige war, der am meisten darauf beharrte.« Sie trank aus ihrer Tasse, während ihre Augen vor Lachen glitzerten.

»Und war es so?«

Emma setzte sich gerade hin. »Natürlich nicht! Ich habe Lucio geheiratet, weil er für mich von einer Brücke springen würde. Er betet den Boden an, über den ich gehe.«

Carlina runzelte die Stirn. »Er hat auch ein kleines Eifersuchtsproblem. Hattest du keine Angst, was passieren würde, wenn Opa ihm sagte, dass du zu viele Männer um dich geschart hast?«

»Absolut nicht.« Emma trank ihren Espresso aus. »Ich weiß, wie ich Lucio zu nehmen habe.«

»Aber …«

Emma beugte sich nach vorne und legte Carlina eine Hand aufs Knie. »Du machst dir zu viele Sorgen, wie immer. Entspanne dich einfach. Es wird sich schon alles regeln.«

Carlinas Mund blieb offen stehen. »Es wird sich alles regeln? Emma, wir sprechen hier über einen Mord. Das wird sich nicht so einfach regeln.«

Emma zuckte mit den Schultern. »Na gut. Aber das heißt ja nicht, dass wir die ganze Zeit darüber sprechen müssen, oder? Erzähle mir von Temptation. Hast du die Lieferung mit den gelben Feder-BHs bekommen?«

Kapitel 12

I

»Was kann ich für Sie tun, Inspektor?« Marco stand auf und schüttelte Garinis Hand. »Meine Frau sagte mir schon, dass Sie vorbeikommen würden. Es ist eine schreckliche Sache und ich werde gern alles tun, um Ihnen weiterzuhelfen.« Sein Blick fiel auf das Aufnahmegerät. »Es ist kein Problem, wenn Sie unser Gespräch aufzeichnen möchten.«

»Danke.« Garini setzte sich auf den Stuhl vor Marcos Schreibtisch. Die Wände des Büros waren weiß gestrichen, aber das berühmte Bild von Monet mit den Wasserlilien füllte eine Seite des Büros, sodass es nicht steril wirkte. Von dem Waschbecken in der Ecke des Raumes kaum ein Hauch von Seife und Desinfektionsmittel herüber.

»Ich habe gehört, dass Sie erst vor Kurzem in die Familie eingeheiratet haben.« Ohne dass er es wollte, klangen Carlinas Worte in seinen Ohren. *Jedem Mann, der in unsere Familie einheiratet, sollte man eine Medaille für ausgesprochen großen Mut verleihen.* Er unterdrückte ein Lächeln und versuchte, sich zu konzentrieren.

»Das ist richtig. Ich habe Angela im Juni geheiratet.« Der junge Arzt lächelte. »Wir trafen uns bei der Weihnachtsfeier des Golfclubs.«

»Ja, das hat sie mir erzählt.« Garini wollte es nicht noch einmal hören. »Bitte erzählen Sie mir von dem Morgen, als Sie gerufen wurden, um den Tod von Nicolò Mantoni zu bestätigen.«

Marco nickte. »Wir schliefen noch, als das Telefon klingelte.«

»Um wie viel Uhr war das?«

Der Arzt zuckte mit den Schultern. »Ich bin mir nicht ganz

sicher. Vielleicht halb elf? Oder elf? Es war Sonntag und wir waren noch im Bett wegen der Hochzeit am Vortag.« Er lächelte. »Meine Frau tanzt gern.«

Garini streckte seine Beine aus. »Verstehe. Bitte fahren Sie fort.«

»Fabbiola war am Telefon. Sie war in Tränen aufgelöst und bat mich zu kommen, weil ihr Vater gestorben war. Zuerst konnte ich es kaum glauben. Er hatte immer sehr rüstig auf mich gewirkt.«

»War er Ihr Patient?«

Marco schüttelte den Kopf. »Nein. Er war der Patient von Enrico Catalini. Ich habe meine Praxis hier erst vor einem knappen Jahr eröffnet. Fabbiola sagte mir, dass Enrico Grippe hat und bat mich, stattdessen zu kommen.«

Ich habe den Familienarzt vergessen. Stefano runzelte die Stirn. Hatte Piedro geprüft, ob der Arzt wirklich krank gewesen war? Vielleicht war diese Krankheit ja eine Erfindung von Fabbiola gewesen, um den unerfahren jungen Arzt dazu zu bringen, die Sterbeurkunde zu unterzeichnen?

Marco blickte auf seine Hände, die er auf dem Tisch vor sich gefaltet hatte. »Zuerst wollte ich nicht hingehen, aber die Familie meiner Frau und Angela sagten, dass ich keine Wahl hätte.«

Welche Gewalt hatte Angela über Marco? »Machen Sie immer das, was Ihre Frau Ihnen sagt?« Garini wendete seinen Blick keine Sekunde von Marco ab.

Der junge Arzt wurde rot. »Nicht immer. Aber in diesem Fall dachte ich mir, dass ich einspringen musste, auch wenn ich lieber nicht mit reingezogen worden wäre.«

»Fahren Sie fort.«

Marco seufzte. »Als wir ankamen, waren alle da. Ich weiß gar nicht, wo die alle herkamen. Vielleicht hatten sie sogar im Haus übernachtet, ich habe keine Ahnung. Ich habe die Leiche untersucht.« Er schluckte. »Ich muss zugeben, dass ich nichts Ungewöhnliches feststellen konnte.« Er hob seinen dunklen Kopf und sah den Inspektor mit einem verteidigenden Blick an. »Vielleicht hätte ich genauer hinsehen müssen. Aber sein Zwilling machte mich ganz wahnsinnig, weil er ständig im Hintergrund herumsprang und immerhin war Nico ein alter Mann und ich kannte seinen Zustand nicht. Vielleicht hatte er ein schwaches Herz.« Er zuckte mit den Schultern. »Ich entschied mich, die Sterbeurkunde zu unterzeichnen und mit Enrico Catalini zu sprechen, sobald er wieder gesund war.«

»Was ist dann passiert?«

Marco fuhr sich mit der Hand durch das dunkle Haar. »Ich hatte keinen Stift, darum mussten wir in die Küche gehen. Sie waren alle da und haben gewartet. Carlina gab mir einen Stift.« Er lächelte. »Sie ist eine ganz Liebe.«

Er ist der Zweite, der das sagt, aber die meisten Killer scheinen nett und lieb zu sein. Garini schüttelte seine Gedanken ab. »Und dann?«

»Just als ich die Sterbeurkunde unterzeichnen wollte, stürzte Onkel Teo ins Zimmer und sagte uns, dass etwas nicht mit rechten Dingen zugegangen war, weil sein Zwillingsbruder noch seine Socken trug.«

»Kam Ihnen das nicht ungewöhnlich vor?«

»Ach Gott, nein.« Marco hob beide Hände, die Handflächen nach oben. »Woher sollte ich wissen, was er anzog, wenn er ins Bett ging? Viele alte Leute haben kalte Füße und schlafen mit Socken.«

»Hmm.« *Das klingt plausibel. Aber sollte ein Arzt, auch wenn er noch nicht viel Erfahrung hat, nicht erkennen können, dass die Leiche ganz woanders gestorben war?*

»Haben Sie sich seine Füße angesehen, während Sie den Körper untersucht haben?«

»Nein.« Marco schüttelte den Kopf. »Ich habe nur den Oberkörper untersucht. Darum sah Onkel Teo die Füße nicht, bis ich aus dem Raum war. Ich denke mir, dass er die Decken gerade zog, die Socken sah und ohne eine Sekunde zu zögern in die Küche stürzte.«

»Bitte fahren Sie fort.«

»Dann sind sie alle durchgedreht. Ich gebe zu, dass es mich etwas überwältigte. Carlina war die Einzige, die vergleichsweise normal blieb. Sie sagte, ich sollte die Sterbeurkunde unterzeichnen, ohne auf Onkel Teo zu hören.«

Garini bewegte sich in seinem Sitz.

»Alle anderen schienen großen Unterhaltungswert an der Situation zu finden. Ich dachte, sie würden sich beruhigen, wenn ich ihnen sagte, dass es einen Skandal geben würde, wenn wir die Polizei riefen, aber das hat sie nur so richtig in Schwung gebracht.«

Das glaube ich gern. Er nickte.

»Schließlich sagte meine Frau, dass wir einen weiteren Arzt hinzuziehen sollten.«

Wieder Ihre Frau. Das gibt mir schon zu denken, mein

Lieber.

Marco fuhr fort. »Angela hatte Angst, dass es ein schlechtes Licht auf mich werfen würde, wenn ich die Sterbeurkunde unterzeichne, solange es den Hauch eines Mordverdachts gab. Sie wollte nicht, dass ich irgendetwas damit zu tun hatte, auch wenn die Unterschrift eigentlich nichts bedeutete als die Tatsache, dass ich den Tod festgestellt hatte.« Marco schwieg einen Augenblick, versunken in Gedanken. »Wenn man ganz ehrlich ist, dann war ich nicht wild darauf, in diese Geschichte verwickelt zu werden. Ich bin immer noch neu in der Stadt und Gerüchte verbreiten sich schnell.« Er zuckte mit den Schultern. »Dann bestand Onkel Teo darauf, die Polizei zu rufen und den Rest kennen Sie.«

Der Inspektor nickte. »Sie kennen die Schlechte-Vergangenheits-Geschichten, oder?«

Marco hob seinen Kopf mit einer scharfen Bewegung. »Schlechte-Vergangenheits-Geschichten? Was meinen Sie?«

Garini verengte die Augen. »Nicolò Mantoni hatte die Angewohnheit, peinliche Geschichten aus der Vergangenheit in alle Familienunterhaltungen einzuflechten. Haben Sie nichts davon gehört?«

»Ach, das.« Marco lachte etwas gezwungen. »Doch, das weiß ich. Er sagte, dass Onkel Ugo eine Kamera gestohlen hat und dass Carlina einen Müllmann heiraten würde, weil sie einen Prinzen abgelehnt hatte.«

»Glauben Sie diese Geschichten?«

Marco schüttelte den Kopf. »Natürlich nicht. Alte Leute haben oft Freude daran, bösartige Dinge zu sagen. Sie haben nichts mehr zu verlieren und sie lieben es, andere zu verunsichern.« Er lächelte. »Ich denke, die Geschichten entstanden aus reiner Langeweile.«

»Haben Sie die Geschichte gehört, die er über Sie erzählt hat?«

Der Arzt wurde blass. »Was meinen Sie?«

»Man sagte, Ihre Frau zwang Sie zur Ehe mit einem Geheimnis, das sie drohte, weiterzugeben.«

Marco warf den Kopf in den Nacken und fing an zu lachen. Es klang überzeugend. »Inspektor, jeder Mann mit Augen im Kopf wäre glücklich, meine Frau zu heiraten. Es bestand keinerlei Notwendigkeit, mich zu der Ehe zu zwingen. Im Gegenteil. Ich kann nicht glauben, dass Sie dieser Geschichte auch nur einer Sekunde lang Beachtung geschenkt haben.«

Schönheit ist nicht alles. »Wir entscheiden später, was in diesem Zusammenhang von Bedeutung ist.« Garini stand auf. »Vielen Dank für die Zeit, die Sie sich genommen haben, Doktor.«

II

Carlina hob den Kopf und lächelte den Mann an, der auf den Stufen von Temptation stand, und zögerte. Sie hatte die Tür weit geöffnet, um frische Luft hereinzulassen. »*Buongiorno*«, sagte sie, ohne von ihrem Barhocker hinter dem Tresen aufzustehen. Er sah aus wie einer der Männer, die ein wenig Ermutigung brauchten, aber verschreckt werden würden, wenn man sie zu direkt ansprach. Sie war stolz auf ihren Instinkt, der durch viele Jahre Verkaufserfahrung fast immer auf den Punkt traf. Manche Leute drehten sich auf dem Absatz herum, wenn man sie ansprach, andere taten es, wenn man sie zu lange unbeachtet ließ. Dieser sah wie ein Amerikaner aus und Amerikaner lieben Small Talk. »Ein herrlicher Herbsttag, nicht wahr?«, fügte sie auf Englisch hinzu.

Der Mann entspannte sich und lächelte. »Oh, ja.«

Sie hatte recht gehabt. Er sprach mit amerikanischem Akzent.

»Sie sprechen sehr gut Englisch«, sagte er.

Sie lächelte. Man konnte sich darauf verlassen, dass Amerikaner eine Unterhaltung mit einem Kompliment beginnen würden. »Das liegt daran, dass ich in den USA aufgewachsen bin.«

»Wirklich?« Er kam näher. »Wo genau?«

»In Seattle.«

»Mein bester Freund ist aus Seattle.«

Fast immer kannte man jemanden in Seattle. Carlina nickte. »Es ist eine tolle Stadt und eine sehr schöne Landschaft, mit dem Meer und den Bergen, beides so nahe.«

»Oh, ja.« Seine vage Antwort sagte ihr deutlich, dass er noch nie in Seattle gewesen war. Aber es hatte als Thema auch schon ausgedient. Das Eis war gebrochen und er fühlte sich jetzt sicher genug, um das delikate Thema anzusprechen. »Ich habe mich gefragt, ob ich vielleicht etwas für meine Frau kaufen sollte.« Sein Blick hüpfte über das goldene Füllhorn vor ihm wie ein Hirsch in Panik.

Carlina blieb immer noch sitzen, aber sie beugte sich nach

vorne, um ihm zu zeigen, dass er ihre volle Aufmerksamkeit hatte. »Das ist eine gute Idee«, sagte sie. »Haben Sie irgendetwas Bestimmtes vor Augen?«

Er schaute auf den Boden. »Ich … äh. Nein. Ich habe das noch nie vorher getan.«

»Ich werde ihnen helfen.« Carlina lächelte ihn an. »Am besten, wir fangen mit ihrer Lieblingsfarbe an. Welche Farbe trägt sie am häufigsten?«

»Oh.« Der Kunde wirkte völlig überfragt. »Grün. Sie mag grün.«

Wie ungewöhnlich. Am besten glaubte sie dieser Aussage nicht zu sehr. »Trägt sie eher weiße oder schwarze Wäsche?«

Jetzt schien er etwas zuversichtlicher zu werden. »Weiß.«

»Sehr gut.« Carlina lächelte ihn ermutigend an. »Letzte Frage. Mag sie lieber gemusterte Dinge oder ganz schlichte?«

»Oh, sie mag Blumen über alles.«

»Dann habe ich genau das Richtige für sie.« Sie führte ihn zu einem Display an ihrer Linken und zeigte auf einen weißen BH mit einem schmalen Rand aus Spitzenblumen. »Dies ist ein sehr beliebtes Modell, weil es unter einem T-Shirt oder unter einer weißen Bluse getragen werden kann, aber dennoch das gewisse Etwas hat. Wir haben auch einen passenden Slip dazu.« Sie berührte den Spitzenrand mit ihrer Fingerspitze.

Sein Gesicht erhellte sich. »Es gefällt mir.«

»Wissen Sie zufälligerweise, welche Größe sie hat?« Carlina wendete ihm den Rücken zu, weil sie wusste, wie peinlich er es finden würde, wenn er feststellte, dass er keine Ahnung von der Körbchengröße seiner Frau hatte. Sein Schweigen sagte ihr genug. »Ist sie größer oder kleiner als ich?« Sie lächelte über ihre Schulter und öffnete eine Schublade.

Sein Blick huschte über ihre Figur. »Äh. Größer. Ich meine breiter.« Er machte eine weite Bewegung mit der Hand.

Carlina unterdrückte ein amüsiertes Lächeln und fischte einen BH heraus, der zwei Größen über ihrem lag und ein passendes Höschen in L. »Ist Ihre Frau auch hier in Florenz?«

»Ja. Wir feiern morgen unseren zwanzigsten Hochzeitstag und ich wollte ihr ein Überraschungsgeschenk machen.«

»Das ist eine tolle Idee.« Carlina nahm den BH und den Slip mit zur Kasse. »Soll ich das Set dann als Geschenk einpacken?«

Er seufzte erleichtert auf. »Das wäre super.«

»Dann sind das fünfundneunzig Euro.« Carlina ignorierte sein geschocktes Schweigen und wickelte beide Teile in cremefarbenes Seidenpapier. »Falls die Größe nicht passt, kann sie zurückkommen und es umtauschen, solange sie die Schilder nicht abmacht. Es ist kein Preis daran.« Sie ließ das Paket in die glänzende kleine Tüte mit dem Temptation Logo fallen.

Er legte seine Kreditkarte mit leicht betäubtem Gesichtsausdruck auf den Tresen.

Carlina zog sie durch die Maschine und lächelte ihn an. »Ihre Frau wird begeistert sein. Ich wäre es, wenn ich an ihrer Stelle wäre.«

Er fand sein Lächeln wieder. »Ich hoffe es. Vielen Dank für Ihre Hilfe.«

»Sehr gern.« Sie folgte ihm aus dem Laden und hob ihre Hand zum Gruß. »Verstecken Sie die Tüte lieber in Ihrer Jacke.«

»Oh.« Er nickte. »Das werde ich tun.«

Sie winkte ihm hinterher und drehte sich herum, nur um festzustellen, dass sie Nase-an-Nase mit Garini stand. Ihr Lächeln verschwand, aber ihr Herz schien irgendetwas nicht richtig mitbekommen zu haben, denn es fing an, schneller zu schlagen. »Ach, Sie schon wieder. Was wollen Sie diesmal?«

»Das war eine sehr kunstvolle Manipulation.«

Carlina verengte die Augen. »Das nennt man Verkaufsberatung. Ich habe diesem Mann geholfen, das perfekte Geschenk für seinen Hochzeitstag zu finden. Manche bezeichnen es als Kunst … eine Kunst, die Psychologie mit Instinkt und Produktwissen vereint.«

Er lächelte spöttisch. »Tatsächlich?«

Sie entschied sich, das Thema zu wechseln. »Wie kommt es, dass Sie mich schon wieder belauschen, Garini? Nichts Besseres zu tun?«

»Ich stand nur vor ihrem Schaufenster und habe diese … äh, braunen Strümpfe bewundert.« Er machte eine Bewegung in Richtung der Schaufensterpuppe, hinter der Carlina ihn nicht hatte sehen können.

»Aha.« Carlina hob eine Augenbraue, um zu zeigen, wie wenig sie ihm glaubte. »Möchten Sie die Strümpfe kaufen?«

»Nein, das möchte ich nicht.«

»Schade. Ich könnte ein wenig Umsatz gebrauchen.«

Er runzelte die Stirn. »Ich dachte, Ihr Laden läuft ganz gut.«

»Das *tat* er.« Carlina sprach mit besonderer Betonung. »Bis ich ständig zur Polizeistation rasen musste.« Sie legte den Kopf schief. »Sind Sie gekommen, um mich wieder irgendwohin zu schleppen?«

Er lächelte.

Ihr Herz setzte für einen Schlag aus.

»Nein. Dieses Mal bin ich gekommen, um Ihre Assistentin um einen Gefallen zu bitten.«

»Oh.« Sie wendete ihr Gesicht ab, damit er nicht sehen konnte, wie enttäuscht sie war. »Sie haben Pech. Sie ist heute Nachmittag nicht hier.« Wie kam es, dass er sie nie um einen Gefallen bat, sondern sie nur herumkommandierte, als ob sie den niedrigsten Rang in seiner Armee innehatte?

»Wissen Sie, wo sie ist?«

»Nein. Aber ich kann sie auf ihrem Mobiltelefon anrufen, wenn Sie möchten.«

Er nickte. »Danke.«

Carlina wendete ihm den Rücken zu, während sie mit Elena sprach, damit er nicht die Leopardenmusterhülle auf ihrem Mobiltelefon sehen konnte. Sie wollte nicht schon wieder eine spöttische Bemerkung hören. Als sie Elena in der Leitung hatte, sagte sie über ihre Schulter. »Sie ist bei ihrer Mutter.«

»Gut. Das hatte ich gehofft. Könnte sie eine Weile bei ihr bleiben? Ich möchte gern kommen und mit ihrer Mutter sprechen.«

Elena bestätigte, dass sie warten würde und Carlina schob das Telefon zurück in ihre Handtasche.

»Danke.« Garini schaute sie mit einem seltsamen Leuchten in den Augen an.

»Was ist los?«

»Nichts.« Er drehte sich um und ging ohne sich noch einmal umzusehen.

Carlina starrte ihm hinterher, nicht sicher, was sie denken sollte. Oder fühlen.

III

Signora Certini lag halb aufgerichtet im Bett, im Rücken ein Kissen, das doppelt so groß war wie sie. Ihr braunes Haar war zu einem Pferdeschwanz zusammengefasst und ihre knochigen Schultern zeigten ihre zerbrechliche Silhouette unter dem hellrosa Nachthemd aus Flanell.

»Es tut mir leid, dass ich Sie stören muss, *signora* Certini.« Der Inspektor saß auf einem gepolsterten Armlehnstuhl neben dem Bett, während Elena an der offenen Tür stand und sie beobachtete. Der Raum roch nach Menthol und Lilien und es war viel zu warm. »Aber ich muss Ihnen einige Fragen stellen. Ich werde es so kurz wie möglich halten.«

Ein schwaches Lächeln spielte um *signora* Certinis Mund. Ihre straff gespannte Haut sah dünn und fleckig aus, wie brüchiges Papier.

Stefanos Herz zog sich zusammen. Seine Mutter hatte so ausgesehen.

»Das ist kein Problem, Inspektor.« Ihre Stimme war leise aber klar. »Ich habe gern Besuch.«

»Danke.« Garini lächelte sie an. »Ihre Tochter hat erwähnt, dass Sie Morphium nehmen. Ist das richtig?«

»Ja.« *Signora* Certini schaute ihre Tochter an. »Zeig ihm das Rezept, Liebling.«

Elena gab Garini das Rezept mit der Unterschrift von Enrico Catalini.

»Enrico Catalini ist Ihr Hausarzt?«

»Ja.« *Signora* Certini bewegte ihre Hände auf der Bettdecke, als ob sie die Oberfläche fühlen wolle. »Er ist ein guter Mann.«

»Wie oft bekommen Sie ein neues Rezept?«

»Einmal in der Woche«, sagte Elena. »Der Arzt kommt jeden Dienstag und dann gehe ich zur Apotheke.«

»Bitte berichten Sie mir von der Woche, in der das Morphium verschwand.«

»Das war die Woche, in der du dich am Donnerstag so schlecht gefühlt hast, sodass der Arzt noch einmal kommen musste«, sagte Elena.

Ihre Mutter nickte. »Ja, ich weiß. Am Dienstagabend kaufte Elena wie immer das Morphium, bevor sie ausging. In dieser Woche hatte ich viele Besucher.« Sie straffte ihre Schultern. Ihr Lächeln zeigte, wie stolz sie darauf war. »Am Mittwoch war Carlina von Temptation hier, weil Elena ihr gesagt hatte, dass ich sie gern treffen würde. Sie ist eine ganz Liebe. Direkt danach brachte mir meine gute Freundin Fabbiola einen Blumenstrauß.« Sie schaute ihre Tochter an. »Wir haben darüber noch gelacht, weil sie einander nur um ein paar Minuten verpasst haben und sie wohnen im gleichen Haus.«

Elena nickte.

»Dann kamen Maria und Alberta. Sie kennen sie vielleicht. Maria ist Teodoro Mantonis Frau und Alberta ist Fabbiolas älteste Schwester.«

Der Inspektor runzelte die Stirn. »Sie waren beide an diesem

Tag hier?«

»Ja, am Mittwoch.« *Signora* Certini neigte den Kopf. »Wir haben früher immer zusammen Karten gespielt, bevor ich krank wurde. Jetzt kommen sie oft, um mich zu besuchen, aber ich kann keine Karten mehr spielen. Es ermüdet mich zu sehr.«

»Es ist unglaublich, dass so viele Mitglieder der Mantoni-Familie sie in genau der Woche besuchten, in der das Morphium verschwand.« Garini hätte am liebsten mit dem Kopf gegen die Wand geschlagen. Was für ein frustrierender Fall. Auf jeden Schritt vorwärts folgten zwei Schritten zurück.

»Das ist nicht ungewöhnlich«, sagte *signora* Certini.« Fabbiola und ich sind schon seit dem Kindergarten befreundet und wir lebten früher nebeneinander, also habe ich mit allen Mantoni-Kindern gespielt. Als Fabbiola nach Amerika zog, habe ich mich öfter mit den anderen Mantoni-Mädchen getroffen.«

Garini beugte sich nach vorne. Das war eine Idee. Vielleicht war die Morphium-Spur eine Sackgasse gewesen, aber jetzt hatte er die Gelegenheit, mehr über Carlinas Vater in Erfahrung zu bringen. Aber er musste es vorsichtig angehen, sonst würde *signora* Certini sich wie eine Auster verschließen. »Ich denke mir, dass viele Leute Fabbiola sehr vermisst haben, als sie Italien verließ.«

»Oh, ja.« *Signora* Certini schaute ins Leere, ihre Gedanken mehr als dreißig Jahre in der Vergangenheit. »Ihr Vater war furchtbar wütend, dass sie einen Ausländer geheiratet hat und dazu noch einen, den sie gerade mal vier Wochen kannte.« Sie lächelte ein wenig. »Aber er sah sehr gut aus und er war sexy und wir haben sie alle beneidet. Gegen ihn hatte der arme Angelo gar keine Chance. Angela war ihr Freund davor gewesen, verstehen Sie.« Sie runzelte die Stirn.« Er hatte einen komischen Namen, der Amerikaner. Paul.« Ihr Mund formte das Wort mit großer Sorgfalt. »Wie Paolo.«

»Sie hat ihn nach vier Wochen geheiratet?« Garini versuchte, amüsiert zu klingen und nicht wie ein Terrier, der eine heiße Spur gefunden hatte. Er zog seine Jacke aus und hätte sich am liebsten auch noch seines Hemdes entledigt. Es war viel zu heiß in diesem Zimmer.

»Ja.« *Signora* Certini seufzte. »Es war Liebe auf den ersten Blick.« Sie schüttelte den Kopf. »Der arme Angelo, er war so wütend, er wollte Fabbiola zwingen, hierzubleiben, aber ich habe Fabbi gesagt, dass sie ihrem Herzen folgen sollte.« Sie nickte in Gedanken. »Sie hat die richtige Entscheidung getroffen, obwohl sie am Anfang in Amerika sehr unglücklich war. Wie hätten wir auch absehen können, dass Paul so jung sterben würde?« Es klang, als ob sie Besseres von einer Nation erwartet hätte, die so kräftig wie die Amerikaner war. Mit einem weiteren Seufzer faltete sie ihre dünnen Hände auf der Bettdecke. »Man weiß nie, was der liebe Gott mit uns vorhat.«

»Hat Angelo denn je geheiratet?« Garini lehnte sich in seinem Stuhl zurück, als ob er alle diese Informationen sanft genoss und ihn *signora* Certinis Antwort nur mäßig interessierte.

»Nein.« *Signora* Certini schüttelte den Kopf. »Er hat nie auch nur eine andere Frau angesehen. Er ist bis heute allein. Wir haben alle gedacht, dass er sie heiraten würde, als Fabbiola zurückkam ...« Sie stockte und starrte ins Leere. Ihr Gesicht wirkte plötzlich ganz eingefallen.

Elena ging zu ihr. »Hier, Mama, trink einen Schluck. Dann wirst du dich besser fühlen.« Sie gab ihrer Mutter ein Glas Wasser von dem Tisch neben dem Bett.

Signora Certini nahm das Glas und trank wie ein braves kleines Mädchen, dann gab sie es ihrer Tochter zurück, die es wieder auf den Tisch stellte.

Signora Certini sprach weiter, als ob es keine Unterbrechung gegeben hätte. »Sie war so eine hübsche Witwe. Aber mit drei kleinen Kindern ...« Sie hob die dünnen Schultern und ließ sie wieder fallen. »Es wäre schwierig geworden.«

»Also hat er gar nicht versucht, sie zurückzuerobern?«, fragte Garini. *Oh Gott, ich klinge, als ob ich ein echter Seifenopernfan wäre.*

»Doch, das hat er getan.« *Signora* Certini rutschte tiefer in ihre Kissen. »Aber Fabbi hat ihn fortgeschickt. Sie sagte, es sei nicht das Gleiche.« Sie schüttelte den Kopf. »Ich habe ihr zugeredet, dass sie ihn heiraten soll, aber sie hat es abgelehnt. Das war keine weise Entscheidung, wenn man mich fragt. Carlina wäre schon damit fertig geworden.«

»Carlina wusste davon?« *Verdammt.* Die Frage hatte zu scharf geklungen. Er lächelte *Signora* Certini an, um den Effekt abzumildern.

Signora Certini merkte es nicht. »Sie war damals ein Teenager und ein echtes Papa-Kind gewesen. Sie hat es am schwersten genommen. Die anderen zwei waren jünger und haben sich schnell eingewöhnt, aber nicht Carlina. Fabbi hatte Angst, dass sie Angelo nicht akzeptieren würde.«

»Aber sie hat es nie versucht?«

»Nein.« *Signora* Certinis Gesicht war eingefallen. Sie war in den letzten Minuten so blass geworden, dass sie die Farbe ihres Kissens hatte. »Sie hat es nie versucht.«

Garini beugte sich nach vorne. »Ich möchte Sie nicht länger belasten, *signora* Certini. Nur eine letzte Frage: Wissen Sie, wie ich mit Angelo in Kontakt treten kann?«

Sie nickte. »Er ist Architekt. Sie waren beide Architekten, Paul und Angelo. So haben sie sich getroffen.« Ihre Stimme war jetzt so schwach, dass er sich nach vorne beugen musste, um sie zu verstehen. »Sein Nachname ist Soccio.«

IV

»Roberto, ich bin es, Stefano.« Garini wich einer Vespa aus und sprang über eine Pfütze. Es hatte angefangen zu regnen, während er bei *signora* Certini war. Die Straße roch nach nassem Staub.

»Stefano! Ich dachte, du bist im Urlaub.« Robertos aufgeräumte Stimmung kam fast greifbar durch die Leitung. »Ich habe dich eine Ewigkeit nicht gesehen.«

Stefano seufzte und überquerte die Piazza della Repubblica mit langen Schritten. »Wir haben uns vor einigen Tagen in der Pizzeria getroffen. Erinnerst du dich?«

»Aber das meine ich doch«, sagte der Pathologe. »Normalerweise rufst du mich nach einem Mord alle fünf Minuten an. Was ist denn dieses Mal los?«

»Ich rufe dich ja jetzt an.« Stefano eilte an dem rot-weiß bemalten Karussell vorbei. »Hör mal, ist es möglich, dass ein ausgebildeter Arzt die Anzeichen einer Morphium-Vergiftung an einer Leiche wie Nicolò Mantoni übersieht?«

Robertos Antwort kam wie aus der Pistole geschossen. »Nicht, wenn er ein Pathologe ist.«

»Er ist Allgemeinmediziner und außerdem ganz jung.«

»Von welcher Uni kommt er?«

Stefano runzelte die Stirn. »Spielt das eine Rolle?« Er ging an einem kleinen Restaurant vorbei und ein köstlicher Duft von geröstetem Brot mit geschmolzenem Käse zog in seine Nase. Stefanos Magen knurrte.

»Nicht wirklich.« Robertos Stimme war fröhlich. »Es wäre nur nett zu wissen, dass jemand, der sich völlig unfähig anstellt, nicht von meiner Uni ist.«

»Also ist es nun möglich oder nicht?«

»Natürlich ist es möglich.« Robertos Stimme war leicht und fröhlich. »Immerhin schläft das Opfer ja einfach nur ein und man weiß nicht warum, bis man die Leiche geöffnet hat. Aber der Körper wurde nach dem Tod bewegt. Das ist ja sogar dir aufgefallen.«

»Der junge Arzt sagte, dass er sich nur den Oberkörper angesehen hat.«

Roberto schnalzte mit der Zunge. »Da hast du's, das sind die Allgemeinmediziner. Alle gleich. Alle oberflächlich. Kennen sich nur mit den Lebendigen aus, unfähig, eine Leiche richtig zu lesen.« Er klang, als ob er gezwungen wurde, zuzusehen, wie ein Kunstwerk völlig falsch restauriert wurde. »Vertraue niemals einem Allgemeinmediziner, das ist meine Meinung. Es ist unglaublich, was die alles übersehen. Sie würden es ja noch nicht mal merken, wenn –«

»Wenn eine Leiche sie in die Nase beißen würde«, vollendete Stefano den Satz.

Roberto lachte auf. »Gut gesagt, Stefano! Ich hatte ja keine Ahnung, dass du lustig sein kannst! Wo kam denn das so plötzlich her?«

Stefano lächelte. »Ach, geh zurück zu deinen Leichen, Roberto. Du hast mir überhaupt nicht geholfen.«

»Danke für das Kompliment.« Roberto gluckste vor Lachen und legte auf.

Als Stefano ins Büro kam, suchte er die Telefonnummer von Angelo Soccio heraus und arrangierte mit ihm einen Termin in zwei Stunden in der Cafeteria der Biblioteca delle Oblate. Dann fand er heraus, wie der Lehrer von Annalisa heiß und bat ihn um einen Termin in drei Stunden, schickte eine E-Mail an Piedro mit genauen Instruktionen, wie er herausfinden konnte, wo Marco seinen Abschluss gemacht hatte und schrieb einen vertraulichen Brief an die Bank, bei der Albertos Sohn, der Investor in Dubai, angestellt war. Er schaute auf die Uhr. Noch vierzig Minuten. Zeit genug, um die finanzielle Lage von Onkel Ugo zu prüfen, der eine so überraschend gute Kamera hatte. Dann schrieb er jedes Detail in seinen Bericht und legte ihn kurz bevor er ging auf den Schreibtisch von *signor* Cervi. Er hatte den Eindruck, dass er alles getan hatte, was er tun konnte. Aber ein nagendes Gefühl, dass es alles völlig nutzlos war, blieb.

V

Die Cafeteria der Biblioteca delle Oblate war im obersten Stockwerk der Bibliothek und hatte eine große Terrasse. Als Garini durch die Glastüren nach draußen kam, blieb er überrascht stehen. Er wusste, dass die Bibliothek in einem ehemaligen Kloster angesiedelt war, aber niemand hatte ihm gesagt, dass die Terrasse einen wunderschönen Blick bot. Unten konnte er den Innenhof des Gebäudes sehen, umringt von zwei Stockwerken mit Bogengängen, die ihn sofort daran denken ließen, wie die Nonnen dort entlang zum Beten gegangen waren. Er drehte sich um. Hinter den roten Ziegeldächern der umgebenden Häuser erhob sich der Dom wie eine Fata Morgana. Die Wolken hatten sich verzogen und jetzt ging die Sonne mit zarten Pastellfarben am Himmel unter. Ihr Licht färbte den roten Marmor des Doms und die Ziegeldächer in so einem intensiven Rot, dass es ihm den Atem raubte. Er lächelte. Die Schönheit von Florenz glich viele hässliche Dinge aus, die er im Laufe seiner Arbeit sehen musste.

Nur eine Handvoll Leute waren auf der Terrasse verstreut, aber aus den Augenwinkeln sah Garini einen übergewichtigen Mann, der aussah, als ob er jemanden erwarten würde. Garini ging zu ihm.

»Sind Sie Angelo Soccio?« Stefano hatte Mühe, den Unglauben aus seiner Stimme zu verbannen.

»Der bin ich.« Der Mann vor ihm neigte den Kopf. Er war breit genug, dass drei Männer sich nebeneinander hinter ihm verstecken konnten. Es war ein Wunder, dass der moderne Plastikstuhl in hellem Grün es überhaupt schaffte, sein Gewicht zu halten.

»Ich bin Stefano Garini. Danke, dass Sie sich bereit erklärt haben, mich so kurzfristig zu treffen.« Stefano zog einen Stuhl heraus und setzte sich dem Berg gegenüber. Er hatte Mühe, sich Angelo Soccio als jungen Mann vorzustellen, als Freund von Fabbiola Mantoni.

Eine Gruppe lärmender Studenten kam in einem Schwall durch die Tür und füllte die Cafeteria. Das passte Stefano gut, denn unter dem Schutz des Lärms konnten sie freier sprechen.

Signor Soccio beugte sich vor. »Sie sagten, Sie möchten sich mit mir über Fabbiola unterhalten?«

Garini nickte. »Ich untersuche den Mord an ihrem Vater.«

Signor Soccio neigte den Kopf. »Ich habe davon gehört.«

Stefano zögerte. Er wusste nicht, wie er die Frage so stellen konnte, dass er ohne Umwege die Wahrheit herausfand.

Signor Soccio zwinkerte ihm zu. »Fragen Sie mich, was immer Sie wollen, Inspektor. Mich haut so schnell nichts um.«

Das glaube ich gern. Garini lächelte. »Danke. Meine Frage ist ganz einfach, aber gleichzeitig auch ziemlich persönlich.«

»Eine persönliche Frage, sagen Sie?« Soccio schaute Garini mit einem Hauch von Amüsement in seinen blauen Augen an.

»Ja.« Garini holte tief Luft. *Ich bringe es am besten gleich hinter mich.* »Ist es möglich, dass Carlina, die älteste Tochter von Fabbiola, in Wirklichkeit Ihre Tochter ist und nicht die Tochter von Paul Ashley?«

Soccios Mund blieb offen stehen. Seine massive Hand ballte sich zur Faust, dann entspannte sie sich wieder. Er räusperte sich. »Ich muss Ihnen meinen Glückwunsch aussprechen, *signor* Garini. Das ist das erste Mal in vielen, vielen Jahren, dass mich jemand sprachlos gemacht hat.«

Stefano lachte. »Das war nicht mein Ziel. Ganz im Gegenteil.« Er ließ seine Augen keine Sekunde von dem Mann vor ihm. »Ist Ihnen diese Idee nie gekommen?«

Soccio holte tief Luft. »Nie.« Er holte ein weißes Taschentuch hervor und wischte sich über das Gesicht. »Wie um alles in der Welt sind Sie denn auf den Gedanken gekommen?«

»Ihr Großvater hat davon gesprochen, bevor er starb.«

Soccio runzelte die Stirn. »Wirklich? Er hat mir gegenüber nie ein Wort darüber verloren.«

»Aber wäre es möglich?«

Soccio runzelte die Stirn. »Ich war mit Fabbiola über ein Jahr lang ausgegangen, als der Amerikaner nach Florenz kam, um über den Sommer hier zu arbeiten. Er war der Sohn eines Freundes meines Chefs, darum durfte er ein Praktikum bei uns machen.«

»Sie sind beide Architekten, oder?«

»Ja.« Angelo blickte in die Ferne.

Garini bezweifelte, dass er die Schönheit des Doms vor dem Hintergrund des rosa gefärbten Himmels sah. Soccios Gedanken waren tief in der Vergangenheit.

»Ich habe ihn eines Abends mitgenommen, als wir tanzen gingen.« Er machte eine Grimasse. »Sie haben sich einen einzigen Blick zugeworfen und von da an –« Er unterbrach sich mit einem Seufzen. »Es war, als ob ich nicht mehr existierte.«

Garini schwieg.

»Der Amerikaner kam später zu mir, um sich zu entschuldigen. Er sagte, es sei Schicksal.« Ein harsches Lachen brach aus ihm hervor. »Ha. Schicksal. Was wusste er schon vom Schicksal? Vier Wochen später folgte sie ihm nach Amerika. Oh, ich war wütend. So wütend. Ich sprach mit ihrem Vater, wir alle haben versucht, sie zur Vernunft zu bringen. Aber es war nutzlos. Sie hörte uns gar nicht.«

»Wann war das?«

»Am 14. September.« Soccio zögerte nicht eine Sekunde.

Stefano schluckte. »Carlina ist im März geboren.

»März, eh?« Soccio schüttelte ungläubig den Kopf. »Wissen Sie, ich kann mir partout nicht vorstellen, dass sie meine Tochter ist. Sie hat mich nie gemocht.«

»Sie lernten sie kennen, als sie zurückkamen?«

»Ja.« Soccio legte den Kopf zur Seite. »Vielleicht hätte Fabbiola mich geheiratet, wenn Carlina nicht so deutlich gezeigt hätte, dass sie mich aus tiefster Seele hasste. Fabbiola ist eine sehr hingebungsvolle Mutter. Sie betet ihre Kinder an.«

»Nach allem was ich sehe, beruht das auf Gegenseitigkeit.« *Leider.*

Soccio winkte ab. »Ach, das sind halt die Mantonis. Der ganze Clan ist wie ein einziger riesiger Kloß an Kaugummi. Wenn man einen hat, hat man sie alle. Man kann sie nicht einzeln haben.« Er kniff die Augen zusammen. »Man muss ganz schön mutig sein, um in diesen Clan einzuheiraten. Ich hatte den Mut einmal. Weiß nicht so genau, ob ich ihn heute noch hätte.«

»Verstehe.« Stefano sah ihn einen Augenblick an. »Aber theoretisch könnte Carlina Ihre Tochter sein, ist das richtig?«

»Theoretisch ja. Aber sie würde es hassen, wenn es so wäre.« Er schaute Stefano mit Bedenken an. »Wir haben ihr nie gesagt, dass ich ein … alter Freund war. Sie werden ihr das nicht sagen, oder? Ich liebe meine Ruhe und das Mädel ist ganz schön anstrengend.«

»Ich werde es ihr nicht sagen«, antwortete Stefano. »Es sei denn, ich habe keine andere Wahl.«

VI

Annalisas Lehrer war so groß, dass sein Haar den Türrahmen berührte, als er ins Café Duomo trat. Er sah sich mit dem Ausdruck eines Hasen um, der erwartet, dass ein Wolf aus dem

Unterholz springt.

Stefano stand auf und ging zu ihm hin. »Sind Sie Giuseppe Auguri?«

Der junge Mann nickte. Sein kurzes Haar war blond gefärbt und seine Nase mit Pickeln bedeckt.

Stefano bot ihm die Hand. »Ich bin Inspektor Garini von der Mordkommission.«

Wieder warf *signor* Auguri einen ängstlichen Blick durch das Café, aber er nahm Stefanos Hand und schüttelte sie schlaff.

»Wir können uns da vorne hinsetzen.« Stefano zeigte auf einen kleinen Tisch zu seiner Linken. Er wartete, bis der junge Mann saß, bevor er weitersprach. »Sie haben Annalisa Santorini in Mathematik unterrichtet, ist das richtig?«

»Ja.« Seine Stimme war ganz leise, fast ein Flüstern.

Garini beugte sich nach vorne, um ihn besser zu verstehen.

Ein Hauch von Whisky ging von dem jungen Lehrer aus.

»War sie eine gute Schülerin?«

»Sie war okay.«

»Was meinen Sie mit okay? Könnten Sie etwas genauer sein?«

Der junge Mann warf einen gejagten Blick in den Raum. »Ich meine, sie war … okay. Nicht zu schlecht.«

Es war offensichtlich, dass er seinen Master nicht in Rhetorik gemacht hatte. *Ich frage mich, wie er in der Klasse überlebt.* »Aber sie hat ihre Abschlussprüfung doch mit Auszeichnung bestanden, oder?«

Auguri nickte.

»Waren Sie nicht überrascht?«

Der junge Mann schüttelte den Kopf. Es schien, dass er das Sprechen ganz aufgegeben hatte.

Eine Kellnerin schaffte es, sich den Weg durch die überfüllten Tische zu kämpfen und blieb neben ihnen stehen. »*Signori*? Was kann ich Ihnen bringen?«

Hätte sie nicht einige Minuten später kommen können? »Ich nehme ein *panino* mit *prosciutto*«, sagte Garini. »Und einen Kaffee, bitte.«

»Und Sie, *signor*?«

Auguri spitzte die Lippen. »*Un Grappa, per favore.*«

Sie nickte und fegte davon.

Garini beugte sich nach vorne. »Warum nicht?«

»Huh?« Blassblaue Augen starrten ihn an.

»Warum waren Sie nicht überrascht?« Stefano stellte fest,

dass er langsamer als sonst sprach. »War es nicht ungewöhnlich für Annalisa, in Mathematik so brillant zu sein?«

»Uh.«

Stefano biss die Zähne zusammen. Wenn Auguri noch ein weiteres sinnloses Geräusch von sich gab, würde er ihn erwürgen. Da war eine Eule ja gesprächsbereiter. Er versuchte einen anderen Ansatz. »Haben Sie jemals falsches Spiel vermutet, als Annalisa so gut abschloss?«

Auguri schüttelte den Kopf.

»Warum nicht?« Stefano schoss die Frage nur so hervor.

Der Lehrer machte eine vage Handbewegung. »Nerven.«

»Nerven?« Garini blinzelte überrascht. »Können Sie mir das erklären? In einem ganzen Satz, bitte?«

Der junge Mann schob eine Hand durch sein gebleichtes Haar. Er öffnete den Mund und schloss ihn wieder, dann öffnete er ihn erneut, wie ein Fisch, der nach Luft schnappt. »Manchmal bringen gute Nerven einen dazu, unerreichte Höhen zu erreichen.«

Ich erreiche auch gerade unerreichte Höhen. Garini presste seine Lippen fest aufeinander. *Unerreichte Höhen der Wut.* »Also so haben Sie es sich erklärt? Mit starken Nerven?«

»Uh.«

Die Kellnerin erschien aus dem Nichts und knallte die Bestellungen auf den Tisch. »Bitte schön.« Sie verschwand wieder, bevor sie sich bedanken konnten.

Auguri hob sein Glas, öffnete den Mund weit und versenkte den Grappa mit einem geübten Dreh seines Handgelenks. Er vermied Garinis Blick.

Garini vertilgte sein Sandwich, ohne den jungen Lehrer aus den Augen zu lassen. *Ich kann mir einfach nicht vorstellen, dass Annalisa eine Affäre mit ihm hatte. Wie um alles in der Welt ist Nico nur auf diese Idee gekommen?* Er holte tief Luft. Er hatte keine andere Wahl, hier half nur der brutale Ansatz. »Hatten Sie eine Affäre mit Annalisa Santorini?«

Das Gesicht des jungen Mannes färbte sich schlagartig dunkellila. Er öffnete den Mund, aber kein Geräusch kam heraus.

Das war's. Ich hab's getan. Eine Sicherung ist herausgeflogen und er wird den Rest seines Lebens nie wieder ein Wort sprechen. Garini bezähmte seine Ungeduld. »Es tut mir leid, dass ich Sie das fragen muss, aber ich muss es wissen. Wenn es mit dem Mord nichts zu tun hat, werde ich es nie irgendwo erwähnen.«

Auguri saß wie ein Hase, starr vor Angst, seine Augen flehend auf Garinis Gesicht gerichtet, als ob er ihn bitten wollte, nicht zu hart zuzubeißen.

»Hatten Sie eine Affäre mit ihr?« Garini betonte jedes Wort einzeln.

Auguri schüttelte den Kopf. »Uh-u.«

Aha. Uh-u hieß also nein. Sie kamen langsam vorwärts mit ihrer Eulensprache. »Nein?«

»Uh.«

Garini biss die Zähne zusammen. »Ich brauche eine eindeutige Antwort, *signor* Auguri. Könnten Sie mir bitte die Wahrheit in einem Satz sagen? Wenn Sie mir nicht antworten, werden wir hier bis Mitternacht sitzen.«

Das drang zu ihm durch. Auguri öffnete den Mund in heller Panik. »Ich hatte keine Affäre mit Annalisa.«

»Gut.« Garini stand auf und warf einen Geldschein auf den Tisch, um die Rechnung zu zahlen. »Vielen Dank für die Zeit, die Sie sich genommen haben, *signor* Auguri.«

Kochend vor Wut verließ er das Café. *Wieder ein Abend verschwendet. Wieder eine Sackgasse. Verdammt.*

VII

»Suchen Sie nach etwas Bestimmten, Inspektor?«

Ihre Stimme ließ ihn zusammenfahren. Er drehte sich auf den Fersen um, die Hände tief in die Taschen seiner Hose versenkt. Es war Carlina. *Natürlich. Wer sonst?* »Nein.« *Angriff ist die beste Verteidigung.* »Woher kommen Sie so spät in der Nacht?«

Sie kam näher. In dem schwachen Licht, das aus einem Fenster im ersten Stock fiel, sah sie kleiner als sonst aus. Ausnahmsweise einmal trug sie keine Jeans, sondern einen kurzen Rock und eine Jacke. »Ist die Frage Teil der Morduntersuchung?«, fragte sie.

»Ja.« Ein ungewohntes Gefühl stieg in ihm auf. Er hatte das Gefühl, sie beschützen zu müssen. Rasch unterdrückte er es wieder. *Diese Frau will nicht beschützt werden.*

Sie lehnte sich an die Hauswand und kreuzte die Arme vor der Brust. »Ich bin nicht sicher, ob ich das glauben soll, aber ich antworte Ihnen trotzdem. Ich komme von einem Treffen im Rathaus, bei dem die Frau des Bürgermeisters ein neues Projekt vorgestellt hat, um die Geschäftsfrauen von Florenz zu unterstützen.« Sie neigte den Kopf zur Seite. »Und Sie, mein lieber Inspektor, versuchen gerade herauszufinden, wie man über unseren Balkon ins Haus kommt, wenn ich mich nicht sehr irre.«

»Wie ausgesprochen scharfsinnig, *signorina* Ashley.«

»Sie werden keine Möglichkeit finden.«

Er hob eine Augenbraue. »Nein? Warum nicht?«

»Weil es ein Mantoni-Ding ist.« Sie lachte. Ihr Lachen war tief und weich, und es verursachte in ihm ein Gefühl, das er nicht näher analysieren wollte.

Sie ging auf ihn zu.

Ein Hauch ihres Parfums ließ ihn wünschen, sie würde näherkommen. Er stand wie angewurzelt da.

Sie lächelte. »Ich werde es Ihnen zeigen.«

»Warum sollten Sie der Polizei helfen wollen?«

Sie zuckte mit den Schultern. »Warum nicht?« Sie warf ihm einen herausfordernden Blick zu. »Ich habe nichts zu verbergen.« Sie kam näher auf ihn zu. »Könnten Sie bitte einen Schritt zur Seite gehen? Sie stehen direkt vor dem Stein.«

»Welchem Stein?« Er hätte gern gewartet, bis sie nahe genug war, um ihn zu berühren, aber er zwang sich, einen Schritt zur Seite zu gehen.

»Dieser hier.« Sie schaute die Straße entlang, prüfte, ob jemand am Fenster war, dann beugte sie sich mit einer schnellen Bewegung vor und zog einen losen Stein heraus, der kurz über dem Boden in der Wand saß. Er war so groß wie ein Ziegelstein, flach und rechteckig. »Erzählen Sie es nicht weiter.« Ein verschmitztes Lächeln, ein Hüpfer, und sie stand auf dem Fensterbrett der Küche ihres Großvaters, die Spitze ihrer hochhackigen Schuhe zwischen zwei Eisenstäben. Carlina streckte sich und steckte den Stein in ein Loch an einer Seite des Fensters, dann benutzte sie ihn als Trittstein.

Garini verengte die Augen. Es sah so geübt aus, als ob sie das Haus jede Nacht über den Balkon betrat. Mit einem weiteren Schritt war sie auf der hervorspringenden, gemauerten Zierleiste über ihm angekommen. Jetzt hatte sie schon eine Hand auf dem Balkongeländer. Doch anstatt über die Brüstung zu klettern, drehte sie sich um und kam den Weg zurück, den sie aufgestiegen war, diesmal jedoch etwas langsamer.

Als sie auf den Ziegelstein trat, verlor sie das Gleichgewicht. Mit fliegenden Armen rutschte sie die letzten Meter und fiel vor seine Füße.

Er fing sie auf. Ihre Arme fühlten sich warm und weich an. Sie war so nahe, dass er den Duft ihrer Haare riechen konnte, den zarten Geruch ihrer Haut. Was, wenn er sich jetzt vorbeugte und sie küsste? Er fühlte, wie ihm heiß wurde. *Immer mit der Ruhe, Stefano. Sie ist eine Verdächtige.* Er biss die Zähne zusammen und zwang sich, seine Hände wegzunehmen. Zur Sicherheit machte er einen Schritt zurück.

»Entschuldigung.« Carlina war außer Atem. »Ich bin immer nur hochgestiegen, nie runter.«

Er musste seine ganze Konzentration zusammennehmen, um eine Frage zu stellen, die Sinn ergab. »Warum sind Sie nicht reingegangen und dann über die Haustür wieder herausgekommen?«

Sie grinste. »Weil ich in dem Rock nicht über die Brüstung steige, wenn jemand zuschaut. Außerdem muss die Tür des Balkons offenstehen.«

Er schüttelte den Kopf. »Sehr riskant. Was ist, wenn Benedetta die Tür schließt, während Sie unterwegs sind?«

»Kein Problem. Dann rufe ich jemanden innen im Haus an und bitte darum, dass sie mir die Tür öffnen. Außer meine Mutter oder Tante natürlich.«

Er schaute sie prüfend an. »Verstehe. Haben Sie es oft getan?«

»Hmm. Nicht so oft wie Ernesto und Annalisa. Benedetta ist eine sehr ängstliche Mutter.«

»Und Ihre Mutter ist es nicht?«

Carlina hüpfte auf die Fensterbank und holte den Stein zurück. »Doch, aber offiziell habe ich die Nacht immer bei meiner Freundin Rosanna verbracht. Die hat total entspannte Eltern.« Sie versteckte den Stein wieder an seinem Platz.

»Wer hat diesen … Seiteneingang geschaffen?«

»Keine Ahnung.« Carlina zuckte mit den Schultern. »Das Wissen ist seit einer Ewigkeit innerhalb der Mantoni-Familie weitergegeben worden, allerdings nur unter den Jungs. Ein Cousin hat es mir gezeigt, als ich vierzehn wurde.«

»Und Sie haben es weitergegeben.«

»Natürlich.«

»Hatten Sie keine Angst, dass Sie jemanden wecken?«

Carlina kicherte. »Oh, nein. Benedetta würde auch dann nicht aufwachen, wenn man einen Stepptanz neben ihrem Bett machen würde.«

»Aber warum haben Sie dann nicht einfach die Haustür

benutzt?«

Sie lachte. Eigentlich war es mehr ein Glucksen, das tief aus ihr kam.

Er konnte sich gar nicht satthören.

»Weil Opa die Haustür immer um Mitternacht schloss und den Schlüssel auf der Innenseite stecken ließ. Er war überzeugt, dass man ein Schloss nicht manipulieren kann, wenn der Schlüssel von innen steckt. Er war auch überzeugt, dass neunundneunzig Prozent aller Einbrüche nach Mitternacht stattfinden.«

»Da hatte er unrecht.« Garini schüttelte den Kopf. »Was passiert denn, wenn einer der Erwachsenen nach Mitternacht nach Hause kommt?«

»Ach, dann müssen sie eben klingeln. Ich habe immer den Balkon benutzt und Annalisa oder Ernesto gerufen. Opa wurde immer ziemlich sauer, wenn man ihn weckte.«

Er schaute sie an. »Das erinnert mich an etwas. Haben Sie Emma auch den Weg gezeigt?«

Carlina nickte.

»Was haben Sie denn sonst noch mit ihr angestellt?«

Ihre Augen weiteten sich. »Angestellt? Nichts Ungewöhnliches. Wer hat Ihnen denn das gesagt?«

»Benedetta.«

Sie grinste. »Oh.«

Madonna, war das schwierig. Wenn sie so lachte, mit leuchtenden Katzenaugen, dann würde er am liebsten –

Er schob den Gedanken energisch von sich und verengte die Augen. »Na los, verraten Sie es mir.«

Ihr Lächeln wurde breiter. »Ich habe jahrelang nicht an diese Geschichte gedacht. Es war im Sommer und Emma entschied sich, mitten in der Nacht schwimmen zu gehen. Sie hatte damals einen Freund, der ein schnelles Auto fuhr und sie sind den ganzen Weg bis zur Küste gefahren. Aber unglücklicherweise wurden ihre Klamotten gestohlen, während sie im Wasser war. Sie kam um vier Uhr morgens zurück und trug nur ihren Bikini. In dieser Nacht hatte Benedetta aber Magenprobleme, die sie wachhielten. Sie hat die Balkontür in der Nacht geschlossen, aber Gott sei Dank hat sie nicht in Emmas Zimmer geschaut. Als Emma dann kam und die Tür verschlossen fand, hat sie mich angerufen. Ich bin in Benedettas Küche gegangen, um sie hereinzulassen, doch gerade als Emma durch die Tür kam, stolperte Benedetta mit einer Wärmflasche in die Küche.«

»Klingt nach einer lustigen Nacht.«

Carlina schüttelte sich vor Lachen. »Benedetta fragte uns, was wir um Himmels willen täten und Emma hat sich spontan eine wilde Geschichte ausgedacht, über eine Wette, die wir abgeschlossen hatten, und die dazu führte, dass der Verlierer mitten in der Nacht in der Küche im Bikini tanzen musste.«

»Mir ist schon aufgefallen, dass sie ziemlich gut im Erfinden von Geschichten ist.«

Carlina brach mitten im Lachen ab und warf ihm einen scharfen Blick zu.

Er zeigte auf die Wand. »Könnte es nicht sein, dass irgendjemand irgendwann dieses Wissen nutzen wird, um einzubrechen? Ich vermute, dass die Hälfte der Bevölkerung von Florenz mittlerweile weiß, wie man diesen Stein zu benutzen hat.«

Sie zuckte mit den Schultern. »Wir nehmen ihn weg, wenn wir in den Urlaub fahren.«

Er schüttelte den Kopf. »Ist Ihnen eigentlich je aufgefallen, dass Ihre Familie ein wenig … ungewöhnlich ist?«

»Ach, die sind verrückt wie betrunkene Hühner.« Carlina lächelte. »Darum liebe ich sie ja so.«

Kapitel 13

I

»Guten Morgen, Piedro.« Garini runzelte die Stirn. Piedro sah aus wie ein altes T-Shirt, zerknittert, weiß mit grauen Rändern und völlig aus der Form geraten. »Hat alles geklappt letzte Nacht?«

»Ugh.« Piedro sank auf den Stuhl vor Garinis Tisch.

Ich hoffe, er fängt jetzt nicht an, mit mir in der Eulensprache zu sprechen. »Gab es Probleme im Internet Café?«

»Nein.« Piedro schüttelte den Kopf, zuckte zusammen und verharrte bewegungslos.

»Hast du getrunken?« Garini sank das Herz in die Hose. *Wenn er bei der Arbeit trinkt, muss ich es seinem Vater sagen.*

»Nein. Steifer Nacken.«

»Gut.«

»Was?« Piedros Lider flackerten, aber trotz seiner offensichtlichen Anstrengung blieben seine Augen halb geschlossen.

»Nichts.« Garini beugte sich nach vorne. »Hast du Ernesto gesehen?«

»Jau. Er blieb die ganze Nacht im Café.« Piedro setzte sich etwas gerader hin und fing an zu schwanken.

»Hat man dir irgendetwas Verdächtiges angeboten? Drogen erwähnt?«

»Monster slasher. Black spider.«

Garini runzelte die Stirn. Von diesen Drogen hatte er noch nie gehört. »Piedro.« Er ließ seine Stimme wie eine Peitsche klingen. »Steh auf.«

Piedro saß bewegungslos im Stuhl. Ein leichtes Schnarchen kam aus seinem Mund.

Stefano ging um den Schreibtisch herum und zog ihn auf

seine Füße. »Nun erzähle es mir noch einmal. Was für Drogen?«

Piedros Augen rollten nach oben. »Keine Drogen. Spiel. Die ganze Nacht.«

»Der Junge hat nur auf dem Computer gespielt?«

»Jau.«

Garini schüttelte ihn. »Sicher?«

»Jau.«

»Na gut.« Garini ließ ihn fallen und nahm sein Portemonnaie heraus.

Piedro sank in seinen Stuhl wie ein Luftballon mit zu wenig Luft.

»Hier.« Garini gab ihm zehn Euro. »Nimm ein Taxi nach Hause und schlaf dich aus. Komm nicht zurück, bis du wieder weißt, wie du heißt.«

Blutunterlaufende Augen versuchten, sich auf ihn zu fokussieren. »Mein Name?«

»Ja. Du wirst dich an ihn erinnern. Irgendwann.«

II

»*Buongiorno,* Carlina.« Die Stimme kam von Ladeneingang von Temptation.

Carlina schaute über ihre Schulter. »Tante Maria! Du bist früh wach. Lass mich nur schnell den Boden fertigwischen, dann komme ich zu dir.«

Sie nahm ein altes Handtuch und rubbelte den Boden der Umkleidekabine trocken, dann holte sie eine kleine Flasche aus einer versteckten Ecke und besprühte die ungleichmäßigen Steinfliesen, die schon einige Jahrhunderte gesehen hatten.

Tante Maria schaute ihr mit gerunzelter Stirn zu. Sie trug eine hellgrüne Regenjacke und einen passenden grünen Hut. »Warum machst du das?«

Carlina seufzte.« Weil man die Schuhe ausziehen muss, wenn man Unterwäsche anprobiert und im Sommer haben viele Kunden stinkende Füße. Ich muss den Boden der Umkleidekabine mindestens zweimal pro Woche schrubben und dann gebe ich auch immer ein Desinfektionsmittel darauf.« Sie richtete sich auf. »So, das war's. Frisch und sauber für meine nächste Kundin.« *Wenigstens wäre es so, wenn du nicht so überwältigend nach Knoblauch riechen würdest.* Sie schob den Gedanken zur Seite und ging zur Tür. »Lass uns mal ein wenig lüften.« Sie schob die Glastür auf und fixierte sie, während sie auf den grauen Himmel blickte. Ein leichter Nieselregen hielt die Touristen davon ab, auf die Straße zu gehen. Carlina seufzte. Es war das richtige Wetter für ein Museum, aber nicht für Shopping.

Tante Maria folgte ihr und lehnte sich gegen den Kassentresen. Ihre kleinen Augen waren gerötet.

Carlina runzelte die Stirn. »Ist alles in Ordnung mit dir?«

Tante Maria nickte. »Ja. Ich hatte nur eine schlechte Nacht, das ist alles.« Sie wischte mit der Hand über ihre Stirn. »Meine Gedanken haben mich wachgehalten.«

Ihre Großnichte zeigte auf den Barhocker. »Setz' dich, Tante Maria. Ich hole dir ein Glas Wasser. Dann wirst du dich besser fühlen.« Sie ging zu dem winzigen Badezimmer hinter ihrem Lagerraum.

Als sie zurückkam, hatte ihre Tante es geschafft, den Barhocker zu erklimmen. Mit ihrem grünen Mantel sah sie aus wie eine rundliche Nymphe, die auf ihrem Thron neben dem goldenen Füllhorn mit Tangas saß. »Man hat von hier oben einen guten Überblick.« Tante Marias Lächeln war triumphierend. »Wenn es auch ein wenig schwierig ist, hinaufzukommen.«

Carlina gab ihr das Wasserglas. Es war durchsichtig rot und in einem kleinen Quadrat auf der Vorderseite war das Wort »Temptation« mit goldenen Schnörkeln aufgetragen.

»Das Logo macht sich gut auf dem Glas.« Tante Maria nahm ein Schlückchen. »Ich wusste nicht, dass du so was hast.«

Carlina lehnte sich an den Tresen. »Ich habe sie im Sommer machen lassen. So viele Kunden haben mich nach einem Glas Wasser gefragt, dass ich mich schon wie in einer Bar fühlte und ganz genervt wurde, aber ich konnte natürlich nicht ablehnen, ihnen etwas zu geben. Es war ja wirklich heiß.«

»Ja, es war ein heißer Sommer.« Tante Maria nahm ihren grünen Hut ab und wischte sich erneut die Stirn, obwohl mittlerweile ein kühler Windzug von der offenen Tür kam.

»Also habe ich mit Francesca gesprochen. Sie ist Glasbläserin und hat ihr eigenes Studio in der Via Burchiello. Sie hat sie für mich gemacht.«

Tante Maria lächelte. »Also verkaufst du jetzt auch Gläser?«

Carlina nickte. »Ich habe noch eine andere Version, die durchscheinend schwarz ist.«

»Und wie viel kostet eines?« Tante Maria hielt es gegen das Licht und kniff die Augen zusammen, während sie die roten Reflektionen auf der glatten Oberfläche ansah.

»Zwölf Euro.«

Tante Marias Hand sank. »Was?« Sie beäugte das Glas mit Respekt. »Wieso ist es so teuer?«

»Es ist handgemacht.« Carlina zeigte auf den Rand des Glases. »Siehst du die kleinen Wirbel hier? Jedes Stück ist ein Unikat.«

»Aber du machst auch noch einen Gewinn?«

»Natürlich.« Carlina lachte. »Ich möchte nicht riskieren, dass ich mehr Gläser als Unterwäsche verkaufe und darüber bankrottgehe.« Sie zitterte vor Kälte, aber sie schloss die Tür nicht. Die kalte Luft war das kleinere Übel neben Tante Marias Knoblauchdunst. »Tatsächlich ist es ein sehr günstiger Preis für ein handgemachtes Glas.«

»Na gut, wenn du es sagst, will ich es dir glauben.« Tante Maria beugte sich nach vorne und stellte das Glas vorsichtig auf den Tresen. Dann setzte sie sich gerade hin und faltete die Hände im Schoß, wobei sie den grünen Hut zerquetschte. »Ich bin nicht gekommen, um mit dir über Gläser zu sprechen, Carlina.«

Carlina sah sie fragend an.

»Ich habe die ganze Nacht gegrübelt.« Tante Maria starrte vor sich hin. »Ich habe über den Mord von Nico nachgedacht und ich glaube, ich weiß, wer es war.«

»Was?« Carlina traute ihren Ohren nicht. »Du weißt, wer es war? Wieso?«

Tante Maria schaute über Carlinas Schulter hinweg. »Ich glaube, wir sollten die Tür da schließen.«

»Natürlich.« Carlina sprang zur Tür. Auf einmal war es ihr egal, dass der ganze Laden nach Knoblauch stank. *Was weiß Tante Maria?* Sie eilte zu ihrer Großtante zurück. »Erzähle es mir.«

Tante Marias kleine Augen schauten sie an. »Magst du den Inspektor?«

Carlina war verblüfft. »Ich … nein.«

»Warum nicht?«

Carlina schluckte. »Er ist unhöflich. Er stellt mir ständig Fragen und versucht, mich aus dem Konzept zu bringen.« *Und er hat ein Lächeln, das meine Knie weichmacht.* Carlina schüttelte den Kopf. Wo kam denn dieser Gedanke her? Sie schob ihn energisch fort.

»Hmm.« Sie kugelrunde Nymphe auf dem Barhocker wackelte mit dem Kopf. »Komisch. Annalisa sagt das auch.«

»Ach ja? Ich dachte, sie sei an ihm interessiert. Ich sah dieses gewisse Blitzen in ihren Augen.«

Tante Maria schüttelte den Kopf. »Nein. Sie sagt, er sei unmöglich.«

»Aha.« Aus irgendeinem Grund fühlte Carlina sich jetzt besser. »Dann ist sie vernünftiger, als ich dachte. Aber lass uns nicht über Annalisa sprechen. Du sagst, du weißt, wer Opa umgebracht hat? Weißt du es wirklich oder hast du nur einen starken Verdacht?«

Tante Maria nahm das Glas Wasser und trank einen großen Schluck. »Ich mag Garini«, sagte sie, als ob sie Carlinas Frage nicht gehört hätte.

»Wirklich?« Carlina war überrascht. »Warum?«

»Er versteht Schwächen.«

Carlinas Unterkiefer fiel herab. »Wir sprechen nicht von demselben Mann.«

Tante Maria fing an zu lachen. »Oh, doch, das tun wir. Ich glaube, er macht dir etwas vor, Carlina.«

Gereizt sagte sie: »Das glaube ich ja gern, aber er hat mir nie den geringsten Grund gegeben, zu glauben, dass er irgendwelche menschlichen Emotionen versteht. Er erinnert mich an einen Polizeicomputer. Ich frage mich immer, ob er einen Schalter hat, den er ausschaltet, wenn er ins Bett geht.«

Tante Maria hielt sich am Tresen fest. Ihr ganzer Körper wackelte vor Lachen. »Oh, Carlina, du musst ein wenig genauer hinschauen.«

»Nein, danke.« Carlina kreuzte die Arme vor der Brust. Sie hatte Schwierigkeiten zu atmen. Wenn jetzt irgendein unschuldiger Kunde in den Laden spazierte, würde er von dem Knoblauchgestank gleich wieder auf die Straße katapultiert werden. »Nun sag es schon, Tante Maria. Spann mich nicht so auf die Folter.«

Das Lachen verschwand aus Tante Marias Gesicht. »Es ist schwierig«, sagte sie. »Denn wenn meine Theorie stimmt, müssten jetzt eigentlich viel mehr Leute tot sein.«

Carlina fühlte, wie ihr das Blut aus dem Gesicht wich. »Wie bitte?«

Tante Maria nickte. »Denn mehrere Leute kennen das Geheimnis. Und das macht mir Sorgen.« Sie drehte den zerknautschten Hut in ihren Händen. »Aber wir sind nicht tot. Heißt das, dass meine Theorie falsch ist?«

Carlina schluckte. »Wie *ist* denn deine Theorie? Wer ist der Mörder?«

Tante Maria antwortete nicht. »Sollte ich es Garini sagen?« Sie hob den Kopf. »Was, wenn es alles total falsch ist?«

»Sag es mir.« Carlina wäre am liebsten auf den Tresen gesprungen und hätte ihre Großtante geschüttelt. »Dann können wir es gemeinsam entscheiden.«

»Darum bin ich ja zu Temptation gekommen«, sagte Tante Maria. »Ich möchte mir dir sprechen, ohne dass jemand lauschen kann.«

Ein eisiges Zittern durchlief Carlina. *Es ist jemand von der Familie. Oh Madonna.*

Tante Marias Mund zuckte. »Aber jetzt frage ich mich, ob das richtig ist. Ich würde dich in Gefahr bringen.« Plötzlich sah sie alt aus.

»Du kannst es mir sagen.« Carlina hielt die Luft an und beugte sich nach vorne. »Du kannst es auch Garini sagen. Er wird wissen, was zu tun ist.«

Tante Maria runzelte die Stirn. »Ich dachte, du magst ihn nicht.«

Carlina fuhr zurück. Sie beugte sich nach unten und tat so, als ob sie etwas an ihrem Schuh richten müsse, damit sie unten einmal tief die frischere Luft einatmen konnte, bevor sie wieder nach oben kam. »Das stimmt schon. Aber das heißt ja nicht, dass er ein schlechter Inspektor ist. Tatsächlich glaube ich, dass er in seinem Job ganz gut ist.«

Tante Maria schüttelte den Kopf, als ob sie sich über ihre Großnichte sehr wundern würde. Sie fing an, in ihren großen Taschen herumzusuchen und grub eine frische Knoblauchzehe aus, die sie Carlina hinhielt. »Möchtest du auch eine haben?«

Carlina schüttelte den Kopf. »Nein, danke.«

Tante Maria ließ die Knoblauchzehe in ihren Mund fallen und fing an zu kauen. »Ich denke –« Sie brach ab und schnappte nach Luft. Ihr Gesicht wurde rot, dann blau, ihre Augen sahen aus, als ob sie ihr aus dem Kopf springen würden, ihre Hände schossen in die Luft und griffen panisch ins Leere, dann stürzte sie nach vorne, kopfüber in das goldene Füllhorn.

»Tante Maria!« Carlina sprang auf, um sie zu stützen, aber sie konnte ihr Gewicht nicht halten. Zusammen mit ihrer Großtante ging sie zu Boden, das goldene Füllhorn kippte mit einem lauten Knall um und Tangas flogen nach rechts und links wie Schneebälle aus Spitze. »Tante Maria!« Carlina schüttelte sie, öffnete ihren Mund, nahm das restliche Stück Knoblauch heraus, dann sprang sie auf, nahm das Glas Wasser und kippte es ihr in den Mund. Es floss wieder heraus. »*Oh Madonna*.«

Voller Panik blickte sie sich um. Es war niemand vor dem Geschäft. Sie riss den Hörer von der Gabel und rief den Notarzt, dann fiel sie wieder auf die Knie. »Bitte antworte mir. Komm schon, Tante Maria!« Sie rubbelte ihre Hände, berührte ihr Gesicht, fragte sich, ob sie eine Herzmassage machen könnte, aber sie hatte keine Ahnung, wo sie genau drücken musste und ob es helfen oder alles nur schlimmer machen würde. Tränen liefen ihr übers Gesicht. »Tante Maria!«

Von der Straße ertönte das langgezogene Jaulen einer Sirene. Im nächsten Augenblick packte sie jemand an der Schulter und stieß sie zur Seite. Carlina verlor ihr Gleichgewicht, aber als sie sah, dass es der Sanitäter war, sagte sie nur: »Sie ist vergiftet worden.«

Sie zog sich in den Hintergrund des Ladens zurück und presste beide Fäuste gegen den Mund, während sie betete, ohne es zu merken.

Die nächsten Minuten vergingen wie in einem Nebel. Plötzlich erschien die hochgewachsene Gestalt von Stefano Garini hinter dem Arzt. Er kämpfte sich durch die Menge, die sich vor Temptation angesammelt hatte, machte zwei große Schritte über den Arzt und Tante Maria, dann stand er neben ihr. »Was ist passiert?«

Carlinas Zähne klapperten. Sie zitterte so sehr, dass ihre Füße sich auf dem Boden von alleine bewegten, obwohl sie versuchte, sie stillzuhalten. Sie konnte ihre Augen nicht von Tante Maria abwenden, die auf dem kalten Steinboden lag, ihr grüner Mantel wie ein Laken über ihr. Gerade hatte sie noch vor ihr auf dem Barhocker gesessen.

Garini sah sie scharf an, dann verschwand er im Lagerraum. Er kam mit einem von Carlinas kleinen Klappstühlen zurück, setzte ihn auf die Erde, nahm Carlina bei den Schultern und bugsierte sie hinein, sodass sie sich mit dem Rücken an die Regale lehnen konnte. Dann nahm er ein leeres Wasserglas aus der Vitrine und ging in das kleine Badezimmer.

Mit einem völlig abwesenden Gefühl, als ob sie ganz weit weg sei, hörte Carlina das Wasser aus dem Wasserhahn laufen.

Dann war er wieder zurück und drückte ihr das Wasserglas in die Hand. »Trinken Sie.«

Es klang wie ein Kommando.

Carlina nahm das Glas, aber ihre Hände zitterten so sehr, dass sie es nicht stillhalten konnte.

Er bedeckte ihre Hände mit seinen und führte das Glas zu ihrem Mund.

Seine Hände waren warm und tröstlich, aber ihre Zähne klapperten gegen den Rand des Glases, als sie versuchte, zu trinken. Schließlich schaffte sie es, ein wenig von dem kühlen Wasser zu schlucken.

Er nahm das Glas weg und stellte es ins Regal. »Carlina.« Seine Stimme war bezwingend. »Schauen Sie mich an.«

Carlina riss den Blick von ihrer Großtante los und blickte Garini an, ohne ihn zu sehen.

Er studierte sie mit besorgtem Blick. »Was ist passiert? Sagen Sie es mir. Ich kann helfen.«

Carlina schnappte nach Luft. »Es war Gift.« Ihre Stimme klang flach, wie eine Maschine, die automatisch betrieben wurde. »In der Knoblauchzehe. Sie tat sie in ihren Mund und dann …« Ihr Gesicht verzerrte sich. »Sie fiel von dem Barhocker. Ich habe den Knoblauch aus ihrem Mund genommen, aber sie ist nicht wieder zu sich gekommen.«

Er nickte. »Bleiben Sie hier.« Ein Schritt brachte ihn zu dem Arzt zurück. Er beugte sich zu ihm herab und wechselte einige leise Worte mit ihm, dann suchte er den Boden ab. Er nahm etwas hoch, hüllte es in ein Taschentuch und steckte es dann in seine Tasche. Er richtete sich auf und sah sich jedes Detail in dem Laden an, den umgestürzten Barhocker, das verlorene Glas Wasser auf dem Boden mit der kleinen Pfütze daneben, die geschlossene Tür.

Carlina schaute ihm zu als ob sie hinter Glas sei, als ob diese ganze Show nichts mit ihr zu tun hätte. Sie hatte das Gefühl, über allem zu schweben, als ob sie hier nicht hingehören würde.

Garini kam zu ihr zurück. »Warum glaubten Sie, es sei Gift?«

»Warum?« Sie blinzelte. »Es ging los, sobald Tante Maria anfing zu kauen. Sie … sie hat noch nicht mal gehustet. Sie hat nur die Farbe gewechselt und ist dann zusammengebrochen.«

»Haben Sie ihr etwas zu trinken gegeben?«

Carlina starrte ihn an. Sie hörte seine Worte, aber der Sinn erschloss sich ihr nicht.

Er beugte sich nach vorne, seine hellen Augen konzentriert, sodass sie gezwungen wurde, ihm zuzuhören. »Es ist wichtig, dass Sie mir alles sagen. Haben Sie ihr etwas zu trinken gegeben?«

Sie nickte. Ihre Zunge fühlte sich schwer an als sie sagte: »Wasser aus dem Wasserhahn. Sie bat mich um ein Glas Wasser, nachdem sie hereingekommen war.«

Seine Hand fiel für einen Augenblick auf ihre Schulter, warm und sicher, wie ein Anker zu einer Welt, die sie verloren hatte, dann drehte er sich um, nahm sein Telefon heraus und fing an, mit leiser Stimme zu sprechen.

Carlina hörte nicht zu. Sie wollte seine Hand wieder auf ihrer Schulter spüren, wollte sich gegen jemanden lehnen, der ihr sagte, dass nichts Schlimmes passiert war, dass es nur ein schlechter Traum war, dass alles wieder gut werden würde.

Der Arzt setzte sich auf die Hacken zurück. Sein Gesicht war grau. Er schaute hoch und traf ihren Blick, dann schüttelte er langsam den Kopf.

Kapitel 14

I

»Carlina!« Die Stimme ihrer Mutter weckte sie.

Warum kam sie nicht rein? Carlina bewegte sich nicht.

»Carlina!« Ein Hämmern an der Tür.

Oh. Jetzt erinnerte sie sich. Carlina rollte sich aus dem Bett und schleppte sich zum Eingang ihrer Wohnung. Sie war immer noch völlig erledigt von der Schlaftablette, die sie genommen hatte, die erste in ihrem Leben. Der Notarzt hatte ihr eine gegeben und als Garini gesagt hatte, dass er noch Stunden brauchen würde, um alles zu dokumentieren, hatte sie ihm den Schlüssel zu Temptation überreicht, war auf ihre Vespa gesprungen und hatte sich zu Hause verkrochen.

Aber zum ersten Mal in ihrem Leben hatte sie sich zu Hause nicht sicher gefühlt. Am Ende hatte sie die Tür mit dem Schlüssel verschlossen und einen Stuhl unter die Klinke gestellt. Sie hatte sich lächerlich und klein gefühlt, als sie sich im Bett zusammengerollt hatte und wie ein Kind weinte, bevor die Schlaftablette anfing zu wirken.

Carlina schob den Stuhl zur Seite und drehte den Schlüssel, dann zog sie die Tür auf. »Oh, nein.«

Garini stand neben ihrer Mutter. Um seinen Mund herum waren tiefe Linien, die sie nie zuvor bemerkt hatte.

»Carlina!« Ihre Mutter stemmte die Hände in die Hüften. »Warum schließt du dich denn ein? Ich habe mir solche Sorgen um dich gemacht!«

Carlina rieb sich die Augen. »Es tut mir leid. Ich wollte nicht gestört werden.« Sie schaute Garini an. »Weiß es Onkel Teo schon?«

Er nickte. »Ich habe es ihm gesagt.«

Sie biss sich auf die Lippe. »Was hat er gesagt?«

»Nicht viel.« Sein Gesicht war völlig frei von Emotionen, wie immer. Oder meistens.

Eine Strähne hing über Fabbiolas Gesicht. »Ich weiß nicht, was hier los ist.« Sie hob beide Schultern und zog den Kopf ein. »Es macht mir Angst.«

»Mir auch.« Carlina machte einen Schritt zurück. »Kommt rein.«

Ihre Mutter und Garini folgten ihr in die Küche. »Espresso?« Carlina füllte die Maschine, ohne auf eine Antwort zu warten. Sie spürte Garinis Blick, scharf und intelligent, jedes Detail wahrnehmend. Schnell drückte sie ihm die Espressomaschine in die Hand. »Könnten Sie weitermachen? Ich gehe nur mal schnell ins Bad.«

Sie schaute sich ihr Gesicht im Spiegel an. Durch die verwischte Mascara hatte sie dunkle Streifen unter den Augen, ihre Nase sah immer noch rot und geschwollen aus vom vielen Weinen und ihr Haar hing in Strähnen herab. Sie putzte sich die Zähne und versuchte, sich einigermaßen vorzeigbar zu machen.

Der Espresso war fertig, als sie in die Küche zurückkam. Er war stark und heiß, genau das, was sie brauchte. Sie trank ihn mit einem dankbaren Seufzer.

»Ich muss mit Ihnen sprechen«, sagte Garini.

»Warum überrascht mich das nicht?« Carlina fühlte sich schwach, als ob sie sich von einer Krankheit erholen müsste, aber sie war bemüht, normal zu klingen.

»Ist das wirklich nötig?« Fabbiola stellte ihre Tasse mit einem Klappern ab. »Sie geben uns nicht viel Zeit zu trauern.«

Sein Gesicht verhärtete sich. »Ich wünschte, ich könnte Sie in Frieden lassen, aber ich denke nicht, dass wir viel Zeit haben.«

Die Worte von Tante Maria schossen Carlina durch den Kopf. *Es müssten viel mehr Leute tot sein.* Sie schauderte.

»Sie sollten woanders anfangen.« Fabbiola kreuzte die Arme vor der Brust. »Carlina befindet sich noch in einem Schockzustand.«

Seine hellen Augen prüften Carlinas Gesicht, aber er antwortete Fabbiola. »Sie war die Letzte, die mit ihr gesprochen hat. Es ist in ihrem Geschäft geschehen.«

Ich bin eine Verdächtige. Carlina fühlte sich, als ob ihr jemand in den Magen geboxt hatte, ganz atemlos. Ihre Hand zitterte. Sie wandte dem Inspektor den Rücken zu und stellte ihre Tasse in die Spüle. Vielleicht hatte er ihre Reaktion nicht bemerkt.

Fabbiola legte einen Arm um Carlinas Schultern. »So. Ich hoffe, Sie sind jetzt zufrieden. Macht es Ihnen Spaß, uns zu quälen?«

Carlina blickte ihn von der Seite an.

Zum ersten Mal sah sie Wut in seinen Augen aufglimmen.

Sie schluckte. Sie hatte recht gehabt. Er war kein Mann, den man wütend machen sollte.

Garini verengte die Augen. »Ich kann aufhören, Sie zu quälen, wie Sie es nennen, und den Mörder einfach weitermachen lassen.« Er presste seine Lippen zu einem Strich zusammen. »Sie werden dann allerdings in den nächsten Monaten viele Beerdigungen haben.«

Fabbiola sog empört Luft durch die Zähne. »Wie können Sie es wagen?«

Er hielt ihr die Küchentür auf. »Bitte lassen Sie mich mit Ihrer Tochter allein. Ich muss mit ihr sprechen.«

»Auf gar keinen Fall!« Fabbiolas Gesicht war trotzig. »Ich werde –«

»Mama.« Carlina nahm ihre Mutter am Arm und zog sie ins Wohnzimmer. Außer Hörweite sagte sie leise: »Tante Maria hat gesagt, dass viele Leute tot sein müssten. Sie hatte eine Ahnung, wer der Mörder ist, aber sie hatte keine Zeit, es mir mitzuteilen.«

»Was?« Fabbiolas Augen weiteten sich, bis man das Weiße komplett um die Iris sah. »Das hat sie gesagt?«

»Ja. Ich denke, der Inspektor hat recht und ich muss ihm alles sagen, was sie mir erzählt hat. Vielleicht versteht er es ja.« Sie seufzte. »Ich jedenfalls begreife es nicht.«

»Aber ich sollte bei dir bleiben! Ich bin deine Mutter!«

Carlina unterdrückte einen Seufzer. Wie konnte sie ihrer Mutter sagen, dass sie nicht hilfreich war, sondern dass ihre Gegenwart alles nur umständlicher machte? Sie umarmte sie schnell. »Danke. Aber ich denke, es ist besser, dem Inspektor zu gehorchen. Ich möchte nicht, dass er mich wieder mit auf die Polizeistation nimmt.«

»Wieder?« Fabbiolas Augen drohten ihr aus dem Kopf zu fallen.

Verdammt. Wie konnte ich das nur vergessen? Sie hatte ihrer Mutter die Details des schrecklichen Gesprächs erspart. Carlina ging zur Wohnungstür und öffnete sie. »Bitte.«

»Na gut.« Fabbiola holte tief Luft. »Du hast ja immer schon gemacht, was du willst.« Sie warf den Kopf mit einer königlichen Geste in den Nacken und fegte aus der Wohnung.

Als die Tür sich hinter ihr schloss, lehnte Carlina sich dagegen und rüstete sich innerlich.

»Glückwunsch.« Garinis Stimme klang trocken. Er kam ins Wohnzimmer und reichte ihr noch eine Tasse Espresso. »Bitte setzen Sie sich.«

Ohne ein Wort nahm Carlina die Tasse und setzte sich aufs Sofa. »Ich werde Ihnen nicht viel helfen können, Garini.« Sein Nachname rutschte ihr heraus, bevor sie sich stoppen konnte. »Mein Kopf ist ein einziges Durcheinander.«

»Ich gehe mit Ihnen alles Schritt für Schritt durch.« Er nahm das Aufnahmegerät heraus und zeigte darauf. »Ok?«

Carlina seufzte und nickte. »Erzählen Sie mir alles, was Ihre Großtante gesagt hat.« Er stellte das Aufnahmegerät auf den Couchtisch und setzte sich auf den Armlehnstuhl ihr gegenüber.

Carlina schaute in ihre Tasse. »Sie kam heute Morgen zu mir in den Laden und wollte mit mir sprechen. Ich ließ sie auf dem Barhocker sitzen, weil das der stabilste Stuhl ist, den ich habe.« Sie lächelte. »Mit ihrer grünen Jacke sah sie aus wie eine triumphierende kleine Nymphe, die es geschafft hatte, ihn zu erklimmen.« Eine Träne lief ihr über die Wange. Sie wischte sie weg.

»Kam sie oft zu Ihnen?«

»Ab und zu. Sie hat nie etwas gekauft, aber sie kam zum Plaudern.«

»War sie heute anders als sonst?«

»Ja. Sie machte sich Sorgen. Sie sagte, sie wisse, wer der Mörder war.«

Er richtete sich auf. »Das hat sie gesagt?«

»Ja.« Carlina nickte. »Aber bevor sie mir sagen konnte, wer es war, nahm sie eine dieser höllischen Knoblauchzehen und –« Sie brach ab. »Sie hat sie mir zuerst angeboten.«

»Sie hat jedem ihre Knoblauchzehen angeboten, aber es bestand keinerlei Gefahr, dass irgendjemand das Angebot je annehmen würde.«

Carlina lächelte traurig. »Ich weiß.«

»Hat sie Ihnen irgendeinen Hinweis auf den Mörder gegeben? Mann oder Frau?«

Carlina runzelte die Stirn und versuchte, sich an jedes Wort zu erinnern. »Nein, ich glaube nicht. Sie hat nur gesagt, dass viel mehr Leute tot sein müssten, wenn ihre Theorie stimmt. Deshalb war sie nicht sicher. Sie sagte, sie würde mich in Gefahr bringen, wenn sie es mir sagen würde.«

»Sie in Gefahr bringen?« Er hob die Augenbrauen. »Inwiefern?«

»Das hat sie nicht gesagt. Nur, indem ich das Wissen habe, vermute ich.«

Der Inspektor runzelte die Stirn. »Wenn sie gesagt hat, dass viel mehr Leute tot sein müssten und dass sie das nicht verstand, dann könnte ein möglicher Grund sein, dass der Mörder in den letzten Wochen nicht hier war.«

Carlina stockte der Atem. »Sie meinen Emma! Sie hat es nicht getan!« Das Gesicht ihrer Cousine, verzerrt vor Wut, als sie ihren Opa tot auffanden, tauchte vor ihrem inneren Auge auf. »Nein«, wiederholte sie. »Ich glaube das keine Minute lang.«

»Gift ist eine typische Waffe für eine Frau.«

Sie ballte die Fäuste. »Emma hat es nicht getan.«

Er legte den Kopf auf die Seite und sah sie mit Augen wie Stahl an. »Egal, wen ich vorschlage, Sie sagen immer, dass es unmöglich ist.«

Sie wollte mit dem Fuß aufstampfen. »Es ist aber so. Es ist Ihr Job, unwiderlegbare Beweise zu finden. Vielleicht glaube ich Ihnen dann.«

»So, wie ich Sie kenne, wage ich das zu bezweifeln.«

War da der Hauch eines Lächelns in seinen Augen? Carlina schaute weg.

»Erzählen Sie mir mehr von der Unterhaltung mit Ihrer Großtante. Erzählen Sie mir alles, auch wenn Sie denken, dass es unwichtig ist und nicht dazugehört.«

Carlina seufzte. »Ich weiß nicht, ob ich mich an alles erinnere und ob ich es überhaupt richtig im Kopf habe. Vielleicht habe ich es ja auch falsch interpretiert.« Sie zuckte mit den Schultern.

»Ich weiß. Das berücksichtige ich schon.« Er lehnte sich zurück und legte einen Arm über die Lehne des Sofas. »Legen Sie los.«

»Sie roch nach Knoblauch, wie immer, und sie sah völlig erledigt aus. Ich gab ihr ein Glas Wasser.« Sie biss die Zähne zusammen. »Mit Wasser, das ich frisch aus der Leitung hatte. Dann sprachen wir über meine Wassergläser. Sie sind handgemacht und ich verkaufe sie, wenn jemand Interesse hat. Plötzlich sagte sie, dass sie wisse, wer Opa umgebracht hat. Sie bat mich, die Tür zu schließen.«

Er beugte sich nach vorne, die Ellenbogen auf den Knien. »Was dann?«

Carlina unterdrückte ein Lächeln. »Dann hat sie mich gefragt, ob ich Sie mag.«

Garini blinzelte.

»Ich sagte nein. Sie fragte warum. Ich sagte, dass Sie unhöflich sind, mich ständig umherschubsen und dass Sie versuchen, mich aus dem Konzept zu bringen.«

Sein Gesicht verriet nicht, was er dachte.

»Sie sagte mir, dass Annalisa auch so über Sie denkt, aber dass sie selbst Sie mag, weil Sie Schwächen verstehen. Sie sagte auch, dass Sie mich an der Nase herumführen würden und dass ich genauer hinschauen sollte.«

Ihre Blicke trafen sich. Der Raum war still. Carlina versuchte, seine Gefühle zu lesen, aber sein Gesicht blieb unbeweglich. Sie fühlte sich lächerlich. »Dann sagte sie diesen Satz, dass mehr Leute tot sein müssten. Mir wurde ganz kalt.« Sie schwieg einen Augenblick. »Sie hatte ein wenig Zweifel an ihrer Theorie, weil wohl einige Leute das Geheimnis kannten, aber wenn ihre Theorie richtig war, hätten diese Leute auch tot sein müssen.«

»Hat sie Ihnen gesagt, wer das Geheimnis noch kannte?«

»Nein.« Carlina schluckte. Jetzt kam der schlimmste Teil. »Aber sie kam zu Temptation, um mit mir unter vier Augen zu sprechen und meinen Rat einzuholen.« Sie beeilte sich, weiterzusprechen, in der schwachen Hoffnung, dass er die implizite Aussage nicht verstehen würde. »Sie hat sich gefragt, ob sie Ihnen von ihrem Wissen erzählen sollte. Ich sagte ja.«

Er hob die Augenbrauen. »Sind Sie sicher, dass das letzte Wort stimmt?«

Sie funkelte ihn an. »Ja. Tante Maria war darüber auch überrascht. Aber auch wenn ich Sie nicht mag, kann ich doch der Meinung sein, dass Sie einen guten Job machen.« Sie kreuzte die Arme vor der Brust. »Das habe ich gesagt und Sie können es glauben oder es lassen.«

»Und dann?«

Ihr Gesicht zuckte. »Dann nahm sie diese Knoblauchzehe raus, bot sie mir an und steckte sie in den Mund. Sie wurde rot und fiel vom Stuhl. Ich nahm den Knoblauch aus ihrem Mund, aber ich traute mich nicht, eine Herz-Massage zu versuchen.«

Er ließ sie keine Sekunde aus den Augen. »Warum haben Sie nicht gedacht, dass es ein Herzanfall war oder so etwas in der Richtung?«

Carlina schluckte. »Vermutlich, weil es in der Sekunde losging, als sie anfing zu kauen und weil wir gerade über den

Mord sprachen. Hat … hatte sie einen Herzanfall?« Ihre Augen weiteten sich. »Hätte ich sie retten können, wenn ich es versucht hätte?«

Er schüttelte den Kopf. »Nein. Sie ist mit Zyankali vergiftet worden.

»Zyankali?« Carlina starrte ihn an. »Warum Zyankali?«

Garini hob die Augenbrauen. »Es wirkt schnell. Warum nicht?«

»Aber … bleiben Mörder nicht normalerweise bei einer Methode?« Als sie sah, wie sein Blick scharf wurde, fügte sie hastig hinzu, »Ich habe das irgendwo gelesen.«

»Dieser Mörder bleibt bei Gift. Bis jetzt.« Seine Worte standen wie eine düstere Warnung zwischen ihnen. »Es gibt immer Ausnahmen.«

Carlina war kalt. Sie rubbelte ihre Arme. »Ist es einfach, Zyankali zu bekommen?«

Er sah sie gleichmütig an. »Es kann aus Aprikosen und Pfirsichkernen gezogen werden. Nicht einfach, aber auch nicht unmöglich.«

Ernesto ist der Einzige in der Familie, der sich mit Chemie auskennt. Ich frage mich, ob Garini das weiß? Carlina presste die Lippen zusammen. »Verstehe.«

»Was geschah, nachdem Ihre Großtante vom Stuhl fiel?«

»Ich habe den Notarzt gerufen. Den Rest kennen Sie.«

»Warum haben Sie nicht mich angerufen?«

»Ich dachte mir, dass Sie die Info automatisch schnell erhalten würden. So war es ja auch.«

»Haben Sie noch meine Telefonnummer?«

»Ja.« Carlina machte eine vage Handbewegung. »Ihre Karte liegt hier irgendwo.«

»Ich möchte, dass Sie jetzt sofort meine Nummer in Ihr Telefon einspeichern.«

Carlina hob die Augenbrauen. »Warum?«

»Weil ich möchte, dass Sie mich schnell erreichen können.«

Carlina zuckte mit den Schultern. »Okay.« Sie stand auf und holte ihre Handtasche, zog das Telefon heraus und gab seinen Namen ein.

»Geben Sie mich als Favorit ein«, sagte er. »Sodass ich gleich oben erscheine.«

Sie schaute ihn an. »Übertreiben Sie nicht ein wenig?«

Er hielt ihren Blick. »Nein.«

»Mein Telefon ist nicht so modern und Ihr Name fängt nicht

mit A an.«

»Dann denken Sie sich etwas aus.«

Carlina warf ihm einen Blick zu und tippte »Aaanstrengender Inspektor«. Dann hielt sie ihm das Telefon hin. »So ungefähr?«

Er grinste. »Sehr gut.«

Carlina unterdrückte ein Lächeln. »Sagen Sie mir Ihre Nummer.«

Er diktierte sie ihr.

Sie speicherte sie und hob den Kopf. »Noch etwas?«

»Ja.« Er stand auf und holte etwas aus seiner Jackentasche. »Ich habe Ihnen einen Türriegel mitgebracht. Nach dem, was ich gesehen habe, sollten Sie in der Lage sein, ihn selbst anzubringen, oder?«

Ihr Unterkiefer fiel herab. »Sie haben mir einen Türriegel mitgebracht? Damit ich meine Tür verriegeln kann?«

»Ja. Und ich möchte, dass Sie ihn jetzt sofort anbringen.«

»Aber Garini …« sein Nachname rutschte ihr schon wieder heraus. »Das ist wirklich nicht nötig. Ich meine –«

»Sie haben die Tür vorhin verbarrikadiert«, sagte er. »Sagen Sie mir bitte nicht, dass Sie das nur gemacht haben, weil Sie in Ruhe schlafen wollten.«

Sie schluckte. »Nein. Ich habe mich nicht sicher gefühlt.«

»Genau.« Er nickte. »Holen Sie einen Bohrer, ja? Der Riegel bringt nur etwas, wenn er fest in der Wand sitzt. Ich habe auch Schrauben und Dübel mitgebracht.«

Als sie sich nicht bewegte, stand er auf. »Soll ich ihn holen? Ist er im Badezimmer?« Ein ironisches Lächeln spielte um seinen Mund.

Sie sprang auf. »Nein, ist er nicht. Ich hole den Bohrer.« Sie ging in die Küche und holte ihn aus einer Schublade, dann schaute sie die Schrauben an, die er ihr hinhielt, und suchte den passenden Bohrer heraus.

Schweigend holte sie einen Bleistift, markierte die Bohrstellen an der Wand und bohrte die Löcher. Dann schob sie die Dübel hinein, legte den Riegel an die richtige Stelle und zog die Schrauben fest. Garinis Gegenwart machte sie nervös, aber sie fand es gut, dass er ihr nicht anbot, den Riegel für sie anzubringen. Stattdessen reichte er ihr kommentarlos alles, was sie brauchte. Das gab ihr das Gefühl, dass er ihre Unabhängigkeit respektierte und deshalb bat sie ihn, die Schrauben noch einmal nachzuziehen.

Er nickte, nahm den Akkuschrauber aus ihrer Hand und zog

die Schrauben nach.

Carlina schluckte. Die flüchtige Berührung seiner Finger setzte etwas in ihr in Brand. Sie machte einen Schritt zurück und hob ihr Kinn. »Sagen Sie mir mal was, Garini.«

Er drehte sich herum und sah sie an. »Was?«

»Warum glauben Sie, dass dieser Riegel da mich schützen wird, wenn die bevorzugte Mordmethode Gift ist?«

Garini antwortete nicht.

»Nun?«

»Er wird Sie nicht schützen«, sagte er. »Aber er sorgt dafür, dass ich mich besser fühle.«

II

Am nächsten Morgen stand Carlina niedergeschlagen auf und versuchte vergeblich, die düstere Erinnerung an ihren Traum zu verscheuchen. Sie hatte Ernesto und Onkel Teo in einer unbekannten Küche gesehen, wie sie über einem heißen Herd mit zufriedenen Gesichtern standen. In einem Kupfertopf blubberte eine grüne Flüssigkeit vor sich hin.

Carlina schüttelte sich. Das war bösartig. Wie konnten sich so entsetzliche Verdächtigungen in ihre Gedanken und Träume einschleichen?

Der Himmel war bedeckt und ein kühler Wind kam durch das offene Fenster. Sie schloss es mit einem Schaudern. Was für ein Tag für eine Beerdigung. Kein Wunder, dass sie Albträume gehabt hatte.

Als sie sich ganz in Schwarz angezogen hatte, öffnete sie den Kühlschrank. Ein Rest Joghurt schaute sie herausfordernd an. Sie hatte ihn gestern nicht ganz aufgegessen. Aber was wenn –? Jeder hätte in ihre Wohnung gehen können, während sie nicht da gewesen war. *Oh Madonna.*

Sie nahm den Joghurtbecher mit spitzen Fingern hoch und roch daran. Er roch wie immer, ein wenig säuerlich, nach Milch. Ihr Magen knurrte hoffnungsvoll. Sie war hungrig und konnte schon fast die Joghurtcreme mit Zuckerkörnern, die auf ihrer Zunge schmolzen, schmecken. Aber sollte sie ihn essen? Sie erinnerte sich an Garinis Augen, an die Art und Weise, wie er sie angesehen hatte, bevor er gegangen war. Vielleicht hatte er ja doch Gefühle.

Ein Geräusch an der Eingangstür ließ sie

zusammenschrecken. Jemand pochte gegen das Holz. »Carlina! Mach auf!« Es war die Stimme ihrer Mutter.

Carlina schob den Joghurtbecher wieder in den Kühlschrank, schloss ihn und rannte zur Tür. »Bin schon da!« Sie schob den Riegel zurück und öffnete die Tür.

Auch ihre Mutter trug ausschließlich schwarz und ihre Haare waren in einem engen Knoten vom Gesicht weggebunden. »Bist du fertig für die Beerdigung?«

Carlina nickte. »Fast. Ich muss noch etwas essen.«

»Wie kannst du in so einem Augenblick essen, kurz bevor wir deinen Opa begraben?« Fabbiola drückte ein Taschentuch gegen ihre Lippen.

Toll. Jetzt fühlte sie sich wie ein Klotz. Ein verängstigter Klotz. »Einen Augenblick.« Carlina entschied sich, eine kleine Packung Biscotti mitzunehmen, die noch in ihrer Originalverpackung waren. Sie kehrte in die Küche zurück und holte sie aus dem Schrank, dann ging sie wieder zu ihrer Mutter. »Fahren wir jetzt schon?«

»Ja.« Fabbiola zog ihre Jacke enger um sich. »Marco hat angeboten, dass er uns fährt. Er ist schon unten und trinkt einen Kaffee mit Benedetta.«

Auf dem Weg zur Beerdigung war die Stimmung gedrückt. Angela und Marco unterhielten sich sporadisch, aber Fabbiola und Carlina auf der Rückbank mischten sich nicht in die Unterhaltung. Carlina versuchte, sich innerlich für die bevorstehende Qual zu rüsten. Wenn sie bloß nicht schon wüssten, dass bald schon eine weitere Beerdigung anstand. Garinis Worte hallten in ihr nach. »Sie werden viele Beerdigungen haben.« Sie schloss die Augen.

Die erste Person, die sie sah, als sie aus dem Auto ausstieg, war ihr Ex-Verlobter. Der Atem stockte ihr. Giulio. Giulio Ludovico Eduardo Montassori. Sie hatte ihn jahrelang nicht gesehen.

Er kam zu ihnen und schüttelte Fabbiolas Hand. »Mein aufrichtigstes Beileid, Fabbiola.«

Fabbiola blinzelte eine Träne weg. »Wie lieb von Ihnen, dass Sie gekommen sind, Giulio.«

Carlina wusste, wie sehr Fabbiola bedauerte, ihn nicht als Schwiegersohn zu haben. Giulio drehte sich zu ihr herum und nahm ihre Hand. »Es tut mir so leid, Carlina.«

»Was machst du hier?« Sie schaffte es nicht, freundlich zu klingen. »Wo ist deine Frau?«

Giulio runzelte die Stirn. Er war älter geworden. Seine Haare hatten sich ausgedünnt und ein Bauch wölbte sich über seinem Gürtel, aber seine braunen Augen hatten ihren freundlichen Ausdruck nicht verloren. »Dein Opa war wie ein Freund für mich, daran erinnerst du dich doch bestimmt, oder? Ich halte ich es nur für richtig, mich von ihm zu verabschieden.«

Carlina unterdrückte einen Seufzer. Das war typisch Giulio, er akzeptierte alle Konventionen und folgte ihnen.

Fabbiola warf ihrer Tochter einen messerscharfen Blick zu. »Das ist sehr freundlich, Giulio.«

Er bot ihr seinen Arm und gemeinsam gingen sie den Hügel zur Kirche hoch.

Angela folgte mit Marco. Sie hing wie eine schwere Einkaufstasche an seinem Arm und wackelte auf ihren hochhackigen Schuhen.

Carlina kreuzte die Arme vor der Brust. Wenigstens hatte Giulio nicht seine Frau mitgebracht. Sie prüfte ihre Gefühle. Es war ein Schock gewesen, ihn wiederzusehen, aber es war ein schönes Gefühl, dass er so stark gealtert war. *Was für ein böser Gedanke.* Vielleicht hatte er ja das Gleiche gedacht, als er sie gesehen hatte? Sie biss sich auf die Lippe. Was hatte sie sonst noch gefühlt? Bedauern, dass sie nicht mehr zusammen waren?

Sie runzelte die Stirn und schüttelte langsam den Kopf. Nein. Kein Bedauern. Ganz und gar nicht.

Sie lächelte und fühlte sich plötzlich viel leichter. Mit entschiedenen Schritten ging sie zur Kirche hoch. Als sie nach innen kam, bedeckte der Geruch des Weihrauchs gemeinsam mit der düsteren Atmosphäre sie wie ein erstickendes Tuch. *Ich mag Kirchen nicht.* Der Gedanke kam aus dem Nichts. Sie fühlte sich eingeschlossen, abgetrennt von der frischen Luft. *Wenn ich jemals heirate, werde ich es auf amerikanische Art und Weise tun, in einem Garten, mit Sonne und Blumen rund herum.* Carlina folgte ihrer Mutter nach vorne, aber als sie sah, dass Giulio sich neben Fabbiola setzte, blieb sie abrupt stehen. Wie konnte er es wagen? Er hatte doch gar nichts mehr mit der Familie zu tun! Ohne darüber nachzudenken, schlüpfte sie in die nächste Bank zu ihrer Linken. Sie würde sich nicht neben Giulio setzen. Auf gar keinen Fall. Sie war so mit ihren Gedanken beschäftigt, dass sie die Predigt überhaupt nicht mitbekam und nur den letzten Satz noch hörte.

»Nicolò Alfredo Mantoni war ein guter Mensch, stark und weise. Er war ein echter Familienpatriarch und alle haben ihn geliebt.«

Mir wird gleich schlecht. Wer hatte mit dem Priester gesprochen? Alberta? Es klang genau nach der Sorte sinnlosen Gefasels, das sie ständig von sich gab. Carlina kreuzte die Arme vor der Brust und lehnte sich zurück. *Ich werde überhaupt keinen Beerdigungsgottesdienst haben, wenn ich sterbe. Es ist so falsch. Und es ist eine echte Qual.* Ihr Hals zog sich zu und das Atmen fiel ihr schwer. Plötzlich wurde ihr schwindelig. *Ich muss raus hier. Ich halte es nicht mehr aus.* Sie schlüpfte aus der Kirchenbank und ging mit gesenktem Kopf zur Tür, so schnell sie konnte, ohne zu rennen. Gott sei Dank waren jetzt alle Köpfe zum Gebet gesenkt. Sie versuchte, kein Geräusch zu machen, als sie die schwere Tür mit ihrer letzten Kraft aufzog und nach draußen stürzte.

Gott sei Dank!

Licht!

Luft!

Sie beugte sich nach vorne, die Hände auf den Knien, und konzentrierte sich auf ihren Atem. Ein – aus. Ein – aus.

Eine Hand fiel auf ihre Schulter. »Ist alles in Ordnung?« Es war Garini.

Carlina richtete sich auf. »Ja.« Vielleicht war es keine gute Idee, sich so schnell aufzurichten, als ob ein Gummiband gerissen wäre. Für einen Augenblick lang wurde ihr schwarz vor Augen und sie schwankte.

Sie konnte seine Lederjacke riechen, einen Hauch von Aftershave. Sie öffnete ihre Augen. Er hielt ihre Arme wie zwei Schraubstöcke, sodass sie direkt vor seiner Brust stand.

Ihre Augen stellten sich wieder scharf und entdeckten die leichte Narbe neben seinem Mund. »Wo haben Sie eigentlich diese Narbe her?«, fragte sie.

»Was haben Sie heute Morgen gegessen?«, antwortete er.

»Wissen Sie, Sie kommen immer aus dem Nichts.« Sie lächelte. »Wie eine Erscheinung. Eine komische Angewohnheit, eigentlich.«

»Ja, das sagten Sie schon einmal.« Er schüttelte sie sanft. »Was haben Sie heute Morgen gegessen?«

»Nichts.« Carlina lächelte. Sie hatte das Gefühl, über dem Boden zu schweben.

»Getrunken?«

»Kaffee.«

»Alleine?«

»Nein.« Carlina konnte sich nicht bewegen, so fest hielt er sie. »Wir haben alle Kaffee aus der gleichen Kanne getrunken, bevor wir losgefahren sind.«

»Wer waren die anderen?«

»Alle. Wir haben uns in Benedettas Küche getroffen.«

»Hatte irgendjemand die Möglichkeit, Ihnen etwas in die Tasse zu tun?«

»Sie tun mir weh.« Sie fing an, sich ein wenig mehr der Erde zu nähern und fragte sich, ob das eine gute Entwicklung war. Dieses schwebende Gefühl der letzten Minuten war ganz angenehm gewesen. Hatte er ihre Frage zu der Narbe beantwortet?

Er lockerte seinen Griff. »Carlina. Antworte mir.«

Sie hob ihren Blick zu ihm. »Nichts. Ich habe aufgepasst. Es konnte nichts in meine Tasse gelangen.«

Er ließ einen Stoßseufzer hören. »Gut.«

Sie lächelte ihn an. *Ich finde, du kannst mich jetzt küssen.* Der Gedanke kam aus dem Nichts und katapultierte sie aus ihrem Traumland heraus. Sie riss sich zusammen und richtete sich auf.

Seine Augen verengten sich. »Warum waren Sie so schlapp?«

»Ich mag Kirchen nicht«, sagte sie. »So dunkel und falsch. Mögen Sie Kirchen?«

Er zögerte keine Sekunde. »Nein.«

»Der Priester hat nur Blödsinn erzählt. Ich konnte es einfach nicht mehr aushalten.« Sie runzelte die Stirn. »Ich bin keine gute Katholikin.«

Er nahm die Hände von ihren Armen. »Es könnte schlimmer sein.« Sein Gesicht wurde weich. »Sie müssen etwas essen.«

Sie nickte und öffnete ihre Tasche. »Ich habe einige Biscotti hier.«

»Wie praktisch.« Er nahm ihr die Packung aus der Hand und untersuchte sie, dann gab er sie ihr zurück.

Sie öffnete sie und sie teilten sich einige Biscotti.

Die Orgel ertönte.

»Der Gottesdienst ist vorbei«, sagte sie.

»Lassen Sie uns zur Seite gehen.« Er nahm ihren Arm. »Wir können von der Seite her zu den anderen stoßen und dann wird niemand merken, dass Sie früher gegangen sind.«

Sie schauten zu, wie der Sarg aus der Kirche getragen wurde. Die Glocken fingen an zu läuten. Sie klangen zu laut in der Luft, die scharf vor Kälte war. Dunkle Wolken segelten über die

Hügelkuppe und verdunkelten die Sonne. Heute sah Florenz wie ein zitterndes Küken unten im Tal aus, das auf den nächsten Regenguss wartete.

Onkel Teo folgte. Er schien geschrumpft zu sein. Carlinas Herz füllte sich mit Mitleid. Sie machte einen Schritt vorwärts, um sich an seine Seite zu stellen, aber bevor sie es tun konnte, kamen sein ältester Sohn und seine älteste Tochter von hinten und stützten ihn, an jedem Arm einer.

»Wer ist das?«, fragte Garini.

»Die Kinder von Onkel Teo«, sagte Carlina.

»Das habe ich mir schon gedacht.« Garinis Stimme war trocken.

Carlina kicherte. Es war seltsam, in diesem Augenblick zu kichern, aber sie fühlte sich dadurch besser. »Rinaldo und Gina, seine beiden ältesten Kinder. Sie arbeiten beide in Mailand.«

Die anderen folgten in kleinen Grüppchen, schweigend und trauernd. Emma trug ein enges schwarzes Kleid, in dem sie ausgesprochen sexy aussah, und lehnte sich dekorativ an Lucios Arm. Die Haare von Annalisa und Ernesto leuchteten über ihren schwarzen Kleidern. Die Glocken läuteten weiter. Sie erinnerten Carlina an Krieg, an Chancen, die verpasst waren, an die bittere Realität.

Als nächstes kam Fabbiola, die sich immer noch auf den Arm von Giulio stützte.

»Ich glaube das einfach nicht«, sagte Carlina leise.

Garinis scharfer Blick wandte sich ihr zu. »Was?«

»Der Typ neben meiner Mutter ist mein Ex-Verlobter. Er kam hierher, als ob ihn jemand eingeladen hätte und benimmt sich, als ob er der Hauptleidtragende wäre.«

»Kannte er Ihren Großvater?«

»Ja, aber nicht gut. Er behauptet, dass er ein Freund von Opa war und dass er kam, um sich von ihm zu verabschieden.« Sie wiederholte Giulios Worte spöttisch.

»Sehen Sie ihn häufig?«

»Nie.«

»Tut es –«

Eine Stimme hinter ihnen unterbrach sie. »Hier steckst du, Carlina!«

Sie drehten sich beide herum.

»Hallo, Enzo.« Sie nickte dem Inspektor zu. »Das ist mein Bruder, Enzo Ashley. Er lebt in Pisa.«

Enzo streckte seine Hand aus.

»Enzo, das ist Inspektor Stefano Garini von der Mordkommission.«

»Ach, Sie sind der Inspektor.« Enzo schüttelte Garinis Hand voller Begeisterung. »Ich dachte, Sie seien ein Freund von Carlina.«

»Enzo hat den Ruf, immer die richtigen Worte bei jeder Gelegenheit zu finden.« Carlina funkelte ihren Bruder an.

»Das merke ich schon«, sagte Garini.

Sie war froh, das Lächeln in seiner Stimme zu hören.

Enzo schaute von einem zum anderen. »Was habe ich gesagt?«

»Nichts.« Carlina nahm ihn am Arm. »Lass uns den anderen folgen.«

III

Garini wartete, bis Carlina und ihr Bruder von der Menge verschluckt worden waren, dann ging er zu dem Mann, den Carlina fast geheiratet hätte. Bei dem Gedanken wurde ihm kalt. »*Signor* Montassori?«

»Ja?« Giulio drehte sich herum.

»Ich bin Inspektor Stefano Garini von der Mordkommission. Würden Sie bitte einen Augenblick mit mir mitkommen?«

Montassori hob beide Hände. »Ich habe keine Verbindung mit der Familie. Ich bin nur gekommen, um mich von dem Toten zu verabschieden. *Signor* Mantoni war der Freund meines Großvaters.«

Was für eine Laus. »Ich verstehe.« Garini stellte sicher, dass keine Spur einer Emotion in seine Stimme gelang. »Dennoch würde ich gern kurz mit Ihnen sprechen.«

»Ist das wirklich nötig, Inspektor? Ich bin ein vielbeschäftigter Mann und ich –«

»Wenn Sie es vorziehen, können Sie mich auch auf die Polizeistation begleiten.« Stefano traf seinen Blick ohne mit der Wimper zu zucken.

Montassori biss die Zähne so fest zusammen, dass seine Kiefermuskeln sich nach außen wölbten. »Was möchten Sie wissen?«

»Sie waren mit Caroline Ashley verlobt.«

»Ist das ein Problem?«

»Ganz und gar nicht«, sagte Garini. »Ist es richtig, dass Sie die Verlobung gelöst haben?«

Montassori zögerte. »Wir passten nicht zusammen.«

»Und wer hat sich entschieden, die Beziehung zu beenden?«

Beide Hände kamen hoch. »Hören Sie, Inspektor, ich sehe keinen Grund, auf diese sehr privaten Fragen zu antworten. Das ist über fünf Jahre her und außerdem kann es in keiner Weise mit dem Mord an Nicolò Mantoni zu tun haben.«

»Doch, das hat es.« Garinis Stimme war hart. »Aber ich kann auch vermerken, dass Sie sich weigern, der Polizei zu helfen, wenn Sie das vorziehen.«

Montassoris Brust schwellte sich vor Empörung. »Ich sehe wirklich keinen Grund, warum Sie so aggressiv werden, Inspektor … wie war noch gleich Ihr Name?«

Stefano hob die Augenbrauen. »Garini. Können Sie mir sagen, inwiefern Sie nicht zueinander passten?«

Montassori lachte. »Ich bot ihr nicht genug. Sie wollte mehr. Sie können ja sehen, was ihr Verhalten ihr gebracht hat. Sie wartet immer noch auf jemanden, der ihr mehr bieten kann, als ich es konnte.«

Stefano hätte ihn am liebsten geschlagen. »Sie hat einen Prinzen abgelehnt.«

Montassori sah ein wenig verwirrt aus. »Na ja, ich bin vielleicht kein Prinz, aber ich bin sicherlich kein schlechter Fang.« Er lachte so laut, dass die Leute hinter ihm sich nach ihm umdrehten. »Aber das ist ein netter Vergleich.« Er stellte sich breitbeinig hin und verlagerte sein Gewicht auf seine Hacken.

»Wann haben Sie Ihre Frau kennengelernt, *signor* Montassori?«

»Meine Frau?« Montassori schüttelte den Kopf. »Was zur Hölle hat denn das damit zu tun?«

»Bitte beantworten Sie meine Frage.«

»Ich kenne sie seit der Schule. Unsere Mütter waren befreundet. Meine Familie war begeistert, als wir uns entschieden, zu heiraten. Sie haben Carlina nie gemocht.« Er schüttelte den Kopf. »Sie ist zu unabhängig, zu dickköpfig. Wissen Sie, ich habe es damals erst nicht wahrhaben wollen, aber vielleicht bin ich mit knapper Not entkommen.«

Stefano lächelte ihn an. »Ich glaube, das gilt eher für Carlina.«

Kapitel 15

I

»Hi, Gloria.« Stefano ging mit einem Nicken an seiner Kollegin vorbei.

»Stefano!« Gloria winkte, um ihn aufzuhalten. »Wie kommt es, dass du ganz in Schwarz bist? Steht dir.«

»Ich war bei einer Beerdigung.« *Wenn sie bloß nicht ständig diese unmöglichen Komplimente machen würde.*

»Bei welcher?«

»Der alte Mann in der Nähe von Santa Croce.«

»Ich erinnere mich.« Gloria nickte. »Die verrückte Familie.«

»Genau«, sagte Stefano. »Sag mal, hast du etwas von Piedro gehört?«

»Er ist für zwei weitere Tage krankgeschrieben.«

Das glaube ich einfach nicht. Stefano schüttelte den Kopf. »Danke.« Er ging die Treppe in sein Büro hoch und hing seine Jacke auf. *Wenn diese sogenannte Krankheit noch lange anhält, muss ich mit Cervi darüber sprechen.* Der Gedanke gefiel ihm gar nicht.

Wenigstens hatte Piedro es geschafft, den Bericht über genetische Vererbung einzureichen, bevor er krank wurde. Stefano nahm ihn von dem Papierstapel auf seinem Tisch und fing an zu lesen. Eine Minute später sank seine Hand herab und er starrte blind durch den Raum. *Das hat sicherlich nicht Piedro geschrieben.* Er kehrte zu dem Bericht zurück. Die Formulierungen waren kompliziert und voller medizinischer Fachbegriffe. Zwei Absätze lang ging es in diesem Stil weiter, dann kam ein Übergang, der keinen Sinn machte, und dann ging es mit einem anderen weitschweifigen Bericht weiter.

Er schüttelte den Kopf. Immerhin hatte Piedro sich daran erinnert, die Quellen zu nennen, also zog Stefano seine Tastatur zu sich heran und gab die Webseite ein. Da es mehr als ein Gen gibt, das die Augenfarbe bestimmt, ist es möglich, dass ein Kind blaue Augen hat, auch wenn beide Eltern braunäugig sind. Seine Stimmung hob sich. Endlich eine gute Nachricht für Carlina.

Er stockte mitten in der Bewegung und überprüfte seine Gefühle. *Ich bin zu sehr involviert. Es sollte mir nicht so wichtig sein.* Er konnte es nicht leugnen, er war gern in ihrer Gegenwart. Er mochte ihren Sinn für Humor und bewunderte ihre Bereitschaft, für ihre Überzeugung und für ihre Familie zu kämpfen. Keine einzige Sekunde lang glaubte er, dass sie ihren Großvater umgebracht hatte, das nicht mehr, aber er konnte es sich nicht leisten, Details zu übersehen. Zu viele Indizien wiesen auf sie hin, aber nicht alle. Die Zeit wurde knapp. Er wusste, dass der Mörder gefährlich war, jetzt noch mehr, nachdem er mehrmals gemordet hatte, ohne dass man ihm oder ihr auf die Spur gekommen war. Er musste die Wahrheit jetzt rasch herausfinden.

Stunden später unterdrückte er ein Gähnen. Er hatte sich alle Unterhaltungen, die sie aufgenommen hatten, noch einmal angehört, hatte auf jede Nuance der Stimme, jede Betonung geachtet, hatte sich daran erinnert, wie sie gesessen und geschaut hatten, als sie sprachen, und hatte seinen Bericht geschrieben. Es hatte ihm geholfen, seine Gedanken zu ordnen und herauszufinden, was er übersehen hatte.

Zunächst Benedettas Ehemann. Piedro war von seinem Besuch im Krankenhaus mit dem Namen eines Arztes zurückgekommen, aber dieser war in der Zwischenzeit gestorben. Als Garini die Gründe für Magengeschwüre im Internet nachrecherchierte, stellte er fest, dass sie zwar häufig auf Stress zurückzuführen waren aber nicht immer. *Na, toll.* Stefano seufzte und machte eine entsprechende Notiz in seinem Bericht.

Als nächstes der Hausarzt der Mantoni-Familie. Er bestätigte, dass er durch einen schweren Grippeanfall eine ganze Woche lang im Bett gewesen war. Das zumindest war also richtig.

Stefano las den Bericht weiterhin aufmerksam durch, um eventuelle Lücken zu finden. Er hatte das Gefühl, im Dunkeln umherzutappen, und dass jeder Versuch in einer Sackgasse endete. Tante Marias Tod hatte ihn nicht einen einzigen Schritt weitergebracht. Sie erwähnte ein Geheimnis, das viele Leute kannten. Diesen Verdacht hatte er auch schon gehabt. Es musste offensichtlich sein, so offensichtlich, dass niemand darüber sprach. Er bekam Kopfschmerzen.

Mit einem Seufzer öffnete er eine Schublade und nahm ein Foto heraus. Carlinas Vater sah ihn mit goldbraunen Augen an. Er wünschte, er könnte Carlina in der Form seiner Augen sehen, in seinem Mund. Gott, das war schon nicht mehr normal. Er sollte sich besser im Griff haben. Entnervt von seiner Schwäche schob er das Foto zurück und nahm ein anderes Bild zur Hand. Carlina und ihre Cousine bei der Hochzeit – beide lächelten in die Kamera. Vielleicht sollte er ihr nicht zu sehr vertrauen. Wenn man die beiden so sah, hätte niemand je vermutet, dass sie zwei Stunden zuvor eine Leiche herumgeschleppt hatten. Er erinnerte sich daran, wie sie ihn bei der Beerdigung angelächelt hatte. Ihre katzenartigen Augen hatten geleuchtet und ihr Mund war so einladend gewesen. Er schüttelte den Kopf. Sie hatte ihm ganz deutlich gesagt, dass sie ihn nicht mochte und es war besser, ihr zu glauben. Außerdem konnte er sich nicht in eine Verdächtige verlieben.

Zu spät, Stefano, flüsterte eine Stimme in ihm.

Die Bürotür öffnete sich mit dem Quietschen protestierender Scharniere.

Stefano zuckte zusammen.

»Aha, ich sehe, Sie arbeiten noch.« *Signor* Cervi kam herein und ließ sich in den Stuhl vor Stefanos Tisch fallen.

»Ja.« Stefano unterdrückte einen Seufzer. Wenn Cervi lange im Büro blieb, bedeutete das, dass seine Frau nicht zu Hause war und er Zeit hatte, ihn in endlose Gespräche zu verwickeln. Leider fiel ihm nie ein, dass andere Leute vielleicht Pläne für den Abend hatten.

»Ich habe gelesen, dass es noch einen Mord gab.«

»Ja.«

»Gibt es konkrete Hinweise, wer es war?«

»Wenige. Nicht genug.« Stefano blickte zum Fenster. Der Regen fiel sanft gegen das Fenster und lief die Scheibe herunter. Zu dumm. Cervi hasste es, nass zu werden und würde noch länger als üblich bleiben, bis der Regen vorbei war.

Cervi legte seine Fingerspitzen aneinander, sodass sie ein Zelt bildeten. »Ich habe gerade einen Anruf von dem Direktor der Banca di Italia hier in Florenz bekommen. Er war sehr unzufrieden über einen Brief, den Sie geschickt haben.«

Garini runzelte die Stirn. »Welchen Brief?«

»Es ging um eine Nachfrage zu einem seiner Angestellten in Dubai.«

»Ach, ja, jetzt weiß ich es wieder.« Stefano nickte. »Alberta hat einen Kriminellen aufgezogen.«

Cervi schaute ihn verwundert an. »Muss ich das verstehen?«

»Nein. Es ist Teil meiner Untersuchung.«

»Nun, achten Sie in Zukunft darauf, dass Sie im Rahmen Ihrer Untersuchungen nicht irgendwelche wichtigen Personen oder Institutionen beleidigen. Wenn Sie es vermeiden können, dann tun Sie das.«

Stefano biss die Zähne zusammen. *Ich soll mir als einen Maukorb anlegen?* »Ich weiß nicht, wie ich je zu Ergebnissen kommen soll, wenn ich alle Leute behandle, als ob sie zarte Blümchen seien. Sie geben ihre Geheimnisse nicht freiwillig preis.«

Cervi schüttelte den Kopf. »Sie behandeln sie alle gleich. Das ist nicht sehr schlau. Schauen Sie sich die Blume an und überlegen Sie sich, welche Konsequenzen es haben kann, bevor Sie handeln. Das ist alles, worum ich Sie bitte.«

Was ist mit Gerechtigkeit? Was ist damit, alle Menschen gleich zu behandeln? Die Fragen brannten auf Stefanos Zunge, aber er hielt sie zurück.

»Jedenfalls hat der Bankdirektor gesagt, dass sein Mitarbeiter genauso arbeitet, wie es sich gehört, dass er in den letzten sechs Monaten nicht in Florenz war und dass er, der Direktor, es vorziehen würde, wenn Sie in Zukunft ein persönliches Gespräch vereinbaren würden, als einen Brief zu senden, den jeder in die Hände bekommen kann.«

»Es war ein vertraulicher Brief, der an ihn direkt adressiert war. Der Hinweis auf den Angestellten in Dubai war eine der schwächsten Spuren in dem ganzen Mantoni-Fall und ich hatte keine Zeit für ein persönliches Gespräch.«

Mit einer ungeduldigen Handbewegung wischte Cervi das Zeitproblem vom Tisch. »Wie gesagt, schauen Sie sich die Blume an, bevor Sie handeln. Sie müssen das bedenken, wenn Sie Ihre Prioritäten setzen.«

Genau. Trampel auf den Schwachen herum und beuge dich vor den Starken. Stefano biss die Zähne zusammen.

»Ich habe noch ein weiteres Thema.« Cervi verengte die Augen. »Der Bürgermeister hat angerufen.«

Oh, nein.

»Er fragt nach, warum wir immer noch niemanden verhaftet haben. Er fragt, ob die Einwohner von Florenz noch sicher sind oder ober wir alle in unseren Betten ermordet werden.« Nach dem Ton seiner Stimme war es klar, dass er wörtlich zitierte.

»Letzteres.« Stefanos Stimme klang trocken.

Cervis Mund zog sich zusammen. »Ich weiß, dass Sie gern ironisch sind, aber dies ist nicht der richtige Augenblick für Späße. Sie möchten sicherlich nicht, dass ich ihm diese Antwort weitergebe, oder?«

Stefano erwiderte nichts.

»Also?« Cervi beugte sich nach vorne. »Was ist mit der Inhaberin von Temptation? Hatten Sie nicht gesagt, dass alle Hinweise in ihre Richtung zeigten? Das zweite Opfer starb ja sogar in ihrem Ladengeschäft.«

»Sie sagt, sie hat es nicht getan.« Stefano bemühte sich, seine Gefühle nicht zu zeigen.

»Haben Sie Beweise?«

»Nein.« Stefano schloss den Mund mit einem hörbaren Geräusch.

Cervi sah ihn kritisch an. »Ich glaube, Sie müssen Ihre Strategie noch einmal überdenken, Garini. Wenn Sie in Ihrem Beruf vorwärtskommen möchten, müssen Sie auch andere Faktoren im Blick behalten.«

Stefano biss die Zähne zusammen. »Sie meinen, eine schnelle Verhaftung würde den Bürgermeister glücklich machen.«

»So brutal würde ich es nicht formulieren.«

»Der Bürgermeister wäre nur für kurze Zeit glücklich.« Stefano sprach kurz und knapp. »Wenn ein drittes Opfer ermordet wird, sobald *signorina* Ashley im Gefängnis ist, stehen wir alle wie die Schießbudenfiguren da.«

Cervi zuckte mit den Schultern. »Wenn der Mörder schlau ist, wird er nicht weitermachen, sondern sich schön still verhalten.«

Ihre Augen trafen sich, hart und herausfordernd.

Dann sagte Stefano langsam: »Ich habe ganz bestimmt missverstanden, was Sie mit diesem Satz sagen wollten.«

Sein Chef stand auf. »Ich glaube, Sie haben mich sehr gut verstanden.«

Stefano sprang von seinem Stuhl auf. »Sie möchten, dass ich eine Unschuldige verhafte, um den Mörder und den Bürgermeister zufriedenzustellen?«

»Das habe ich nie gesagt.« Cervi pflückte ein Staubkörnchen von seiner dunkelblauen Jacke. »Die Interpretation liegt bei Ihnen.« Er ging zur Tür. »Sie müssen noch eine Menge lernen, Garini.«

Wenn Lernen bedeutet, dass man Unschuldige verhaftet, dann will ich nichts mehr lernen. Es kostete Stefano all seine

Kraft, den Mund zu halten.

»Wir brauchen Ergebnisse.« Cervis Augen waren hart wie polierter Marmor. »Bald. Ich denke, Sie verstehen, was ich meine.«

Er öffnete die Tür und verließ das Büro ohne ein weiteres Wort, nur eine Spur Aftershave und ein Gefühl der Angst gepaart mit Verzweiflung hinter sich lassend.

Stefano schlug mit der Faust auf den Tisch. Er hatte keine andere Wahl. Er musste Carlina so viel Angst einjagen, dass sie handelte.

II

Carlina drapierte den letzten Tanga über den Küchenstuhl und seufzte vor Erleichterung. Was für ein Akt, dreißig Tangas zu waschen, die alle nach Knoblauch stanken. Sie hatte länger gebraucht als erwartet. Jetzt hatte sie nur noch einige Minuten Zeit, bevor sie ins Geschäft rasen musste. Ihre Hände waren weiß und aufgequollen von dem Waschwasser aber das war gar nichts im Vergleich zu ihrer Stimmung. Sie vermisste ihren Großvater. Sie vermisste Tante Maria. Sie vermisste das Gefühl der Sicherheit, das sie als selbstverständlich wahrgenommen hatte, bis jemand vorgeschlagen hatte, dass sie nicht die Tochter des Mannes war, den sie Papa nannte. Und bevor ein Wahnsinniger Menschen aus ihrer Familie umbrachte. Eine ungewohnte Stille war über das Haus gekommen. Das Gefühl von Angst und Tod durchdrang jede Ecke.

Die Türklingel läutete. Carlina zuckte zusammen. Wer besuchte sie so früh am Morgen? Sie ging zur Sprechanlage. »Sì?«

»Hier ist Garini.«

Ihr Herz schlug einen Purzelbaum.

»Ich muss mit Ihnen sprechen.« Er klang noch grober als sonst.

Was hatte ihn in so eine schlechte Laune versetzt? Sie drückte auf den Knopf, der die Tür unten öffnete, und schaute sich in ihrer Wohnung um. Garni würde das verkraften müssen.

Ein Klopfen an der Tür. Carlina öffnete sie und trat zur Seite. »*Ciao.*«

»*Ciao.*« Seine Lederjacke war schwarz vor Regen. Mit ihm kam eine Welle von Aggressivität und kalter Luft in den Raum.

Carlina wartete, bis er die Umgebung in sich aufgenommen

hatte und kicherte, als seine Augen sich weiteten, aber er sagte kein Wort, während er die Spitzenunterwäsche betrachtete, die sich vom Fensterbrett zum Sofa und vom Armlehmstuhl bis zu dem niedrigen Tisch ausbreiteten.

Carlina hatte alle verfügbaren Oberflächen genutzt, weil sie wusste, dass die Sachen schnell trocknen würden.

Er schob sich eine Hand durchs Haar. Er sah mehr denn je wie ein Habicht aus, schmal und gefährlich. »Neue Deko?«

Sie schüttelte den Kopf. »Ich musste sie alle von Hand waschen. Sie stanken nach Knoblauch.«

»Können wir irgendwo sitzen?«

»Äh. Nicht wirklich.« Sie sah ihn an.

Er beobachtete sie mit zusammengezogenen Augen, als ob sie jede Sekunde eine Pistole ziehen wolle.

»Ich muss in ein paar Minuten zu Temptation fahren«, sagte sie. »Sie können mitkommen. Wir haben da einen sehr bequemen Hocker. Vielleicht erinnern Sie sich.«

Er lächelte nicht, noch nicht einmal ein Hauch von Wärme erschien in seinen eiskalten Augen. »Gut.«

Sie nahm ihre Handtasche und ihren Regenmantel. »Warum sind Sie so schlechter Laune?«

Er antwortete nicht.

Jetzt benimmt er sich wieder wie ein Panther. Na, toll. Sie ging ihm voran nach unten, mit den Fingern auf dem glatten Holz des Geländers, weil sie das Bedürfnis nach etwas Tröstlichem, Vertrautem hatte. Sein schwarzes Motorrad stand direkt vor der Tür. *Signor*a Electra hing aus ihrem Fenster und beobachtete die Straße. Manchmal tat sie so, als ob sie die Fenster putzte, aber im strömenden Regen hatte sie auf diese Camouflage verzichtet.

»Hallo, Stefano!« Sie winkte ihm aus dem Fenster.

Garini nickte ihr kurz zu.

»Du bist aber ziemlich oft hier.« Electra lachte. »Ich glaube, du jagst mehr als einen Mörder, oder?«

Carlina blickte Stefano von der Seite an.

Sein Mund war verkniffen. Wenn sie an Electras Stelle wäre, würde sie jetzt auf der Stelle still sein.

»Habt einen schönen Tag, ihr zwei.« Ihr Ton war süffisant.

Garini schwang sich auf sein Motorrad und startete den Motor mit Gebrüll.

Carlina folgte ihm langsam auf ihrer Vespa.

Als sie bei Temptation ankamen, wartete er, bis sie die Tür

weit geöffnet hatte und zur Kasse gegangen war. Dann sagt er: »Es wird von mir erwartet, dass ich Sie verhafte.«

Ihr Schlüssel fiel auf die Erde. Sie starrte ihn mit halbgeöffnetem Mund an. »Es … es wird von Ihnen erwartet? Was meinen Sie?«

Seine harten Augen bohrten sich in die ihren. »Es heißt, dass ich diese Untersuchung zu einem erfolgreichen Ende bringen muss. Bald.« Er beugte sich herunter, hob ihren Schlüssel auf und hielt ihn ihr hin.

Carlina nahm sie wortlos entgegen. Sie versuchte verzweifelt, Ordnung in ihre gehetzten Gedanken zu bringen. Er hatte sie nicht verhaftet. Noch nicht. Wenn er es gewollt hätte, hätte er es gleich zu Hause tun können. Was war hier los? »Warum tun Sie es dann nicht?«

Er runzelte die Stirn. »Wussten Sie, dass Ihr Großvater ein Freund des Bürgermeisters war?«

»Was?« Carlina blinzelte bei dem abrupten Themenwechsel. »Ja, das wusste ich. Sie spielten manchmal Karten zusammen.«

»Nico war ein miserabler Kartenspieler«, sagte eine Stimme hinter ihnen.

Sie fuhren beide herum.

»Onkel Teo!« Carlina umarmte ihren Großonkel. »Was machst du denn schon so früh hier?«

»Es ist nicht früh.« Die Haut um Onkel Teos Augen sah schlapp und faltig aus. »Ich bin schon seit sechs wach. Ich bin hierher gegangen, zu Fuß. Ich bin immer noch fit für mein Alter.« Seine Haltung jedoch war nur noch eine schwache Kopie seiner alten, stolzen Pose.

Carlina tat das Herz weh. Jetzt, wo sowohl seine Frau als auch sein Bruder tot waren, was konnte ihm das Leben jetzt noch bieten? »Hättest du gern etwas Wasser? Ich habe leider keinen Kaffee.«

»Nein.« Onkel Teo schüttelte den Kopf. »Ich bin gekommen, um dir ein Angebot zu machen.«

Carlina schluckte. »Ein Angebot?«

»Ja.« Onkel Teo sah sie mit entschiedener Miene an. »Ich möchte gern bei dir, bei Temptation, arbeiten.«

Garini drehte sich mit einer plötzlichen Bewegung um und studierte das Preisetikett an einem goldenen BH, als ob es nichts Faszinierenderes auf der ganzen Welt gäbe.

Carlina schluckte. »Was? Aber … du musst doch nicht mehr arbeiten, Onkel Teo.«

Ihr Großonkel runzelte die Stirn und machte eine ungeduldige Bewegung mit der Hand. »Das weiß ich. Aber ich dachte mir, dass ich dir helfen könnte. Ein kostenloser Arbeiter ist doch immer willkommen.«

»Ich fühle mich geehrt, dass du dir vorstellen kannst, für mich zu arbeiten.«

»Ich kann es mir nicht nur vorstellen. Ich biete es dir an. Du musst nur zuschlagen.« Er verlagerte sein Gesicht auf seine Ballen und strahlte sie an.

Carlina schluckte. »Wow. Ich meine, danke. Es ist nur –« Sie warf einen hilflosen Blick auf Garinis Rücken. Zuckten seine Schultern vor lautlosem Lachen? »Na ja, also eigentlich brauche ich besonders ausgebildete Leute. Es klingt, als ob es ganz einfach sei, Unterwäsche zu verkaufen, aber man muss viel wissen und sehr taktvoll sein.«

Seine Augenbrauen zogen sich zusammen, bis sie wie ein struppiges Gebirge aussahen. »Willst du mir etwa sagen, dass ich nicht taktvoll bin?«

Du bist der taktloseste Mann auf der Welt. Mit Ausnahme des Typen, der hinter dir steht. »Äh.«

Garini drehte sich herum. »Ich finde, es klingt wie eine großartige Idee.«

Carlina funkelte ihn an. »Das geht Sie gar nichts an.«

Onkel Teo schüttelte den Kopf. »Das war aber gar nicht taktvoll, Carlina.«

Sie biss die Zähne zusammen. »Ich glaube nicht, dass es gut gehen würde, Onkel Teo.«

»Warum nicht?« Ihr Großonkel nahm eine kriegerische Haltung an.

Verdammt. Carlina warf einen flüchtigen Blick auf Garini. Er schien sich köstlich zu amüsieren. Wenigstens war er nicht mehr so schlecht gelaunt. *Ich habe keine Zeit für diese Späße.* »Man muss eine Menge von Frauenunterwäsche verstehen, wenn man hier arbeiten möchte.«

Onkel Teo zwinkerte ihr zu. »Aber ich weiß eine Menge. Mehr als du denkst.«

Carlina schauderte. Wenn er irgendeiner ihrer Kundinnen auf diese Art und Weise zuzwinkerte, würden sie auf ihren hochhackigen Absätzen kehrtmachen und schneller verschwinden, als das letzte Stückchen Tiramisu bei einer Familienfeier.

Garini lachte leise.

Jetzt reichte es ihr. Carlina biss die Zähne zusammen. »Na

gut, » sagte sie. »Verkaufe ihm etwas.« Sie lehnte sich mit den Schultern gegen das Regal und zeigte mit dem Kinn auf Garini.

Garinis Augenbrauen gingen hoch. »Mir? Ich brauche keine Unterwäsche.«

»Ganz egal. Stellen Sie sich einfach vor, Sie würden etwas für –«

Seine Augenbrauen stiegen noch mehr in die Höhe.

»Für Ihre Schwester kaufen. Ein Geschenk. Zum Geburtstag.«

»Sie würde in Ohnmacht fallen, wenn sie jemals von mir Unterwäsche zum Geburtstag bekäme«, sagte Garini.

Carlina stupste ihren Großonkel in die Seite. »Leg los. Er ist nur schüchtern. Das sind viele Männer. Hole ihn aus der Reserve.«

Garini sah entsetzt aus.

Carlina lächelte. Vielleicht war es ja doch ganz lustig.

Onkel Teo räusperte sich. »*Buongiorno,* junger Mann.«

»Meinst du das mit dem jungen Mann ironisch?«, unterbrach Carlina.

Ihr Großonkel runzelte die Stirn. »Aber nein. Aus meiner Sicht sind alle jung.«

»Ich bin vierunddreißig.« Garini klang leicht genervt. »Meiner Meinung nach ist das nicht alt.«

Onkel Teo strahlte ihn an. »Aber das sage ich doch, junger Mann.«

Carlina musste lachen. »Weiter, Onkel Teo.«

Er winkte in Richtung Display. »Ist da irgendetwas dabei, was Ihnen gefällt?«

Garini rollte die Augen. »Nein.«

»Jetzt reißen Sie sich mal zusammen«, sagte Carlina. »Seien Sie ein wenig spontan. Sie müssen ein Geburtstagsgeschenk für Ihre Schwester kaufen. Sie haben nur noch zwei Tage Zeit und dies ist die letzte Chance.«

»Ihr Geburtstag ist in sechs Monaten.«

»Spaßverderber.«

Ihre Blicke trafen sich.

Ein Lächeln zitterte in Carlinas Mundwinkel. »Sind die Wasser zu tief, Garini?« Sie achtete darauf, dass ihre Stimme süß klang.

Eine kleine Flamme sprang in seinen Augen auf. Er wendete sich an Onkel Teo. »Sie hat die gleiche Größe wie Ihre Großnichte.« Eine leichte Kopfbewegung ließ keinen Zweifel daran, welche Großnichte er meinte.

Verdammt. Carlina fühlte, wie sie rot wurde. Sie war nicht bereit, ihm oder ihrem Onkel ihre Körbchengröße zu verraten.

Onkel Teo nickte, sein Gesicht ein einziges, begeistertes Grinsen. »Jetzt machen wir Fortschritte.«

Nein, machen wir nicht. Carlina biss die Zähne zusammen.

»Welche Größe hast du, meine Liebe?«

Er kannte wirklich keine Grenzen. Carlina holte tief Luft. »Sehr wenige Männer kennen die Größe ihrer Frauen, Geliebten oder Schwestern.« Sie schaute Garini an. »De facto kennen auch viele Frauen ihre eigene Größe nicht. Die Größe eines BHs ist in zwei verschiedene Teile geteilt, den Brustumfang und die Körbchengröße. Da wir viele Touristen in Florenz haben, muss man nicht nur die italienischen Maße kennen, sondern auch die amerikanischen, die britischen, die französischen und die australischen Größen. Sie sind alle unterschiedlich. Je nach System hat man mindestens zehn verschiedene Brustumfänge, manche in Zentimetern, manche in Zoll. Die Körbchengrößen gehen von A bis H.« Sie sah, wie Onkel Teos Augen glasig wurden. »Je nach Gebrauch kann man verschiedene Arten von BHs kaufen. Manche sind zum Sportmachen geeignet, manche haben Träger, die man abnehmen kann, wenn man sie unter einem Abendkleid tragen möchte, manche vergrößern die Brust optisch, manche verkleinern sie. Ich biete außerdem auch aufklebbare BHs für rückenfreie Kleider an und bei Bedarf bestelle ich auch welche fürs Stillen und BHs, die speziell dafür gemacht sind, dass sie nach einer Brustoperation getragen werden können.«

Onkel Teo hielt die Hand hoch. »Na gut, meine Liebe. Ich sehe schon, dass es ein kompliziertes Geschäft ist.«

»Ich bin noch nicht fertig«, sagte Carlina.

»Es reicht schon.« Onkel Teo schüttelte den Kopf. Seine Schultern sackten nach vorne. »Ich verstehe, dass du einen alten Knacker wie mich nicht gebrauchen kannst.«

Carlina biss sich auf die Lippe. »Es tut mir leid.« Sie überlegte, was sie ihm anbieten konnte, irgendetwas, was ihn aufmunterte, aber ihr fiel partout nichts ein. Sie fühlte sich miserabel.

»Vielleicht könnten Sie für die Polizei arbeiten«, sagte Garini.

Carlina glaubte, nicht richtig gehört zu haben.

Onkel Teos Gesicht hellte sich auf. »Wirklich?«

Garini schaute den alten Mann an. »Wir benötigen manchmal Leute, die für uns Beobachtungen durchführen. Sie würden, wenn Sie zum Beispiel irgendwo in der Sonne sitzen, weniger auffallen als andere Leute.«

Onkel Teo nickte. »Ja, das könnte ich tun.«

»Aber wir können nicht anfangen, bis dieser Fall gelöst ist«, fügte Garini hinzu.

Jetzt hat er kalte Füße bekommen. Carlina runzelte die Stirn. *Ich hoffe, er wird Onkel Teo nicht ewig hängen lassen.*

»Wann werden Sie den Fall lösen?«, fragte Onkel Teo.

Garinis Augen trafen Carlinas. »Bald. Sehr bald.«

Kapitel 16

»*Ciao*, Carlina!« Mit leuchtenden Augen und schiefen Zöpfchen hüpfte Lilly in Carlinas Arme. »Hmm, hier riecht es aber gut!« Sie zappelte, bis ihre Tante sie losließ und rannte in die Küche.

»Ich habe einen Kuchen für dich gebacken.« Carlina nahm den pinkfarbenen Rucksack hoch, den Lilly fallen gelassen hatte. »Mein Gott, ist der schwer. Planst du, eine ganze Woche zu bleiben?«

Lilly antwortete von ihrem Platz vor dem Ofen. »Ich habe nur eingepackt, was ich auch brauche.«

Carlina öffnete ihn und nahm eine Schachtel mit Buntstiften, ein Malbuch, einen Teddy und einen Tiger mit einem fehlenden Ohr, ein Kartenspiel und einen Gameboy heraus. Sie legte alles auf den Couchtisch. »Hmm«, sagte sie. »Aber eine Kleinigkeit fehlt noch. Wo sind denn deine Anziehsachen?«

»Die bringt Mama noch.« Lilly hüpfte wieder ins Wohnzimmer. »Wann können wir den Kuchen essen?«

»Carlina!« Gabriellas Stimme kam vom Untergeschoss. »Komm und hilf mir!«

Carlina ging zur Tür und schaute die Treppe hinunter. »Erzähl mir bitte nicht, dass du Lillys Koffer nicht alleine tragen kannst. Sie bleibt nur zwei Nächte.«

»Es ist nicht der Koffer. Es ist Lollo.«

»Lollo? Wer ist …« Ihre Stimme versagte ihr, als sie ihre Schwester mit einem Vogelkäfig in der Hand die Treppen hochkommen sah. Er war mit einem pinkfarbenen Schal bedeckt. Carlina blinzelte.

»Es ist mein Kanarienvogel!« Lilly rannte zu ihrer Mutter und blieb direkt vor ihr stehen. Sie hob den Schal, spähte darunter und schnalzte mit der Zunge. Dann sagte sie in einem merkwürdigen Singsang: »Wir sind fast da, Lollo. Hab keine

Angst. Ich bin bei dir.«

Ihre Mutter seufzte genervt. »Lilly, wenn du eine Minute lang zur Seite treten würdest, könnte ich die restlichen Treppen hochsteigen und diesen schweren Käfig loswerden. Jetzt mach schon Platz, ja?«

Lilly drehte sich auf dem Absatz um, hüpfte die Stufen zu ihrer Tante hinauf und nahm ihre Hand. »Es macht dir nichts aus, dass ich Lollo mitgebracht habe, oder? Mama sagte, du wirst böse, aber das stimmt nicht, oder?«

Carlina warf ihrer Schwester einen allessagenden Blick zu. Die hob verteidigend die Schultern.

Lilly zog an Carlinas Hand. »Lollo wäre traurig, wenn er ganz alleine zu Hause bleiben müsste.«

Carlina starrte ihre Schwester böse an. »Du sagtest zwei Nächte, oder?«

Lilly schaute ängstlich zu ihr hoch. »Bist du böse, Carlina?«

Carlina holte tief Luft. Überforderung und Erheiterung kämpften in ihr, aber schließlich gewann ihr Sinn für Humor die Oberhand und sie fing an zu lachen. »Nein, bin ich nicht. Lass uns Lollo hineinbringen, okay?«

Während sie den Käfig in die Küche stellten, gab Gabriella eine Menge widersprüchlicher Instruktionen, wie Carlina sich im Falle einer Krise zu verhalten hätte und wie sie Lilly am nächsten Tag zur Schule bringen sollte. Dann half sie, Carlinas Sofa in ein Bett auszufahren und ging.

Carlina schaute ihre Nichte an, die mit zufriedener Miene an ihrem Kuchen kaute. »Nun, Lilly? Was möchtest du heute tun?«

Lilly zögerte keine Sekunde. »Ich möchte mit dir auf deiner Vespa fahren. Du hast gesagt, dass du mich zu den Hügeln mitnehmen wirst.«

Carlina lächelte. »So, so, habe ich das?«

»Ja.« Lilly stopfte sich ein weiteres Stück Kuchen in den Mund. »Ich habe meinen Helm mitgebracht.«

»Aber Lollo können wir nicht mitnehmen.«

»Oh.« Lilly legte den Kopf schräg und schaute ihren Kanarienvogel prüfend an. »Ich glaube, Lollo ist müde vom Umzug. Er wird sich jetzt ganz gern ausruhen.«

Carlina unterdrückte ein Lächeln. Wie einfach war es, wenn man alles interpretieren konnte, wie man wollte. »Dann ist das schon einmal geklärt.«

Lilly Helm war leuchtend pink. Carlina hatte ihn ihr vor zwei Monaten zum Geburtstag geschenkt. Es machte Carlina glücklich, die dünnen Arme ihrer Nichte um ihre Hüften zu spüren und zu hören, wie sie vor Freude quietschte, wenn sie um die Kurven fuhren.

Sie hatten vereinbart, dass zweimal an der Jacke ziehen »bitte anhalten« hieß und so stromerten sie durch die Hügel von Florenz, entlang der Weingärten, die voller Weintrauben hingen, staubig, dunkel-lila und süß. Sie fuhren an niedrigen Steinmauern entlang, die nach einem Morgen voller Sonne Wärme abstrahlten und sie vor dem Herbstwind schützten. Sie entdeckten einen Esel mit Ohren, die aussahen, als ob jemand darauf herumgekaut hätte, einen Olivenbaum, der sie an den alten Bergtroll erinnerte, den Lilly in einem ihrer Kinderbücher gesehen hatte, eine kleine Kirche mit Mauern aus zerfurchtem Sandstein, in der jedes Flüstern mit einem Echo zurückkam. In einer kleinen Herberge aßen sie Lillys Lieblingsgericht, Spaghetti mit Pesto, und ihr letzter Halt war der traditionelle Eissalon Gelateria Vivoli, wo sie beide eine riesige Portion handgemachten Eises vertilgten. Als die Sonne unterging, trudelten sie nach Hause, rundum glücklich, müde und satt. Carlina entschied sich, Lilly mit einem heißen Bad aufzuwärmen, bevor sie sie ins Bett steckte. Während ihre Nichte im heißen Wasser plantschte und Lollo ein Lied vorsang, um ihn für den langen, einsamen Tag zu entschädigen, ging sie ins Wohnzimmer, um Lillys Pyjama vom Schlafsofa zu holen, das schon in ein Bett verwandelt worden war.

Als sie sich herunterbeugte, um ihn hervorzufischen, verlor sie das Gleichgewicht und hielt sich mit einer Hand an dem Sofa fest. Es rutschte gegen die Wand, etwas rauschte an ihrem Ohr vorbei und gerade, als sie anfing zu lachen, weil ihr das Fisch-Mobile einfiel, blieb ihr das Lachen im Hals stecken. Ein langes, dünnes Messer steckte im Sofa. Es war genau an der Stelle in die Matratze eingedrungen, an der Lillys Rücken gewesen wäre, wenn sie wie sonst auch ins Bett gesprungen wäre.

Der Raum um Carlina zog sich zurück, dann fing er an, sich im Kreis zu drehen. Sie sank auf die Knie. Ihre Hand verkrampfte sich in der Leopardendecke des Armlehnstuhls neben ihr.

»Carlina!«

Mit einer Anstrengung, die sich anfühlte, als müsse sie die Kraft von außen holen, weil in ihr nichts mehr war, riss Carlina sich zusammen. Sie öffnete den Mund. Nichts kam heraus. Sie schluckte und versuchte es erneut. »Ja?«

»Warum kommst du nicht zu mir?«

Carlina starrte wie hypnotisiert das Messer an. *Garini. Ich muss Garini anrufen.* Sie zwang sich, aufzustehen und sich im Raum umzusehen, doch sie war fast blind vor Panik.

»Carlina!« Ein Platschen folgte. »Komm und schau es dir an! Ich habe super Seifenblasen.«

»Ich muss jemanden anrufen. Bleib im Bad.« Da war es. Carlina sprang fast auf ihr Telefon, das auf ihrem Lieblingsplatz am Fenster lag. Gott sei Dank hatte er sie dazu gebracht, seine Nummer einzuprogrammieren. Aaanstrengender Inspektor. Sie drückte die Taste mit zitternden Fingern. *Bitte. Geh ans Telefon. Bitte.* Es klingelte einmal, dann gab es ein Klicken und eine unbekannte Frauenstimme sagte: »Dies ist die Polizeizentrale. Wie kann ich Ihnen helfen?«

Carlina schluckte. »Ich muss mit Stefano Garini sprechen.«

»Er ist leider aktuell nicht im Büro. Versuchen Sie, ihn über sein Mobiltelefon zu erreichen.«

»Das habe ich getan.« Ihre Stimme klang, als ob sie ganz weit weg von ihr sei.

»Oh. Ich fürchte, dann kann ich Ihnen nicht helfen. Kann es warten?« Die Stimme klang gestresst.

Carlina blickte auf das scharfe Messer, das im Sofa steckte, auf die geschlossene Tür zum Badezimmer, in dem Lilly sang, glücklich und völlig ahnungslos, wie nahe sie am Tod vorbeigerutscht war, zum nutzlosen Riegel an der Tür, der sie nicht geschützt hatte.

»Hallo? Sind Sie noch da?« Die Stimme klang gereizt.

Carlina fühlte sich nicht in der Lage, der ungeduldigen Frau am Telefon irgendetwas zu erklären. »Ja. Danke.« Sie legte auf.

»Carlina!«

»Einen Augenblick, Lilly!« Ihre nächste Handlung geschah ganz instinktiv. Ohne Nachzudenken, ohne sich zu fragen, warum sie so handelte, zog sie ihren Mantel an, schob das Telefon in die Tasche, zog Lillys Koffer hervor und warf ihre Anziehsachen für den nächsten Tag, den Tiger mit einem Ohr und das Bilderbuch hinein, legte ein dickes Kissen vor das Messer, sodass man es nicht sah, dann nahm sie Lillys Schlafanzug und ging zum Badezimmer. »Ich habe eine Überraschung, Lilly.« Sie zwang sich, fröhlich zu klingen, aber ihre Worte klangen steif.

Lilly schaute hoch. »Eine Überraschung?«

»Ja. Wir schlafen heute Nacht woanders.« Carlina nahm ein

großes Badetuch und hielt es ihrer Nichte entgegen. »Komm raus. Ich rubbel dich trocken.« Gott sei Dank hatte Lilly ihren Kopf nicht unter Wasser getan, sonst hätte sie sich erkältet, wenn sie jetzt wieder auf die Straße mussten.

Lilly gehorchte und stand tropfend vor der Badewanne. »Wo gehen wir hin?«

Carlina nahm sie mit dem Handtuch in die Arme und hielt sie ganz fest. *Ich weiß es nicht.*

»Es ist ein Abenteuer.« Carlina zwang sich zu einem Lächeln. »Ich verrate es nicht. Mach dich schnell fertig.«

Lilly sprang in ihren Schlafanzug. Dann zogen sie ihren Pulli und eine Jeans darüber. Sie kicherte. »Ich bin gar nicht richtig angezogen.«

»So zieht man sich an, wenn man ein Abenteuer erlebt.« *Bitte frag nicht warum.*

Zwei Minuten später standen sie an der Tür, fertig zum Aufbruch. »Das ist unser geheimes Abenteuer«, sagte Carlina. »Wir gehen jetzt auf Zehenspitzen die Treppe herunter. Niemand darf uns hören oder sehen. Okay?«

Lilly nickte.

Du Süße. Carlina öffnete die Tür einen Spalt und schaute vorsichtig heraus.

»Aber was ist mit Lollo?« Lillys Stimme war laut und klar und schallte durch das ganze Treppenhaus.

Hastig schloss Carlina die Tür wieder. »Lollo? Er bleibt hier. Er ist noch müde vom letzten Umzug.«

Lillys Mundwinkeln zogen sich nach unten. »Er will bei mir bleiben. Ich weiß, dass er das will. Ich habe in der Schule gelernt, dass Kanarienvögel unglücklich sind, wenn sie alleine bleiben müssen.« Ihre Stimme wurde lauter. »Sie reißen sich die Federn aus und dann sterben sie!«

Carlina biss sich auf die Lippe. Sie musste Lilly aus dem Haus bekommen, jetzt, ohne gesehen oder gehört zu werden. Wenn Lilly sich Sorgen um ihren Kanarienvogel machte, hatte sie keine Chance dazu, es sei denn, sie fesselte und knebelte das Kind. Sie biss die Zähne zusammen. »Na gut.« Sie schob den Koffer ihrer Nichte zu. »Du nimmst den Koffer. Ich hole den Käfig.« In zwei Schritten war sie in der Küche, schnappte sich den Käfig, warf den pinkfarbenen Schal darüber und kehrte zur Tür zurück. »Jetzt ganz leise. Mucksmäuschenstill. Okay?«

Lilly nickte. Ihre Augen leuchteten.

Carlina wollte sie umarmen, sie ganz nahe an ihrer Brust,

beschützt in ihren Armen halten. Die Verantwortung für ihre Nichte drückte ihr schier die Luft ab. Wie nahe war Lilly dem Tod gewesen. Sie musste dafür sorgen, dass dem Kind nichts passierte.

Die Tür schloss sich mit einem leisen Klick hinter ihnen. Auf Zehenspitzen schlichen sie nach unten. Gerade als sie den Treppenabsatz vor Fabbiolas Wohnung erreichten, öffnete sich eine Tür weiter unten.

»*Buona notte,* Benedetta«, hörten sie Fabbiola sagen.

Carlina drehte sich auf dem Absatz um, schnappte Lilly bei der Schulter und gemeinsam jagten sie wieder die Treppe hoch.

»Gute Nacht.« Benedettas Stimme hallte von unten durch das Treppenhaus. »Weißt du, ob Carlina und Lilly schon von ihrem Ausflug zurück sind?«

»Ja, das sind sie.« Die Stufen knarrten unter Fabbiolas Gewicht. »Lilly nimmt gerade ein Bad. Ich habe das Wasser in den Leitungen gurgeln gehört.«

»Nun, wenn du sie noch siehst, sag ihnen auch Gute Nacht.«

»Das mache ich.« Fabbiola hatte den Treppenabsatz vor ihrer Wohnung erreicht.

Eine Etage höher öffnete Carlina ihre Wohnungstür mit zitternden Händen, schoss hinein und zog Lilly mit sich. Sie warf den Koffer hinter die Tür und stellte den Vogelkäfig auf den Couchtisch, sodass er das Kissen vor dem Messer versteckte.

»Jetzt mach keinen Mucks, ja, Lilly?«

Fabbiola erschien in der offenen Tür. »Hast du schon fertig gebadet, mein Schatz?«

»Ja, das hat sie.« Carlina verstellte ihr den Eingang zur Wohnung und zog Lilly nahe an sich heran.

»Wie schön.« Fabbiola beugte sich nach unten und küsste ihr Enkelkind. »Hmm, du riechst aber gut.« Sie schaute hoch und runzelte die Stirn. »Aber warum bist du denn wieder angezogen? Ist es nicht Zeit ins Bett zu gehen?«

Verzweifelt suchte Carlina nach einer Erklärung. »Es ist ein Experiment.« Sie machte eine vage Handbewegung.

»Was denn für ein Experiment?«

»Äh.« Carlina schluckte. »Ein … ein Anziehsachen-Experiment. Wir sprachen über das Leben der Abenteurer und wie oft sie in ihren Sachen schlafen müssen und darum haben wir uns entschieden, es auch einmal auszuprobieren.«

Lilly nickte heftig.

Weiter so, Lilly.

Fabbiola verschränkte die Arme vor der Brust. »Aber das ist doch lächerlich. Es ist viel zu heiß und unbequem.«

Carlina machte einen Schritt nach vorne, viel zu nahe an ihre Mutter heran. »Das ist doch egal. Heute Abend ist mein Abend mit Lilly und da gelten unsere eigenen Regeln.« Sie versuchte ein sorgenfreies Lächeln. »Großmütter haben heute keinen Zutritt.«

Fabbiola runzelte die Stirn und schüttelte den Kopf. »Wie unfreundlich.«

»Piraten sind nie freundlich.« Carlina krächzte es mit verstellter Stimme, damit es wie ein Spiel klang, während ihr innerlich schlecht war vor Angst. *Wem kann ich vertrauen? Wie kann ich Lilly schützen?*

Lilly kicherte.

»Na gut.« Fabbiola zuckte mit den Schultern. »Dann schlaft gut.«

»Gute Nacht.« Carlina schloss die Tür, sobald ihre Mutter einen Schritt zurückgemacht hatte und sank dagegen. Durch die Tür hörte sie, wie Fabbiola etwas murmelte. Ein Seufzer der Erleichterung entfuhr ihr. »Mensch, war das knapp.«

»Carlina.« Lilly schaute ihre Tante sorgenvoll an. »Ich glaube, es macht mir ein wenig Angst, unser Spiel.«

Ganz viel Angst. Und es ist auch kein Spiel. »Aber nein!« Carlina umarmte ihre Nichte und flüsterte in dramatischem Ton. »Wir warten nur, bis Oma ihre Tür geschlossen hat, dann versuchen wir, erneut zu entwischen. Wir sind Piraten!«

Lilly sah nicht sehr überzeugt aus.

»Na gut, ich bin ein Pirat«, improvisierte Carlina. »Du bist eine Prinzessin und meine Gefangene. Ich entführe dich jetzt.«

Lilly nickte. »Okay. Aber wir nehmen Lollo auch mit.«

Carlina biss die Zähne zusammen. »Natürlich.«

Erneut schlichen sie die Treppe hinunter. In der Sekunde, als sie über die letzte Treppenstufe kamen, öffnete sich die Tür zu Onkel Teos Wohnung einen Spalt.

»Dann gute Nacht.« Angelas Stimme klang durch die Öffnung.

Carlina sprang vor Schreck einen Meter in die Luft. Sie griff nach der Eingangstür, riss sie auf und rannte Seite an Seite mit Lilly hindurch, dann machten sie einen scharfen Bogen zur Rechten und liefen die Straße entlang, bis sie zu ihrer Vespa kamen. »Wir müssen uns hier verstecken.« Sie zog Lilly in eine kauernde Position hinter den Sitz der Vespa.

»Carlina?« Lilly zitterte. »Ist das wirklich ein Spiel?«

»Schhhh.« Carlina legte den Finger auf die Lippen und schaute vorsichtig an der Vespa vorbei.

In diesem Augenblick begannen die Glocken von Santa Croce zu läuten. Carlina erschauderte. Sie hatten immer so tröstend, so vertraut geklungen. Heute schienen sie eine drohende Gefahr anzukündigen, sprachen von Tod und Angst. Sie verengte die Augen, um in der Dunkelheit besser sehen zu können.

In dem Lichtkegel, der von der Lampe über dem Hauseingang fiel, erschien Angela, dicht gefolgt von ihrem Mann Marco, Onkel Ugo und Ernesto. Ernestos rotes Haar leuchtete in dem Licht. Sie wandten sich nach links und gingen die Straße hinab. Ihre lauten Stimmen wurden von den alten Mauern mit einem Echo zurückgeworfen und ihre Schritte klangen hohl auf den historischen Pflastersteinen.

Carlina wurde ganz schwach vor Erleichterung. Sie wartete, bis die Stimmen verklungen waren, dann richtete sie sich auf. »Alles gut. Jetzt fahren wir.« Sie setzte sich und Lilly den Helm auf, stieg auf die Vespa, platzierte den Koffer dort, wo sie normalerweise die Füße hinstellte, balancierte Lollos Käfig darauf und half Lilly, hinter ihr Platz zu nehmen. »Halt dich gut fest.« Vorsichtig gab sie Gas, mit hoch erhobenen Füßen, weil sie keinen Platz mehr hatte, um sie abzustellen. Ein letzter Blick über ihre Schulter gab ihr die Sicherheit, dass sie niemand vom Haus verfolgte.

Ihre Hände zitterten. Die Panik, die sie durch den Zwang zu handeln im Griff gehalten hatte, drohte jetzt, sie wie eine riesige Welle zu überwältigen. Getrieben von dem Bedürfnis zu fliehen, fuhr sie die Vespa durch eine leichte Handbewegung des rechten Handgelenks zu ihrer Höchstgeschwindigkeit hoch.

Sie rasten von ihrem Zuhause weg, von dem Platz, der ihr immer eine Zuflucht gewesen war. Plötzliche Tränen verschleierten ihren Blick.

Zwei Rucke an ihrer Jacke zwangen sie in die Gegenwart zurück. Sie verlangsamte die Vespa.

»Was ist los?«, rief sie so laut, dass Lilly sie hören konnte.

Zwei weitere Rucke. »Ich habe Angst, Carlina. Du fährst so schnell!«

»Entschuldigung.« Carlina zwang sich, zu ihrer normalen Geschwindigkeit zurückzukehren und schaute über ihre Schulter. Niemand verfolgte sie, aber die Kopfbewegung brachte das überladene Gefährt zum Schwanken. Verdammt. Ihr linkes Bein bekam einen plötzlichen Krampf. Sie musste sich entscheiden, wo sie hinfahren sollten. Jetzt. Lilly wurde nicht mehr lange durchhalten und wenn die Polizei den Kanarienvogel auf der Vespa entdeckte, würde sie noch unangenehmer werden als Garini in Höchstform.

Garini.

Carlina runzelte die Stirn. Er hatte ihr gesagt, wo er wohnte. Neben dem Hotel Porta Rossa. Das war nicht weit. Wenn er am Sonntagabend nicht bei der Arbeit war, war er vielleicht zu Hause. Sie könnte zu ihm gehen und ihn um Rat fragen. Falls er nicht zu Hause war, konnte sie einfach ein Zimmer im Hotel nebenan nehmen. Das wäre genauso sicher wie jedes andere Hotel. Sie musste nur die Vespa verstecken.

Bei der nächsten Ampel machte sie kehrt und brauste in die andere Richtung. Fünf Minuten später kamen sie an der Via Porta Rossa an. Carlina wusste, dass sie am Ende zu einer Einbahnstraße wurde, daher fuhr sie nur ein Stück des Wegs und hielt die Vespa dann an der Kreuzung Via de Sassetti an. So mussten sie zwar einige Minuten laufen, aber andererseits würde niemand sie so schnell finden, sogar, wenn sie die Vespa entdecken sollten.

Mittlerweile war Lilly so müde, dass sie über ihre eigenen Füße stolperte, aber Carlina zog sie weiter, mit dem Koffer unter einem Arm und den Kanarienvogelkäfig in ihrer freien Hand. Als sie zum Hotel kamen, prüfte Carlina zuerst die Namen an dem Haus zur Linken. Kein Garini. Vielleicht hatte er ihr nicht die Wahrheit gesagt. Vielleicht war es nur ein Vorwand gewesen, damit sie sich nicht wunderte, dass er so oft in Temptation erschien. Der Gedanke traf sie wie eine Faust in den Magen. Carlina schluckte. Sie hatte nicht gemerkt, wie sehr sie sich darauf verlassen hatte, Garini zu finden. *Wir können immer noch ins Hotel gehen.* Der Gedanke gab ihr ein wenig Sicherheit zurück.

»Lass uns mal die andere Seite prüfen.« Sie überredete Lilly, die wenigen Schritte auf die andere Seite des Hotels zu gehen und prüfte die Namensschilder. Glänzende Messingknöpfe in zwei Reihen blinkten sie an, erhellt von den Straßenlaternen. Da! S. Garini. *Hoffentlich ist er zu Hause. Vielleicht ist er ja wieder zur Arbeit gefahren. Vielleicht –*

Die Tür öffnete sich und eine junge Frau mit einem Pferdeschwanz erschien. Sie hielt die Tür für Carlina auf, die ohne zu zögern hineinging. Wenigstens konnte sie jetzt niemand mehr sehen, weil sie hinter der Tür verborgen waren. Sie fühlte sich einen Hauch sicherer.

»Carlina, ich möchte nicht mehr weiterspielen.« Lillys Gesicht war blass. »Können wir jetzt nach Hause gehen?«

»Noch nicht, Liebling.« Carlina hasste es, sie vorwärtsschieben zu müssen. »Wir müssen erst mal sehen, ob wir jemanden treffen können.«

»Warum? Wen müssen wir jetzt treffen?«

»Einen … einen Freund.« Carlina stockte mitten im Wort. Sie war zu Garini gerannt, als ob er in der Tat ein Freund war, jemand, dem sie vertraute. *Blödsinn. Du bist zu ihm gerannt, weil er nicht mit der Familie verbunden ist, weil er der Verantwortliche der Mordkommission ist und weil du weißt, dass er sofort informiert werden muss. Das ist alles.*

Im dritten Stock entdeckte sie endlich seinen Namen an der Tür. Erschöpft von der Flucht und dem Aufstieg mit Kind, Kanarienvogel und Koffer, drückte sie am ganzen Leib zitternd auf die Klingel. Dann biss sie sich so hart auf die Lippe, dass es wehtat. *Bitte sei zu Hause. Bitte.*

Schritte kamen näher. Die Tür flog auf und Garini stand vor ihnen. Er trug ein weißes T-Shirt, das seine Brust eng umspannte, und eine schwarze Jeans. Er war barfuß. Als er sie sah, blieb sein Mund offen stehen. »Carlina?«

»*Ciao.*« Ihre Stimme brach. Zu ihrem Entsetzen spürte sie, wie Tränen ihr in die Augen sprangen und die Wangen herabliefen.

Er blickte in Lillys müdes Gesicht, sah den Kanarienvogel, den Koffer, die Tränen und öffnete seine Tür weit. »Kommt rein.«

Lilly starrte ihn an. »Bist du Carlinas Freund?«

Er zögerte keine Sekunde. »Der bin ich. Ich heiße Stefano. Wie heißt du?«

»Lilly.«

Er nahm den Kanarienvogel aus Carlinas Hand und schaute unter den Schal. »Und wer ist das?«

»Er heißt Lollo.« Lilly war ganz entspannt, als ob sie ständig fremde Männer mitten in der Nacht besuchte. »Er ist müde.«

»Ich verstehe.« Der Inspektor führte den Weg zu einem kleinen Wohnzimmer und stellte den Käfig auf ein niedriges Bücherregal, das neben einem schwarzen Ledersofa stand. »Ich glaube, hier wird er gern schlafen.«

Carlina folgte ihnen ins Zimmer, dankbar für den Augenblick Zeit, um ihr Gleichgewicht wiederzugewinnen. Sie fischte ein Taschentuch aus ihrer Jeans und putzte sich die Nase. Garinis Wohnzimmer roch nach Kaffee. Jetzt, wo sie drinnen war, stellte sie fest, wie kalt der Wind draußen gewesen war. Die Spannung in ihren Schultern ließ nach. Sie schaute sich um. Es schien nicht so, als ob Garini hier viel Zeit verbrachte. Das Sofa, der Fernseher und das niedrige Bücherregal stellten das ganze Mobiliar dar. Ein blauer Teppich bedeckte den Großteil des Bodens, aber Stefano hatte keine Vorhänge vor den Fenstern, nichts auf den Fensterbrettern. Der sterile Effekt wurde von den weißen Wänden noch verstärkt. Eine Wand wurde von einem gerahmten Bild dominiert. Carlina konnte nicht genau ausmachen, was es darstellen sollte, aber es hatte große gelbe, blaue und rote Flecken, als ob der Künstler wutentbrannt ganze Farbtöpfe an die Leinwand geworfen hätte. Sie wendete mit einem Schaudern den Blick ab.

Lilly hatte neue Energiereserven aufgetan und prüfte jetzt die Flexibilität des Sofas. »Es ist kein gutes Sofa, um darauf zu hüpfen.« Ihr Ton war missbilligend.

»Das tut mir leid.« Garini lächelte sie an. »Ich habe vergessen, diesen Aspekt zu überprüfen, als ich es gekauft habe. Wird nicht wieder vorkommen.«

Lilly lächelte ihm gnädig zu. »Das macht nichts. Wo werde ich schlafen? Carlina sagte, dass wir bei dir übernachten werden.«

Garini hob die Augenbrauen hoch und warf Carlina einen raschen Blick zu, aber er antwortete ohne zu zögern. »Das Sofa ist sehr bequem. Ich hole dir eine Decke.«

Er verschwand durch eine Tür zur Linken.

Carlina öffnete den Koffer und holte den Tiger mit einem Ohr heraus. »Hier ist Tiger.«

Lilly nahm das Stofftier und vergrub ihr Gesicht darin. »Wirst du auch auf dem Sofa schlafen, Carlina?«

Ich werde alles tun, was dir Sicherheit gibt. »Ja.« Carlina zögerte nicht, obwohl das Sofa viel zu schmal und kurz war, um beiden eine Schlafmöglichkeit zu bieten. »Ich helfe dir, deine Sachen auszuziehen.«

Garini kam eine Minute später zurück und bedeckte Lilly mit einer dicken Decke. »Ist dir warm genug?«

»Ja.« Ihre Lider fielen schon fast zu.

Carlina setzte sich auf das Sofa neben ihre Nichte und nahm

ihre Hand. »Schlaf gut, meine Süße.« Sie küsste die glatte Stirn. Lillys Haar roch nach dem Blumenshampoo, das Gabriella immer für sie kaufte. Ein überwältigendes Gefühl der Zärtlichkeit zog Carlinas Kehle zusammen. Lilly war so knapp dem Tod entronnen. Gott sei Dank waren sie hier, in Sicherheit.

Lilly hielt ihre Hand ganz fest. »Du gehst nicht weg?«

»Nein. Ohne dich gehe ich nirgendwohin.«

»Aber du hast deine Jacke noch an.«

»Das stimmt.« Carlina lachte leise. »Aber wenn du meine Hand weiter festhältst, kann ich sie nicht ausziehen.«

Lilly lies ihre Hand los und Carlina schlüpfte aus der Jacke.

Garini hatte sie schweigend beobachtete. »Ich hänge sie auf.« Er nahm ihr die Jacke ab. Sie hörten, wie er zum Eingang der Wohnung ging, dann ging er in einen anderen Raum – die Küche? – und rumorte dort herum.

»Er ist nett«, sagte Lilly.

»Hmm.«

»Kannst du mir ein Lied vorsingen, Carlina?«

»Natürlich.«

Carlina stimmte das bekannte Kinderlied an, das sie immer für Lilly sang, wenn sie zu Besuch kam. *»Fa la ninna, fa la nanna, nella braccia della mamma.«* Als sie zu dem Teil kam, in dem gesungen wurde »schlafe gut in den Armen deiner Mama«, sang sie das Wort *Zia,* Tante, stattdessen, denn sie wusste, dass Lilly immer darüber lachte. Das vertraute Lied brachte Lilly zum Einschlafen.

Als Garini einige Minuten später zurückkam, ging Lillys Atem tief und regelmäßig und ihr fester Griff an Carlinas Hand hatte sich entspannt.

Er stellte einen Verbandskasten mit einem roten Kreuz auf dem Deckel auf den Tisch und wendete sich an Carlina.

»Zieh deine Bluse aus.«

Carlina blinzelte. »Was?« Wilde Gedanken rasten durch ihr Hirn. *Ich habe einen Albtraum. Er ist selbst der Mörder und jetzt bringt er uns alle beide um. Aber warum die Bluse?*

»Du brauchst mich nicht so anzuschauen, ich werde dich nicht angreifen.« Seine Stimme war trocken. »Du blutest.« Er zeigte auf ihre Schulter. »Das Blut ist schon durchgezogen und ich sah es an deiner Jacke. Wir müssen dafür sorgen, dass es aufhört zu bluten. Tut es nicht weh?«

Carlina wendete den Kopf. Der Ärmel ihrer Bluse hing schlaff herunter, nass von Blut. »Ich fühle gar nichts.« *Das Mes-*

ser muss an meiner Schulter entlanggeglitten sein, bevor es auf das Sofa fiel.

»Du stehst unter Schock.« Er klappte den Deckel des Verbandskastens auf, nahm eine Bandage heraus und öffnete die Plastikverpackung. »Ich schlage vor, dass du die Bluse ausziehst.« Er sah sie ganz ungerührt an. »Alternativ könnte ich den Ärmel abschneiden, aber um das zu tun, müsste ich deinen Arm noch mehr bewegen und das würde ich eher ungern tun, bis ich gesehen habe, wie schlimm es wirklich ist.«

Carlina warf einen Blick auf Lilly. Ihre Augen waren geschlossen, ihr Mund leicht geöffnet. »Ich ziehe sie aus.« Sie ließ Lillys Hand los und fing an, die Bluse aufzuknöpfen. Ihre Finger zitterten. Sie hatte sich noch nie so unbeholfen gefühlt.

Er schaute ihr einen Augenblick zu, dann fing er ihre Hände ein und zog sie herunter. Seine Hände fühlten sich warm und fest an. »Lass mich das machen.« In kürzester Zeit hatte er alle Knöpfe geöffnet.

Carlinas Mund wurde trocken. Sie trug ihren Lieblings-BH, den mit dem Leopardenmuster. *Na, super.*

Er zog ihr die Bluse von den Schultern, ohne ihre Haut zu berühren. »Verdammt.«

Carlina sah ihn an. Das war nicht die Reaktion, die sie erwartet hatte.

Aber Garini schaute sich den Schnitt an ihrem Arm an, direkt neben der Schulter. »Es ist ein tiefer Schnitt.«

Carlina verdrehte sich den Kopf. »Muss er genäht werden?«

Er runzelte die Stirn. »Ich bin kein Arzt.«

Sie schluckte. »Binde es einfach nur ganz fest zusammen. Ich gehe heute Abend nirgendwo mehr hin.«

Ein Lächeln erschien in einem seiner Mundwinkel. »Ach nein?«

Carlina biss sich auf die Lippen. »Nein. Ich … es gibt einen Grund dafür.«

Seine hellen Augen erforschten ihr Gesicht für einen Augenblick. »Das habe ich mir gedacht. Sprich jetzt nicht. Wir müssen zuerst die Blutung stoppen.« Er hob ihren Arm und schaute sich die Wunde erneut an, dann nahm er ein Spray aus dem Verbandskasten. »Das wird jetzt brennen, aber ich möchte die Wunde lieber desinfizieren.« Er sprühte es auf.

Carlina biss die Zähne zusammen und unterdrückte ihre instinktive Reaktion, sich aus seinen Händen zu winden. Das Spray fühlte sich erst kalt an, dann brannte es wie Pfeffer in der offenen Wunde.

Garini runzelte die Stirn. »War das Messer sauber?« Er legte einen Tupfer auf die Wunde und presste ihn fest an.

»Woher weißt du, dass es ein Messer war?« Das Du kam ihr spontan von den Lippen. Unmerklich waren sie über die Grenze hinweggeglitten.

Er sah sie an. Sein Gesicht war so nahe, dass sie wieder die kleine Narbe neben seinem Mund sehen konnte, die dunklen Farbflecken in seinen hellen Augen. »Ich bin Polizist, Carlina. Ich erkenne eine Messerwunde, wenn ich sie sehe.« Mit erstaunlicher Geschwindigkeit begann er, ihren Arm zu verbinden. »Nun? War es sauber?«

»Ich –« Ein seltsames Gefühl ergriff Besitz von Carlina. Sie fühlte sich leicht und schwebend. Was würde er tun, wenn sie sich jetzt an seine Brust lehnte? Würde er sie festhalten? Es war ein verführerischer Gedanke. »Es sah sauber aus. Aber habe nicht wirklich darauf geachtet.«

»Hmm.« Er fixierte den Verband mit einem breiten Pflasterstreifen. »Wir müssen das beobachten. Wenn die Blutung nicht aufhört, muss ich dich ins Krankenhaus bringen.«

»Ich werde nicht ins Krankenhaus gehen.« Carlina hob ihr Kinn.

»Ach, nein?« Einen Augenblick lang erhellte ein Lächeln sein Gesicht. Er sah zärtlich aus und amüsiert.. So hatte er noch nie gelächelt. Er stand auf. »Ich hole dir ein Hemd.«

Er kam mit einem karierten Flannelhemd zurück und half ihr, es anzuziehen, dann machte er ihr die Knöpfe zu, entspannt und locker, als ob er es jeden Tag tun würde.

Carlina hielt die Luft an. Er war ihr so nahe. Sie konnte sein Aftershave riechen, konnte die Wärme spüren, die sein Körper ausstrahlte. Es kostete sie ihre ganze Willenskraft, nicht in seine Arme zu fallen. Sie konzentrierte sich auf sein T-Shirt und mied seine Augen.

»Fertig. Warm genug?«

Sie räusperte sich. »Ja.« *Eher zu heiß*. Sie wagte es, den Kopf zu heben und schaute ihn an. »Danke.« Sie meinte nicht nur die Erste Hilfe und wusste, dass er es auch so verstehen würde.

Ihre Augen trafen sich. Nichts bewegte sich. Lillys gleichmäßiges Atmen war das einzige Geräusch in dem stillen Raum. Für einen Augenblick lang dachte sie, er würde sich nach vorne beugen und sie küssen, aber gerade, als sie ihm entgegenkam, machte er einen Schritt zurück, schob einige Bücher und Lollos Käfig auf dem niedrigen Bücherschrank zur Seite und hockte sich darauf. »Jetzt erzähl mir, was passiert ist.«

Seine plötzliche Distanz fühlte sich wie Diebstahl an. Dachte er, dass sie sich an seine Brust werfen wollte? Wie peinlich. Carlina fühlte, wie ihr Gesicht rot wurde. Sie sollte sich besser darauf konzentrieren, ihm ihre Geschichte zu erzählen. Er musste alles wissen und zwar sofort. Wer wusste schon, was im Moment zu Hause vor sich ging. Vielleicht hatte jemand sie noch in ihrer Wohnung besucht und das Messer gefunden.

Carlina schaute sich um. Lilly hatte den Großteil des Sofas belegt, aber der Teppich war dick, also rutschte sie in einen Schneidersitz und lehnte sich mit dem Rücken an das Sofa. »Kannst du Englisch?«

Er hob seine Augenbrauen. »Ja.«

»Gut.« Carlina sprach auf Englisch weiter. »Denn ich möchte nicht, dass Lilly auch nur ein Wort versteht.«

Er schaute auf das schlafende Mädchen. »Sie ist tief im Land der Träume.«

»Bei Lilly weiß man nie.« Carlina schüttelte den Kopf. »Du solltest dein Aufnahmegerät herausholen, bevor ich anfange.«

Er lächelte ein wenig. »Du magst es mir vielleicht nicht glauben, aber in meiner Freizeit laufe ich nicht immer mit einem Aufnahmegerät herum.«

»Natürlich.« Sie fühlte sich albern. »Zunächst einmal möchte ich dir danken, dass wir zu dir kommen durften und dass du uns aufgenommen hast. Ich wusste nicht, wohin ich gehen sollte. Als ich versuchte, dich anzurufen, sagte mir die Vermittlung, dass du nicht im Büro seist.«

Er runzelte die Stirn. »Sie hat meine Privatnummer. Ich habe mein Mobiltelefon auf sie umgeleitet, damit ich heute Nachmittag etwas Schlaf aufholen konnte, aber ich habe ihr gesagt, dass sie mich wecken soll, wenn etwas Dringendes passiert.«

Carlina hob die Schultern, dann zuckte sie zusammen.

»Du solltest die Schulter nicht bewegen«, sagte Garini. »Es könnte wieder anfangen zu bluten.«

»Ich vergaß.« Carlina nahm Lillys Hand. »Jemand hat heute Abend versucht, sie umzubringen.«

Seine Augen verengten sich. »Erzähl.«

»Damit du es richtig verstehst, muss ich erst von Benedettas Geburtstagsfeier letzte Woche berichten. Wir haben viel geredet und gelacht und unter anderem darüber gesprochen, dass Lilly immer auf das Sofa springt, wenn sie bei mir schläft.« Sie erklärte die Verbindung zur Wand und das schnell herabfallende Fisch-Mobile.

Er nickte. »Verstanden. Wer war bei der Party?«

Carlina streichelte Lillys weiche Hand. »Alle, die im Haus leben. Außerdem meine Schwester Gabriella und ihr Mann Bernando mit Lilly natürlich, Angela und Marco, Onkel Ugo und seine Mutter Augusta. Sogar Electra von gegenüber kam rüber, um mit uns zu feiern.«

Stefano schüttelte den Kopf. »Das war ja klar. Es wäre auch zu schön gewesen, wenn sich das Feld endlich an irgendeiner Stelle ein wenig begrenzt hätte.«

Sie schaute ihn an. »Selbst dann hätten sie sich nach der Party mit anderen Leuten darüber unterhalten können. Es war eine lustige Geschichte, eine, die man gern weitererzählt, wenn man gute Laune hat.«

Er machte eine Grimasse. »Guter Punkt. Sprich weiter.«

»Jemand hat ein Messer oben an das Fisch-Mobile gehängt.« Carlinas Mund wurde trocken. »Es war scharf und dünn und lang. Ein Schlachtermesser.« Sie schluckte. »Wenn Lilly wie sonst immer ins Bett gesprungen wäre, wäre es direkt in ihren Rücken eingedrungen.«

Er wendete seinen Blick keine Sekunde von ihr ab. »Was geschah stattdessen?«

»Sie hat gebadet und ich wollte ihren Schlafanzug holen, aber dann bin ich gegen das Sofa gestoßen. Ich hörte, wie etwas herabfiel und fing an zu lachen, weil ich an das Fisch-Mobile dachte, aber dann sah ich das Messer.« Ihr wurde immer noch schlecht, wenn sie daran dachte.

»Hast du es berührt?« Er war wieder im Verhörmodus, seine Fragen kamen hart und schnell.

»Nein.«

»Eine Sekunde.« Er sprang auf und verließ den Raum. Einen Augenblick später hörte sie ihn sprechen.

Mit wem spricht er? Carlina rutschte tiefer. Ihr tat jeder Knochen weh und ganz tief in ihrem Innersten spürte sie ein Zittern, das ihr zeigte, wie stark sie aus dem Gleichgewicht geworfen worden war.

Sie hörte Gläser klirren, dann kam Garini zurück, das Telefon zwischen Schulter und Ohr geklemmt, in den Händen zwei Gläser mit einer durchsichtigen Flüssigkeit gefüllt. »Ja«, sagte er. »Via delle Pinzochere 10. Hast du das? Ich stoße dort zu dir. Warte auf mich. *Ciao*.«

Er gab eines der Gläser an Carlina. »Es ist nur Wasser, aber ich denke, du solltest es trinken.«

Sie nickte und nahm das Glas, dann trank sie einen kleinen Schluck. Das Wasser lief ihr die Kehle entlang, beruhigend und kuhl. Sie fühlte sich ein wenig besser.

Er legte das Telefon aufs Regal, trank das Glas in einem Zug aus und stellte es neben das Telefon. »Bitte fahre fort.«

»Fährst du in meine Wohnung?«

Er nickte und schaute zu Lilly. »Ich würde dich am liebsten mitnehmen, damit du alles erklären kannst, während wir da sind.«

»Kommt überhaupt nicht infrage.« Ihre Antwort kam wie aus der Pistole geschossen. »Ich habe ihr versprochen, dass ich bei ihr bleibe.«

Zu ihrer Überraschung ließ er das Thema fallen. »Kannst du mir deine Wohnungsschlüssel geben?«

»Ja.« Carlina schaute sich um. »Sie sind in meiner Jackentasche.« Sie zog die Beine an, um aufzustehen.

»Bleib sitzen.« Er hielt eine Hand hoch, um sie zu stoppen. »Ich hole sie, wenn ich die Wohnung verlasse.« Eine Drehung seines Handgelenks und er blickte auf seine schwere Armbanduhr.

Sie hatte sie noch nie gesehen, aber normalerweise trug er ja auch seine dicke Lederjacke.

Er sagte: »Ich muss in deine Wohnung kommen bevor es irgendjemand deiner Familie tut. Vor allem muss ich das Messer sichern.« Er faltete die Hände um ein Knie. »Erzähle mir so viel, wie du kannst. Ich habe noch circa zehn Minuten, bevor ich gehen muss. Was ist geschehen, nachdem du das Messer entdeckt hast?«

»Ich war zuerst wie gelähmt. Als ich wieder denken konnte, habe ich dich angerufen, aber du warst nicht da. Hinterher habe ich nur noch rein instinktiv gehandelt.« Sie schaute ihn an und hoffte, dass er sie verstehen würde. »Ich war wie auf Autopilot geschaltet. Ich hatte nur ein Ziel – Lilly aus der Wohnung zu bekommen. Es kam mir viel zu gefährlich vor, auch nur noch eine einzige Minute zu bleiben. Also habe ich Lilly erzählt, dass wir Piraten und auf der Flucht sind und habe das Messer hinter einem Kissen versteckt, aber ich habe es dabei nicht berührt.«

»Gut gemacht.«

»Es tut mir leid, dass ich den Kanarienvogel mitgebracht habe. Lilly hat darauf bestanden und ich wollte sie nicht noch mehr beunruhigen.« Die Worte stürzten in einem Schwall aus ihr heraus. Es war eine Erleichterung, die Verantwortung teilen zu können.

»Hat irgendjemand euch gesehen, als ihr das Haus verlassen habt?«

»Nein. Wir haben Angela, Marco, Ernesto und Onkel Ugo gesehen, wie sie aus Onkel Teos Wohnung kamen, aber sie haben uns nicht entdeckt.« Sie holte tief Luft. Jetzt kam der peinliche Teil. »Als wir auf der Straße waren, merkte ich auf einmal, dass ich keine Ahnung hatte, wo wir hinfahren sollten. Dann dachte ich an dich und dass du neben einem Hotel lebst. Lilly war müde, also habe ich mir gedacht, dass ich versuche, dich zu Hause zu treffen und wenn das nicht geklappt hätte, hätte ich uns in das Hotel nebenan eingebucht.« Sie warf ihm einen raschen Blick zu. »Es tut mir leid, dass ich mich aufgedrängt habe.«

»Das ist gar kein Problem.« Er schien in Gedanken ganz woanders zu sein. »Weißt du, wann das Messer in dem Mobile versteckt wurde?«

Sie hob die Schultern. Ein scharfer Schmerz schoss durch sie und sie zuckte zusammen. *Verdammt.* »Irgendwann im Laufe des Tages. Lilly und ich waren mehrere Stunden unterwegs. Wir sind mit meiner Vespa durch die Hügel rund um Florenz gefahren. Es war so schön.« Tränen schossen ihr in die Augen. »Ich bin für sie verantwortlich.«

»Hast du irgendjemanden gesehen, als ihr unterwegs wart?«

Carlina hob den Kopf. Was sollte diese Frage? Wollte er prüfen, ob sie log? Dachte er, dass sie diese ganze Sache nur aufgesetzt habe, um sich selbst von jedem Verdacht zu reinigen? Dass sie sich selbst mit dem Messer geschnitten hatte? Dass sie zusätzlich auch noch versucht hatte, ihn zu verführen? Ihr Gesicht brannte. »Wir haben an einer Gaststätte gehalten und Mittag gegessen.« Ihre Stimme war eisig. »Ich kann mich nicht mehr an den Namen erinnern, aber ich kann dir den Weg zeigen.«

Seine harten Augen blickten in ihre.

Sie wusste, dass er ihren Stimmungswechsel bemerkt hatte und dass er ihre Gedanken erraten hatte. *Verdammt.*

»Das können wir morgen tun«, sagte er. »Ich muss jetzt los.«

Es war ihr peinlich, dass sie in seiner Wohnung war und wenn Lilly nicht gewesen wäre, wäre sie auf der Stelle gegangen. Aber die Vorstellung, Lilly zu wecken, ließ sie ihre

Worte herunterschlucken. Lillys Bedürfnisse standen an erster Stelle. Außerdem war seine Wohnung sicherer als irgendein Hotelzimmer, wo jeder ins Gebäude gehen konnte.

Anscheinend dachte Garini ungefähr das Gleiche. »Wo hast du deine Vespa gelassen?«

»Am Ende der Straße, an der Kreuzung.«

»Gut.« Er stand auf. »Ich denke, es ist das Sicherste, wenn ihr beide heute Nacht hierbleibt. Ich lege Lilly in mein Bett, dann kannst du neben ihr schlafen.«

Carlina sprang auf. »Ich kann nicht in deinem Bett schlafen!« Sie schüttelte den Kopf. »Es tut mir leid. Ich hätte nicht kommen sollen.«

»Ich bin froh, dass du es getan hast. Ich habe dich lieber hier als irgendwo sonst.«

Ihr Herz stockte. Hatte er das wirklich gesagt?

»Es ist unter den gegebenen Bedingungen der sicherste Platz für euch. Ich würde meinem Boss wirklich ungern erklären, warum ich es nicht geschafft habe, einen dritten Mord zu verhindern.«

Carlina schluckte. Also das war der Grund.

Er beugte sich nach vorne und nahm Lilly auf den Arm. Ohne ein Wort trug er sie durch die Tür und ins nächste Zimmer. Mit dem Ellenbogen machte er das Licht an und legte Lilly aufs Bett, dann deckte er sie sorgfältig zu.

Carlina blinzelte. Sein Schlafzimmer überraschte sie. *Es ist das genaue Gegenteil des Wohnzimmers.* Die Wand hinter dem Bett war mit Einbauregalen versehen, vom Boden bis zur Decke, mit einer einzigen Aussparung am Kopfende des Bettes. In der Mitte dieser Aussparung hing ein moderner Bang und Olufsen CD Spieler wie ein futuristisches Kunstwerk, flach wie ein Gemälde. Die rechte Seite der Regale war mit CDs gefüllt, die linke mit Büchern. In den vier Ecken hingen knapp unter der Decke teuer aussehende Musikboxen, die so angewinkelt waren, dass sie den besten Sound gaben, und neben dem Fenster stand ein glänzendes Saxofon auf einem Ständer und wartete darauf, wieder gespielt zu werden.

Garini spielte Saxofon? Sie hatte noch nie über ihn außerhalb seines Jobs nachgedacht, über seine Interessen und sein Leben.

Das Regal über dem Bett hatte vier versteckte Strahler, die das Bett perfekt ausleuchteten, wenn man lesen wollte. Das helle Licht wurde durch die Wand gegenüber dem Bett gedämpft, denn sie war in einem ungewöhnlichen blaugrünen Farbton gestrichen. Der Raum wirkte lebendig; ein Raum mit Persönlichkeit. Carlina fühlte sich wie ein Eindringling.

Garini zeigte auf einen flachen Lichtschalter am Rande des Bettes. »Wenn du diesen Schalter einmal schnell berührst, geht das Licht an oder aus. Aber wenn du deine Finger auf dem Teil in der Mitte lässt, kannst du das Licht dimmen.«

»Ich kann das leider nicht machen.« Carlina verschränkte die Arme vor der Brust. »Ich habe kein Recht, dein Bett zu belegen.«

Er schaute sie mit einem ironischen Lächeln in den Mundwinkeln an. »Du hast keine Wahl. Ich kann dir nur dieses Bett und das Sofa anbieten.«

Carlina öffnete den Mund und schloss ihn wieder. Er hatte recht.

»Es ist wirklich keine große Sache.« Er lächelte. »Ich schlafe oft auf dem Sofa ein. Habe schon an schlimmeren Stellen übernachtet.«

Machte es ihm Spaß, sie verlegen zu sehen? »Okay.« Sie presste ihre Lippen zusammen.

»Ich möchte, dass du das Haus nicht verlässt, während ich weg bin. Beantworte weder mein noch dein Telefon und öffne die Tür nicht, egal, was passiert. Ich werde sie verschließen, wenn ich gehe.«

»Du willst uns einschließen?« Sie war sich nicht sicher, ob sie sich gefangen oder sicher fühlen sollte. Wahrscheinlich ein wenig von beidem.

Er schaute sie einen Augenblick lang an. »Nein. Ich lasse dir meinen Schlüssel da, sodass du raus kannst, falls es brennt oder so. Aber bitte bleibe hier, es sei denn, es ist ein Notfall.«

Es war nicht seine Art, sie um etwas zu bitten. Vielleicht war er auch aufgerüttelt, selbst, wenn man es seinem Gesicht nicht ansah. Er wirkte so kühl wie immer. Sie runzelte die Stirn. »Aber wie kommst du dann wieder rein?«

»Ich habe noch einen zweiten Schlüssel.« Er ging zum Eingangsbereich und nahm einen Schlüssel vom Haken. »Hier ist er.«

Carlina nahm ihn. »Danke. Wirst du … wirst du lange weg sein?«

Er nickte. »Warte nicht auf mich.«

Ihr Mund verzog sich. »Ich glaube nicht, dass ich in der Lage sein werde zu schlafen.«

»Nein?« Er sah einen Augenblick lang aus, als ob er über

etwas nachdenken würde, dann sagte er: »Geh ins Bad, zieh das Hemd aus und prüfe im Spiegel, ob Blut durch die Bandage gekommen ist. Wenn ja, werde ich den Polizeiarzt bitten, vorbeizukommen. Das Badezimmer ist dort hinten.« Er zeigte den Flur hinunter.

Sie gehorchte wie eine Marionette. Sein Badezimmer war genauso gesichtslos wie sein Wohnzimmer. Weiße Fliesen, weiße Wände, ein dünnes Regal über einem einfachen Waschbecken, verwaschene braune Handtücher mit einem Muster in Orange, das in den Siebzigern mal modern gewesen war. Anscheinend verbrachte Garini sein Leben in seinem Schlafzimmer.

Sie knöpfte das Hemd auf. Ihre Schulter tat weh, als sie es herunterschob, um einen Blick auf den Verband zu werfen, aber sie konnte nicht ausmachen, ob die Schmerzen von dem Schnitt oder von der engen Bandage kamen. Gott sei Dank war immer noch alles schneeweiß. Sie zog sich wieder an und stellte fest, dass Garini in der Küche stand. Sie war klein und praktisch eingerichtet, ohne irgendwelche verrückten Küchenaccessoires. Anscheinend kochte Garini nicht gern.

»Kein Blut«, sagte sie.

»Gut.« Er lehnte am Herd und schaute zu, wie ein Wasserkessel anfing zu kochen.

Carlina runzelte die Stirn. »Ich dachte, du musst los.«

Er schaute auf seine Armbanduhr. »Ich gehe in einer Sekunde, aber ich wollte dir noch einen Tee machen.« Er machte den Herd aus, nahm den dampfenden Kessel und goss das kochende Wasser in eine Teekanne. Es roch seltsam, nach Kräutern und Heu an einem heißen Sommertag.

Carlina verzog die Nase. »Was ist das für ein Tee?«

»Er wird dir helfen, einzuschlafen.« Er stellte den Wasserkessel wieder auf den Herd und stellte eine Tasse neben die Teekanne. »Warte drei Minuten, bevor du dir eine Tasse eingießt.«

Sie hob die Augenbrauen. Wenn man sie gefragt hätte, hätte sie ihr letztes Hemd verwettet, dass Garini nicht die Art von Mann war, die Kräutertees trank.

Er schaute sie an und missverstand den skeptischen Ausdruck auf ihrem Gesicht. »Er hilft wirklich, glaube mir.«

»Hast du es ausprobiert?«

»Ja.«

Sie musste einfach fragen. »Hast du Schlafstörungen?« Es war schwierig, die Ungläubigkeit aus ihrer Stimme herauszuhalten.

»Normalerweise nicht. Aber vor einigen Monaten hatten wir einen hässlichen Fall.« Sein Mund wurde schmal. »Es ging um ein Kind.«

Carlina blinzelte. Sie hatte in den letzten Minuten mehr über ihn gelernt als in der gesamten Zeit, in der sie ihn kannte. »Verstehe.«

»Drei Minuten, nicht vergessen.« Er ging zur Tür, nahm die Lederjacke vom Haken, fand ihren Haustürschlüssel in ihrer Jackentasche und drehte sich rum.

Carlina stand verlegen im Türrahmen der Küchentür, wie eine Ehefrau, die schaut, wie ihr Mann zur Arbeit geht.

»Bis morgen dann.«

Sie fühlte eine Spur von Angst. »Garini, warte.«

Er hob die Augenbrauen und prüfte ihr Gesicht. »Ja?«

»Ist sie sicher?«

Er nickte. »Im Moment ist sie es.« Er streckte seine Hand aus und berührte ihre Wange für einen flüchtigen Augenblick. »Mach dir keine Sorgen. Du hast alles getan, was du tun konntest. Jetzt schlaf. Du brauchst es.« Er öffnete die Tür, ging hindurch und schloss sie hinter sich mit einem leisen Klicken.

Carlina hörte, wie der Schlüssel zweimal im Schloss gedreht wurde, dann seine Schritte, die immer leiser wurden, während er die Treppe hinunterging. *Ich wünschte, er wäre geblieben.* Sie seufzte schwer. *Wer möchte Lilly umbringen?* Ihr schauderte. Tante Marias Stimme erklang in ihrem Kopf. *Eine Menge mehr Leute müssten tot sein.* Jemand da draußen war auf der Jagd, rücksichtslos, effizient. Jemand aus der Familie. Ihrer Familie. Sie konnte es nicht länger leugnen. Ruhelos ging sie ins Wohnzimmer und zurück in die Küche, immer im Kreis, genau wie ihre Gedanken. *Es hat etwas mit Opas Schlechte-Vergangenheits-Geschichten zu tun, dessen bin ich mir sicher. Aber diese Geheimnisse sind keine Geheimnisse mehr. Jeder kennt sie.* Carlina runzelte die Stirn. Das passte zu Tante Marias Worten. *Eine Menge mehr Leute müssten tot sein.* Vielleicht war es ein Geheimnis, das keiner ernst nahm. Etwas, das alle kannten und worüber sie lachten. Aber was konnte es sein? Die Familie hat sich seit Opas Tod gewandelt. Sie erwähnten die Schlechte-Vergangenheits-Geschichten nicht mehr, noch nicht einmal als Witz. War das der Grund, warum der Mörder sich jetzt Zeit ließ und sie alle der Reihe nach umbrachte?

Sie ging ins Schlafzimmer und schaute nach Lilly. Ihre

Nichte hatte sich herumgedreht, die Arme weit von sich gestreckt, die Decke halb auf dem Boden. Carlina deckte sie wieder zu. Wie um alles in der Welt sollte sie bloß die restliche Nacht überstehen? Sie stand still und lauschte in die Dunkelheit. Kein Geräusch außer Lillys Atem. Sie fühlte sich von der Welt völlig abgeschnitten, wie auf einem fremden Planeten. Kein Geräusch von außen drang herein, keine Schritte in der Wohnung über ihr. Vielleicht hatte Garini wegen des Saxofons die Wände schalldicht gemacht.

An Schlaf war gar nicht zu denken. Sie fuhr hoch. Der Tee. Sie hatte den Tee vergessen. Sie ging in die Küche, goss sich eine Tasse ein und nippte an dem Gebräu. Igitt, wie eklig. Sie rümpfte die Nase. Es roch nach Katzenpipi. Und sah auch so aus. Ihr würde nur schlecht davon werden. Sie hielt die Luft an und kippte den Inhalt der Tasse herunter. So. Hoffentlich würde Garini das zu schätzen wissen.

Sie ging ins Schlafzimmer zurück, zog die Schuhe aus, breitete seine Bettdecke über sich aus und dimmte das Licht. Die Bettwäsche roch nach Seife. Vielleicht hatte er das Bett gerade frisch bezogen. Carlina war ein wenig enttäuscht. Sie hätte gern einen Hauch von ihm gerochen, als Trost. Dann schüttelte sie den Kopf. *Du musst mit diesen Hirngespinsten aufhören, mein Mädchen. Jeder kann sehen, dass er kein Interesse hat.* Sogar die Berührung ihrer Wange bevor er gegangen war, konnte als einfache Trostgeste verstanden werden.

Lilly bewegte sich im Schlaf. Carlina nahm sie in die Arme, küsste sie auf die Wange und kringelte sich um sie herum. Niemand würde ihrer Nichte wehtun, so lange sie in der Nähe war. Niemand. Zuerst dachte sie, sie würde die ganze Nacht wach bleiben, aber die Wirkung des Tees war stärker als erwartet und sie nickte bald ein.

Ein Schrei riss sie aus dem Schlaf.

Lilly! Was war mit ihr?

Carlina fuhr hoch. Lilly lag neben ihr. Sie waren beide in Garinis Bett. Das gedämpfte Licht zeigte, dass sie alleine waren.

Lilly streckte beide Arme in die Luft, ihr Gesicht abgewendet, voller Angst. »Nein«, schrie sie. »Ich habe es niemandem gesagt!«

Carlina nahm sie bei den Schultern. »Ich bin es, Lilly.« Sie schüttelte sie sanft. »Carlina. Du bist in Sicherheit. Hab keine Angst.«

Ihre Nichte fuhr zurück und kämpfte gegen sie an.

Carlina ließ sie los. »Du bist in Sicherheit, Lilly. Es ist alles in Ordnung.« Was bedrückte das Kind? War es ein Traum? Oder war es etwas Belastendes aus ihrer Erinnerung? Gabriella hatte keine Albträume erwähnt. Ihr Herz pochte schmerzhaft in ihrer Brust.

Lilly öffnete die Augen und starrte ihre Tante mit so weit aufgerissenen Augen an, dass man das Weiße rund um die Iris sehen konnte. »Oh, Carlina!« Tränen liefen über das kleine Gesicht.

»Schhh.« Carlina beugte sich nach vorne und umarmte sie. »Es war nur ein Albtraum. Es ist vorbei.«

Lilly hickste. »Er wollte mich umbringen.«

Ein Zittern lief über Carlinas Rücken. »Wer?«

»Onkel –« Lilly japste und schloss entsetzt den Mund.

»Onkel?« Carlina hielt den Atem an.

Lilly schob sie von sich. »Ich kann es nicht sagen. Es ist ein Geheimnis. Ich muss das Geheimnis bewahren.«

»Lilly, mach dir keine Sorgen. Mir kannst du es verraten.«

»Nein!« Lilly schüttelte den Kopf und zog sich noch weiter von ihrer Tante zurück. »Bring mich nicht dazu, es dir zu erzählen. Ich darf es niemandem sagen. Es ist ein Geheimnis.« Ihre Stimme wurde ganz hoch, dann brach sie. Die panische Angst in ihren Augen war fast greifbar. »Ich darf es nicht sagen.«

»Aber –«

»Nein!« Lilly warf sich herum und versteckte ihr Gesicht im Kissen. »Ich werde es nicht sagen.« Die dumpfen Worte waren voller Qual.

Carlina schluckte. Sie kannte sich mit Kinderpsychologie nicht gut aus, aber sie wusste, dass es gefährlich war, ihre Nichte dazu zu bringen, die Wahrheit zu sagen, verängstigt, wie sie war.

Sie würde Garini morgen fragen. Die Polizisten hatte mehr Erfahrung. Sie würden wissen, wie man ihr das Geheimnis entlocken konnte, ohne sie zu traumatisieren.

»Ist schon gut.« Carlina streichelte Lilly über die Haare. »Du musst es nicht sagen. Es ist alles in Ordnung.«

Lillys Schultern entspannten sich. »Carlina?«

»Ja?«

»Bleibst du bei mir?«

»Ja.«

Ihre Nichte seufzte leise.

Tränen schossen in Carlinas Augen. Lilly hatte den Schlüssel zu dem Geheimnis und der Mörder wusste das. Angst griff ihr an die Kehle und presste ihr die Luft aus der Lunge, sodass sie Schwierigkeiten hatte, zu atmen. Lilly sagte, es sei ein Onkel. Nicht Mama, nicht Benedetta, nicht Emma. Eine Welle an Erleichterung überflutete sie. Dann stockte sie. Wer konnte es sein? Lilly bezeichnete alle männlichen Familienmitglieder als Onkel. Nicht Onkel Teo. *Bitte nicht.* Ernesto? *Unmöglich.* Marco? *Ausgeschlossen.* Onkel Ugo? Lucio? Oh Gott, sie hatte noch nie über Emmas Ehemann Lucio als den möglichen Mörder nachgedacht. *Nein, nein, nein. Das macht mich wahnsinnig.*

Wo war Garini überhaupt? Und wie viel Uhr war es? Sie wartete, bis Lillys Atem sich wieder beruhigt hatte, dann schlüpfte sie aus dem Bett und ging mit nackten Füßen ins Wohnzimmer. Das Sofa war leer. Vielleicht hatte er sich entschieden, heute woanders zu übernachten. *Verdammt.* Das Bedürfnis, mit ihm zu sprechen, war so stark, dass es schmerzte.

Sie ging in die Küche und schaute in die Teekanne. Der furchtbare Tee hatte jetzt einen dünnen Film auf der Oberfläche. Carlina wendete den Blick ab und suchte nach einer Uhr. Da war sie, neben dem Kühlschrank. Es war ein Uhr morgens. Wo war Garini?

Kapitel 17

I

»Carlina, wach auf!«

Carlina öffnete mit Mühe ihre schweren Augen. Einen Augenblick lang hatte sie keine Ahnung, wo sie war, dann fiel ihr Blick auf das Saxofon in der Ecke und die Erinnerung flutete zurück.

Lilly stand neben Garinis Bett, ein Stück Papier in der Hand. »Stefano ist nicht da«, sagte sie. »Aber er hat einen Zettel hiergelassen.« Sie sah beleidigt auf das Papier. »Ich kann es nicht lesen.«

Carlina nahm den Zettel und versuchte, ihre müden Augen dazu zu bringen, die Nachricht zu entschlüsseln. »Ich musste schon los.« Sein Gekritzel war schwer zu lesen. Der Text war auf Englisch verfasst. Das wirkte wie eine kalte Dusche. Hellwach setzte sie sich hin. »Bringe L. zur Schule, aber informiere die Schulleitung. Rufe mich dann an. Stefano.«

»Was steht da drauf?« Lillys Haar war verwuschelt, aber ihre Augen waren hell wie die eines frechen Spatzes. Sie schien sich nicht an ihren Albtraum zu erinnern.

»Er schreibt, dass er schon gehen musste und dass ich dich zur Schule bringen soll.«

»Was ist mit Lollo?«

Carlina blinzelte. »Lollo? Was meinst du?«

»Nehme ich Lollo auch zur Schule mit?«

»Nein.« Carlinas Stimme war fest. »Lollo hasst es, Vespa zu fahren.«

»Woher weißt du das?«

»Das hat er mir gestern gesagt.«

Lilly sah beeindruckt aus. »Kannst du die Vogelsprache?«

»So ungefähr.« Carlina schwang ihre Beine aus dem Bett und

ging ins Wohnzimmer, wo sie den pinkfarbenen Schal von Lollos Käfig nahm. »Du könntest ihm etwas Wasser geben und seinen Fressnapf reinigen, während ich das Frühstück vorbereite«, sagte sie. »Dann ziehen wir uns an und ich bringe dich zur Schule.«

»Aber was ist mit Lollo?«

»Nach der Schule kommen wir hierher zurück und holen Lollo ab.« *Ich muss die Schlüssel von Garinis Wohnung behalten. Hoffentlich macht ihm das nichts aus.*

Anscheinend hatte Lilly die Festigkeit in Carlinas Stimme gehört, denn sie ließ von dem Thema ab. Stattdessen begann sie, den Vogelkäfig zu reinigen. Carlina ging ins Badezimmer. Ihre Schulter fühlte sich immer noch steif an, aber die Bandage hatte das getan, was sie tun sollte – es war nirgendwo Blut zu sehen. *Wer wird sie mir später verbinden?*

Sie schob den Gedanken von sich und wusch ihr Gesicht, dann putzte sie ihre Zähne mit dem Finger. Was für ein Vogelhirn sie doch war, packte einen ganzen Koffer für Lilly und vergaß das Nötigste für sich selbst. Sie schüttelte den Kopf und ging in die Küche.

Etwas Butter, ein halbleeres Glas Nutella und ein Brotlaib waren über Nacht auf dem Tisch erschienen. Neben dem Brot lag der Schlüssel zur Wohnung. *Danke, Stefano.* Carlina durchsuchte die Schubladen nach Besteck und Tellern, machte sich eine Tasse Kaffee und füllte ein Glas Milch für Lilly, dann rief sie ihre Nichte.

Während Carlina ihren Kaffee nippte und zuschaute, wie ihre Nichte aß, analysierte sie ihre Gefühle. Es fühlte sich seltsam an, in seiner Wohnung zu sein. Andererseits fühlte sich im Augenblick einfach alles seltsam an. Sie konnte immer noch nicht glauben, was letzte Nacht geschehen war. Es kam ihr vor wie ein Traum. Ein beängstigender Traum.

»Warum schüttelst du den Kopf, Carlina?«

»Nur so.« Carlina stand auf. »Bist du fertig? Ich muss dich zur Schule fahren.«

Als sie vor der Schule ankamen, parkte Carlina ihre Vespa. »Ich muss noch mit deinem Lehrer sprechen, darum komme ich mit.«

Lilly Augen weiteten sich. »Warum? Ist etwas nicht in Ordnung?«

Carlina schaute sie an. Wie viel sollte sie ihr sagen? Sie kniete sich hin und blickte Lilly in die Augen. »Du hast alles richtig gemacht, Lilly. Aber ich glaube, dass du im Augenblick in

Gefahr bist.« Sie schluckte. »Versprich mir, dass du die Schule heute mit niemanden außer mir verlässt, egal, wer dich abholen kommt.«

Lillys Augen wurden groß. »Mit niemandem?«

»Ja. Gehe mit niemandem mit, nicht einmal mit Oma, mit keinem Onkel, keiner Tante. Mit niemandem, ganz egal, was sie sagen. Sogar, wenn sie sagen, dass ich im Krankenhaus bin und ich sie geschickt habe. Okay?«

Lilly schluckte. »Aber … wenn du nicht kommst?«

Carlina holte tief Luft. »Wenn ich nicht kommen kann, dann schicke ich Stefano.«

»Mit Stefano darf ich mitgehen?«

»Ja.«

Lilly nickte. »Okay.«

Carlina stand auf. »Gut. Ich werde deinem Lehrer das Gleiche sagen.« Sie führte Lilly bis zum Eingang des Gebäudes. Lilly lief neben ihr her wie eine Erwachsene. Kein Hüpfen, kein Singen heute. Carlina biss sich auf die Lippe. *Wir werden den Mörder erwischen und dann kann das Leben wieder sorglos sein.*

Sie brachte Lilly durch die Hallen, die voller quirliger Kinder waren, in ihre Klasse. Ein Junge rannte laut rufend an ihnen vorbei. Eine Gruppe Mädchen kicherte, als sie ins Gebäude kamen. Es roch nach Industrieputzmittel. Eine Welle von Nostalgie überwältigte Carlina. Es war so normal, so sicher. Wie sehr man sich täuschen konnte.

Der Lehrer war noch nicht angekommen, daher ließ Carlina Lilly mit ihren Freunden im Klassenzimmer und ging zum Sekretariat. Ein hilfsbereiter Junge zeigte ihr den Weg. Als Carlina die Tür öffnete, kam ihr eine Hitzewelle entgegen. Jemand hatte die Heizung auf das Maximum gedreht. Der Raum roch nach billigem Parfüm. Carlina rümpfte die Nase und ging zu dem Schreibtisch in einer Ecke des Raumes, an der eine Frau mit wilden braunen Locken saß und etwas tippte.

Carlina lächelte sie an. »Guten Morgen. Ich bin Caroline Ashley, die Tante von Lilly Lombardi. Ich möchte bitte mit der Schulleitung sprechen.«

Die Sekretärin schüttelte den Kopf. »Der Schulleiter ist heute nicht da.«

Verdammt. »Dann muss ich mit Lillys Klassenlehrer sprechen. Er ist noch nicht in seiner Klasse.«

»In welcher Klasse ist sie denn?«

Carlina schluckte. »Das weiß ich nicht.«

Die Sekretärin runzelte die Stirn. »Ich schaue es nach.« Sie tippte noch eine Ewigkeit weiter.

Carlina schaute auf die Uhr. Sie hatte noch zwei Stunden Zeit, bis Temptation öffnete, aber sie erwartete heute Morgen eine frühe Lieferung. Der Kurier hatte sie schon letzte Woche verpasst und hatte eine Nachricht hinterlassen, dass er Montagfrüh wiederkommen würde. So ärgerlich.

Endlich hob die Sekretärin den Kopf. »Lillys Lehrer ist *signor* Arredi, aber er ist heute krank. Seine Vertretung ist *signorina* Biffi.« Sie schaute auf die große Uhr über der Tür. »Sie sollte mittlerweile in der Klasse sein.«

Carlina unterdrückte einen Seufzer. Sie hätte bei Lilly bleiben sollen. »Danke.«

Jetzt waren die Korridore leer und ihre Schritte hallten von den Wänden wider. Carlina klopfte an die geschlossene Tür und steckte ihren Kopf ins Klassenzimmer. Lilly winkte ihr aus der dritten Reihe zu. Carlina lächelte zurück.

»*Buongiorno, signorina* Biffi.« Carlina schaute die Frau, die vor der Klasse stand, an. Sie war klein und rund und erinnerte sie an einen Gummiball mit Jeans und einem Sweatshirt in pink.

Die junge Lehrerin lächelte etwas unsicher zurück. »Ja?«

»Könnten Sie einen Augenblick zu mir herauskommen?«

Die Lehrerin hob ihre gezupften Augenbrauen, aber sie folgte Carlina nach draußen.

Carlina wartete, bis sie die Tür geschlossen hatte. Erst dann stellte sie fest, dass sie keine Ahnung hatte, wie sie ihre Bitte verständlich machen konnte. »Ich bin Caroline Ashley, die Tante von Lilly Lombardi.«

Die Lehrerin schaute, als ob sie Lillys Namen noch nie gehört hatte.

»Ich glaube, Sie sind nicht Lillys Klassenlehrerin, ist das richtig?«

»Ja.« *Signorina* Biffi sah beleidigt aus.

»Aber Sie kennen die Klasse, oder? Sie wissen, wer Lilly ist?« Gott, was redete sie denn da für einen Quatsch? Kein Wunder, dass die Lehrerin auf ihre Uhr sah. Carlina sprach rasch weiter. »Äh … es gibt ein paar Schwierigkeiten zu Hause.«

»Schwierigkeiten? Was meinen Sie?«

Jemand versucht, sie umzubringen. »Wir müssen leider ganz stark davon ausgehen, dass jemand versucht, Lilly etwas anzutun.«

Signorina Biffis Augenbrauen hoben sich, bis sie fast den Haaransatz erreichten.

»Bitte erwähnen Sie es Lilly gegenüber nicht, aber behalten Sie sie im Auge. Bitte achten Sie auch darauf, dass sie mit niemandem das Gebäude verlasst, mit niemandem außer mir oder Inspektor Garini.«

»Was ist mit ihren Eltern?«

»Ihre Eltern sind aktuell nicht in der Stadt.«

»Es tut mir leid, aber ich kann in so einem Fall keine Verantwortung übernehmen.« *Signorina* Biffi schüttelte den Kopf mit einem empörten Schnaufen, das deutlich machte, was sie von Carlinas Bitte hielt. »Das müssen Sie mit dem Schulleiter klären.«

»Aber er ist heute nicht da.«

Signorina Biffi zuckte mit den Schultern. »Dann sprechen Sie mit seinem Stellvertreter.«

Carlina biss die Zähne zusammen. »Wer ist denn der Stellvertreter?«

»Das ist *signor* Arredi.«

»Aber der ist heute auch nicht da!« Carlina wollte die Lehrerin schütteln. »Bitte. Ich habe es Ihnen gesagt und ich verlasse mich auf Sie.«

Signorina Biffi presste die Lippen zusammen. »Ich bin nicht –«

Verzweifelt unterbrach Carlina sie. »Es ist eine Bitte von Polizeiinspektor Stefano Garini.« *Besser nicht die Mordkommission erwähnen.* »Wenn Sie möchten, kann ich ihn anrufen, dann kann er es Ihnen persönlich sagen.«

Signorina Biffi öffnete die Tür. »Ich habe jetzt keine Zeit, um mit irgendjemandem zu sprechen. Ich muss eine Klasse unterrichten. Aber ich werde auf keinen Fall die Verantwortung für ein Kind übernehmen, das in irgendwelche häuslichen Streitigkeiten verwickelt ist. *Arrivederci.*« Sie nickte Carlina zu und verschwand im Klassenzimmer.

II

Sein Telefon klingelte. Garini schaute auf das Display. *Carlina. Endlich.* Sein Herz schlug schneller. »*Ciao.*«

»Diese blöde Lehrerin glaubt mir einfach nicht. Sie sagte, sie könne keine Verantwortung übernehmen. Sie sagte –«

»Einen Augenblick.« Garini lehnte sich an seinen Bürotisch. »Wo bist du?«

»Ich komme gerade aus der Schule. Der Schulleiter ist heute nicht da und ihr normaler Klassenlehrer auch nicht. Sie hat eine Vertretungslehrerin, eine dumme Nuss, die nicht zuhört und sich weigert, die Verantwortung zu übernehmen. Ich glaube, sie weiß noch nicht mal genau, wer Lilly eigentlich ist! Vielleicht verwechselt sie sie mit einem anderen Mädchen und –«

Er runzelte die Stirn. »Carlina. Hör mal für eine Minute auf zu reden.«

»Was?« Sie klang ganz atemlos.

»Hast du Lilly in ihrer Klasse gelassen?«

»Ja.« Carlina seufzte. »Aber ich frage mich, ob das richtig war. Soll ich zurückgehen und sie holen? Vielleicht ist sie sicherer, wenn sie bei mir ist. Vielleicht–«

»Wohin willst du jetzt gehen?«

»Zuerst nach Hause, mich umziehen, dann zu Temptation. Ich erwarte heute Morgen eine Lieferung, aber ich könnte Lilly bei mir im Geschäft lassen. Sie würde sich allerdings langweilen und dann möchte sie bestimmt nach draußen und das könnte ich ihr nicht erlauben und dann wäre sie unglücklich.«

Er blinzelte. Es war gar nicht typisch für Carlina, dass sie so durcheinander war, aber er konzentrierte sich auf ihre Hauptaussage und überlegte, welche Möglichkeiten sie hatten. »Ich glaube, dass sie im Moment in der Schule am sichersten ist.«

»Meinst du wirklich?«

»Ja. Je weiter weg sie von der Familie ist, desto besser.«

Die Stille am anderen Ende teilte ihm mit, dass sie seine Worte erst verdauen musste. Hatte er sie verletzt? Er konnte es nicht vermeiden.

Sie räusperte sich. »Ich muss dir noch etwas sagen.«

»Schieß los.«

»Lilly hatte letzte Nacht einen Albtraum. Sie sagte immer wieder: »Ich habe das Geheimnis nicht verraten.« Ich habe versucht, ihr mehr zu entlocken, aber sie sagte, dass sie versprochen hatte, nichts weiterzusagen. Ich fragte, wem sie das versprochen hatte und sie sagte Onkel –«

Stefano hielt die Luft an. »Onkel …?«

»Den Namen hat sie nicht gesagt. In diesem Augenblick ist sie aufgewacht und war so verängstigt, dass ich mich nicht getraut habe, sie weiter auszufragen. Ich war mir nicht sicher, wie weit ich sie zum Reden bringen konnte, ohne sie zu verängstigen.«

»Wenigstens wissen wir jetzt, dass es ein Mann ist.« *Wenn ich dir glaube.* Der Gedanke ließ ihn schlucken. Er hatte seine Neutralität schon vor langer Zeit verloren.

»Es könnte jeder aus der Familie sein«, sagte Carlina. »Sie nennt sie alle Onkel.«

»Ich muss mit Lilly sprechen.«

»Ja.«

Ihre Bereitschaft überraschte und berührte ihn. »Wir haben eine Psychologin bei uns, eine Frau, die ich mitbringen könnte.«

»Gut. Möchtet ihr jetzt sofort mit ihr sprechen?«

Garini schaute auf die Uhr. »Nein. Mein Chef hat mich um einen dringenden Termin gebeten. Ich muss mich erst mit ihm treffen. Dann können wir die Details festlegen.«

»Okay.« Carlina schluckte so schwer, dass er es hören konnte. »Aber lasst mich dabei sein, wenn ihr mit ihr redet.«

»Wenn du versprichst, sie nicht zu beeinflussen.«

»Ich verspreche es.« Sie klang wild entschlossen.

Sie würde das Blaue vom Himmel versprechen, um ihrer Familie zu helfen. Ohne Rücksicht auf Verluste. Ihm wurde kalt.

»Lollo ist noch bei dir«, sagte sie.

»Wer?«

»Der Kanarienvogel. Wir haben ihn dir gestern Nacht vorgestellt.«

»Oh. Den hatte ich ja ganz vergessen.«

»Ich habe Lilly gesagt, dass er nicht mit ihr zur Schule darf, also haben wir ihn in deiner Wohnung gelassen. Ich habe die Schlüssel mitgenommen, sodass ich ihn später abholen kann. War das in Ordnung?«

»Natürlich.« Er prüfte seine Gefühle. Es fühlte sich richtig an. *Seltsam.* »Wie geht's deiner Schulter?«

»Ganz gut.«

Er wollte das Gespräch nicht beenden. »Konntest du schlafen?«

»Einigermaßen. Und du?«

»Zu kurz. Ich kam um drei und bin um sechs wieder gegangen.«

»Was hast du die ganze Nacht gemacht?«, fragte sie.

»Ich war tanzen.«

Sie lachte. »Na klar.«

»Na ja, wenn du's wirklich wissen willst, dann habe ich jeden Zentimeter deiner Wohnung durchsucht, habe mit einer unglaublichen Anzahl an Mantoni-Familienmitgliedern gesprochen, habe das Labor drangsaliert, damit sie mir die Ergebnisse in der Hälfte der üblichen Zeit liefern, habe jeden Fetzen an Information dreimal geprüft und einen Bericht geschrieben.«

»Klingt nach Spaß.«

»War toll.« Seine Stimme passte zu ihrer, trocken und ironisch. Er wartete auf die unvermeidliche Frage, aber sie erkundigte sich nicht nach dem Resultat. Wahrscheinlich wusste sie, dass er ihr gar nichts sagen konnte, sogar wenn er eine echte Spur gefunden hätte. Was nicht der Fall war. Jetzt musste er zu Cervi gehen und ihm alles berichten. Er wünschte, er hätte das Gespräch schon hinter sich.

»Was haben die unzähligen Mitglieder meiner Familie zu sagen gehabt?«

»Deine Mutter hat uns erwischt, als wir deine Wohnung verließen. Anscheinend hatte sie seltsame Geräusche gehört.«

»Ja, die Wände im Haus sind dünn.«

Er musste es einfach fragen. »Geht es dir nie auf die Nerven?«

»Was?«

»Die ganze Zeit so nahe beieinander zu sein. Dass sie sich in alles einmischen.«

»Ich … nein, eigentlich nicht. Ich mache mein Ding und wenn ich ihnen nicht zuhören will, dann blende ich sie einfach aus. Außerdem fand ich immer, dass sie sehr amüsant sind.«

»Aha.« *Amüsant.* Sie fand sie amüsant. Sie waren ein Haufen Verrückter, das waren sie.

»Was geschah dann?«

»Als sie mich sah, schrie sie so laut, dass sie halb Florenz weckte. Die restlichen Familienmitglieder kamen aus ihren Wohnungen gestürmt.«

Carlina kicherte. »Wow.«

»Du findest das wirklich lustig, oder?«

»Ja.« Ihre Stimme war voll unterdrückten Lachens.

Er wollte es eigentlich nicht, aber er musste lächeln. »Sie haben mir vorgeworfen, dass ich dich entführt habe, dich ins Gefängnis geworfen habe, dich umgebracht habe.«

»Wow, wie kreativ. In dieser Reihenfolge?« Sie klang immer noch amüsiert. »Was hast du gesagt?«

»Ich sagte, du seist an einem sicheren, aber geheimen Ort, zusammen mit Lilly und zeigte ihnen das Messer.«

Sie schnappte nach Luft. »Nein.«

»Doch. Es gehört Benedetta.«

Schweigen. »Hatte sie es schon länger vermisst?«

»Nein. Sie hat es am Abend zuvor benutzt.«

»Verdammt.«

Er hörte, wie sie schluckte.

»Und dann?«, fragte sie.

»Ich habe ihnen gesagt, dass sie alle Mann unter Beobachtung stehen und dass du am nächsten Tag zurückkehren würdest, sodass sie das Lynchen meiner Person besser noch aufschieben sollten.«

»Ach. Das heißt, sie warten auf mich?«

»Davon gehe ich mal ganz stark aus.«

»Verdammt. Ich will nicht mit ihnen sprechen.«

Er grinste. »Ich meine, mich daran zu erinnern, dass du sie amüsant findest.«

»Ha. Ich werde nicht mit dir über meine Familie diskutieren.«

»Zu spät. Wir haben noch nie etwas anderes getan.« Er brach ab. Der Ton zwischen ihnen hatte sich seit letzter Nacht gewandelt. Er hatte seinen Abstand endgültig verloren, aber seit letzter Nacht waren sie noch einen Schritt weitergegangen. Jetzt hatte er sogar die Fähigkeit verloren, seine Gefühle zu verstecken. Es fühlte sich wie ein Flirt an und das ging gar nicht. Plötzlich erinnerte er sich an die Unterhaltung mit Roberto im Restaurant vor einer gefühlten Ewigkeit. Er hatte nicht verstanden, wie jemand Zeit mit einer Schwiegermutter verbringen konnte, die er nicht mochte. Wie naiv er gewesen war. *Wenn ich eine Beziehung mit Carlina anfange, muss ich die ganze Familie in Kauf nehmen. Sie ist nur im Kombi-Paket zu bekommen.* Bei dem Gedanken wurde ihm kalt. Er schluckte. »Ich muss auflegen.«

»Ja.« Sie klang zögerlich, als ob sie nicht auflegen wolle.

»Sei vorsichtig. Iss nichts, wenn du zu Hause bist. Gar nichts. Hörst du mich?«

»Ja, Inspektor.«

Er verkniff sich ein Lächeln. »Bis später.«

III

»Was höre ich da von einem Mordversuch an einem Kind?« Cervi lehnte sich über den Tisch und funkelte Garini an. »Ich habe heute Morgen diverse Anrufe erhalten. Was ist hier eigentlich los?«

Stefano nickte. »Der Mordversuch wurde gestern Abend verübt. Ein Messer war so angebracht, dass es das Opfer eigentlich hätte durchbohren müssen. Sie hat Glück gehabt.«

Cervi zog sein Gesicht zusammen, als ob er auf eine Zitrone gebissen hätte. »Sie wissen genau, wie sehr die Presse Verbrechen liebt, die Kinder involvieren. Alles, damit viele Krokodilstränen vergossen werden können. Was haben Sie denen zu sagen?«

Garinis Gesicht blieb unbeweglich. »Wir arbeiten daran.«

»Ha. Das klingt nicht überzeugend genug. Können Sie keine Details nennen?«

Garini zuckte mit den Schultern. »Natürlich kann ich das. Die Tante des Kindes, Caroline Ashley, hat das Messer entschärft, bevor es Schaden anrichten konnte.« *Fast. Ich hoffe, es geht ihrer Schulter bald wieder gut.* »Sie entschied sich Wohnung und Haus zu verlassen und schaffte es, ihre Nichte wegzubringen, ohne dass jemand im Haus sie dabei entdeckte.«

Sein Chef verengte die Augen. »Wohin ist sie gegangen?«

»Sie kam zu mir.« Garini schaute Cervi an, ohne mit der Wimper zu zucken. »Sie versuchte zuerst, mich anzurufen, aber die Zentrale teilte ihr mit, dass ich zu Hause war.« Er biss die Zähne zusammen und wartete auf die unvermeidliche Bemerkung.

Cervis Mund blieb offen stehen. »Was hat sie getan? Woher wusste sie, wo Sie leben? Haben Sie eine Beziehung mit einer Verdächtigen?«

»Ich hatte meine Adresse flüchtig erwähnt, als sie mich fragte, warum ich so oft bei ihr im Geschäft vorbeikomme. Es ist bei mir um die Ecke. Und nein, wir haben keine Beziehung.« Er biss die Zähne noch fester zusammen. *Sag jetzt nichts mehr, Stefano. Du würdest es nur bereuen.*

Ein scharfer Blick durchbohrte ihn. »Werden Sie den Fall professionell abwickeln können oder soll ich ihn einem Kollegen übergeben?«

Es war eine leere Drohung und Stefano wusste das. Niemand hatte die Zeit, sich in diesem Punkt der Untersuchung in alle Details einzuarbeiten, aber allein der Gedanke erschreckte ihn. »Ich schaffe das.« Er versuchte, seine Stimme nüchtern und gleichgültig klingen zu lassen.

»Haben Sie bedacht, dass sie die ganze Sache vielleicht nur gespielt hat, um den Verdacht von sich abzulenken?«

»Ja.«

Cervi hob beide Hände. »Ja, sagt er. Nichts als ja. Jetzt legen Sie mal los, Mann, erzählen Sie mehr. Es geht um unseren Ruf.«

Und das Leben eines Kindes. Stefano unterdrückte einen Seufzer. »Glauben Sie mir, ich tue alles, was ich kann. Ich habe letzte Nacht noch einen Bericht geschrieben, weil ich wusste, dass Sie und der Bürgermeister informiert werden müssen.« Er zeigte auf den Stapel Papier, der auf Cervis Tisch lag.

»Heute Abend, Garini.« Cervi starrte ihn an. »Ich möchte heute Abend ein Ergebnis haben. Habe ich mich klar genug ausgedrückt?«

»Ja.«

Kapitel 18

I

Carlina öffnete die Haustür und ging auf Zehenspitzen in den Eingangsbereich. Wenn sie Glück hatte, würden sie niemanden treffen. Sie setzte ihren Fuß auf die erste Treppenstufe und entschied sich, die Stufen so rasch wie möglich hochzurennen, als die Tür von Onkel Teos Wohnung aufflog.

»Carlina! Da bist du ja!« Er ging mit ausgebreiteten Armen auf sie zu. Er war blass. »Ich habe mir solche Sorgen um dich gemacht.«

Ihr Herz schmolz und sie umarmte ihn. Wie zerbrechlich er sich anfühlte. »Es tut mir leid, Onkel Teo. Ich hatte keine andere Wahl.«

»Wo ist Lilly?«

»Sie ist –« Carlina brach mitten im Satz ab. Sie konnte es niemandem sagen. »Sie ist in Sicherheit.«

Seine scharfen Augen erforschten ihr Gesicht, dann nickte er. »Verstehe.«

Schnelle Schritte erklangen von oben, dann erschien Fabbiola mit der Geschwindigkeit einer Kanonenkugel auf dem Treppenabsatz. Ihr linker Arm presste das allgegenwärtige Kissen gegen ihre Seite. Eine Strähne ihres hennaroten Haares fiel ihr ins Gesicht.

Ich habe sie noch nie so mitgenommen gesehen. Carlina lächelte ihre Mutter an, um ihr zu zeigen, dass es ihr gut ging.

Fabbiola zog ihre Tochter mit dem rechten Arm an ihre Brust. »Carlina! Meine Liebe! Wie geht es dir?«

Carlina zuckte zusammen. Ihre Schulter schmerzte von der Umarmung und ihr Gesicht wurde in das samtige Kissen gedrückt. Es roch nach dem Parfüm ihrer Mutter, Maiglöckchen. Sie schaffte es, sich aus der Umarmung zu befreien. »Es geht mir gut, Mama. Wirklich.«

»Was hat er dir angetan?«

Carlina blinzelte. »Wer?«

»Dieser Polizist! Der dunkelhaarige. Was hat er dir angetan?«

Er hat mich gerettet. »Nichts.«

»Wo ist er?« Fabbiola schaute sich um, als ob Garini sich in einer Ecke unter der Treppe versteckt haben könnte.

Ist Mama verrückt geworden? »Garini? Ich weiß es nicht. Ich denke mal, er ist auf der Polizeistation. Warum?«

Fabbiola stemmte die Hände auf die Hüften. »Er hat gesagt, er würde dich beschützen. Wo ist er denn, bitte schön? Wie kann er dich beschützen, wenn er nicht hier ist?«

Etwas Warmes pulsierte durch Carlina, aber sie versteckte ihre Gefühle. »Vielleicht hat er einen unsichtbaren Schutzengel bestellt.«

Onkel Teo lachte leise, aber Fabbiola warf ihrer Tochter einen bösen Blick zu. »Ich finde das gar nicht lustig, Carlina.«

»Nein?« Carlina ging die Treppen hoch. »Ich schon.«

»Wohin gehst du?« Fabbiola klang empört.

»Mich umziehen.« Sie sah auf ihre Uhr und seufzte. »Ich hatte gehofft, rechtzeitig zu Temptation zu kommen, um eine Lieferung entgegenzunehmen, aber ich fürchte, ich werde den Kurier noch einmal verpassen. Er wird die Ware an den Hersteller zurücksenden.« Sie seufzte wieder. »Es wird jede Menge Papierkram nach sich ziehen, doppelte Transportkosten und eine neue Lieferung, aber ich kann es nicht ändern.«

»Ich könnte gehen und das Paket annehmen.« Onkel Teo sah ganz beglückt aus bei der Vorstellung.

»Nein, kannst du nicht«, antwortete Fabbiola. »Du hast Benedetta versprochen, dass du auf den Markt gehst und Gorgonzola kaufst.«

Sein Gesicht verdunkelte sich. »Das stimmt.«

Fabbiola richtete sich auf. »Ich werde es tun, Carlina.«

Carlina zögerte nur einen Augenblick. Ihre Mutter würde das Paket ohne größere Katastrophen entgegennehmen können und es würde ihr eine Menge Arbeit ersparen. »Danke, Mama.« Sie nahm ihren Schlüsselring aus der Tasche und entfernte den Schlüssel von Temptation. »Hier ist der Schlüssel. Hoffentlich ist der Fahrer noch nicht da gewesen. Ich komme nach, so schnell ich kann.«

Sie drehte sich um, wurde aber von einer männlichen Stimme aufgehalten, die von der Tür kam. »Hi, Carlina. Was ist hier los?

Familienfeier im Flur?«

Carlina lächelte Marco an. Er sah wirklich gut aus. »Nicht wirklich. Wir überlegen nur gerade, wer wann wohin geht. Mama muss jetzt zu Temptation, ich gehe nach oben und Onkel Teo geht auf den Markt.«

Fabbiola nickte. »Ansonsten ist keiner hier. Wen suchst du?«

Er hob die Augenbrauen. »Benedetta ist gar nicht hier?«

»Nein.«

»Komisch.«

Carlina spitzte die Ohren. »Wieso? Was meinst du?«

»Nun, sie rief heute Morgen an. Sie sagte, sie habe entsetzliche Kopfschmerzen und bat mich, zu ihr zu kommen.«

Onkel Teo schüttelte den Kopf. »Das ist seltsam. Ich sah sie doch ganz normal zur Arbeit gehen. Bist du sicher, dass sie von zu Hause aus anrief?«

»Ja.« Marco runzelte die Stirn.

»Wie nett von dir, extra vorbeizukommen.« Fabbiola legte eine Hand auf Marcos Arm und lächelte ihn an.

Sie schwärmt wirklich für ihn. Aber andererseits schwärmt sie für jeden Mann, der sich traut, in unsere Familie einzuheiraten.

Er lächelte sie auf seine gewohnt charmante Art an. »Nun, wenn Benedetta mich nicht braucht, dann fahre ich wieder. Möchtest du, dass ich dich bei Temptation absetze?«

Fabbiolas Gesicht erstrahlte. »Das wäre toll.«

Carlina winkte ihnen zu und begann ein drittes Mal, die Stufen zu erklimmen, während sie darauf wartete, dass Onkel Teo sie zurückhielt. Aber er nickte ihr nur zu und kehrte in seine Wohnung zurück, wahrscheinlich, um seine Einkaufstasche zu holen.

Der Gedanke an den unerklärlichen Anruf von Benedetta verursachte Carlina ein mulmiges Gefühl, während sie duschte und sich umzog. Am Ende hielt sie es nicht länger aus und rief ihre Tante bei der Arbeit an. Während sie dem Klingelton lauschte, zog sich ihre Kehle zusammen. Was, wenn Benedetta gar nicht bei der Arbeit angekommen war? Was, wenn jemand sie auch vergiftet hatte?

»Hallo!« Benedettas frische Stimme kam durch den Hörer.

Ein Gewicht fiel von Carlinas Seele. »*Ciao.*« Es klang wie ein Krächzen.

»Bist du das, Carlina?«, fragte Benedetta. »Ist alles in Ordnung?«

»Ja. Wie ist es bei dir?« Carlina lehnte sich gegen den Küchentisch. Sie fühlte sich ganz schlapp vor Erleichterung.

»Alles unter Kontrolle.« Ihre Tante holte tief Luft. »Aber was ist letzte Nacht passiert? Ich kann jetzt nicht gut sprechen, aber der Inspektor sagte –«

»Ich weiß.« Carlina wollte es nicht bereden. »Sag mir nur eines: Hast du Marco heute Morgen angerufen?«

»Marco? Angelas Marco?«

»Ja. Hast du ihn angerufen?«

»Aber nein! Ich bin doch nicht krank.«

»Komisch.« Carlina schüttelte den Kopf. »Irgendetwas Seltsames geht hier vor, aber ich verstehe es nicht.«

»Nun, ich war es nicht. Jemand hat wohl einen Streich gespielt«, sagte Benedetta mit entschiedener Stimme. »Wie ist es mit dem Abendessen? Wirst du heute Abend zu Hause sein? Emma und Lucio werden da sein. Wir werden Gnocchi mit Gorgonzolasoße essen und einen frischen –«

»Ich weiß es noch nicht.« Carlina hörte wieder Garinis Stimme. *Iss zu Hause nichts.* Bis der Mörder gefangen war, wollte sie so wenig wie möglich zu Hause sein, aber sie konnte sich und Lilly und Lollo ja schlecht für unendlich lange Zeit bei Garini einquartieren. »Ich muss auflegen, Benedetta. Ich sage dir noch Bescheid, ob ich heute Abend komme. *Ciao.*«

Carlina hängte auf und rannte die Treppe hinunter, ihre Hand auf dem glatten Holzgeländer. Wenn sie nicht bald bei Temptation ankam, würde ihre Mutter das gesamte Inventar mit einem riesigen Sonderrabatt verkaufen.

II

»*Ciao,* Stefano«, schnurrte die Rezeptionistin Gloria in sein Ohr.

Stefano unterdrückte einen Seufzer. »Ist es eilig, Gloria? Ich bin beschäftigt.«

»Ich weiß nicht, ob es eilig ist.« Gloria zog die Worte in die Länge. »Aber Piedro rief an. Du hast ihm irgendeinen Nachforschungsauftrag gegeben, und er sagte, er hätte etwas gefunden oder eher, er habe etwas nicht gefunden, was aber hätte da sein müssen und du sollst ihn anrufen. Er klang nicht sehr aufgeregt, also habe ich keine Ahnung, wie wichtig das ist.«

Wie typisch für Piedro, so eine verworrene Nachricht zu

hinterlassen. »Danke, Gloria. Ich rufe ihn später an.«

»Ich hatte echte Schwierigkeiten, dich zu erreichen, Stefano. Wo warst du die ganze Zeit? Eine Frau rief gestern für dich an. Sie war unhöflich, hing auf, bevor ich fertiggesprochen hatte.«

»Caroline Ashley?«

»Vielleicht. Sie klang eingebildet.«

Sie war zu Tode verängstigt. »Egal. Falls sie noch einmal anrufen sollte, stelle sie durch, egal, wo ich bin und was ich tue.«

Gloria kicherte. »Egal, wo du bist und was du tust? Oha, das klingt wahnsinnig wichtig, Stefano.«

»Ist es auch.« Er hing auf, bevor sie antworten konnte.

Zwei Minuten später öffnete sich die Tür mit ihren quietschenden Scharnieren und Gloria steckte den Kopf herein.

Stefano biss die Zähne zusammen und schaute sie unfreundlich an. »Was ist?«

Sie schaute verletzt. »Eine Expresslieferung aus den USA ist gerade angekommen. Ich dachte, die brauchst du vielleicht.«

Er fühlte sich schlecht, weil er seine Ungeduld so deutlich gezeigt hatte und hielt ihr die Hand entgegen, um den Umschlag entgegenzunehmen. »Entschuldige bitte meinen Ton. Es ist im Moment nicht ganz einfach.«

»Ich weiß.« Sie reichte ihm den Umschlag, aber anstatt zur Tür zurückzugehen, blieb sie bei seinem Schreibtisch stehen. »Stefano?«

Er zügelte seine Ungeduld, versuchte sogar zu lächeln. »Ja?«

»Wenn dieser Fall vorbei ist, würde ich dich gern zum Abendessen einladen.« Sie beugte sich nach vorne und offenbarte ihm einen exzellenten Blick in ihr attraktives Dekolleté. Er schenkte ihm keine Beachtung. Stattdessen sah er einen BH mit Leopardenmuster, die weiche Kurve einer festen Brust, eine weiße Schulter, versprengte Sommersprossen auf einer weichen Wange, Katzenaugen. Gott, es hatte ihn seine ganze Selbstbeherrschung gekostet, so zu tun, als ob er blind sei. *Ich hoffe, Carlina ist in Sicherheit.* Ein unruhiges Gefühl bemächtigte sich seiner. Er hatte etwas übersehen. Irgendwo war ihm ein Beweis untergegangen und –

»Stefano?«

Er blinzelte. »Entschuldigung, Gloria.«

Sie schaute ihn kritisch an. »Ist alles in Ordnung mit dir?«

»Na klar.« Er öffnete den Umschlag mit seinem Fingernagel.

Gloria murmelte etwas und verließ das Büro.

Er starrte auf den Zettel in seiner Hand. »Sehr geehrter Herr Garini«, stand da. »Sie haben uns um Informationen zum Architekten Paul Ashley gebeten. Wir haben ein Video gefunden, das ihn bei einer Rede zeigt, die er 1978 in der Handelskammer gehalten hat. Bitte entschuldigen Sie die lange Wartezeit, aber wir musste es erst auf ein modernes Medium transferieren. Wir hoffen, es wird Ihnen bei den weiteren Ermittlungen nützlich sein. Mit freundlichen Grüßen, Morgan Waller, Seattle Homicide Department.«

Stefano schob die CD in seinen Computer und wartete mit angehaltenem Atem auf den Beginn der Rede. Zunächst war Carlinas Vater nur als Schatten zu sehen, halb versteckt hinter dem Rednerpult. Das Licht war hinter ihm und so konnte man nur seine Silhouette erkennen. Stefano war enttäuscht. Was für ein Anfänger hatte denn dieses Video gedreht? Jemand, der noch nicht mal die geringsten Grundlagen der Kameraführung beherrschte. Was für ein Pech. Mit wachsender Ungeduld hörte er der Rede zu und war schon kurz davor, die CD abzuschalten, als der Kameramann seine Position wechselte. Eine Säule schob sich vor das Gegenlicht und plötzlich erschien Paul Ashley als Mann und nicht nur als Scherenschnitt.

Stefano holte scharf Luft. Das war Carlina in männlicher Form. Die Form der Augen, das Lächeln, ihr Haaransatz … sogar die Art, wie sie die Hände bewegte … es war alles vor ihm. Er öffnete die Schublade und holte das Bild ihres Vaters hervor. Es zeigte nur einen Bruchteil der Wahrheit. Die Ähnlichkeit war hier überhaupt nicht sichtbar.

Er fühlte eine Welle der Erleichterung, dann jedoch realisierte er mit sinkendem Herzen, dass ihn diese Erkenntnis keinen Schritt weiterbrachte. Wenn Fabbiola sich nicht sicher gewesen war, wer der Vater ihrer ältesten Tochter ist, dann war sie vielleicht unsicher genug geworden, um das Glück ihrer Tochter schützen zu wollen. Sie wusste, wie sehr Carlina ihren Vater liebte. *Verdammt.* Wenn es keinen Zweifel gäbe, hätte sie nie Bezug auf seine Augenfarbe gelogen. Sie musste blind gewesen sein, um die Ähnlichkeit zwischen Vater und Tochter nicht zu sehen. Oder vielleicht hatte die Ähnlichkeit sich erst im Laufe der Jahre entwickelt, während Carlina erwachsen wurde. Mit dreizehn hatte sie vielleicht noch ganz anders ausgesehen.

Aber Lilly hatte gesagt, dass es ein Mann war, keine Frau. Zumindest hatte Carlina ihm das erzählt. Durfte er ihr glauben? Er musste mit Lilly sprechen. Stefano nahm den Hörer und bat die Psychologin, ihn an Lillys Schule zu treffen. Gott sei Dank hatte sie Zeit. Als er aufstand, erinnerte er sich an Piedro Anruf. Er musste warten. Er war heute Morgen nicht in der Stimmung für Piedros langwierige Gedankenprozesse. Aber vielleicht hatte er ja doch etwas entdeckt. *Auch ein blindes Huhn findet mal ein Korn.* Er wählte Piedros Nummer.

»Piedro, ich bin's. Fass dich kurz, ich bin in Eile. Du hast gesagt, dass du etwas gefunden hast?«

»Ja.« Piedro klang unsicher. »Also, ich habe etwas gefunden und ich finde es komisch. Aber vielleicht ist es das ja gar nicht. Wie auch immer, ich habe eine Weile darüber nachgedacht und ich glaube, Sie sollten es wissen, denn ich glaube, dass es vielleicht wichtig sein könnte.«

Garini rollte mit den Augen. »Sag es mir.«

»Also. Sie wissen, dass Sie mir gesagt haben, dass ich das Diplom finden soll.«

»Das Diplom?« *Es war ein Fehler, Piedro anzurufen. Ich hätte es besser wissen müssen.*

»Ja. Das von dem Arzt.«

»Ach so. Du meinst von Marco Canderini?«

»Ja.« Jetzt klang Piedro triumphierend.

»Sprich weiter.«

»Also. Es ist so, ich habe überall geschaut, genau, wie Sie es mir gesagt haben.«

Stefano biss die Zähne zusammen. *Sei geduldig.*

»Aber ich konnte nirgendwo ein Abschlusszeugnis oder Diplom von Marco Canderini finden. Ich meine, ich habe eines gefunden, aber es ist von 1953 und ich glaube, das ist er nicht, denn dann wäre er jetzt ja älter, oder?«

Garini runzelte die Stirn. »Ja, natürlich. Und du hast überall geschaut, sagst du? Überall in Italien, nicht nur in der Toskana? Ich glaube, er stammt aus Rom.«

»Überall«, sagte Piedro. »Es hat ewig gedauert.«

Marco? Garinis Gedanken rasten. Wenn Nico erzählt hatte, dass Marco seinen Abschluss als Arzt gefälscht hatte und dies als Witz im Rahmen seiner Schlechte-Vergangenheits-Geschichten weitergegeben hatte, dann war das ein echtes Mordmotiv. Marcos ganzes berufliches Leben hing daran, ganz zu schweigen von seinem privaten Leben. Angela war nicht die Art von Frau, die mit einem Betrüger zusammenbleiben würde. Aber hatte Nico die Geschichte ausnahmsweise einmal ohne Publikum weitererzählt?

Etwas machte Klick in seinem Kopf. Das würde auch erklären, warum der junge Arzt bereit gewesen war, sofort die Sterbeurkunde zu unterzeichnen, obwohl er es besser hätte wissen müssen. Er schluckte. Was hatte er noch übersehen?

Das Bild von Elena Certini und ihrer kranken Mutter trat vor sein inneres Auge. Was hatte sie ihm gesagt? Der Arzt kam genau an dem Tag zu ihr, als das Morphium verschwand. Aber ihr Arzt war Enrico Catalini, der Hausarzt der Mantoni-Familie, der am nächsten Tag krank gewesen war. War er nicht schon vorher krank gewesen? Er hatte doch gesagt, dass er eine ganze Woche lang flachgelegen hatte.

Garini schluckte. *Oh Gott, ich war blind.* Marco hatte seinen Kollegen vertreten, hatte das Morphium von *signora* Certini gestohlen, hatte es Nico gegeben. Eine schnelle und saubere Exekution, mit einem einzigen Mangel behaftet: Nico hatte es geschafft, das Geheimnis vor seinem Tod zu teilen. Er hatte Maria Mantoni informiert und Lilly musste es mitgehört haben. Eine Bemerkung am Rande musste Marco alarmiert haben. Er hatte Maria umgebracht und versucht, Lilly zu töten. *Ich muss mit Lilly sprechen. Jetzt.* »Ich muss los«, sagte er.

»Brauchen Sie mich?« Piedro klang hoffnungsvoll.

Garini zögerte. Er musste Marco zur Polizeistation bringen lassen, aber er konnte Piedro nicht alleine schicken und zuerst musste er mit Lilly sprechen. Sie hielt den Schlüssel zu dem Ganzen und konnte den Beweis liefern, den sie brauchten. »Nein. Ich muss ein Kind befragen und ich möchte sie nicht durch zu viele Leute einschüchtern. Bleib hier und nimm alle Nachrichten für mich entgegen. Wenn du etwas hörst, was auch nur das Geringste mit dem Fall zu tun hat, rufst du mich sofort an. Verstanden?«

»Ja.«

»Und Piedro? Gut gemacht.«

Garini unterbrach die Verbindung und rannte zu seinem Motorrad. Er musste Carlina bei Temptation abholen, dann direkt zu Lillys Schule fahren. *Jetzt kann ich nur hoffen, dass das Kind reden wird.*

Kapitel 19

Die Tür zu Temptation stand offen, aber Fabbiola war nirgendwo zu sehen. Carlina ging mit kritischem Blick in den Laden. Der Kurier war schon da gewesen, sie konnte das Paket hinter dem Tresen sehen. *Gut.* Sie runzelte die Stirn. *Aber wo ist Mama?*

Dann hörte sie Stimmen hinter dem Vorhang, der ihren kleinen Lagerraum abtrennte. Sie ging näher … und erstarrte mitten in der Bewegung.

»Ich möchte es nicht tun«, sagte Marcos Stimme. »Aber du hast mir keine Wahl gelassen, Fabbiola.«

Was? Carlina schlich näher. *Was will er nicht tun?*

»Geht es dir auch gut?« Fabbiola klang besorgt. »Warum setzt du dich nicht eine Minute hin, Marco, und ich –«

»Es geht mir wunderbar, vielen Dank.« Marcos Stimme schnitt wie ein Messer durch den kleinen Vorratsraum.

Carlina konnte hören, dass er zu ihrer Rechten war, direkt hinter dem Vorhang.

»Es tut mir leid, dass ich dir das antun muss, aber ich habe leider keine andere Wahl.«

Was? Carlinas Hand verkrampfte sich um die Schaufensterpuppe an ihrer Seite. Sie drohte, das Gleichgewicht zu verlieren.

»Ich bin sicher, dass du nur etwas durcheinandergebracht hast.« Fabbiola klang beruhigend, als ob ihr Gegenüber ein Fünfjähriger mit einem verlorenen Lutscher sei. »Ich kann einfach nicht glauben, dass du jemandem etwas antun würdest. Das wäre doch gegen deine Überzeugung! Du bist Arzt! Du rettest Leben.«

Sein Lachen klang harsch. »Du weißt, dass ich kein Arzt bin.«

Carlinas Mund wurde trocken. Marco war kein Arzt? War das das Geheimnis? *Madonna.* Ihre Hand kroch zu ihrer Wange hoch. Das war ein echtes Mordmotiv. Sein Ruf, sein Leben, sogar seine Ehe wäre hin, wenn das herauskäme. Ihre Mutter hatte es nie erwähnt. Hatte sie es die ganze Zeit gewusst?

»Ach, was«, sagte Fabbiola. »Meiner Meinung nach bist du ein Arzt.«

»Ich fürchte, nur wenige Leute würden die Sache so entspannt sehen wie du, Fabbiola.«

Fabbiolas Stimme wurde flehend. »Marco, bitte tue nichts, was du später bereuen wirst. Denk an Angela. Wir sind doch deine Familie.«

Carlina schluckte. Hatte ihre Mutter realisiert, dass Marco schon zwei Leute seiner Familie umgebracht hatte?

Plötzlich wurde Fabbiolas Stimme schrill. »Was ist das?«

Carlina sprang vorwärts. Mit einer schnellen Bewegung der linken Hand riss sie den Vorhang zur Seite und verstärkte ihren Griff an der Schaufensterpuppe zu ihrer Rechten. Für den Bruchteil einer Sekunde sah sie Marco mit einer Pistole, dann hob sie die Puppe und brachte sie mit einem Krachen herab auf seine Hand. Ein stechender Schmerz durchzuckte ihre Schulter, ein Schuss löste sich mit einem ohrenbetäubenden Knall, Fabbiola schrie und Plastikstücke von der Schaufensterpuppe flogen im hohen Bogen durch die Gegend.

Carlina hob die Puppe und schlug erneut auf Marco ein.

Der Kopf der Puppe fiel ab, dann der Arm.

Die Pistole fiel auf die Erde.

»Nimm die Pistole, Mama!« Carlina hob ihren Arm trotz des brennenden Schmerzes in der Schulter und ließ den Körper der Schaufensterpuppe mit einem Krachen auf Marcos Kopf niedergehen.

Die Puppe knackste mit einem lauten Plopp in zwei Teile.

In Zeitlupe sank Marco auf die Knie.

Fabbiola stand wie erstarrt, das Kissen gegen ihre Brust gedrückt. Die Pistole war durch den Raum gerutscht und lag nun hinter ihr, außer Reichweite von Carlina.

»Hol die Pistole!« Carlina wollte ihre Mutter schütteln, damit sie endlich handelte, aber sie traute sich nicht, die Augen von Marco zu wenden.

Er schien betäubt zu sein, die Augen glasig, sein Gesichtsausdruck leer.

Carlina riss eine Schachtel aus dem Regal zu ihrer Linken, holte einen BH heraus und wickelte die Träger um Marcos Hände. Bevor er sich erholen konnte, nahm sie ein paar Nylonstrümpfe aus dem nächsten Regal und band seine Füße mit einem festen Knoten zu. Außer Atem trat sie einen Schritt zurück.

»Kann ich dir etwas Stabileres reichen?«, fragte Stefano vom Tresen. »Der BH sieht ein wenig zu zart aus.«

Carlina drehte sich zu ihm um. Ihre Lippen zitterten. »Aber es ist ein Sport-BH. Er ist sehr robust.« Dann brach sie in Tränen aus. Sie war so froh, ihn zu sehen.

Garini nahm sie bei den Schultern und schob sie zur Seite, sanft aber bestimmt. Er zog ein paar Handschellen heraus, befestigte sie an Marcos Händen und sagte. »Hiermit verhafte ich Sie, Marco Canderini, an dem Mord von Nicolò Alfredo Mantoni und Maria Mantoni, und für den versuchten Mord an Lilly Lombardi und Fabbiola Mantoni-Ashley.«

Marco starrte ihn an, als ob er die Worte nicht verstehen könne.

»Leider kam ich zu spät, um die Show mitzuerleben.« Er warf einen Blick auf den zerbrochenen Arm der Puppe vor seinen Füßen und lächelte Carlina an. »Aber dem Trümmerfeld hier nach zu urteilen, muss es ziemlich beeindruckend gewesen sein. Ich gratuliere dir.«

Carlina schaffte ein zittriges Lächeln. Sie suchte in ihren Jeans nach einem Taschentuch, zog es heraus und putzte sich die Nase. Dann schaute sie zu ihrer Mutter. »Hat er dir wehgetan, Mama?«

Fabbiola schüttelte den Kopf, Fassungslosigkeit im Gesicht. »Hat … hat Marco meinen Vater umgebracht?«

»Ich fürchte ja«, sagte Garini.

»Und … und Maria auch?«

»Ja. Er hat auch das Messer für Lilly angebracht.«

Ihr Gesicht zuckte. »Ich dachte, es sei jemand außerhalb der Familie. Er … er sagte, er würde niemals jemandem Schaden zufügen. Er sagte, es sei peinlich und bat mich, es für mich zu behalten.«

»Was für sich zu behalten?« Garini wendete seinen Augen keine Sekunde von dem benommenen Marco ab.

»Dass er die Abschlussprüfung an der Uni nicht bestanden hatte. Darum konnte er nie ein echter Arzt werden.«

»Das hat er Ihnen gesagt?«

»Oh, nein.« Fabbiola umarmte ihr Kissen noch ein wenig fester. »Das hat Vater mir gesagt, an dem Morgen der Hochzeit.«

Carlina schloss die Augen. »Warum hast du uns das nie gesagt, Mama?«

Fabbiolas Augen weiteten sich. »Ich dachte, es sei nicht wichtig. Ich hatte es total vergessen.«

Für einen Augenblick trafen sie die Blicke von Garini und Carlina.

Sie sagte: »Also hatte Marco keine Ahnung, dass du sein Geheimnis kanntest? Wie hat er es herausgefunden?«

»Ich habe es ihm gesagt.«

Carlina schnappte nach Luft. »Du hast ihm gesagt, dass er nicht ausreichend qualifiziert war, um als Arzt zu arbeiten? Damit hast du deine eigene Sterbeurkunde unterschrieben! Wann hast du das getan?«

Fabbiola zupfte an einer Ecke des Kissens. »Auf Benedettas Geburtstagsfeier. Er wurde so blass, dass er mir leidtat. Ich versprach ihm, es niemals weiterzusagen.«

Carlina stockte der Atem. *Ich habe gesehen, wie sie miteinander sprachen.*

Marco hatte seine Augen jetzt geschlossen. Er war zusammengesackt, bis er regungslos mit dem Rücken an die Regale gelehnt war.

»War Lilly in der Nähe, als Sie diese Unterhaltung mit Marco hatten?«, fragte Garini.

Fabbiolas schaute orientierungslos. »Ich weiß es nicht. Vielleicht. Ich … ja. Wahrscheinlich.«

Carlina warf Garini einen warnenden Blick zu. *Bitte sag jetzt nichts mehr.* Ihre Mutter würde niemals über ihre Schuldgefühle hinwegkommen, wenn sie feststellte, dass sie der unwissende Auslöser für den Mordversuch an ihrem Enkelkind gewesen war.

Sie wusste, dass er sie verstanden hatte, denn sein leichtes Kopfschütteln zeigte ihr, dass er nicht aufhören würde, Fragen zu stellen.

»Wann haben Sie es Maria erzählt?«, fragte er.

Carlina runzelte die Stirn. »Vielleicht hat Opa es ihr selbst erzählt.«

Fabbiola schüttelte den Kopf. »Es ist mir herausgerutscht, am Tag bevor sie ermordet wurde. Aber sie hat mir versprochen, dass sie es niemandem sagen würde und ich bin sicher, dass sie sich daran gehalten hat!«

Carlina schluckte. Es tat weh. *Verdammt.* Wenn Garini keine weiteren Fragen stellte, würde Fabbiola vielleicht nicht merken, dass ihre Nachlässigkeit Maria den Tod gebracht hatte.

Aber nein, darauf konnte sie nicht zählen. Er war zwar nicht ganz der menschliche Computer, für den sie ihn zuerst gehalten hatte, aber er würde ihre Mutter nicht verschonen können. Er musste den Fall zu Ende bringen.

Sie legte einen Arm um ihre Mutter und schaute ihn trotzig an. Es war nicht nötig, etwas zu sagen, er würde sie auch so verstehen. Ja, da war es. Ein Zucken in seinem Mundwinkel, direkt neben der interessanten Narbe. Sie unterdrückte einen Seufzer. Wieder Feinde.

»War Marco in der Nähe, als Sie mit Maria sprachen?«, fragte er.

»Oh nein.« Fabbiola schob die Haarsträhne aus ihrer Stirn. »Marco kam später, aber er war nicht im Haus, als wir uns unterhielten.«

»Wo fand dieses Gespräch statt?« Seine Fragen kamen hart und schnell.

»Wir waren in Marias Wohnzimmer. Ich stand am Fenster. Maria roch immer ein wenig … intensiv, also habe ich es während unserer Unterhaltung geöffnet.«

Carlina funkelte den Inspektor an. Jetzt reichte es aber. Er musste ihr das Geständnis nicht vorsagen.

Garini gab ihren Blick ungerührt wider, dann kniete er sich neben Marco und fühlte seinen Puls.

Carlina beugte sich nach vorne. »Er ist doch nicht tot, oder?«

Garini richtete sich auf. »Nein.« Er hob seine Hand, pflückte ein Stück Plastik aus ihrem Haar und ließ es auf den Boden fallen. »Aber deine Schaufensterpuppe ist hinüber.« Sein Gesicht wurde weich. »Wie geht es deiner Schulter?«

»Sie tut weh.«

»Geh auf alle Fälle zu einem Arzt.«

Sie schluckte. Wenn er so nahe bei ihr stand, verlor sie die Kontrolle über sich. »Mach ich.«

Stefanos Blick ruhte auf ihrem Gesicht. »Du siehst deinem Vater übrigens sehr ähnlich. Erinnere mich daran, dir ein Video zu zeigen, das ich kürzlich halten habe.«

Carlinas Herz setzte einen Augenblick aus. »Mein Vater?«

Er nickte.

»Natürlich sieht sie aus wie Paul«, meinte Fabbiola mürrisch. »Das habe ich die ganze Zeit gesagt.«

Garini grinste.

Carlina konnte ihren Blick nicht abwenden. *Ich liebe es, wenn er lacht.*

Ihre Augen trafen sich.

»Ich rufe dich an«, sagte er.
Sie hatte Schwierigkeiten zu atmen. »Wann?«
Sein Lächeln vertiefte sich. »Gestern.«

ENDE

Liebe Leserinnen und Leser,

ich freue mich, dass Sie »Hochzeitstorte mit Todesfall« gelesen haben, und hoffe, es hat Ihnen gefallen!

Wenn Sie wissen möchten, wann das nächste Buch in der Serie erscheint und sie auch sonst keine Neuigkeiten verpassen wollen, melden Sie sich gern unter der folgenden Adresse für meinen Newsletter an http://www.happybooks.de/contact .

- Meine bislang erschienenen Bücher finden Sie auf meiner Webseite: www.happybooks.de
- Auf meiner Facebook-Seite (Beate Boeker Author) teile ich regelmäßig Neuigkeiten und auch Textausschnitte mit meinen Lesern. Ich würde mich freuen, Sie dort wiederzutreffen!
- Auch auf Twitter führe ich gern Gespräche mit meinen LeserInnen. Dort findet man mich unter diesem Link: https://twitter.com/beateboeker
- Rezensionen sind für AutorInnen ein wichtiges Feedback und auch für LeserInnen sehr hilfreich bei der Wahl ihres nächsten Buches. Wenn Sie Ihren Eindruck von meinem Buch zusammenfassen und mit anderen teilen, freue ich mich sehr. Ob positiv oder negativ spielt keine Rolle – ich freue mich über jede Rückmeldung!

Wenn Sie Lust auf neuen Lesestoff haben, blättern Sie um! Auf der nächsten Seite finden Sie die Leseprobe von einer romantischen Komödie, die am Gardasee spielt … und Buch zwei in der Serie Florentinische Morde wird eventuell auch schon auf Deutsch erhältlich sein, wenn Sie dies lesen!

Herzliche Grüße,
Ihre Beate Boeker

Auszug aus
Lieben und Lügen lassen

Henry

»Vielleicht solltest Du ein wenig ...« ich zögerte und suchte ein Wort, das meinen Sohn hoffentlich nicht zu sehr verärgern würde, »...wählerischer sein.« Beherrscht stellte ich meine Tasse wieder auf die Untertasse und war froh, dass ich mich so ruhig anhörte. *Ich bin ein erwachsener Mann. Achtundfünfzig, erfolgreich, angekommen. Es gibt absolut keinen Grund, nervös zu werden, nur weil ich ein ernstes Gespräch mit meinem Sohn führen möchte.* Ich warf ihm einen raschen Seitenblick zu, um zu sehen, wie er meine Worte aufnahm.

Der Puls an seinem Hals fing sichtbar an zu schlagen und er fuhr sich mit der Hand durchs Haar, so wie er es immer machte, wenn er ungeduldig wurde.

Für einen Augenblick vermisste ich Kate so sehr, dass es fast schmerzte. Sie hatte sich mit unserem Sohn immer so viel besser verstanden als ich. Wir seien uns zu ähnlich, sagte sie immer. Als sie vor fünf Jahren starb, waren Josh und ich einander näher gekommen – doch nur für eine oder zwei Wochen. Was auch immer Kate gemeint hatte, eines stand fest: Josh und ich hatten völlig unterschiedliche Arten, mit Verlust fertig zu werden. Ich zog mich zurück und wurde noch mehr zum Einsiedler, während Josh sich kopfüber in jegliches Vergnügen stürzte, das sich ihm anbot. *Divertimenti,* wie die Italiener sagten. Der amerikanische Junge amüsiert sich …

Als der Schmerz nach Kates Tod nachließ, veränderte ich mein Leben nicht. Ich weiß nicht, warum. Vielleicht war ich zu sehr daran gewöhnt, zu faul, etwas zu ändern. Josh amüsierte sich weiterhin auf vielerlei Art und ich schaute mir das schon eine ganze Weile mit wachsender Unruhe an. Wir sollten einander wieder näher kommen. Er war doch mein einziger Sohn und ich liebte ihn. Ich fand es schwer, ihm das zu sagen, aber ich hoffte, dass er es trotzdem wusste. Jetzt war der Augenblick für ein Gespräch bekommen, aber ich musste zugeben, dass ich davor scheute – daher hatte ich es auch so lange hinausgezögert.

»Was meinst Du mit 'wählerisch'?» Sein Ton war aggressiv.

Verdammt. Ich hatte den falschen Ansatz gewählt, aber nun war es zu spät. Ich hatte keine Ahnung, wie ich mein Unwohlsein in Worte fassen sollte.

»Vater?» Josh schaute mich mit seinen blauen Augen an, die so eisig blicken konnten.

»Ich meine ...» ich suchte mit einem Gefühl von Mutlosigkeit nach den richtigen Worten. Alles hatte ich mir vorab zurecht-gelegt. Hatte geplant, was ich sagen wollte. War überzeugt ge-wesen, dass ich ruhig und vernünftig und kontrolliert sein würde. Stattdessen hatte ich nur fünf Worte gesagt und schon verloren.

»Du meinst?» Sein Mund bekam einen rebellischen Ausdruck. Er war siebenundzwanzig, zu alt, um gesagt zu bekommen, was er zu tun hatte.

Ich entschied mich, ins kalte Wasser zu springen. »Ich habe das Gefühl, dass Du nur herumspielst und das ist nicht gut für dich.»

»Ich spiele herum?» Sein Kiefer war eine einzige, harte Linie. »Was genau meinst Du?»

Himmel, muss ich es dir buchstabieren? »Frauen», sagte ich. »Du bringst ständig verschiedene Frauen nach Hause und ich mache mir Sorgen um Dich.»

»Warum solltest Du Dir Sorgen machen?» Josh runzelte die Stirn. »Ich lebe ein gutes Leben. Ich habe Spaß. Was ist daran falsch?»

»Das ist es ja gerade.» Ich war froh, dass er mir das richtige Stichwort gegeben hatte, so dass ich wieder zu meinem geplanten Ansatz zurückkommen konnte. »Ich bin mir nicht sicher, ob Du wirklich Spaß hast. Es scheint nur oberflächlich zu sein.»

»Oh, glaube mir, es geht tiefer.»

Ich hasste es, wenn er zweideutige Bemerkungen machte und wie üblich entschied ich mich, diese zu ignorieren.

Josh schob seinen Stuhl zurück, als wollte er aufstehen. »Du sagst mir also, dass ich mich zur Ruhe setzen und Dir Enkelkinder schenken soll, ist es das?» Wieder fuhr er sich mit der Hand durchs Haar. »Gott, ich hätte nie gedacht, dass es so weit kommen würde.»

Ich zwang mich, ruhig zu bleiben. »Nein, das ist es nicht,

Josh», sagte ich. »Ich möchte dir nur sagen, dass ich mir Sorgen um dich mache. Du bist nicht glücklich.»

»Lass' mich dir mal was sagen, Vater.» Josh blickte mir direkt in die Augen. »Es ist sogar gut, dass du das Thema auf den Tisch bringst, weil ich es mit dir besprechen wollte.»

Überraschung flackerte in mir auf. »Was möchtest du besprechen?»

»Ich habe das Gefühl, dass du das Leben nicht richtig lebst», sagte mein Sohn. »Du bist lebendig begraben. Hier sitzt du, in einer wunderbaren Villa am Gardasee im sonnigen Italien, verwöhnt von Schönheit und Reichtum, und du hast nichts Besseres zu tun, als den ganzen Tag zu Hause zu sitzen. Ich glaube, Du nutzt noch nicht mal mehr den Pool.»

Ich starrte ihn sprachlos an. »Du machst dir Sorgen um mich?» brachte ich schließlich hervor.

»Ja.» Josh presste seine Lippen zusammen. »Dein Leben ist sterbenslangweilig.»

»Aber es geht mir gut.» Gemischte Gefühle kämpften in mir. Ich war gerührt, dass Josh sich Sorgen um mich machte – ehrlich gesagt hätte ich nie gedacht, dass er auch nur mehr als einen flüchtigen Gedanken auf mich verschwendete. Aber wie um alles in der Welt war er nur auf die Idee gekommen, dass ich unglücklich war? »Mach' dir keine Sorgen um mich», sagte ich. »Es gibt nicht den geringsten Grund, irgendetwas in meinem Leben zu ändern.»

»Siehst du?» Josh grinste mich an. »Das ist die gleiche Antwort, die ich dir auch gegeben habe. Und ich glaube dir sogar weniger als du mir.»

Ich schüttelte meinen Kopf. Die Finanzwelt war einfacher als Zwischenmenschliches. Entweder entwickelten sich die Aktienkurse nach oben oder nach unten. Auf beides kann man sich vorbereiten. Aber Menschen waren so unvorhersehbar – sie sprangen zur Seite und ließen dich ganz verwirrt zurück. »Also was schlägst du vor?»

Josh schaute mich nachdenklich an. »Wir haben zwei Möglichkeiten. Entweder wir machen weiter wie gehabt oder wir verändern uns beide.»

Dieses Gespräch entwickelte sich ganz und gar nicht, wie ich es mir vorgestellt hatte. Vielleicht hätte ich besser meinen Mund gehalten, aber ich hatte den Eindruck, dass Kate von mir einen aktiveren Einfluss im Leben unseres Sohnes erwartete, jetzt, wo sie nicht mehr bei uns war und wo er sich auf einem Weg befand, der ihn nur unglücklich machen konnte. »Was genau stellst Du Dir vor?»

»Zunächst einmal ...» Josh nahm sich ein Stückchen Melone mit *Prosciutto* und grinste mich leicht boshaft an, »brauchst Du eine Frau.»

Ich erstickte fast an meinem Kaffee. »Was?»

»Ich kann dir helfen, eine zu finden», bot er an. »Tatsächlich fragen mich häufig Leute, ob ich euch nicht bekannt machen kann, auch Frauen, aber ich sage ihnen immer, dass du kein Interesse hast.»

»Dann lass' es bitte auch dabei», sagte ich in einem scharfen Ton.

»Aber warum denn? Sie sind wirklich attraktiv.»

»Wenn sie auch nur ein wenig so sind wie die Frauen, die du nach Hause bringst, dann habe ich kein Interesse. Sie sind nur hinter unserem Geld her.» *Verdammt.* Ich hätte das nicht so deutlich formulieren sollen. Ich warf Josh einen unbehaglichen Blick zu.

Er blickte weiterhin auf die Melone auf seinem Teller. Ein seltsames Lächeln umspielte seine Lippen. »Jetzt kommen wir also zum Kern der Sache, richtig, Vater?» Er hob seinen Kopf und schaute mich mit einem Blick an, den ich nicht deuten konnte. »Du denkst, ich werde ausgenutzt.»

Ich entschied mich, völlig ehrlich zu sein. »Ich fürchte, dass Du verletzt wirst.»

Josh lachte. Es klang nicht lustig. »Keine Sorge. Ich gebe mich keinen Illusionen hin.»

»Gut.» Meine Antwort war schroff. »Aber ich möchte trotzdem kein Versuchskaninchen für deine jungen Damen sein.» Anders als mein Sohn war ich mir nicht so sicher, dass man mich nicht betrügen konnte. Offenbar wusste Josh besser als ich, wie er sein Herz schützte. Für mich war es zu spät, das zu lernen. Aber wie sollte ich ihm das sagen?

Josh

Ich kann einfach nicht glauben, dass er mir sagt, wie ich leben soll. Ich meine, man muss ihn einfach nur mal anschauen. Seitdem Mutter gestorben ist, lässt er sich völlig gehen – ein Einsiedler, das ist er geworden. Gut, dass er seine Finanzen von zu Hause aus erledigen kann. Noch besser, dass er keine Haare mehr hat. Ich wette, er wäre in all den Jahren nicht ein einziges Mal zum Friseur gegangen und sie würden ihm jetzt bis auf die Schultern herabhängen. Ansonsten ist er ja nicht unattraktiv, sogar der leichte Stoppelbart steht ihm. »Vater, wenn Du nicht auf Dich aufpasst, wirst Du ein Fossil. Du hast noch viele Jahre vor Dir. Warum füllst Du sie nicht mit ein wenig Spaß?»

Er zog eine Grimasse. »Was genau stellst du dir unter Spaß vor?»

Ich grinste, aber ich wusste, dass er die Antwort, die mir auf der Zunge lag, nicht hören wollte, also sagte ich nur »Du weißt schon was. Aber darum geht es ja gar nicht. Wichtig ist, was dir Spaß macht. Ich meine, du warst doch glücklich mit Mutter, oder?»

Ein Schatten ging über sein Gesicht. »Ja.»

»Und was hast du gern mit ihr gemacht?»

Er warf mir einen scharfen Blick zu, als hätte ich irgendetwas Unanständiges gefragt, obwohl ich ausnahmsweise einmal nichts in diese Richtung gedacht hatte. Aber keiner von uns sagte, was er dachte.

Aus der Ferne hörte ich, wie der Rasenmäher unseres Nachbarn losbrummte. Das erinnerte mich daran, dass ich den Gärtner noch dazu bringen musste, das Grundstück unten bei Sirmione auf Vordermann zu bringen, bevor ich es morgen Nachmittag den Interessenten zeigen konnte. Mein Vater unterbrach meine Gedanken.

»Ich schwieg gern mit ihr.»

Mir blieb der Mund offen stehen. Ich meine, was soll man mit so einem Kerl anfangen? Da ist er, reich, gesund, fit, aber wenn du ihn fragst, wie er sich amüsieren möchte, was antwortet er dann? Dass er still sein möchte. »Warum willst Du eine Frau dafür haben? Zum Kuckuck, jede Stille wird länger anhalten, wenn keine Frau in der Nähe ist!»

Er schüttelte den Kopf. Müde. Er war noch nie ein Mann von vielen Worten gewesen und nun sah er mich nur mit einem Schulterzucken an. »Ein kameradschaftliches Schweigen. Weißt Du, was das ist?»

Ich hatte keine Ahnung. Ehrlich nicht. Aber ich wollte es auch gar nicht wissen. Es klang sterbenslangweilig. »Na, Du kannst jedenfalls nicht nach einer Frau mit dieser Beschreibung suchen. Du würdest keine einzige Antwort bekommen.»

Er nickte. »Das meine ich ja. Es muss einfach passieren. Du kannst nicht danach suchen.»

»Jetzt hör' mal zu, Vater.» Ich fuhr mir mit der Hand durchs Haar. »Es wird auch nicht geschehen, wenn du dich hinter den Mauern des Grundstücks versteckst. Du musst hier raus.»

Er schüttelte den Kopf. Sein Kiefer war eine einzige, gerade Linie.

Ich kannte diese harte Kante seines Kiefers gut – viel zu gut. Er hatte sich entschieden. Da ich keine Lust hatte, meine Zeit zu vergeuden, gab ich nach. »Also gut, wenn Du keine Lust hast, am See herumzuschlendern oder Dir Leute von mir vorstellen zu lassen, dann musst Du eben eine Anzeige ins Internet setzen – oder in die Zeitung. Was immer dir lieber ist.»

»Ich möchte keine Frau in meinem Leben haben.» Ausnahmsweise einmal klang er genervt.

Ich beugte mich über den Tisch. »Du bist traurig – und einsam. Gib es zu.»

Er lehnte sich zurück und verschränkte die Arme vor der Brust. Dann fixierte er mich mit einem herausfordernden Blick. »Du auch. Gib es zu.»

Ein unangenehmes Gefühl beschlich mich, aber ich ignorierte es. Ich musste meinen Vater dazu bringen, zu handeln, schon, damit er sich nicht mehr mit mir beschäftigen konnte. Der gemeinsame Pool und Garten mit diversen Häusern auf dem Grundstück erschien mir damals ganz vernünftig, aber nun wurde es doch ein wenig unpraktisch, wenn mein Vater den Namen jeder einzelnen Frau kennen wollte, die am Horizont aufkreuzte.

Früher war er anders gewesen. Er war gelangweilt, das war es. Ein großer Börsencrash würde ihn für einige Wochen beschäftigen, aber das würde auch mein Geschäft in Gefahr bringen. Immobilien verkauften sich nicht gut, wenn die Börse einbrach. Nein, ich musste einen anderen Weg finden. Ich zog mein Mobiltelefon aus der Tasche und gab einige Worte ein. »Schau mal hier. Was hältst Du denn davon?»

Mein Vater nahm das Telefon aus meiner Hand, setzte seine schwarze Lesebrille auf und las die Anzeige, die ich formuliert hatte: »Aktiver Mann in besten Jahren sucht Partnerin für Haus mit Pool am Gardasee. Jeans-Typ. Bitte nur seriöse Antworten.» Sein Unterkiefer klappte herunter und seine Hand sank auf den Tisch. »Aktiv? Was um Himmels willen meinst Du denn damit? Hast Du mir nicht vor ein paar Minuten gesagt, dass ich in großer Gefahr bin, ein Fossil zu werden?»

Ich zuckte die Achseln. »Es heißt, dass Du nicht fett bist.»

»Um Gottes willen.» Vater schüttelte den Kopf. »Und wieso Jeans-Typ? Ich hasse Jeans. Sie sind so unbequem.»

Ich schaute mir seine klassische, helle Stoffhose an. »Es heißt, dass Du eine jugendliche Art hast.»

Er starrte mich an, als hätte ich ein zusätzliches Paar Ohren bekommen. »Was ist das?» fragte er. »Eine neue Sprache, die man lernen muss, so wie in der Immobilienbranche? Wo 'romantische Gegend' in Wirklichkeit bedeutet, dass das Haus abgeschnitten von jeglicher Zivilisation am Ende der Welt liegt?»

Ich grinste. »So ungefähr.»

»Woher kennst Du diese Sprache?»

Ich seufzte. Mein armer Vater hatte keine Ahnung, wie man sich verkaufte. »Um dich nicht in Verlegenheit zu bringen, sage ich jetzt einfach nur, dass ich eben weiß, was Frauen attraktiv finden.»

»Pah.» Mein Vater warf das Telefon auf den Tisch. »Sie finden das Haus mit Pool attraktiv. Der Rest ist ihnen völlig egal.»

Ich fühlte jetzt doch eine gewisse Ungeduld in mir aufsteigen. »Ich bezweifle, dass alles so schwarz-weiß ist, wie Du es darstellst. Nimm Marcia, zum Beispiel.» Ich zeigte mit meinem Kinn zu meinem Haus hinüber. »Sie würde nie--»

»Wer ist Marcia?»

Ich unterdrückte einen Seufzer. »Du trafst sie gestern am Pool.»

»Oh.» Immerhin hatte mein Vater die Größe, peinlich berührt

auf seinen Teller zu schauen. »Es tut mir leid, das war nicht angebracht. Aber sie ist so dünn.»

Ich biss die Zähne zusammen. »Ja, das ist sie. Aber es ist nicht wirklich taktvoll, ihr zu sagen, dass sie zunehmen soll, bevor Du überhaupt ihren Namen kennst.»

»Du warst ja nicht hier, um uns einander vorzustellen.»

Manchmal wollte ich ihn erwürgen. »Ich habe gearbeitet, Vater, und direkt davor, beim Frühstück, habe ich Dir ihren Namen genannt und gesagt, dass sie vermutlich noch schläft.»

Er zuckte die Achseln. »Ich bin immer noch der Meinung, dass sie selbst dann hier wäre, wenn du zwanzig Jahre älter wärst als ich und wenn du den ganzen Tag lang schlechte Laune hättest.»

Meine Geduld war am Ende. »Nicht ganz, Vater.» Ich kniff meine Augen zusammen und beugte mich nach vorne. »Und jetzt sage mir bitte nicht, dass du versuchen wirst, mich auszustechen, nur um zu beweisen, dass du recht hattest.»

Er sah geschockt aus aber er erholte sich schnell. »Das werde ich nicht tun.» Dann lächelte er zum ersten Mal an diesem Tag. »Sie ist zu dünn für mich.»

»Und du sprichst von Oberflächlichkeit», konnte ich mir nicht verkneifen zu sagen.

»Ich möchte nicht mit dir streiten, Josh.» Mein Vater füllte unsere Tassen. »Also wo stehen wir?»

Ich kippte den Kaffee hinunter und stand auf. »Wir haben gelernt, dass wir uns Sorgen umeinander machen», fasste ich zusammen. »Was wahrscheinlich nur pure Dummheit ist, weil wir uns keine andere Art von Glück als die eigene Art vorstellen können. Also lass uns das Thema einfach fallen lassen, einverstanden?»

Mein Vater blickte mir in die Augen und hielt meinen Blick. »Ist es pure Dummheit?»

Aus irgendeinem Grund konnte ich seinem Blick nicht standhalten. Damit es nicht so auffiel, schob ich mir mein Telefon in die Tasche.

»Lass uns einen Pakt machen», sagte mein Vater.

Ich schaute auf die Uhr und drehte sie dabei so, dass das Sonnenlicht auf dem Titanrand mich nicht blendete. Wenn ich nicht innerhalb der nächsten fünf Minuten hier loskäme, würde ich zu spät zu meinem ersten Termin kommen. »Nun?» Ich legte beide Hände auf den Stuhlrücken und sah ihn an.

»Du findest heraus, ob diese ... diese Marcia es doch Ernst meint. Und ich schalte eine Anzeige in der Zeitung.»

Ich runzelte die Stirn. »Was genau meinst du?»

»Heute Abend sagst du Marcia, dass unerwartete Probleme unsere Finanzen auf ein Minimum reduziert haben.»

»Probleme? Was für Probleme?»

Er winkte nonchalant mit einer Hand. »Ich habe gespielt. Ein teurer Prozess vor Gericht. Unglückliche Investitionen – ganz egal.»

»Du riskierst unseren Ruf.» Ich starrte meinen Vater an. *Er ist verrückt geworden.*

Vater zuckte mit den Schultern. »Na und? Wir finden heraus, wer unsere echten Freunde sind.»

»Und das willst Du wirklich?» Ich traute meinen Ohren nicht. Er schien in letzter Zeit eine seltsame Art von Humor entwickelt zu haben.

Vater grinste. »Jepp.»

Ich konnte mich nicht erinnern, wann er das letzte Mal so gegrinst hatte. Irgendetwas in mir zerbrach. »Na gut, Vater. Bis zum Ende des Sommers spielen wir dieses Spiel und finden unsere wahren Freunde.» Das gab uns sechs Wochen. Maximal acht. Ich hielt meine Hand hoch. »Aber nur unter einer Bedingung.»

»Welche Bedingung?»

»Wenn Du die Anzeige schaltest, erwähnst Du das Haus mit Pool am See.»

Er zuckte zusammen. »Aber das ist kontraproduktiv. Wir möchten unsere echten Freunde finden, Seelenverwandte, nicht irgendwelche Kletten, die nur hinter unserem Geld her sind.»

»Falsch, Vater, völlig falsch.» Ich steckte meinen Schlüssel in die Tasche und ging zur Tür. »*Ich* soll Seelenverwandte finden. *Du* hingegen sollst mehr Spaß haben.»

21576811R00166

Printed in Poland
by Amazon Fulfillment
Poland Sp. z o.o., Wrocław